Un cadeau pour Emma

*

Le Noël des retrouvailles

*

Docteur et prince

ALISON ROBERTS

Un cadeau pour Emma

Traduction française de
CHRYSTELLE POULAIN

BLANCHE

HARLEQUIN

Collection : Blanche

Ce roman a déjà été publié en 2020

Titre original :
A LITTLE CHRISTMAS MAGIC

HARPERCOLLINS FRANCE
83-85, boulevard Vincent-Auriol, 75646 PARIS CEDEX 13
Service Clients — https://www.harlequin.fr/contenu/contactez-nous
ISBN 978-2-2805-2284-7 — ISSN 0223-5056

Édité par HarperCollins France.
Composition et mise en pages Nord Compo.
Imprimé en octobre 2025 par ScandBook UAB en Lituanie
en utilisant 100% d'électricité renouvelable.
Dépôt légal : novembre 2025.

FSC
www.fsc.org
MIXTE
Papier | Pour une gestion forestière responsable
FSC® C021394

Pour limiter l'empreinte environnementale de ses livres, HarperCollins France s'engage à n'utiliser que du papier fabriqué à partir de bois provenant de forêts gérées durablement et de manière responsable.

1

Si Emma Sinclair avait eu une baguette magique, elle aurait fait disparaître le mois de décembre du calendrier.

La page se serait évanouie, remplacée par celle de janvier. Une nouvelle année aurait commencé, symbole d'une nouvelle vie. Ou pas...

Tout bien réfléchi, le plus simple serait encore de revenir en arrière. Depuis deux ans, Emma vivait un cauchemar. Si elle remontait le temps, peut-être pourrait-elle se convaincre que cette parenthèse n'avait été qu'un mauvais rêve ?

Ayant soudain l'impression d'étouffer dans son petit appartement londonien, elle ouvrit la fenêtre pour laisser un souffle d'air glacé envahir son intérieur. Le ciel gris formait une chape de plomb au-dessus des immeubles, indiquant qu'il allait tomber, non pas de jolis flocons de neige, mais plutôt de la bruine ou du brouillard givrant !

Comme pour faire un pied de nez à ce climat maussade, les lumières de la ville brillaient de mille feux. Les commerçants avaient allumé leurs vitrines, richement décorées en cette période festive.

Partout, les gens se pressaient, emmitouflés dans leurs manteaux et leurs écharpes. Il y avait des hommes d'affaires, des familles, des touristes. Ces passants avaient tous l'air de savoir où ils allaient. Ils avaient quelque chose à faire.

En les observant, Emma avait doublement conscience de sa propre solitude.

Par chance, la sonnerie du téléphone vint interrompre ces tristes réflexions.

— Sharon ! s'exclama-t-elle, enchantée. Comment vas-tu ? Est-ce qu'il fait beau en Californie ?

— Je vais très bien ! répondit une voix enthousiaste à l'autre bout du fil. Et comme tu peux l'imaginer, nous avons un soleil splendide. Quand je pense que pour mon mariage, cet été, il pleuvait à Londres ! J'imagine que ça n'a pas dû s'arranger depuis ?

— Pas vraiment, non...

Emma se dépêcha d'aller fermer la fenêtre puis se rapprocha de son petit poêle à gaz en frissonnant.

— Alors, que fais-tu de beau ? demanda Sharon.

— A cette minute précise ? Je regarde ta photo de mariage posée sur mon buffet, répondit-elle en souriant. Tu étais radieuse. La plus jolie mariée de l'année.

— C'est parce que j'avais une demoiselle d'honneur de première classe !

— Hmm... Ne serait-ce pas plutôt parce que tu épousais l'homme de tes rêves ? Au fait, comment va Andy ?

— Très bien ! Il est en pleine forme et débordé, comme toujours. Justement, nous parlions de toi, hier soir. Nous aimerions beaucoup que tu viennes fêter Noël et le nouvel an à Los Angeles.

Emma laissa échapper un soupir de regret. Son cœur venait de se serrer douloureusement.

— Vous êtes adorables, mais... cela ne va pas être possible, murmura-t-elle. Je dois rester à Londres. L'hôpital va bientôt m'appeler pour l'examen de contrôle des trois mois. Jack m'a dit de ne pas bouger entre le 27 et le 30.

— Oh ! Emma... Je voudrais être là pour te soutenir !

— Ça ira, ne t'inquiète pas.

— Mais... y aura-t-il quelqu'un pour te raccompagner chez toi après ? Tu ne devras pas rester seule ! En période de fêtes, qui plus est... Ne pourraient-ils différer ces examens en janvier ?

— Jack s'occupera de moi, Sharon, ne te tracasse pas. Et...

non, je préfère maintenir l'échéance. L'attente est déjà assez pénible. Plus tôt je serai fixée, mieux cela vaudra.

— Je comprends, ma chérie. Je comprends très bien. Tu... m'appelleras, dis ? ajouta Sharon d'un ton pressant.

— Bien sûr. Tu seras la première informée.

— Je suis certaine que, ce jour-là, tu pourras m'annoncer une excellente nouvelle. Les résultats seront bons !

Emma sentit sa gorge se nouer.

— Ils devront être... mieux que bons, chuchota-t-elle. Si le traitement n'a pas fonctionné...

Elle s'interrompit, fâchée d'avoir laissé deviner ses craintes à Sharon. D'habitude, elle ne se laissait pas aller de la sorte. L'approche de Noël la rendait-elle plus sensible ? Ou alors, était-ce la vision des photos alignées sur son buffet ?

Celle de son père, disparu quand elle était petite. Et celle de sa mère chérie, décédée treize mois auparavant...

— Tu as besoin de te changer les idées ! déclara Sharon. Rester seule chez toi, à ruminer, n'arrangera pas les choses.

Emma tourna le dos aux photos.

— Tu as raison, Sharon. Il faut que je me secoue. Je vais essayer de trouver un petit job saisonnier.

— Bonne idée, mais... te sens-tu assez bien pour travailler ?

— Oui, et en ce moment, les offres d'emploi ne manquent pas. Te souviens-tu de la fois où je me suis fait embaucher comme lutin du Père Noël ?

Un grand éclat de rire lui parvint à l'autre bout du fil.

— Tu étais adorable ! s'exclama Sharon. Je dois avoir une photo de toi en costume vert, quelque part dans mes archives.

— Pitié, laisse-la où elle est ! Si les places de lutin sont prises, je pourrais toujours faire la manche, ajouta-t-elle, réfléchissant tout haut. Ma guitare prend la poussière...

— Hmm... Il fait un peu frisquet pour ça. Essaie plutôt de trouver un employeur qui ait du chauffage.

— Ça vaudrait mieux, oui ! D'ailleurs, je vais tout de suite descendre acheter les journaux, et éplucher les annonces.

— Vas-y, fonce ! Surtout, tiens-moi au courant.

— Ça marche.

— Je t'aime, ma belle. Tu me manques.

— Toi aussi, Sharon. Bisous. A bientôt...

Après avoir raccroché, Emma se sentit de nouveau très seule. Elle n'entendait plus que le doux sifflement du poêle, auquel faisait écho le martèlement de la pluie sur sa fenêtre de toit. Ce n'était plus possible. Elle devait bouger, sortir !

Résolument, elle s'emmitoufla dans un manteau et une écharpe. Puis elle enfila ses bottes et prit son parapluie. Non seulement elle allait marcher, mais elle allait dépasser les limites de sa rue et faire une vraie promenade.

Il n'y avait rien de tel qu'un peu d'exercice pour se regonfler le moral.

— Aïe ! Ça fait *très mal*, papa !

— Désolé, chérie...

Adam MacAllister réprima de justesse un soupir exaspéré. Comment pouvait-il être si habile lorsqu'il s'agissait de suturer une plaie, et si maladroit pour coiffer des cheveux ? Faire une tresse n'était pourtant pas si compliqué !

— Je pourrais les attacher en queue-de-cheval ? suggéra-t-il.

Poppy, sa fille, secoua vigoureusement la tête... et la tresse inachevée se défit en trois secondes.

— Nooon ! Jeannie a toujours de jolies tresses. Je veux être *comme elle* !

— Papa ! Où est ma deuxième chaussure ?

Tournant la tête, Adam vit son fils en train de fourrager sous le buffet de cuisine.

— A l'endroit où tu l'as rangée, Ollie..., répondit-il d'un ton las.

Quand il reprit la brosse à cheveux, son regard tomba sur le cadran de sa montre. Il poussa une exclamation étouffée.

— Navré, Poppy, mais tu auras une queue-de-cheval. Sinon,

vous allez être en retard à l'école, et moi, je vais me faire disputer par Mme Stewart en arrivant au cabinet.

Bien sûr, Poppy éclata en sanglots... juste avant qu'un objet ne s'écrase sur le sol avec fracas. Deux secondes plus tard, Oliver, le jumeau de Poppy, fondait en larmes à son tour.

— Ce n'est pas ma faute, papa... Le verre est tombé tout seul. Maintenant, il est *cassé*.

— Fais attention où tu marches ! dit Adam.

A peine avait-il fini sa phrase que la porte d'entrée se refermait violemment, sans doute poussée par le vent. Puis sa mère entra dans un tourbillon d'écharpes.

— Bonjour tout le monde, excusez-moi d'être en retard ! Les routes sont glissantes et le vieux Jock bloquait la chaussée avec son tracteur.

Embrassant la cuisine du regard, elle s'interrompit.

— Je suppose que ton aide de camp a déserté ?

— Oui, répondit Adam en lui tendant la brosse. Les cartables sont prêts. Je vais balayer et...

— La petite fouine ! Je n'arrive pas à croire qu'elle se soit sauvée comme ça, sans préavis !

Adam soupira.

— Elle a dix-neuf ans, maman. Elle est amoureuse, et elle vient de découvrir qu'elle est enceinte.

Poppy, que sa grand-mère avait commencé à coiffer, se dandina sur sa chaise.

— C'est quoi, enceinte ? demanda-t-elle d'une voix flûtée.

— Ça veut dire que Kylie va avoir un bébé, expliqua Adam.

— Comme tatie Marion ?

— Oui.

— Mais Kylie doit s'occuper de nous ! Elle va revenir, dis ?

— Non, mon cœur, elle ne reviendra pas. Elle est allée rejoindre son fiancé en Australie. C'est très loin, tu sais.

Tout en parlant, Adam avait pris un balai et une pelle dans l'appentis contigu de la cuisine pour ramasser les morceaux de verre et les jeter. Ce faisant, il découvrit une petite botte noire qui s'était glissée, Dieu seul savait comment, derrière la poubelle.

— Ollie ? Où es-tu, mon grand ?

Passant la tête dans l'encadrement de la porte, il vit son fils assis au bout du couloir, la tête sur les genoux.

— Tu n'as rien fait de grave, dit-il gentiment. Allez, viens vite, j'ai trouvé ta chaussure. Il faut te préparer.

— ... et l'Australie, c'est plus loin que le Canada, disait sa mère, qui venait de tresser les cheveux de Poppy en un tournemain. Tatie Marion habite au Canada... Ah, te voilà, Ollie ! Bonjour, trésor. Assieds-toi !

Oliver prit la place de sa sœur sans rechigner. Mais, au lieu de le coiffer, la mère d'Adam se mit à scruter la cuisine. Son regard consterné balaya la pile de journaux et de papiers entassés sur la table, le lait répandu sur le plan de travail, puis la vaisselle amoncelée dans l'évier.

— Je ne pars pas, Adam. Je n'irai pas au Canada !

— Si, tu vas partir. Marion est presque à terme. Elle a besoin de toi.

— Quand je lui expliquerai la situation, elle comprendra.

Adam eut un petit rire amer.

— Peut-être, mais mettons-nous à sa place. Elle va me maudire, et à juste titre. Cela fait des années que tu es à mon entière disposition. La seule fois où ma sœur compte sur ta présence, tu voudrais rester ici ? Hors de question !

Sa mère ouvrit la bouche pour discuter. Puis son regard tomba sur la vieille pendule murale, et elle parut se raviser. Elle coiffa les cheveux d'Ollie en soupirant.

— Sauve-toi, Adam, dit-elle. Si ta salle d'attente déborde, Eileen Stewart va t'arracher les yeux. Je conduirai ces deux agneaux à l'école.

— Merci, maman.

Il attrapa le manteau qu'il avait abandonné sur une chaise la veille au soir, l'enfila rapidement et gagna la porte.

— Surtout, n'annule pas ton voyage dès que j'aurai le dos

tourné ! insista-t-il. Hier soir, j'ai appelé tous les journaux pour passer une annonce. J'espère trouver une nourrice intérimaire qui me dépannera pendant les fêtes, et à ton retour, tu m'aideras à embaucher une gouvernante.

Sa mère secoua la tête, l'air sceptique.

— Affaire à suivre... Je dois décoller mardi, cela nous laisse quelques jours de battement. Mais si tu ne trouves personne d'ici là, j'annule tout. Et c'est sans discussion !

Le train pour Edimbourg était arrivé à l'heure.

En revanche, Emma doutait que la correspondance qui devait la conduire jusqu'à un village écossais perdu au milieu de nulle part le soit.

Assise dans la grande salle d'attente de la gare, un vrai palais des courants d'air, elle frissonna. Quelle folie l'avait poussée à entreprendre ce voyage ?

L'avant-veille, en lisant les offres d'emploi d'un grand quotidien, elle était tombée sur l'annonce du Dr MacAllister et avait aussitôt décroché son téléphone. Au bout du fil, le médecin lui avait paru si enthousiaste qu'elle n'avait pas hésité. Aurait-elle dû y réfléchir à deux fois ?

Allons, elle devenait idiote. Qu'avait-elle à perdre ?

Le Dr MacAllister avait proposé de payer son billet de train, pourvu qu'elle vienne sur-le-champ passer un entretien d'embauche. Dans la foulée, il lui avait conseillé de prendre sa valise car il était sûr qu'elle « ferait l'affaire ».

Sur le papier, tout semblait donc idéal, et Emma se voyait déjà passer les prochaines semaines dans un décor de carte postale. Elle imaginait de vieilles bâtisses en pierre enfouies sous la neige, une chorale d'écoliers chantant des airs de Noël... Où, mieux que dans une ambiance chaleureuse et familiale, pourrait-elle vaincre son angoisse ?

Par ailleurs, ce n'était pas comme si on allait lui confier des nourrissons. Les jumeaux, un garçon et une fille, avaient six ans. Cette mission ne s'annonçait pas très compliquée...

Un sifflement strident, suivi d'un crissement de freins, fit sursauter Emma. Se levant d'un bond, elle empoigna son gros sac à dos d'une main, sa housse de guitare de l'autre, et se hâta vers le quai pour monter dans le train — « tortillard » aurait en fait été un mot plus juste.

Assise sur une banquette inconfortable, elle attendit que le convoi redémarre pour sortir de sa poche de manteau un bout de papier plié en quatre et lire ce qu'elle y avait griffonné.

« Rendez-vous à 16 heures au cabinet médical de Braeburn, dans la rue principale, à deux minutes de la gare, sur la droite. »

Il était prévu qu'elle y rencontre le Dr MacAllister, ses enfants, mais aussi sa mère. Sans savoir pourquoi, Emma avait l'impression que cette grand-mère serait *la* personne à convaincre...

Les yeux rivés sur les collines verdoyantes qui défilaient, elle soupira. Elle ne voulait même pas imaginer qu'on puisse la renvoyer à Londres. Elle avait trop besoin d'un break pour se ressourcer.

Machinalement, elle porta une main à ses courtes mèches brunes, disciplinées par deux mini-barrettes. Quelle chance que ses cheveux aient repoussé si vite après les séances de chimiothérapie consécutives au début de leucémie qu'on lui avait diagnostiqué !

Bien sûr, elle aurait été plus présentable si elle avait eu le temps d'acheter quelques vêtements neufs. Il ne lui restait aucune jupe à sa taille, et elle flottait dans son jean et son pull-over trop larges. Néanmoins, elle se consolait en pensant que la personnalité comptait davantage que le « look » !

Du reste, ce Dr MacAllister lui avait fait l'effet d'un homme sensé. Elle avait apprécié sa voix grave, teintée d'un fort accent écossais. Il lui avait paru un peu énervé, mais sans doute était-il aux abois ? Il avait tellement insisté pour qu'elle vienne !

Depuis le début, elle avait l'impression que le destin *voulait* l'envoyer ici. Cette annonce était la *première* qu'elle avait lue. Ce coup de fil, le *premier* qu'elle avait passé. Et le Dr MacAllister avait décroché dès la *première* sonnerie.

Ne fallait-il pas y voir des signes positifs ?

Même si elle manquait d'assurance — quoi de plus normal étant donné la situation —, elle devinait la lumière au bout du tunnel. Pour la première fois depuis longtemps, elle recommençait à espérer, et cette sensation lui faisait un bien fou.

Le village de Braeburn était en tout point conforme à ce qu'Emma avait imaginé : minuscule, pittoresque et charmant.

Néanmoins, elle n'eut guère le loisir d'admirer les vieilles bâtisses, les ruelles pavées ni les petites échoppes décorées aux couleurs de Noël. Le train était arrivé en retard et, à présent, elle devait se dépêcher.

Elle traversa la place principale où un groupe d'hommes était en train d'installer un immense sapin. Ils parlaient tous d'une voix forte, avec un accent si prononcé qu'elle eut l'impression d'entendre une langue étrangère. Question dépaysement, elle était servie !

Son enthousiasme ne dura, hélas, que le temps du trajet : à la seconde où elle franchit les portes vitrées du cabinet médical, elle eut l'impression de recevoir une douche froide.

Plantée derrière le comptoir d'accueil, une dame d'âge mûr la toisait d'un air si sévère qu'elle frissonna.

— Z'avez rendez-vous ? demanda la femme en fronçant les sourcils. Le docteur, il a pas le temps de faire des heures supplémentaires, sauf si c'est urgent ! On ferme !

Stupéfaite, Emma se demandait encore si elle avait bien entendu lorsque la sonnette tinta derrière elle.

— Laissez, Eileen, je m'en occupe. Nous attendions cette demoiselle, dit une voix féminine.

Pivotant, Emma découvrit une autre dame âgée. Très belle

et suprêmement élégante, elle affichait un sourire amical qui la rasséréna un peu.

— Vous devez être Emma ?

— Je… oui… Bonjour, madame…

— Catherine MacAllister. Je suis la maman du médecin. Adam est-il dans son bureau, Eileen ?

— Ouais, et les petits aussi ! répliqua la réceptionniste. M'est avis qu'ils n'ont rien à faire là. Vont finir par casser quelque chose !

Sans se départir de son sourire, Mme MacAllister s'avança vers Eileen.

— Pourquoi ne fermeriez-vous pas le standard ? suggéra-t-elle. Vous êtes là depuis 7 h 30, la journée a été longue. Et si je ne m'abuse, il y a répétition de chorale ?

— Effectivement. Hmm… Si vous êtes sûre, madame…

— Sûre et certaine. Allez-y, sauvez-vous. Je sais combien ces répétitions sont importantes. D'ailleurs, la perspective de rater le concert me désole.

— Vous partez demain, pas vrai ?

— Oui, du moins je l'espère… La sœur d'Adam, qui vit au Canada, va bientôt accoucher, ajouta Mme MacAllister, s'adressant à Emma. C'est son premier bébé.

— Mais c'est formidable ! Votre fille va être tellement contente ! J'ai… perdu ma mère l'an dernier, et je me dis souvent que, lorsque j'aurai des enfants, elle me manquera encore plus.

Emma se morigéna. Quelle mouche la piquait de raconter sa vie sans qu'on lui demande rien ?

Elle lut une certaine curiosité puis une vive compassion sur le visage de son interlocutrice qui lui tapota le bras.

— Venez, Emma. Allons voir mon fils.

Pouvait-elle laisser ses affaires là où elle les avait posées ? L'air réprobateur d'Eileen l'en dissuada. Elle les reprit donc avant de suivre Catherine MacAllister.

Elles traversèrent la salle d'attente qui donnait sur la réception. Son hôte ouvrit alors une petite porte latérale et Emma lui emboîta le pas, songeuse.

Plongée dans ses pensées, elle se rendit compte trop tard que la porte ne s'était pas ouverte entièrement, et sa housse de guitare heurta la poignée. Entraînée vers l'avant par son sac volumineux, elle trébucha, manqua tomber… et rétablit de justesse son équilibre en arrivant au milieu de la pièce.

L'homme perché sur le coin du bureau la dévisagea, l'air stupéfait. Son étonnement n'avait d'égal que celui des deux bambins assis par terre, lesquels avaient interrompu leur jeu.

Emma se sentit devenir écarlate sous le regard inquisiteur de ces trois paires d'yeux bruns. Qu'est-ce qui lui avait pris de s'encombrer d'un tel barda ? Elle aurait dû réfléchir…

Reportant son attention sur le Dr MacAllister, elle eut, soudain, encore plus chaud. Elle ne s'était pas attendue à rencontrer un homme aussi jeune et séduisant !

Grand et bien bâti, il portait un pantalon de flanelle et une chemise bleue qui mettait en valeur son teint mat et ses cheveux de jais. Il avait un visage anguleux, des pommettes hautes, de longs cils. Il était… beau à couper le souffle.

Si seulement il avait pu sourire ! Mais hélas, à cette minute précise, son expression sévère faisait presque oublier son charme. Jamais Emma n'avait croisé un regard aussi farouche. Autoritaire. Méfiant. Etait-il fâché *contre elle* ?

— Bonjour… docteur. Je vous prie d'excuser… mon manque de ponctualité. Le train était en retard et…

— Les trains sont toujours en retard, par ici, intervint gentiment Catherine MacAllister. Tu joues encore au chirurgien, Ollie ? demanda-t-elle à son petit-fils d'un ton indulgent. Poppy s'est cassé la jambe et toi, tu la soignes ?

— Oui, mamie ! Comment tu t'appelles ? ajouta le bambin en pivotant vers Emma. Et qu'est-ce que tu portes ?

— Je m'appelle Emma. Ça, c'est ma guitare.

— Tu peux me la montrer ?

— Plus tard, peut-être. Sois sage, Ollie !

Adam MacAllister était intervenu avant qu'elle puisse

répondre, et il s'était exprimé d'un ton si abrupt qu'elle sentit son cœur manquer un battement.

— Mamie va vous emmener voir le sapin, reprit-il.

— Pas avant d'avoir fait les présentations, objecta sa mère. Emma, je vous présente Oliver et Poppy. Ollie, Poppy, dites bonjour à Emma...

— Bonjour, Emma ! s'exclamèrent-ils en chœur.

— C'est *mademoiselle* Sinclair, rectifia leur père.

— Vous pouvez m'appeler par mon prénom, les enfants, déclara-t-elle. Je suis ravie de faire votre connaissance.

Attendrie, elle observa leurs bouilles rondes. Ils étaient adorables ! S'ils avaient les yeux de leur papa, leurs cheveux en revanche, étaient beaucoup plus clairs. On distinguait même des mèches blondes dans les tresses de Poppy.

— Qu'as-tu là ? demanda-t-elle à la fillette. Une Barbie ?

— Oui, et même qu'elle a un poney à la maison !

— Dis donc, elle a de la chance. J'adore les poneys.

— Moi aussi, j'en ai un. Un vrai !

— Jemima n'est pas un poney, corrigea Oliver. C'est une ânesse.

Catherine MacAllister se mit à rire.

— Adam n'en a sans doute pas parlé au téléphone, mais nous avons une vraie ménagerie. Aimez-vous les animaux, Emma ?

— Je les adore. J'ai travaillé un certain temps dans une animalerie. Il y avait des chiots, des chatons, des lapins, des hamsters... et même des rats.

— Des rats ? répéta Oliver, les yeux brillants. C'est super ! Je pourrais en avoir un, papa ?

— Il y en a dans la grange, Ollie.

— Oui, mais à la maison ? Tu as dit que je pouvais commander ce que je voulais au Père Noël. Je veux un rat !

Emma frissonna en voyant l'expression du médecin virer à l'orage. Sans le vouloir, elle avait abordé un sujet qui risquait de provoquer une dispute familiale.

— Les rats sentent mauvais, dit-elle. En plus, ils sont tout chauves, avec une longue queue. Je les trouve... bébêtes.

— Bébêtes..., répéta Poppy.

Elle éclata de rire puis se mit à chanter :

— Bébêtes, bébêtes, bébêtes...

— *C'est toi* la bébête ! s'écria Oliver.

— Non, *c'est toi* !

— Poppy, Ollie, on y va ! s'interposa gaiement Catherine. Laissons Emma et papa discuter.

Pendant que les petits s'habillaient, Emma sentit que la vieille dame lui pressait la main.

— J'espère que vous serez toujours là à mon retour, dit celle-ci à voix basse. J'ai envie de mieux vous connaître !

Avant qu'elle ait pu répondre, Catherine s'avança vers son fils qui se tenait près de la porte et à qui elle chuchota quelques mots. Puis les enfants sortirent comme des flèches à sa suite et Emma se retrouva seule avec son futur employeur.

S'il fallait en croire sa manière de la regarder, il était néanmoins peu probable qu'il le devienne. Elle avait sans doute ruiné toutes ses chances en deux minutes chrono.

Surtout, rester calme.

Adam avait désespérément besoin d'une nourrice pour que sa mère puisse partir, et voilà ce qu'il avait recruté ! Cette fille ne ressemblait à rien !

— Asseyez-vous, dit-il, se rappelant ses bonnes manières.

Il contourna son bureau pour s'installer face à elle puis il l'étudia, toujours sous le choc. Jamais il ne s'était attendu à voir débarquer ce genre de personnage. On l'aurait crue tout droit sortie des années 60, version hippie, avec son sac à dos, sa guitare et ses vêtements informes.

Et ce teint maladif ! Il aurait presque pu compter les taches de rousseur sur son nez tellement elle était pâle. Mais sa carnation n'était rien, comparée à son extrême minceur.

Bien sûr, sa silhouette ne manquait pas de charme pour peu qu'on apprécie le genre « elfe menu ». Sauf qu'à cette minute précise, Adam avait un autre souci en tête : il doutait qu'une jeune femme aussi frêle soit capable de gérer deux bambins remuants et en pleine santé.

« Elle est adorable, Adam. Embauche-la. »

Voilà ce que sa mère lui avait chuchoté avant de partir. Elle d'habitude si fine et perspicace, comment avait-elle pu se laisser abuser à ce point ?

— Donc…, commença-t-il, se forçant à sourire, vous aimez les animaux ?

— Oui, beaucoup.

Quand Emma lui sourit à son tour, il remarqua qu'elle avait les yeux bleus. Ses prunelles claires, d'une étonnante vivacité, pétillaient d'enthousiasme.

— Et les enfants ? ajouta-t-il.

Elle opina. Ses boucles brunes, coupées très court, dansèrent autour de son visage pour s'éclairer de reflets roux à la lumière des spots.

— Bien sûr !

— Parfait. Avez-vous de l'expérience ?

— J'ai déjà donné des cours de musique. Et, il y a quelques années, j'ai fait de l'animation pour enfants à Noël.

— Mais vous n'en avez jamais gardé ?

— Non.

— Avez-vous des frères et sœurs ? Des amis qui ont des enfants ?

Le sourire mourut sur les lèvres de la jeune femme.

— Je… Non.

— Possédez-vous le permis de conduire ?

— Oui ! J'ai même le permis moto et le permis poids lourds. A une époque, je travaillais comme chauffeur de bus.

Imaginer cette créature chétive au volant d'un pareil engin déconcerta Adam. Mais peut-être était-elle moins fragile qu'elle n'en avait l'air ?

— Savez-vous cuisiner ?

— Eh bien, j'ai été serveuse dans un restaurant, une fois...

— Quel âge avez-vous donc ? coupa-t-il.

— Vingt-huit ans.

Quoi ? Elle n'avait que cinq ans de moins que lui ? Elle semblait si jeune qu'on lui en donnait à peine vingt !

— Combien d'emplois avez-vous déjà occupés ?

— Je n'en sais rien, à vrai dire. J'ai une formation de musicienne, mais il est difficile d'en vivre, donc j'ai pas mal travaillé à droite et à gauche. L'intérim me convient car je préfère les missions courtes. Si j'ai bien compris, vous avez besoin de quelqu'un pendant deux ou trois semaines ?

— Oui, en effet.

Mais cela ne changeait rien au problème. Que ce soit pour huit jours ou six mois, il voulait une employée fiable.

Peut-être aurait-il dû offrir d'emblée un poste définitif. Ainsi, il aurait pu recruter une personne plus sérieuse et surtout, plus expérimentée.

Qui, toutefois, aurait répondu à son annonce ? Juste avant les fêtes, les candidates ne se seraient pas bousculées !

A présent, il se retrouvait le dos au mur. S'il n'engageait pas Emma, sa mère annulerait son voyage. Il culpabiliserait. Il serait d'une humeur massacrante. Les petits le ressentiraient. Leur Noël serait gâché.

Personnellement, il détestait cette période. Il aurait même préféré la bannir du calendrier. Mais les jumeaux n'y étaient pour rien...

Le fou rire de Poppy, lorsqu'elle avait entendu le mot « bébête », lui revint tout à coup à la mémoire. En quelques instants, Emma Sinclair avait su faire rire sa fille. Cela méritait bien qu'il oublie ses réticences, non ?

D'ailleurs, ce n'était pas comme si elle allait passer des heures avec les enfants. Ils iraient à l'école la journée, et le soir, il serait là. Il essaierait même de rentrer plus tôt...

— Très bien, Emma, conclut-il. Si ce travail vous intéresse, je vous embauche.

La jeune femme le dévisagea, les yeux ronds.

— Je… Bien sûr qu'il m'intéresse ! Mais… n'avez-vous pas d'autres personnes à voir ?

— Vous étiez la dernière candidate.

Il ne précisa pas qu'elle était la seule. Elle n'avait aucun besoin de le savoir.

— Je vais fermer le cabinet puis nous irons chez moi, reprit-il. Ma mère nous y attend avec les jumeaux.

Elle opina et se mit debout. Curieux, il jeta un coup d'œil sur son paquetage. Elle était vraiment… différente.

— Cela ne vous gêne pas de rester ici pour les fêtes ? demanda-t-il. Vous aviez peut-être prévu de les passer en famille ?

— Non.

A sa manière de baisser les yeux, il sut qu'il avait touché, sans le vouloir, un sujet sensible.

Pour lui, Noël représentait un cocktail détonant de chagrin, de colère et d'angoisse. La compassion des gens lui donnait la nausée. En allait-il de même pour cette fragile jeune femme dont il percevait instinctivement la détresse ?

L'espace d'une seconde, il eut la sensation absurde qu'un fil invisible venait de se tisser entre eux. Puis il se secoua. Quelle mouche le piquait ? Il avait assez de problèmes sans se préoccuper d'une inconnue qui n'effectuerait qu'un passage éclair dans sa vie !

Il se leva puis enfila son manteau.

— Il se fait tard, dit-il d'un ton bref. Allons-y.

Emma Sinclair était là pour lui faciliter le quotidien, rien d'autre. A titre personnel, elle ne l'intéressait pas. Plus tôt elle le comprendrait et mieux cela vaudrait.

2

Le puissant 4x4 roulait depuis quelques minutes dans la nuit sombre et glaciale.

Assise sur le siège passager, Emma brûlait d'appuyer sur le bouton du combiné radio-CD ultramoderne qui jouxtait l'ordinateur de bord. Mais, bien sûr, elle n'en ferait rien. Le Dr MacAllister ne semblait pas d'humeur à écouter de la musique.

La route exigeait, il fallait l'admettre, une concentration maximale. Il tombait une forte pluie mêlée de flocons et, d'ici peu, la chaussée risquait de se transformer en patinoire.

Emma jeta un coup d'œil oblique à son compagnon muet. Même assis, elle le trouvait géant — il devait mesurer plus d'un mètre quatre-vingt-dix. Elle s'était sentie minuscule en traversant la rue à côté de lui. Il lui avait pris son sac à dos et l'avait porté comme s'il s'agissait d'un fétu de paille, l'air si furieux qu'elle n'avait pas osé le remercier !

De toute évidence, elle lui avait fait mauvaise impression. Néanmoins, il l'avait engagée, sans doute parce qu'il n'avait pas eu le choix. Sinon, il l'aurait renvoyée à Londres...

Le profil du médecin se détachait nettement dans la pénombre. A le voir ainsi renfrogné, elle se dit qu'elle n'aurait pas voulu être une de ses patientes. Ceux et celles qui arrivaient en retard à leurs rendez-vous devaient se faire copieusement sermonner !

Seule une boucle rebelle, qui lui tombait sur le front, adoucissait son expression sévère. Contre toute attente, elle dut résister à l'envie folle de la remettre en place.

— Quoi ?

Surprise par cette interpellation abrupte, elle laissa échapper un petit cri. Elle devait vraiment avoir l'air de quelqu'un qui vient de croiser Dracula car Adam MacAllister reporta son attention sur la route, l'air un peu gêné.

— Je croyais que vous aviez dit quelque chose, marmonna-t-il.

— Euh... Non.

Son regard tomba sur les mains du médecin qui tenaient fermement le volant. Il avait de longs doigts, des ongles nets et carrés et... il portait une alliance !

Pourquoi n'avait-il pas parlé de sa femme ? Pourquoi avait-il mené l'entretien d'embauche avec sa mère ?

— Vous... habitez loin ? demanda-t-elle, espérant glaner quelques informations.

— Non, il nous reste à peu près deux kilomètres à faire. Ne vous inquiétez pas, vous aurez une voiture.

— Mais c'est fantastique ! Merci beaucoup.

Il poussa un soupir exaspéré.

— Ce n'est pas un bonus, mais une nécessité, Emma. Il faut toujours conduire les enfants quelque part. Poppy suit un cours de danse folklorique une fois par semaine. Oliver apprend à jouer de la cornemuse et, récemment, il s'est mis au tambour. Par-dessus le marché, l'école monte un spectacle sur la Nativité pour Noël. Il y a des répétitions presque chaque jour après la classe. Et, cerise sur le gâteau, il y aura quelques visites à prévoir chez le vétérinaire. Un des chiens a un ongle incarné. Rien de grave, rassurez-vous.

— Le pauvre ! Je l'espère bien...

Emma avait fait de son mieux pour se concentrer sur les explications d'Adam MacAllister. Néanmoins, même si elle portait un grand intérêt à sa future mission, elle était fatiguée. Et puis, malgré leur premier contact déroutant, la voix grave du médecin la berçait. Elle soupira, ferma les yeux...

Elle les rouvrit presque immédiatement lorsqu'elle sentit la voiture ralentir. Ils avaient l'air de se trouver au milieu de nulle part. Pourtant, son patron avait mis son clignotant et il tourna presque aussitôt à droite, empruntant une entrée aménagée au cœur d'un vaste mur de pierre.

Emma eut alors l'impression de voir le décor d'un film fantastique se dérouler devant elle. Adam MacAllister avait pris un chemin goudronné, bordé d'arbres tortueux. Les branches entrelacées formaient une haie d'honneur inquiétante, et la vision d'un grand manoir d'apparence austère, au bout du chemin, la mit encore plus mal à l'aise.

Elle ne put réprimer un frisson.

— Il va faire chaud à l'intérieur, dit le médecin.

Sidérée, elle lui jeta un coup d'œil, mais il ne la regardait pas. Il se concentrait pour éviter les racines qui, par endroits, affleuraient sur le bitume. Il n'avait quand même pas pu la voir trembler ! Ou alors, il était devin. Il avait des pouvoirs surnaturels…

« Du calme », se chapitra-t-elle. Il fallait qu'elle bride son imagination, à tous les niveaux. Si elle ne se reprenait pas, elle allait transformer Adam en monstre de cinéma.

— Voilà. Nous sommes arrivés.

Il s'était garé devant la maison. Elle faillit rire tout haut en l'imaginant penché sur elle, un couteau à la main. Quelle idiote !

Elle était venue ici pour se changer les idées, et elle avait de bonnes chances d'y parvenir. D'ailleurs, depuis son arrivée à Braeburn, elle n'avait pas pensé une seule fois aux examens médicaux qui l'attendaient. Que pouvait-elle espérer de mieux ?

— Je suis vraiment contente !

Tout à sa joie, elle avait presque oublié à quel point son patron pouvait être désagréable. Mais il ne tarda pas à le lui rappeler.

— Tant mieux, répondit-il d'un ton sec. Pourvu que ça dure. Allons-y.

Adam précéda Emma dans l'immense hall voûté du manoir MacAllister, lequel appartenait à sa famille depuis plusieurs générations. Il jeta un coup d'œil à l'horloge, arrêtée depuis trois jours, et se promit de remonter le mécanisme avant d'aller se coucher. Puis il bifurqua vers la droite, où un flot de lumière se déversait depuis une porte grande ouverte.

Celle de la cuisine. Le cœur et l'âme de cette vieille demeure.

Comme il s'y attendait, ses chiens, Benji et Bob, vinrent à sa rencontre. Ils lui réservèrent un accueil joyeux, mais rapide. Ce soir, il y avait beaucoup plus passionnant : une nouvelle tête !

Le moment de vérité était proche. Si Emma avait menti, il le saurait vite. Et si, tout compte fait, elle n'aimait pas les animaux, il y aurait fort à parier qu'elle n'aimait pas non plus les enfants et que les choses se passeraient mal…

Les chiens avaient bondi sur Emma. Sous la force de l'assaut, elle recula avec un petit cri, manquant tomber à la renverse.

— Sage ! ordonna-t-elle d'un ton ferme. Assis !

Estomaqué, Adam vit les deux compères obéir dès la première injonction. Voyant qu'ils s'étaient calmés, Emma abandonna sa housse de guitare sur le carrelage pour s'accroupir devant eux et les caresser, riant lorsqu'ils la gratifièrent tour à tour d'affectueux coups de langue.

— Ils sont trop mignons ! s'exclama-t-elle, les yeux levés vers Adam. Deux grosses boules de poils !

— Celui-là, le briard, s'appelle Benji, expliqua-t-il. Et Bob, à votre droite, est un border collie.

Il aurait voulu rendre son sourire à Emma, mais quelque chose l'en empêcha. Une petite voix intérieure le taquinait, lui soufflant qu'il avait fait fausse route. Il avait cherché le point faible, prêt à dénigrer sa nouvelle nounou, mais elle l'avait bluffé !

Comme il la dévisageait, toujours sidéré, ses enfants se matérialisèrent dans le hall.

— Emma ! s'écria Poppy. Mamie a dit que tu allais nous garder. Je suis trop contente ! Viens vite, je vais te montrer le poney de Barbie.

Oliver, lui, ne quittait pas des yeux la housse de guitare.

— C'est « plus tard », maintenant, papa ? Je peux regarder ça ?

Adam n'eut pas le temps de répondre. Sa mère était sortie de la cuisine.

— Du calme, les enfants ! ordonna-t-elle. Laissez Emma s'installer tranquillement. D'ailleurs, le dîner est prêt. A table !

Adam abandonna le gros sac de son hôte au pied de l'horloge. Toujours guidée par Poppy, Emma entra dans la cuisine, avec Benji sur les talons, et suivie de près par Oliver qui avait pris la guitare.

Le pauvre Bob, lui, fermait la marche en boitant. Voyant qu'il le regardait, l'animal leva sa patte blessée, plein d'espoir. Adam se pencha pour lui caresser les oreilles.

— Je sais, mon vieux, dit-il en soupirant. Je vais refaire ton pansement, ne t'inquiète pas. Je mène une vie de dingue, mais ce n'est pas une excuse pour te négliger...

Il rejoignit les autres dans la cuisine, envahi d'une profonde lassitude. Depuis des mois, et même des années, son quotidien se résumait à un exercice de jonglage. On lui lançait toujours plus de balles sans qu'il puisse se permettre d'en faire tomber une seule.

Combien de temps encore tiendrait-il ? Il l'ignorait, mais une chose était certaine : Emma Sinclair n'avait pas intérêt à lui compliquer la tâche !

Après ce trajet dans une atmosphère tendue, la cuisine du manoir fit à Emma l'effet d'une oasis dans le désert.

Un bon feu brûlait dans l'imposante cheminée qui occupait presque tout un pan de mur. Les buffets en chêne clair brillaient à la lueur des flammes, et sur la grande table de ferme, on avait dressé le couvert pour cinq.

Deux grosses marmites, d'où s'échappait un délicieux fumet, chauffaient sur une cuisinière de style ancien ornée de petits carreaux bleus et blancs. L'odeur était si appétissante qu'Emma en eut l'eau à la bouche.

Incroyable… Quand avait-elle eu faim, vraiment faim, pour la dernière fois ? Cela faisait une éternité.

— Regarde ! s'exclama Poppy, en pointant du doigt le réfrigérateur américain ultramoderne. Là, c'est ma maman. Je l'ai dessinée toute seule. Je lui ai mis des ailes parce que c'est un ange.

— Je la trouve très jolie, répondit Emma, dont le cœur avait manqué un battement.

Se pouvait-il que ces enfants n'aient plus de mère ? Elle ne pouvait pas risquer la moindre question, mais il faudrait bien qu'elle sache…

— Là, j'ai dessiné papa avec Bob et Benji, reprit la fillette, enthousiaste.

— Tu te débrouilles bien, dis donc.

Au moins, sur ce portrait, Adam MacAllister avait le sourire. Cela changeait de l'image qu'il donnait dans la réalité. A cet instant précis, il était planté sur le seuil, l'air si furieux qu'on l'aurait cru prêt à assommer quelqu'un !

Détournant le regard, elle vit Oliver entrer avec la guitare. Il avançait péniblement, et la housse heurtait le carrelage à chaque pas. Elle se précipita.

— C'est trop lourd pour toi, dit-elle en lui enlevant l'instrument des mains. Je vais la poser là-bas, d'accord ?

— Non. Je veux la voir.

Le bambin s'était renfrogné et elle dissimula un sourire. Quand il faisait cette tête-là, il était le portrait craché de son père !

— On va manger, intervint Catherine d'un ton ferme. La pauvre Emma, qui s'est levée très tôt pour venir jusqu'ici, doit être fatiguée. Et moi, il faut que je me dépêche. Je pars pour Edimbourg après le dîner. Je vais dormir dans un hôtel de l'aéroport car je prends l'avion à l'aurore demain matin.

Le sourire de Poppy s'effaça en deux secondes.

— Mais, mamie, je ne veux pas que tu partes ! Tu vas rater Noël !

La vieille dame enfila des gants, prit une des deux marmites fumantes et la posa sur la table.

— Ne t'inquiète pas, mon cœur… Ils fêtent Noël au Canada aussi, tu sais. Je te téléphonerai souvent. Je te parlerai de ton petit cousin.

— Nous brancherons la webcam et tu pourras voir mamie, et aussi le bébé, renchérit Adam. Ce sera super.

Il s'assit en bout de table et commença à couper des tranches épaisses dans une grosse miche de pain posée sur une planche de bois. Poppy le fixait, au bord des larmes. Emma, qui s'en aperçut, reprit la main de la fillette.

— Où dois-je m'asseoir ? chuchota-t-elle. Cette table est tellement grande que je ne sais pas où me mettre.

— A côté de moi ! Là, regarde…

En moins de deux minutes, tout le monde était installé : Emma près de Poppy, avec Catherine et Ollie face à eux, et Adam qui présidait. Les chiens, eux, s'étaient couchés devant la cheminée… non loin de sa housse de guitare, qui, abandonnée contre un mur, détonnait un peu !

Pourtant, bizarrement, Emma se sentait bien dans cette cuisine au plafond blanchi à la chaux où s'entrecroisaient des poutres noires. Il émanait de la pièce une atmosphère familiale, incroyablement chaleureuse, avec son mobilier patiné et ses grandes étagères où s'alignaient, pêle-mêle, livres de cuisine, cadres à photos et objets divers, de toute évidence fabriqués par les enfants.

— Je suis désolée, ce n'est qu'un pot-au-feu, dit Catherine. Je n'ai pas eu le temps de cuisiner.

— Mais c'est parfait ! C'est délicieux ! se récria Emma.

Elle avait failli se trahir en ajoutant qu'elle-même serait incapable de mitonner un tel festin. Elle n'osait pas imaginer la réaction d'Adam quand il découvrirait qu'elle était nulle en cuisine. Or, il s'en apercevrait vite.

— J'ai préparé pas mal de plats et je les ai congelés, reprit Catherine d'un ton rassurant, comme si elle avait lu dans ses pensées. Il y a des plaques vitrocéramiques, un four « normal » et un micro-ondes dans le recoin, là-bas. Mais comme les enfants déjeunent à la cantine, finalement, vous n'aurez que le petit déjeuner et le dîner à gérer.

— As-tu acheté la dinde de Noël ? demanda Adam.

— Oui, elle est aussi dans le congélateur. N'oubliez pas de la sortir au moins deux jours avant, et faites-la dégeler dans l'arrière-cuisine. Ensuite...

— J'aime pas les carottes ! coupa Ollie. Il y en a plein dans mon assiette.

— Les carottes sont bonnes pour la santé, objecta Emma.

— Mais j'en ai pas besoin puisque je suis en bonne santé ! Je les laisse, voilà...

— Pas de carottes, pas de glace, intervint Adam.

— Tant pis. J'aime pas la glace.

— Ah, bon ? Moi, j'adore ça ! déclara Poppy.

— Moi aussi, renchérit Emma.

Elle adressa un clin d'œil à la fillette qui la gratifia d'un large sourire. Cette petite puce était la joie de vivre incarnée. Comment ne pas fondre devant elle ? Elle la trouvait adorable !

Lorsqu'elle se tourna de nouveau, elle croisa le regard intrigué d'Adam. Mais il reporta vite son attention sur Ollie.

— Dans ce cas, pas de dessin animé ce soir, dit-il sèchement. Tu iras au lit tout de suite.

Catherine dévisagea le père puis le fils avec un soupir navré avant de se lever.

— Je te laisse servir le dessert, Adam, dit-elle. Il ne faut plus que je tarde, et j'aimerais montrer sa chambre à Emma avant de partir.

— Mais alors, elle n'aura pas de glace ! s'exclama Poppy, consternée.

— Ne t'inquiète pas, je reviens tout de suite, promit Emma.

Pivotant vers Oliver qui boudait, le nez sur son assiette, elle ajouta :

— J'espère que, d'ici là, tu auras terminé tes carottes. Si tu perds trop de temps, je ne pourrai pas te montrer ma guitare.

En quittant la pièce, elle jeta un coup d'œil par-dessus son épaule... et le vit manger consciencieusement. Peut-être, au fond, serait-il moins difficile à manœuvrer qu'elle ne le craignait. Il paraissait plus compliqué que sa sœur, mais elle trouverait bien une solution !

Tout à ses pensées, elle suivit Catherine pour une visite express du rez-de-chaussée puis de l'étage.

— La maison a l'air très ancienne, commenta-t-elle.

— Oui, la partie principale date du XVIIe siècle. Depuis, il y a eu pas mal de rénovations et, bien sûr, les ajouts d'éléments de confort. Par exemple, il y a une salle de bains par chambre, ou presque.

Elles longèrent un vaste couloir où des dizaines de portraits de famille s'alignaient sur les murs. Puis Catherine ouvrit une lourde porte en chêne.

— Nous y voilà.

Emma faillit pousser un cri admiratif en découvrant sa chambre. Tout, depuis le lit aux montants de cuivre recouvert d'un somptueux quilt, jusqu'à la cheminée, en passant par les épais rideaux, donnait une impression de luxe absolu.

— C'est magnifique ! s'exclama-t-elle.

— Je suis contente que ça vous plaise, répondit gentiment Catherine. La chambre de Poppy est contiguë à la vôtre et celle d'Ollie est juste à côté, avec une salle d'eau entre les deux pièces. La salle de jeux se trouve au bout du couloir. Si vous prenez le corridor perpendiculaire, vous verrez des chambres d'amis, et celle d'Adam tout au fond. Demain, quand il fera jour, prenez le temps de visiter tranquillement.

La vieille dame consulta sa montre puis reprit :

— Je suis navrée, mais il faut que je vous abandonne. Je dois repasser chez moi pour prendre ma valise.

Elles ressortirent dans le couloir et Emma la regarda, intriguée.

— Je... croyais que vous habitiez ici.

— Plus maintenant. J'ai déménagé quand Adam a épousé Tania. La tradition familiale veut que le fils aîné s'installe ici après son mariage. A présent, j'habite un joli petit cottage au centre de Braeburn.

— Serait-il indiscret de vous demander… pourquoi je n'ai pas vu Tania ?

— Bien sûr que non, ma chère. J'allais vous en parler.

Catherine s'arrêta de marcher et, levant les yeux vers la galerie de portraits, elle désigna la photographie d'une superbe jeune femme blonde en Bikini, au bord de la mer, dans un décor de carte postale. Elle était si belle et rayonnante qu'Emma en fut estomaquée. On aurait dit un mannequin posant pour la couverture d'un magazine.

— Adam a pris cette photo pendant leur lune de miel aux Maldives, expliqua Catherine.

— C'est une très jolie femme.

Son hôte poussa un profond soupir.

— Oui, en effet. Poppy lui ressemble, je trouve. Ollie est davantage le portrait d'Adam.

Avançant dans le couloir, Catherine pointa d'autres clichés : une photographie de mariage où Adam couvait son épouse d'un regard adorateur, un adorable portrait de Tania avec les jumeaux nouveau-nés dans les bras, ainsi que d'autres, plus tardifs, où on voyait les enfants marcher…

— Ils avaient trois ans quand ce drame épouvantable s'est produit, murmura Catherine. Ils n'ont plus beaucoup de souvenirs de leur mère, aussi est-il important de leur montrer des photos.

Emma sentit sa gorge se nouer. Ainsi, elle avait vu juste. Son intuition ne l'avait pas trompée.

— Que… s'est-il passé ? chuchota-t-elle.

— Tania aimait faire son shopping de Noël à Edimbourg. Cette année-là, pour s'éviter un trajet, elle avait prévu d'y passer deux jours. Elle avait réservé une chambre dans un *bed and breakfast*. Il y a eu un incendie pendant la nuit. Elle n'a pas pu sortir et elle est morte… intoxiquée par la fumée.

— Juste avant Noël ? Quelle horreur !

— Oui, hélas…

Catherine la regarda droit dans les yeux pendant un long moment. On eût dit que la vieille dame voulait la mettre en garde, mais aussi lui demander quelque chose.

— Soyez patiente avec Adam, Emma, je vous en prie, dit-elle enfin. Il se pourrait qu'il soit un peu… difficile. Cette période de l'année lui rappelle des souvenirs terribles.

— Oui, bien sûr. Je comprends.

Elle ne s'étonnait plus maintenant de l'avoir trouvé maussade, renfrogné et désagréable. On l'aurait été à moins.

— Malgré cela, Noël est la fête des enfants, reprit Catherine. Poppy et Ollie grandissent et, maintenant, ils voient bien que, chez eux, Noël ne se prépare pas comme dans les autres familles. Je trouve ça injuste.

Emma opina.

— Je ferai mon maximum pour qu'ils aient un vrai Noël, répondit-elle doucement.

— J'en suis certaine, mon petit…

Catherine lui tapota le bras puis, une nouvelle fois, plongea le regard dans le sien. Le sourire triste et nostalgique de la vieille dame serra le cœur d'Emma.

— Merci d'avance de tout ce que vous pourrez faire, murmura Catherine. Les enfants sont persuadés que leur mère est un ange qui veille sur eux de là-haut. Et moi, je veux croire… qu'elle vous a envoyée jusqu'à nous.

3

— Alors, votre mère se plaît au Canada ?

— Oui, beaucoup.

Adam réprima un soupir. Tous les regards de la salle d'attente s'étaient tournés vers lui et il fit signe à Joan McClintock d'entrer dans son cabinet dont il referma soigneusement la porte.

Il ne fallait pas être grand clerc pour deviner que sa famille et lui étaient le centre de toutes les conversations. Cela avait déjà été le cas lorsqu'il avait épousé Tania, une « étrangère » venue d'Edimbourg.

Les gens l'avaient acceptée, admirée et accueillie en tant qu'épouse de leur médecin. Sa grossesse, puis la naissance des jumeaux avaient fourni un sujet de discussion aux commères du village pendant plusieurs mois. Ensuite, après sa mort, elles avaient fait bloc autour d'Adam pour lui témoigner leur soutien.

Ces dames de Braeburn étaient très attachées à lui et lui témoignaient une sollicitude indéfectible, souvent pesante. Dans ces conditions, il y avait fort à parier que l'arrivée d'Emma leur avait donné du grain à moudre !

Même s'il ne se souciait guère de sa nourrice, il se demandait comment elle prenait la chose. Elle était là depuis cinq jours, et sans doute avait-elle reçu un accueil plutôt frisquet partout où elle était passée...

— Qu'est-ce qui vous amène, Joan ? demanda-t-il.

— Je suis un peu patraque, docteur.

La vieille dame ôta son chapeau qu'elle lui tendit. Le prenant sans commentaire, il le posa sur son bureau, et regarda sa patiente enlever sa grosse écharpe de laine.

— « Patraque » comment, Joan ?

— Je ne sais pas bien... Je suis pas dans mon assiette. J'ai souvent des vertiges quand je me mets debout.

— Ah ! Je vais contrôler votre tension.

Au besoin, il lui prescrirait aussi un électrocardiogramme. Avec le temps, Joan était devenue une adepte de l'automédication, et malgré tous les efforts qu'il faisait pour l'en dissuader, elle prenait sans doute des cachets dont elle n'avait aucun besoin.

— J'ai vu vos deux petits sur la place, hier, dit Joan, alors qu'il l'aidait à retirer son manteau. Ils admiraient les décorations du grand sapin. Heureusement qu'ils ne se souviennent de rien, pas vrai ?

— Oui.

Il avait répondu d'un ton bref, à la limite de l'impolitesse, pour faire comprendre à Joan qu'il n'avait pas la moindre intention d'évoquer sa vie privée.

— Gardez votre gilet, ajouta-t-il plus aimablement. Nous allons juste relever les manches. Voilà...

Sans un mot de plus, il guida Joan McClintock vers la table d'examen. Qu'aurait-il pu dire ? Les gens considéraient sa défunte épouse comme une sainte femme, alors qu'en réalité...

Comment auraient-ils pu savoir ? pensa-t-il, amer. Lui-même n'avait rien soupçonné.

Bien sûr, ses patients avaient remarqué que Tania s'absentait beaucoup. Il s'était murmuré que les jumeaux étaient petits, qu'ils avaient besoin de leur mère, mais celle-ci était si jolie, si glamour ! Qui aurait pu la blâmer de vouloir retrouver les lumières de la ville de temps à autre ?

Adam avait appris le jour de sa mort qu'elle n'y allait pas seule. Elle était morte dans les bras de son amant. Suite à cette terrible découverte, il avait alors tout mis en œuvre pour que l'information ne s'ébruite pas.

Heureusement, il y était parvenu. Personne n'avait

découvert la vérité, ni leurs familles respectives, ni les habitants de Braeburn. Il portait son fardeau seul et, au fond, ce n'était que justice : s'il avait été plus présent, plus attentif, jamais Tania n'aurait eu besoin d'aller chercher ailleurs ce qui lui manquait.

Maintenant, alors que la douleur commençait juste à s'estomper, il espérait pouvoir, un jour, affronter la période des fêtes sans culpabilité ni colère. Mais ce n'était pas demain la veille…

— Votre petite Anglaise, elle était avec eux, reprit Joan dès qu'il eut abaissé son stéthoscope. Paraît-il qu'elle est devenue amie avec Caitlin McMurray, à l'école.

— Mmm…

S'il avait cru décourager la vieille dame par ce grognement laconique, il en fut pour ses frais.

— On m'a dit que votre nounou, elle *chante* ! insista-t-elle.

— Oui.

Il avait un peu de mal à s'y habituer car Emma fredonnait sans arrêt : en faisant la vaisselle, en triant le linge, et bien sûr, avec Poppy et Ollie, à qui elle apprenait un nouveau chant tous les soirs à l'heure du coucher.

Sans doute croyait-elle que l'étage était suffisamment éloigné du bureau — où il triait sa paperasse après le dîner — pour que la musique soit inaudible. Mais, bien sûr, ce n'était pas le cas. Il entendait tout. Il l'entendait même, *elle*, quand elle chantait seule dans sa chambre.

Non que cela le dérangeât. Il trouvait le son joli, plutôt agréable. Mais aussi très… différent. Inhabituel.

— Elle est pas une maîtresse d'école, votre nourrice ! Qu'est-ce qu'elle peut bien fabriquer là-bas tous les jours ?

Cette fois, c'en était trop. Oubliant sa résolution de rester muet, Adam voulut défendre son employée.

— Mlle Sinclair est une *ancienne professeure* de musique, riposta-t-il sèchement. Elle joue de la guitare, et cela tombe bien puisque le piano électrique de l'école a rendu l'âme. Elle va aider les enfants à apprendre leurs chants de Noël.

Avant que Joan ait pu répliquer, il enchaîna :

— Levez-vous, s'il vous plaît. Je vais contrôler votre tension debout.

Joan se redressa péniblement puis descendit de la table.

— Au comité des fêtes, nous étions au courant, pour le piano, marmonna-t-elle. Mais si nous en rachetons un, nous n'aurons plus assez d'argent pour les travaux de la salle des fêtes. Et si la salle est fermée au public, où les enfants pourront-ils jouer leur spectacle de Noël ?

Adam revint à sa stratégie initiale : le silence. Il reprit la tension de Mme McClintock puis la fit asseoir et lui expliqua les modifications qu'il souhaitait apporter à son traitement.

Il prit un air si sévère que, cette fois, elle ne revint pas à la charge. Mais en la raccompagnant, il songea que cette journée, comme toutes les précédentes, allait être longue.

Très longue.

A la seconde où Emma poussa la porte de l'épicerie, les conversations s'arrêtèrent net.

Elle fit mine de n'avoir rien remarqué, afficha son plus beau sourire et se rapprocha du comptoir.

— Bonjour ! dit-elle. Auriez-vous du papier de couleur adhésif ?

L'air estomaqué de l'épicière lui fit presque regretter d'être venue là. Mais pour le shopping, c'était soit Braeburn, soit une petite ville située à une demi-heure de route, et elle avait eu peur de manquer de temps.

— J'aimerais fabriquer des guirlandes en papier, expliqua-t-elle sans se départir de sa bonne humeur.

La commerçante échangea un regard entendu avec les deux clientes qui se trouvaient là.

— Des décorations de Noël ? chuchota la plus âgée. Chez les MacAllister ?

Le sous-entendu était clair : on ne fêtait plus Noël dans cette famille. Mais Emma, qui avait emmené les enfants admirer le sapin tous les jours sur la place, avait de la peine pour eux chaque fois qu'ils évoquaient le sujet.

— J'adore les arbres de Noël, avait chuchoté Poppy, les yeux brillants, la veille. Ils sont trooop beaux !

— Celui de la maison sera magnifique aussi, tu verras, avait-elle répondu.

— Il n'y en aura pas ! avait marmonné Ollie en haussant les épaules. On n'en achète jamais. Mamie dit que ça rend papa trop triste.

— Et moi, je suis trop triste de ne pas avoir de sapin, avait protesté Poppy.

Très ennuyée, Emma avait réfléchi à cette conversation une partie de la nuit. Sans doute existait-il un moyen de convaincre le taciturne Dr MacAllister que ses enfants avaient besoin d'un peu de joie de vivre ? Quel mal y aurait-il à leur offrir quelques décorations de Noël ?

Lorsque Catherine avait appelé, ce matin-là — Adam étant déjà parti au cabinet médical —, elle lui avait donc posé la question.

— Ce serait formidable ! avait répondu la vieille dame, enthousiaste. Cela ne sert à rien de vivre dans le passé. J'ai essayé, mais... J'espère que *vous*, vous réussirez, mon petit, avait-elle ajouté en soupirant. De toute manière, il ne pourra pas vous mettre à la porte, alors...

La phrase en suspens avait fait comprendre à Emma qu'elle n'aurait pas la tâche facile. Mais elle s'en doutait !

Revenant au présent, elle soutint sans ciller le regard de l'épicière.

— C'est pour Poppy et Ollie, dit-elle d'un ton ferme. Ils ont fabriqué des objets de Noël à l'école et ils aimeraient faire la même chose à la maison. Quand j'avais leur âge, je découpais toujours des guirlandes en papier.

La commerçante hocha la tête.

— Ah, les petits agneaux, répondit-elle en soupirant. Faut

penser à eux, pour sûr ! Le papier est là-bas, sur votre droite, à côté des magazines.

Les deux clientes papotaient toujours près du comptoir quand Emma revint avec ses achats et la discussion se poursuivit.

— ... et si ce n'est pas malheureux, de se retrouver veuf à cet âge-là, entendit-elle.

— Sa femme ressemblait à une princesse, renchérit l'épicière. Toujours tirée à quatre épingles, qu'elle était...

Emma sentit leurs regards détailler son jean et son pull trop long qui dépassait sous son vieil anorak. Malicieusement, elle se félicita d'avoir mis son vieux bonnet tibétain rayé, en grosse laine, dont les lanières pendaient telles des dreadlocks.

Au moins, ces commères auraient de quoi jaser sur son compte dès qu'elle aurait le dos tourné !

Après avoir payé ses emplettes, elle rejoignit la place et s'assit sur un banc, les yeux rivés sur le magnifique sapin qui faisait la fierté du village.

Debout au coin de la rue principale, un joueur de cornemuse venait d'entamer un air traditionnel dont les accents rocailleux et nostalgiques lui serrèrent le cœur. Elle n'aurait su dire si la mélodie évoquait le courage, la solitude ou la tristesse, mais en l'entendant, ses pensées s'envolèrent aussitôt vers Adam MacAllister.

Depuis un jour ou deux, cela lui arrivait de plus en plus souvent. Sans doute l'approche des fêtes et l'échéance qui planait au-dessus d'elle la rendaient-elles plus sensible au chagrin de cet homme fier et courageux.

A la seule idée qu'elle allait peut-être passer son dernier Noël avec lui, et avec ses enfants, sa gorge se noua.

Ces petits bouts n'avaient aucune idée de ce que pouvait être une fête de famille, et leur père, muré dans sa tour d'ivoire, semblait ignorer à quel point la vie était précieuse.

Elle, en revanche, savait qu'il fallait profiter de chaque instant comme si c'était le dernier.

Soudain, les paroles de Catherine, la veille de son départ, lui revinrent à l'esprit.

« Je veux croire qu'elle vous a envoyée jusqu'à nous. »

Et si le destin l'avait réellement « envoyée » là pour rendre ce Noël magique et inoubliable ?

Les yeux rivés sur le grand sapin, elle se jura de tout faire pour y parvenir.

Ce serait peut-être sa dernière mission sur cette terre, mais elle réussirait.

4

Jamais, de toute sa vie, Emma n'avait ressenti d'élan de tendresse pour un homme à 8 heures du matin.

Pourtant, ce samedi, en voyant Adam s'asseoir à la table du petit déjeuner, vêtu d'un strict pull-over noir par-dessus sa chemise et sa cravate, elle dut réprimer un soupir d'admiration. Il était vraiment très, très beau !

Quel dommage que les traditions locales se perdent. Elle aurait tant aimé le voir en kilt, avec les cheveux longs ! Il aurait sans doute eu l'air encore plus viril et plus sauvage...

— Votre famille a-t-elle un tartan spécifique ?

— Quoi ?

Adam reposa la théière en fronçant les sourcils, et Emma se dirigea vers le réfrigérateur, gênée. Quelle idiote ! Elle qui voulait par-dessus tout impressionner son patron, c'était raté ! Qu'est-ce qui lui avait pris de poser une question pareille ?

— J'ai... vu un joueur de cornemuse hier, bredouilla-t-elle, à demi cachée dans le réfrigérateur. Il portait un kilt magnifique et je me demandais si votre clan... avait... des couleurs particulières.

— Oui. Evidemment.

L'explication qu'elle attendait ne vint pas. Vexée, elle retourna vers le plan de travail et se mit en devoir de casser les œufs qu'elle avait rapportés.

— Nous appartenons au clan Donald, reprit Adam au bout d'un moment.

Il s'était exprimé d'un ton plus doux. Quand elle se retourna, elle lui trouva l'air un peu embarrassé. S'était-il rendu compte de son impolitesse ?

— Notre tartan est rouge et vert, avec un soupçon de bleu roi et des rayures blanches, expliqua-t-il.

— Ah… D'accord.

Elle savait qu'elle aurait dû s'en tenir là, mais ne put retenir la question qui lui brûlait les lèvres :

— Portez-vous… le kilt, quelquefois ?

— Jamais. Sauf pour les mariages et les enterrements.

Oh ! Seigneur. Il la fusillait du regard, à présent. Le week-end n'aurait pas pu commencer plus mal !

Elle inspira à fond et afficha un sourire de commande.

— Prendrez-vous des œufs brouillés ? Je vais en préparer pour Poppy et Ollie.

— Non, merci. Je n'ai pas le temps, je travaille ce matin. Il y a des consultations au cabinet jusqu'à 11 heures. Ensuite, je ferai quelques visites à domicile.

Il but rapidement son thé, se leva, puis divisa sa dernière tartine beurrée en deux. En le voyant offrir un morceau de pain à Bob, et l'autre à Benji, Emma songea qu'il était peut-être plus sympathique qu'il n'en avait l'air. Du moins, c'était à espérer…

Quelques instants plus tard, elle sentit ses doutes sur sa « gentillesse » revenir quand, posté dans le hall, il interpella ses enfants d'une voix de stentor :

— Poppy, j'espère que tu es habillée ! Ollie, dépêche-toi ! Pense à prendre le tuyau de ta cornemuse et n'oublie pas tes partitions, cette fois !

Alors qu'il était prêt à partir, il revint dans la cuisine.

— Vous vous rappelez tous les endroits où il faut les conduire ? demanda-t-il, dubitatif.

— Oui, répondit-elle d'un ton ferme. J'emmène Ollie chez M. McTavish pour 9 heures. Le cours de danse de Poppy commence à 9 h 30, à la salle des fêtes. Je récupère Ollie à 10 heures, Poppy à 10 h 30.

— Très bien.

— Ensuite, nous irons faire quelques courses et acheter du pain frais. Serez-vous de retour pour déjeuner ?

Il haussa les épaules.

— Je n'en sais rien. Si je reviens à temps, vous aurez votre après-midi de libre. Et demain aussi, bien entendu.

— Que se passe-t-il en cas d'urgence le dimanche ?

— Ma mère s'occupe des petits. Si elle n'est pas là, ils viennent avec moi et m'attendent dans la voiture. Ils ont l'habitude.

— Oh ! mais je me ferai un plaisir de les garder ! Je n'ai pas besoin d'une journée de congé !

Adam la fixa sans répondre.

Avait-elle manifesté trop d'enthousiasme ? Avait-il deviné à quel point elle s'était attachée aux enfants ? Cela lui déplaisait-il ?

Quoi qu'il en soit, Emma se sentit profondément troublée. Prisonnière de ce regard de braise, elle ne pouvait plus ni parler ni bouger. Il lui semblait entendre son cœur cogner dans sa poitrine, alors qu'Adam continuait de la dévisager, l'air indéchiffrable.

Combien de temps cet échange muet dura-t-il ? Elle aurait été incapable de le dire. Il fallut l'arrivée bruyante d'Ollie et Poppy pour que, finalement, elle redescende sur terre.

Le premier tenait une petite cornemuse et un très vieux livre à la main, tandis que la seconde agitait une brosse à cheveux.

— Mes affaires étaient sous mon lit, papa ! s'écria Ollie.

— Tu as vu, je suis déjà prête ! s'exclama Poppy. Emma n'aura plus qu'à faire mon chignon.

La gaieté de la fillette fondit comme neige au soleil lorsqu'elle s'aperçut que son père s'apprêtait à sortir, sa sacoche à la main.

— Oh ! non... Tu t'en vas, papa ?

— Tu sais bien que je travaille le samedi matin, mon cœur, répondit-il gentiment.

L'expression de son visage s'était adoucie depuis que ses enfants les avaient rejoints. A cette minute précise, on aurait presque pu penser qu'il souriait. Mais les coins de sa bouche ne s'étaient que légèrement retroussés, à croire qu'il ne pouvait pas faire mieux.

Sans doute, songea Emma, ces deux bouts de chou ne l'avaient-ils jamais vu gai, enjoué. Ils n'avaient jamais dû l'entendre piquer un fou rire…

— Je serai peut-être revenu à temps pour déjeuner avec vous, ajouta-t-il. D'ici là, soyez sages.

Il déposa un baiser rapide sur le front de Poppy, fit de même avec Oliver, puis sortit dans le vestibule sans un mot pour Emma.

Après le regard qu'ils avaient échangé, elle en éprouva un curieux sentiment d'abandon.

Ainsi qu'Emma l'avait craint, Adam n'était toujours pas rentré lorsque, vers 13 heures, elle demanda à Poppy et Ollie de passer à table.

— Je vais mettre son couvert, et je lui laisserai de la soupe à chauffer sur le poêle.

— Moi, je vais lui offrir un de mes chocolats ! renchérit Poppy, dont le visage s'était éclairé à cette idée. Dis, Emma, tu es sûre qu'il y en a un derrière chaque fenêtre ?

— Bien sûr ! Vous n'aviez jamais eu de calendrier de l'avent ?

— Ben non… Jeannie, elle m'en avait parlé à l'école, mais je ne la croyais pas.

Emma reporta son attention sur les deux calendriers décorés de personnages de dessins animés qui trônaient sur le buffet. Avait-elle commis un impair en les achetant ? Elle avait voulu faire plaisir aux jumeaux, et espérait qu'Adam ne s'en formaliserait pas. Elle le saurait bien assez tôt…

— Tu peux ranger ta cornemuse, Ollie. On va manger.

— Non. Je préfère attendre papa.

Assis sur un tabouret près de la fenêtre, le garçonnet se mit à souffler dans l'instrument comme si sa vie en dépendait. Le son était si discordant que les deux chiens, couchés devant la cheminée, se levèrent pour aller se réfugier dans le vestibule.

— J'ai une idée ! dit-elle, haussant la voix pour couvrir le bruit. Tu pourrais manger un peu avec nous, et un peu avec papa tout à l'heure. Qu'en penses-tu ?

Aucune réponse : Ollie soufflait de plus belle. Emma n'eut cependant pas à se montrer plus autoritaire car le téléphone sonna. Il lâcha aussitôt la cornemuse et courut décrocher.

Le combiné se trouvait au fond de la pièce, près de l'arrière-cuisine. Tendant l'oreille, Emma comprit vite de quoi il retournait, et en eut confirmation lorsque Ollie vint s'asseoir à table, les sourcils froncés.

— C'était papa, marmonna-t-il. Le bébé de Mme Jessop veut sortir trop tôt, alors papa va rester chez elle pour la surveiller jusqu'à ce que l'ambulance arrive. Peut-être qu'il va l'accompagner à l'hôpital. Il rentrera pour le goûter.

La déception évidente du bambin serra le cœur d'Emma.

— Nous allons trouver des activités à faire en attendant, dit-elle d'une voix douce. Le temps passera vite.

Au lieu de se dérider, Ollie se rembrunit un peu plus, et elle se jura de tout faire pour que les enfants passent un bon après-midi. Après le déjeuner, elle les emmitoufla donc chaudement, et les pria de l'emmener jusqu'à l'enclos de leur ânesse qu'elle n'avait pas encore vue.

L'animal les accueillit avec force braiements, et accepta sans se faire prier les carottes que les petits lui offraient.

— Qu'elle est belle ! commenta Emma en caressant ses oreilles veloutées. Elle a des yeux magnifiques.

Doucement, Jemima pencha la tête par-dessus la clôture du parc pour frôler celle de Poppy.

— Regarde comme elle est gentille ! s'extasia la fillette. Elle me fait des câlins. Mais ce qu'elle préfère, c'est quand je monte sur son dos.

— Ah, bon ? Tu as une selle ?

— On n'en a pas besoin, expliqua Ollie. Jemima a tellement de laine qu'il suffit de s'accrocher à son cou. Et puis, elle ne va pas vite.

— Mais comment la dirige-t-on ?

— Elle me suit ! déclara le garçonnet, pas peu fier. Elle m'obéit toujours parce qu'elle m'adore. Et elle est très intelligente, tu sais. On ne l'attache jamais dans son écurie car elle sait défaire les nœuds !

— En tout cas, elle semble contente de nous voir, répondit gentiment Emma. Tous les matins, elle brait à fendre l'âme.

— C'est parce qu'elle s'ennuie, expliqua Poppy, l'air navré. Mais papa dit qu'on ne peut pas avoir deux ânes...

— On pourrait peut-être l'emmener en promenade jusqu'à l'étang ? suggéra Ollie. Il faut juste monter la colline, là-haut, et marcher un peu...

Emma hésita. Le ciel devenait franchement gris. Elle imaginait la réaction d'Adam si elle s'égarait dans la tempête avec les jumeaux, les chiens et l'ânesse. Elle n'allait pas prendre le risque !

La pluie commença à tomber alors qu'elle allait répondre par la négative. Maintenant, ses arguments étaient tout trouvés.

— Nous irons à l'étang un autre jour, déclara-t-elle. Un déluge se prépare. Nous devrions rentrer Jemima.

— Oui, vite ! dit Poppy. Sinon, elle va être trempée.

Sitôt la porte de l'enclos ouverte, l'ânesse suivit Oliver comme son ombre, lui emboîtant le pas et, arrivée à l'écurie, rentrant docilement.

Emma ferma la partie basse de la porte, laissant le haut ouvert. Mais à peine se furent-ils éloignés qu'elle commença à braire.

— Oh ! non..., murmura Poppy, les larmes aux yeux.

— Regardez, il y a du houx dans cette haie, là-bas ! intervint Emma pour la distraire. Allons en cueillir un peu.

— Pourquoi ? demanda Ollie en fronçant les sourcils.

— Parce que c'est une tradition. On s'en sert pour décorer les maisons à Noël. Il faut choisir des branches qui ont beaucoup de boules rouges.

Elle sortit son canif de poche pour couper quelques rameaux puis ils rentrèrent au pas de charge sous l'averse.

Il pleuvait des cordes lorsqu'ils atteignirent la maison. Bien protégés, les enfants n'étaient heureusement pas mouillés. En revanche, les chiens gagnèrent la cuisine en laissant de belles traces de boue sur le carrelage qu'Emma nettoya dès qu'ils eurent repris leur place au coin du feu !

Après le goûter, elle put enfin annoncer la « surprise » qu'elle réservait aux enfants : la fabrication des guirlandes. Leur réaction fut à la hauteur de ses espérances : intrigués par cette nouveauté, ils se lancèrent dans l'activité avec un enthousiasme débordant.

Au bout d'une heure de travail, plusieurs rubans multicolores de tailles diverses étaient empilés devant eux. Emma explora les tiroirs à la recherche de punaises et de ruban adhésif, puis elle dut installer une chaise sur la table, et grimper dessus afin de pouvoir accrocher les guirlandes entre les poutres.

La nuit était tombée quand, postés sur le seuil de la cuisine, les enfants purent enfin juger du résultat de leurs efforts.

— C'est beau..., chuchota Poppy.

— Très, très beau, renchérit Ollie.

Pour Emma, leurs regards émerveillés furent la plus belle des récompenses.

Entendre chanter à tue-tête était la dernière chose dont Adam avait besoin après cette journée harassante.

Pour lui, l'humeur n'était pas à la fête. Il venait de laisser à l'hôpital une jeune mère plongée dans l'angoisse.

La pauvre Aimee Jessop avait accouché à vingt-sept semaines et son bébé, un garçon, luttait pour la vie en réanimation néonatale. Adam était resté près d'Aimee car son époux travaillait sur une plate-forme pétrolière. Jamais il n'aurait pu l'abandonner dans de telles circonstances.

Mais après ces moments d'angoisse, tout ce qu'il souhaitait, c'était une tasse de thé... et un peu de calme.

La grande horloge du hall s'était encore arrêtée. Il avait, une fois de plus, oublié de la remonter. Tout comme il avait oublié de refaire le pansement de Bob, en milieu de semaine.

Si son chien était en bonne voie de guérison — et il en avait la preuve sous les yeux à cet instant précis —, ce n'était pas grâce à lui, mais grâce à Emma. Le mercredi, elle avait pris l'initiative de remmener Bob chez le vétérinaire qui lui avait expliqué en détail les soins à prodiguer et, apparemment, elle faisait des miracles...

A bien des égards, elle se montrait parfaite. D'ailleurs, quand il la voyait avec ses enfants, il ne pouvait que culpabiliser. Lui aussi aurait voulu leur consacrer du temps... sauf que le temps lui manquait. Il n'avait même pas pu passer l'après-midi à la maison.

Dépité, fatigué, il gagna la cuisine, suivi comme son ombre par ses chiens.

Une fois n'étant pas coutume, il allait boire un whisky avant le dîner. Puis il profiterait de cette fin de journée pour s'occuper d'Ollie et Poppy. Il bavarderait avec eux, leur lirait quelques histoires après le repas. A moins qu'ils ne préfèrent une douce mélodie à l'heure du coucher ? Cela devenait une habitude...

En se rapprochant, il perçut distinctement ce que les jumeaux chantaient : c'était l'air du petit âne sur le chemin de Bethléem. Un chant de Noël.

Il s'avança encore... et faillit pousser un cri de surprise lorsque, sur le seuil, il s'emberlificota dans des serpentins de papier coloré qui pendaient du plafond.

— Bon sang de bonsoir ! Que se passe-t-il ici ?

— *Papa* ! Tu es rentré !

Poppy avait jailli de sa chaise pour venir se jeter dans ses bras.

— On a fait des guirlandes, expliqua-t-elle, tout excitée. Hein qu'elles sont jolies ?

— Et on a appris une nouvelle chanson sur l'âne de Marie, ajouta Oliver, aussi enthousiaste que Poppy.

Seigneur... C'était reparti. N'en finirait-on jamais ?

Le regard d'Adam tomba alors sur le buffet ancien, où trônaient deux calendriers de l'avent, et il eut l'impression que le sang se figeait dans ses veines. Les petits durent sentir qu'il y avait un problème car ils devinrent, d'un coup, très silencieux et ils retournèrent s'asseoir à la table sans un mot.

— Ils n'ont pas mangé tous les chocolats en retard depuis le 1er décembre, rassurez-vous, dit Emma. Ils n'ont ouvert que quelques fenêtres. Ils voulaient vous en garder.

Il pivota vers elle et vit son air anxieux, presque implorant. « Ne gâchez pas leur plaisir, semblait-elle demander. J'ai fait tout cela pour *eux*. »

Indéniablement, elle adorait Poppy et Ollie, et elle paraissait déterminée à se mettre en quatre pour leur donner un peu de joie de vivre.

Hypnotisé par le regard de la jeune femme, il se sentit soudain mal à l'aise. C'était comme si elle l'avait percé à jour, comme s'il se reflétait en miroir dans ses prunelles bleues. Et il n'aimait pas beaucoup ce qu'il voyait.

Chassant cette réflexion importune, il se força à sourire.

— S'ils ne mangent pas tout d'un coup, c'est parfait, dit-il. Et vous avez bien travaillé, ajouta-t-il, les yeux levés vers le plafond. Vous avez dû y passer beaucoup de temps.

— Oui, mais j'ai quand même pu travailler ma cornemuse ! intervint Ollie, tout fier. Tu veux que j'en joue un morceau ?

— Volontiers, dans un moment, chéri. Laisse-moi juste enlever mon manteau et m'installer confortablement. Je boirais bien quelque chose !

Il jeta un coup d'œil en direction d'Emma, décidé à faire amende honorable… même s'il ne savait pas bien pourquoi.

— Prendrez-vous un whisky ?

Elle secoua la tête en souriant.

— Non, mais ne bougez pas, je vais vous en servir un. Vous avez eu une journée difficile. Le dîner sera prêt dans un quart d'heure.

Elle paraissait heureuse, détendue, et pas du tout fâchée d'avoir perdu son après-midi de libre. Au contraire, elle semblait avoir deviné à quel point il était las. Son regard ne trahissait rien d'autre qu'une grande gentillesse et le désir de lui être agréable.

Et cela marchait.

Contre toute attente, il commençait à se sentir mieux. La vue des décorations de Noël ne le rebutait même pas. Le fait que ses enfants aient mis tout leur cœur dans cette création y était sans doute pour quelque chose.

Jamais Tania n'aurait supporté de voir ces objets imparfaits à la maison ! Mais pour lui, peu importait que les guirlandes soient de tailles inégales, biscornues ou même déchirées. Elles fleuraient bon la gaieté et le naturel, comme les branches de houx posées au coin de la table.

Comme la jeune personne qui s'avançait vers lui en souriant, un verre à la main.

— Merci, Emma.

Il se surprit à lui sourire en retour. Peut-être était-ce la première fois ? Il s'était tellement méfié d'elle, au début…

Mais ce soir, comment aurait-il pu résister à son regard si doux, si expressif ?

A la chaleur de la pièce, ses joues d'habitude toutes pâles avaient rosi. Elle était vraiment ravissante. Certes, elle ressemblait à un petit lutin fragile, mais elle était… très jolie.

Non. A la réflexion, « jolie » n'était pas le terme exact.

Emma Sinclair était, tout simplement, l'une des plus belles femmes qu'Adam eût jamais rencontrées.

5

Ce dimanche-là, Adam n'eut pas à sortir de la journée.

Ainsi qu'il l'avait prévu, il s'occupa des enfants et Emma eut beaucoup de temps pour elle. Enfermée dans sa chambre, elle en profita donc pour s'atteler au cadeau de Noël de Sharon : l'écriture d'une chanson qu'elle voulait enregistrer pour elle.

Elle la lui enverrait avec un montage de photographies retraçant l'année écoulée, en gage de sa profonde reconnaissance. Sans cette amie fidèle, aurait-elle survécu à l'enfer ?

Même si elle ne bénéficiait que d'un répit — et elle serait bientôt fixée sur ce point —, elle s'efforçait de profiter des joies de l'existence. A commencer par les moments qu'elle passait ici, en Ecosse, avec les jumeaux MacAllister. Avec Adam...

Emma s'endormit sur cette pensée positive, et elle commença la journée d'excellente humeur le lundi matin. La perspective de reprendre ses tâches quotidiennes, en particulier les conduites à l'école, la mettait en joie.

Son moment préféré était la sortie, à midi et à 16 heures, car Ollie était tellement long qu'elle avait toujours le temps de discuter avec Caitlin, l'institutrice. Voilà pourquoi, la semaine précédente, dès le deuxième jour, la jeune femme l'avait « recrutée » pour les répétitions du spectacle de Noël !

Ce soir-là encore, après avoir dirigé la chorale, elle s'attarda à bavarder.

— J'ai parlé de toi à Moira Findlay, ce week-end, déclara Caitlin. Je lui ai dit que tu avais une voix exceptionnelle. Du coup, elle va probablement t'inviter à chanter dans la chorale du village.

— Rien que ça ! répondit Emma en souriant. Ce serait un grand honneur, j'imagine ?

Caitlin s'esclaffa.

— Plutôt, oui. D'habitude, ces dames ne prennent que des villageois et villageoises pure souche, et encore, à la troisième génération !

— Le problème, c'est que je ne resterai pas longtemps à Braeburn. Le lui as-tu dit ?

— Non, murmura Caitlin, l'air déçu. J'avais espéré... que tu te plairais ici, et que tu aurais envie de prolonger ton séjour. Adam aura encore besoin d'une nourrice après le retour de sa mère. Cela ne change rien.

— Peut-être, mais... il n'a pas parlé d'une éventuelle prolongation de contrat. Et moi, je ne sais pas du tout... ce que je ferai en début d'année prochaine, alors...

Elle sentit que Caitlin attendait la suite, mais que dire ? Elle n'allait pas raconter sa vie, encore moins en présence des jumeaux.

A son grand soulagement, Poppy la tira par la manche.

— Dis, Emma, tu pourrais chanter la chanson de Jemima à Mlle McMurray ? demanda-t-elle, l'air implorant.

— « Petit âne » ? Ta maîtresse la connaît déjà !

— Mais bien sûr, dit Caitlin. Et même, je l'adore.

Elles se mirent à fredonner toutes les trois. Oliver, qui jusqu'alors admirait les poissons rouges dans l'aquarium au fond de la classe, se rapprocha.

— Si seulement nous avions de droit de louer un âne pour le spectacle ! observa Caitlin. J'imagine déjà la scène : notre petite Marie sur le dos de l'animal, et notre petit Joseph qui tiendrait les rênes pour entrer dans la salle des fêtes. Et la chorale qui chanterait la chanson...

Poppy battit des mains en poussant des cris de Sioux.

— Oui, oui, oui ! Ce serait très facile puisque je joue Marie, et qu'Ollie joue Joseph, et que nous avons un âne !

Caitlin la regarda, comme si elle était gênée d'avoir exprimé ses pensées à voix haute.

— C'est impossible, ma puce, reprit-elle d'une voix douce. On n'a pas le droit de prendre de vrais animaux pour des raisons de sécurité.

— En es-tu sûre ? demanda Emma.

Une idée folle commençait à germer dans son esprit. Quelle fête ce serait pour les enfants de participer à une telle mise en scène ! Et quel bonheur pour Adam de les voir heureux... Cette simple pensée la mettait en joie.

— Jemima est très docile, ajouta-t-elle. Et je suis certaine qu'elle obéirait à Ollie, même dans un endroit inconnu. Qu'en penses-tu, mon grand ?

— Oui, bien sûr !

— Hmm..., murmura Caitlin. Il faudrait la transporter jusqu'ici, mais ma sœur et mon beau-frère s'occupent d'un refuge pour ânes. Ils pourraient nous prêter un fourgon... Il faut y réfléchir...

— Super ! s'exclama Poppy, qui s'était mise à sauter sur place. Jemima va venir dans notre spectacle !

— Attends un peu, objecta Caitlin. Rien n'est encore décidé. Il nous faudra l'accord de la mairie, et bien sûr, celui de votre père.

Quelques minutes plus tard, en voiture avec les enfants, Emma repensa à cette conversation pour le moins inattendue. Elle voulait croire que le projet échafaudé avec l'institutrice serait réalisable. Mais qu'en penserait Adam ? Ne risquait-il pas de trouver que les choses allaient trop loin ?

Il avait déjà accepté les guirlandes, le houx, les calendriers de l'avent. Serait-il judicieux de franchir une autre étape ?

Oui, décida-t-elle. Cet homme avait besoin d'un petit coup de pouce. Il fallait qu'il sorte de sa coquille, pour le bien de ses enfants.

Sur la route du retour, elle avait déjà remarqué qu'un

agriculteur vendait des sapins. Ce soir, elle allait s'arrêter. Il était temps que ces bambins découvrent la magie de Noël dans ce qu'elle avait de plus beau.

Et, pour les conséquences, elle s'en arrangerait.

— Non.

— Mais, papa... Je *veux* que Jemima participe au spectacle. *S'il te plaît...*

— Non.

La fourchette d'Adam claqua contre son assiette, en écho à son refus abrupt. Quand elle voyait sa réaction, Emma se félicitait d'avoir attendu la fin du dîner pour aborder le sujet !

En quelques minutes, l'atmosphère chaleureuse de la cuisine était devenue glaciale. Adam paraissait hors de lui, et il était clair qu'il enfournait les bouchées sans prêter la moindre attention à ce qu'il mangeait.

Le ragoût de Catherine était délicieux, pourtant. C'était d'ailleurs le dernier plat préparé par ses soins qui restait au congélateur. Dès le lendemain soir, Emma devrait véritablement se mettre aux fourneaux, et, pour le coup, Adam aurait de bonnes raisons de se fâcher...

Dépités par la réaction de leur père, les enfants semblaient avoir perdu leur appétit.

— Terminez votre assiette ! ordonna Adam. Sinon, pas de glace !

— Je ne veux pas de glace, commença Poppy d'une voix tremblante. Je veux...

« Non, implora mentalement Emma. Tais-toi, je t'en prie. »

— Je veux que Jemima soit dans le spectacle ! acheva la fillette, au bord des larmes.

Adam lâcha ses couverts puis il se leva avec une telle brusquerie que sa chaise faillit tomber.

— C'est l'idée la plus bête que j'aie entendue depuis longtemps et je ne veux plus *du tout* qu'on en parle ! s'écria-t-il. Je suppose que cela vient de vous, d'ailleurs, ajouta-t-il, gratifiant Emma d'une œillade assassine.

L'espace d'un instant, elle eut peur. Il y avait tant de rage et de chagrin refoulés chez cet homme. Dieu seul savait ce qui pourrait se produire s'il s'autorisait à ouvrir les vannes.

Puis elle regarda Poppy et Ollie, et ses craintes s'évanouirent, cédant la place à une vive colère. Cela lui arrivait rarement, mais là, elle se sentait furieuse. Furieuse contre Adam qui terrifiait ses propres enfants !

Les pauvres étaient devenus blêmes, figés comme des statues de sel sur leur chaise. Sans doute se disaient-ils qu'ils avaient fait une bêtise et que leur papa n'allait plus les aimer.

Mais ils n'avaient rien fait de mal, à part rêver. Quoi de plus naturel à leur âge ?

Résolument, elle soutint le regard d'Adam et se redressa sur sa chaise.

— Oui, c'était mon idée, dit-elle d'un ton ferme. Avec l'approbation de Caitlin McMurray. Elle est prête à demander toutes les autorisations nécessaires et à organiser le transport de Jemima.

La serviette en papier qu'Adam avait gardée dans les mains atterrit en boule dans son assiette, lancée d'un geste rageur.

— Avez-vous vu l'état de la salle des fêtes ? Le toit a dû être consolidé en urgence, et le vieux plancher a connu des jours meilleurs. Il risque de céder sous le poids de Jemima. Imaginez un peu la panique ! Des enfants, peut-être les miens, risqueraient d'être blessés ! Vous voudriez que je les mette en danger pour les besoins d'une simple mascarade ? Ma parole, vous êtes tombée sur la tête !

Emma dut inspirer à fond pour empêcher sa voix de trembler.

— Ce n'est pas… une « simple mascarade ». C'est le spectacle de Noël.

— On nage en plein délire ! J'hallucine ! D'ailleurs, je préfère m'en aller plutôt que d'entendre de pareilles inepties.

Adam gagna la porte à grandes enjambées, mais sur le point de sortir, il se retourna :

— Je ne veux plus entendre parler de cette histoire, vous m'avez compris ? Et c'est valable pour *tout le monde* !

Dès qu'il fut parti, Emma saisit la main tremblante de Poppy. Elle voulut faire de même avec Oliver, mais il s'empressa de crisper les poings sur les genoux, refusant ce contact.

— Ça va aller, dit-elle d'un ton apaisant. Votre père a juste besoin d'un peu de temps pour réfléchir. Il est énervé, mais cela passera. Et si on mangeait une glace ? ajouta-t-elle, se forçant à sourire.

— On n'a pas le droit, rappela Ollie. On n'a pas fini nos légumes.

— Hmm... Je parie que Benji et Bob les mangeraient. Il y a un peu de viande avec... Je vais les mettre dans leurs assiettes.

Les enfants la fixèrent, ébahis. Ils n'en revenaient sans doute pas qu'une adulte les pousse à enfreindre les règles !

Oliver, en particulier, avait l'air très sérieux, presque grave. Emma fut frappée une nouvelle fois par sa ressemblance avec Adam. Ce petit bonhomme était bien trop réfléchi pour son âge. La tristesse qu'elle ressentait chez lui, même s'il n'en montrait rien, lui fendait le cœur.

— Parfois, cela fait du bien de manger quelque chose de bon, expliqua-t-elle. C'est comme un câlin. Et ce câlin pour le ventre nous aide à nous sentir mieux.

A ces mots, Poppy, descendit de sa chaise pour venir se percher sur ses genoux. La fillette lui entoura le cou de ses bras menus pour l'étreindre de toutes ses forces.

Emue aux larmes, Emma posa la joue sur ses cheveux et la berça doucement. Puis elle tendit la main vers Ollie pour l'inviter à les rejoindre, mais le garçonnet resta sur sa chaise, tête basse. Elle chercha alors une autre solution pour le consoler, mais n'en eut pas le temps : un rugissement furieux leur parvint depuis le salon, situé de l'autre côté du hall.

Oh ! non ! Le sapin ! Elle l'avait complètement oublié !

Grâce au vendeur, qui lui avait offert un trépied, elle avait pu l'installer tout de suite. Ne manquait que l'essentiel : les décorations. Mais à en juger par les pas pressés qui résonnaient sur le carrelage du vestibule, ce ne serait sans doute pas demain la veille...

Quand Adam apparut, Emma songea qu'elle n'avait jamais vu un homme aussi furieux. Si ses yeux avaient été des pistolets, elle n'aurait pas donné cher de sa vie...

— Je suppose que *ça, là-bas*, c'est aussi votre idée ? demanda-t-il avec un calme terrifiant. Il faut que cela cesse. J'en ai assez de cette comédie. Nous ne fêtons pas Noël dans cette maison. Point final.

Tendant le bras au-dessus de lui, il arracha une guirlande en papier du plafond et la jeta. Voyant cela, Poppy éclata en sanglots. Quant à Ollie, il regardait avec stupeur les guirlandes tomber les unes après les autres, et Emma sut que, pour la première fois, ce petit bonhomme fier et courageux allait se mettre à pleurer aussi.

Néanmoins, ce fut un cri de panique qui s'échappa de sa bouche.

— Papa ! Le feu !

Il montrait le poêle du doigt, horrifié. Un des serpentins avait atterri sur le foyer rougeoyant, et quelques flammes commençaient déjà à lécher le papier...

Poussant un juron, Adam attrapa un torchon qu'il courut mouiller à l'évier, puis il se précipita pour éteindre le début d'incendie. Tout fut terminé en quelques secondes. Mais les enfants avaient eu tellement peur qu'ils sanglotaient tous les deux, à présent.

Emma jugea opportun de les soustraire à ce chaos. Elle les prit chacun par une épaule et les conduisit à l'étage, où elle les consola, avant de leur donner leur bain et de les faire mettre en pyjama.

Poppy s'endormit presque tout de suite, épuisée de chagrin. Elle la borda, l'embrassa sur le front, puis retourna voir Ollie pour s'assurer que tout allait bien.

Le garçonnet était couché en chien de fusil. Elle déposa un

tendre baiser sur le petit bout de nez qui dépassait de la couette puis lui effleura les cheveux et se redressa.

— Ça va aller, chuchota-t-elle. Les choses vont s'arranger. Je te le promets.

Si elle avait suivi son instinct, elle se serait réfugiée dans sa chambre, mais elle avait mieux à faire. Elle devait rétablir la situation. Adam MacAllister avait eu une attitude inqualifiable et, maintenant, sans doute était-il encore en bas, en train de se morfondre et de regretter son geste.

Du moins l'espérait-elle. Mais cet homme n'était pas un monstre. Elle ne pouvait imaginer qu'il en soit autrement.

Adam n'entendit pas Emma descendre l'escalier. Il sut qu'elle arrivait en voyant les deux chiens dresser les oreilles et agiter joyeusement la queue.

Néanmoins, il demeura immobile, le menton dans une main, tenant son verre de whisky de l'autre.

Il n'avait pas encore eu le courage de nettoyer le chantier dont il était responsable. Tout au plus avait-il empilé les assiettes sales sur le plan de travail, libérant un peu de place pour poser une carafe, et deux verres.

Deux verres ?

Il faudrait bien commencer quelque part. Peut-être, si Emma acceptait de prendre un whisky en sa compagnie, serait-elle plus encline à l'écouter ?

— Je suis désolé, dit-il quand elle se matérialisa devant lui.

Il avait eu du mal à prononcer ces mots d'excuse, pourtant, il était sincère. Le comportement qu'il venait d'avoir l'horrifiait. Il avait honte de s'être conduit ainsi devant ses enfants.

Doucement, il poussa le verre vide en direction de la chaise la plus proche de lui. Emma lui avait dit qu'elle ne buvait pas, l'autre soir. Aussi fut-il très étonné de la voir s'installer puis prendre la carafe et se verser un soupçon de whisky.

Ainsi, il y avait de l'espoir. Elle ne refuserait pas le dialogue. C'était déjà un début.

— Le sapin..., murmura-t-il sans oser la regarder en face. Vous l'avez mis... exactement là où ma femme le plaçait, autrefois.

Voilà. Il l'avait dit. Mais sans doute l'explication n'était-elle pas suffisante car Emma resta muette. Risquant un coup d'œil dans sa direction, il croisa un regard bleu aussi profond que l'océan. Un regard chaleureux et compréhensif qui ne le jugeait pas, mais, au contraire, l'encourageait à s'exprimer.

Il but une gorgée de whisky et, sentant la chaleur se diffuser dans sa gorge, il trouva enfin le courage de se lancer.

— Cette année-là, le 24 décembre... ma mère gardait les enfants, commença-t-il. Tania était partie finir son shopping à Edimbourg. Elle y était depuis la veille et devait rentrer le soir, pour le réveillon. Mais vers 11 heures, j'ai reçu un coup de fil au cabinet. On m'a appris qu'il y avait eu un incendie... Tania était décédée dans la nuit et ils avaient eu du mal à trouver mon numéro. Le médecin me demandait de venir l'identifier formellement, alors je suis parti. Et je l'ai vue, là-bas... Elle n'était pas brûlée. Elle est morte parce qu'elle avait inhalé de la fumée.

Cela avait été, de loin, la pire épreuve qu'Adam ait eue à affronter. Au drame du décès de son épouse s'était ensuite ajoutée la terrible découverte faite sur place : Tania n'était pas seule. Il avait dû encaisser le choc en silence car il était hors de question que cette affaire s'ébruite.

Et voilà que, maintenant, il avait presque envie de tout raconter à Emma. Mais dans quel but ? Avait-il envie qu'elle le plaigne ?

Non ! Il ne devait pas s'engager sur ce terrain.

Il s'éclaircit la voix puis reprit :

— Je suis rentré très tard, aux premières heures de Noël. Ce jour-là, j'ai dû annoncer à mes deux petits bouts qu'ils ne verraient plus jamais leur maman.

— Je suis... désolée, Adam.

Levant la tête, il vit qu'Emma pleurait. Il eut envie de se lever, d'essuyer ses larmes du pouce. Tout comme il mourait d'envie d'aller embrasser ses enfants pour leur dire qu'il était navré et qu'il ne leur ferait plus jamais peur.

Il irait leur parler tout bas, sans les réveiller, quand il monterait se coucher. Et il recommencerait le lendemain, au réveil.

— C'est à moi d'être désolé, protesta-t-il. Tout est ma faute.

— Non, pas du tout. J'ai voulu insuffler l'esprit de Noël dans cette maison, et je vous demande de m'excuser. J'ai pensé aux petits, mais pas à vous… Je suis vraiment navrée de vous avoir fait de la peine.

Après avoir bu une gorgée de whisky, Emma se mit à tousser, les joues en feu. Clairement, elle n'avait pas l'habitude de l'alcool ! Adam se surprit à sourire malgré sa détresse.

— Je… vais tout débarrasser, reprit-elle. Et demain, j'expliquerai aux enfants que vous n'êtes pas prêt à fêter Noël. Ils pourront en profiter à l'école et…

Allongeant le bras, il posa une main sur la sienne pour la faire taire. Elle se figea et s'interrompit, mais il ne brisa pas le contact pour autant car il aimait le contact de sa petite main, douce et chaude…

— Vous n'allez rien faire de tout ça, dit-il gentiment. En revanche, vous allez me montrer comment on fabrique des guirlandes en papier pour que je puisse réparer mes bêtises. Et demain, j'irai chercher la boîte de décorations au grenier.

Une étincelle flamba dans les grands yeux bleu-gris d'Emma. Puis il sentit sa paume bouger, et elle entremêla ses doigts aux siens.

— Vraiment ? chuchota-t-elle. Vous seriez prêt à accepter un *vrai Noël* ? Chez vous ?

— Oui, dit-il, touché par son enthousiasme sincère. Trois années de deuil, c'est beaucoup à l'âge de Poppy et Ollie. Nous allons leur offrir un « vrai Noël ». Ils y ont droit, comme tous les autres enfants.

Emma se leva d'un bond, un grand sourire aux lèvres. Il l'imita de manière réflexe… et fut totalement pris au dépourvu lorsqu'elle se jeta contre lui et lui entoura la taille.

— Merci, Adam ! Merci pour eux, du fond du cœur...

— Je parlerai à la mairie demain, pour Jemima, enchaîna-t-il, galvanisé par sa réaction. Je trouve toujours l'idée un peu folle, mais si les conditions de sécurité sont réunies, cela fera plaisir aux enfants. Pas seulement aux miens, d'ailleurs.

Le visage radieux d'Emma provoqua une onde de chaleur en Adam. La joie de ce petit bout de femme, lutin fragile et déterminé qui se donnait à fond pour les autres, faisait vraiment plaisir à voir.

C'était lui qui aurait dû la remercier, pas le contraire. Mais ce soir-là, les gestes lui venaient plus naturellement que les mots. Ce fut ainsi que, malgré lui, sans l'avoir vraiment voulu, il l'enlaça.

Trois ans. Il n'avait pas serré une femme dans ses bras depuis trois ans. Il avait oublié à quel point cela pouvait être... délicieux.

Quand il lui rendit son sourire, elle se dressa sur la pointe des pieds dans l'intention évidente de l'embrasser sur la joue, mais il tourna la tête et, finalement, elle lui effleura le coin des lèvres.

Il eut aussitôt envie qu'elle recommence. Et qu'elle fasse davantage que frôler sa bouche.

Avait-elle perçu son désir insensé ? Toujours est-il qu'elle s'écarta brusquement. Puis elle courut presque vers la porte.

— Je... vais chercher le papier adhésif, dit-elle d'une voix rauque. Il en reste plein.

Qu'avait-elle fait ?

Emma n'avait jamais eu l'intention d'embrasser Adam, et encore moins sur les lèvres. Pourquoi avait-il fallu qu'il bouge ? A cause de lui, elle s'était retrouvée dans une situation plutôt gênante !

Gênante... et excitante.

Maintenant encore, elle ne parvenait pas à occulter le trouble délicieux qui l'avait envahie quand leurs bouches s'étaient frôlées. En quelques instants, leur relation d'employeur à employée avait pris une tournure beaucoup plus personnelle...

Assise face à Adam, qui découpait et collait son papier adhésif avec application, Emma songea qu'elle était incroyablement fière de lui.

Malgré son traumatisme et sa haine de Noël, il avait décidé de faire un effort pour ses enfants. Il s'était ressaisi, avait mobilisé tout son courage. Comment ne pas être touchée par ce geste ?

L'élan d'affection qui la poussait vers lui la fit soudain frissonner. Penser à autre chose, et vite ! Sinon, elle risquait de dire ou faire quelque chose de totalement déplacé.

Non sans effort, elle se concentra sur les serpentins qu'il était en train de réunir pour constituer une guirlande.

— Vous vous débrouillez bien, commenta-t-elle gentiment.

Il releva la tête et sourit.

— Pour un débutant, c'est ça ? répondit-il.

— Mais non, vraiment !

— Alors... merci. J'y prends plaisir, remarquez. Cela ne m'étonne pas que les petits aient apprécié cette activité.

— Oh ! ils apprécient beaucoup de choses, ces deux-là ! Ils sont toujours partants et faciles à contenter. Franchement, ils sont adorables.

— En tout cas, vous vous en occupez très bien. Pour quelqu'un qui n'avait jamais gardé d'enfants, vous faites de l'excellent travail.

Emma apprécia le compliment à sa juste valeur. Dans la bouche d'Adam, c'était quelque chose. Surtout quand c'était dit avec le sourire, et avec cette chaleur dans le regard !

Décidément, leur relation était en train de changer. Les limites se brouillaient, et elle se demandait où tout cela allait les conduire.

A cette seule idée, elle eut soudain très chaud, aux joues, aux épaules, et plus bas encore...

Elle dut se secouer pour suivre le fil de la conversation.

— Puisque vous êtes fille unique, comment se fait-il que vous ayez un si bon feeling avec les enfants ? demanda Adam.

— J'ai une sorte de grand frère, expliqua-t-elle. Il s'appelle Jack. C'est le fils des meilleurs amis de mes parents. Il est un peu plus âgé que moi, mais nous étions très proches pendant l'enfance et nous le sommes restés.

— Est-il... votre petit ami ?

A sa manière de poser la question, elle eut l'impression qu'Adam était vraiment très intéressé par la réponse. Cela le soulagerait-il d'apprendre qu'elle avait quelqu'un dans sa vie ? Préférerait-il ce scénario pour que les choses soient claires entre eux ?

Elle secoua la tête.

— Non, pas du tout. Jack est marié et il va bientôt devenir papa. Mais c'est un ami très cher, d'autant plus qu'il est médecin oncologue et qu'il a... suivi ma mère jusqu'au bout. Grâce à lui, elle a eu les meilleurs soins possibles. Il a été génial.

D'ailleurs, il se montrait tout aussi génial avec *elle-même*. Quelle chance elle avait de pouvoir s'appuyer sur lui !

— Quand votre mère est-elle décédée ?

— L'année dernière, au mois de novembre, répondit-elle. Elle me manque... terriblement. Vous avez beaucoup de chance de voir la vôtre tous les jours.

— Je sais. Mais ces temps-ci, j'ai beaucoup trop compté sur sa disponibilité. La pauvre a droit à une vie, elle aussi...

L'espace d'un instant, elle crut qu'Adam allait ajouter quelque chose à propos de sa mère ou des jumeaux. Mais il demeura silencieux, et elle finit par se demander s'il n'avait pas senti, comme elle, de curieuses vibrations dans l'air.

Elle fut presque soulagée lorsqu'il détourna le regard en fronçant les sourcils. L'Adam « normal », celui qu'elle avait moins de problèmes à cerner, était de retour. Quelque part, c'était rassurant.

Il brandit sa guirlande dans les airs.

— Croyez-vous que, si j'unis mon travail au vôtre, nous obtiendrons un bon résultat ?

Elle le dévisagea, sourit, et lui tendit sa propre guirlande.

— Oui. J'en suis persuadée.

6

Jamais Adam n'oublierait la réaction d'Ollie et Poppy le lendemain matin.

Dès le réveil des enfants, il leur avait longuement parlé, comme il s'était promis de le faire. Puis il les avait suivis en bas, direction la cuisine, où ils avaient laissé exploser leur joie en découvrant les guirlandes toutes neuves — et les quelques-unes rafistolées — qui pendaient du plafond.

Jamais non plus il n'oublierait le regard embué d'Emma qui avait assisté à la scène.

Le fait de la voir aussi heureuse que les petits, ce matin-là, l'avait conforté dans sa décision d'aller de l'avant. Les choses devaient changer. Il *voulait* que les choses changent, non seulement pour ses enfants, mais aussi... pour elle, qui occupait toutes ses pensées depuis la veille.

Il avait eu l'impression de pouvoir s'adresser à elle comme à une amie. Une personne digne de confiance, qui ne le jugeait pas, mais semblait avoir deviné tout ce qui lui pesait sur le cœur, et, maintenant, il voulait lui rendre un peu de la joie de vivre qu'elle dispensait autour d'elle.

— Ce soir, nous monterons au grenier chercher les décorations de Noël ! avait-il annoncé à la fin du petit déjeuner.

Les jumeaux avaient accueilli la nouvelle en poussant des cris, mais aussi en demandant s'il n'y avait pas de fantôme dans le grenier ! Il les avait rassurés, puis était parti travailler en ayant déjà hâte d'être au soir pour partager ce grand moment avec eux.

A présent, il était 18 heures, il venait de rentrer, et il avait à peine eu le temps de dire « ouf » que les enfants lui avaient rappelé sa promesse. Voilà qu'il se retrouvait donc en haut de la grande échelle de meunier qui, cachée derrière la porte de l'arrière-cuisine, n'avait pas servi depuis trois ans.

C'est alors que, soudain, le passé lui sauta à la tête.

Peut-être les fantômes existaient-ils, finalement ?

Il avait oublié tous ces portants pleins de robes, au fond du grenier, sur la gauche. Tous ces cartons débordants de pulls, chemisiers, chaussures et autres accessoires. Et le grand coffret à bijoux.

Le style, l'élégance, le côté glamour : voilà ce qui lui avait plu chez Tania. Rétrospectivement, il avait honte de n'avoir pas cherché plus loin. Tout comme il s'en voulait d'avoir jugé Emma sur son apparence, le premier jour.

Si le destin ne s'en était pas mêlé, l'obligeant à l'embaucher comme nourrice, il serait passé à côté d'une personne d'exception !

Déjà, Poppy arrivait derrière lui. Il la hissa sur le plancher du grenier, fit de même avec Ollie, et s'étonna d'entendre Emma s'arrêter aux trois quarts des marches.

— Pfff..., dit-elle, tout essoufflée. J'ai l'impression de grimper une montagne !

Il fronça les sourcils. Bizarre, tout de même. L'escalier était raide, certes, mais l'ascension n'aurait pas dû poser problème à une jeune femme en pleine force de l'âge...

Volant à son secours, il redescendit un peu et tendit la main. Il crut qu'elle allait refuser son aide, mais, finalement, elle s'accrocha à ses doigts pour terminer la montée.

Une fois en haut, elle ouvrit des yeux ronds comme des soucoupes.

— Waouh..., chuchota-t-elle. C'est un vrai grenier, plein de trésors.

Il avait gardé sa main dans la sienne et ils échangèrent un coup d'œil complice. Quel bien cela faisait de croiser un regard aussi vif, et surtout aussi franc et limpide ! Avec de tels yeux, il aurait pu jurer qu'Emma était incapable de mentir, et que jamais elle ne se montrerait infidèle envers l'homme qui saurait conquérir son cœur.

Cet homme-là aurait beaucoup, beaucoup de chance...

Il lui lâcha la main à regret pour aller rejoindre les enfants. Elle le suivit, et il eut l'impression de sentir la chaleur de son regard sur sa nuque.

— Papa ! Emma ! J'ai trouvé un landau !

Poppy, qui s'était mise à explorer la partie droite du grenier, venait de découvrir un jouet qui, d'après sa forme, semblait très ancien.

— Je pourrais l'avoir, dis, papa ?

— Bien sûr, trésor, répondit-il. Nous allons le descendre et le nettoyer. Je suis presque sûr qu'il appartenait à mamie quand elle avait ton âge.

Etait-ce la joie de sa fille ou le bonheur de la présence d'Emma ? En tout cas, Adam sentait son malaise se dissiper. L'ombre de Tania s'estompait. Déjà, il pensait à la merveilleuse soirée qu'ils allaient passer tous les quatre, à décorer le sapin.

Non loin de sa sœur, Ollie était tombé en arrêt devant une grande caisse en bois. Il ne disait rien — ce qui, en soi, n'était pas inhabituel —, mais paraissait très concentré sur sa trouvaille.

— Qu'est-ce que c'est, chéri ? demanda Adam.

— Je crois... que c'est un train.

Adam enjamba plusieurs cartons pour rejoindre son fils.

— Effectivement, dit-il. La locomotive est mécanique. Regarde, le moteur se remonte.

Avec précaution, il sortit la grosse pièce métallique de la boîte et la mit dans les mains d'Ollie. Puis il sortit quelques rails de leur cachette.

— Il faut les emboîter, expliqua-t-il. Ils se montent et se démontent autant qu'on veut. J'ai beaucoup joué avec ce train quand j'étais petit et, avant moi, c'était mon papa qui y jouait. Le Père Noël le lui avait apporté en cadeau.

— Je voudrais qu'il m'apporte le même cette année ! décréta Ollie.

— Hmm. Il aura peut-être du mal à en trouver un, intervint Emma qui s'était rapprochée. Ce sont des jouets très anciens. On ne les fabrique plus de nos jours.

— Tu n'auras pas besoin d'attendre Noël, dit Adam. Nous allons le descendre ce soir.

Aussitôt, son fils prit un air radieux qu'il lui avait rarement, et peut-être même jamais, vu. Ollie avait la tête d'un enfant qui vient de croiser le Père Noël pour la première fois, un air extatique qui serra le cœur d'Adam.

Que de temps il avait perdu avec ses petits !

Mais il n'était pas trop tard pour bien faire. Dieu merci, Emma lui avait ouvert les yeux.

Jetant un regard de côté, Adam s'aperçut que Poppy avait déserté le coin du landau. Elle se déplaçait au milieu des cartons, en portant un vieil ours en peluche dont un bras pendait lamentablement. Et elle marchait... vers la gauche !

Il se précipita.

— Bon, il se fait tard ! dit-il d'un ton enjoué. On va chercher les décorations de Noël et descendre. J'entends Benji qui pleure dans la cuisine !

Trop tard. Poppy venait de pousser un cri de joie en découvrant les portants chargés de robes.

— Papa ! Est-ce que ce sont les habits de maman ?

Emma, qui jouait avec une vieille harpe traditionnelle, s'arrêta net, l'air choqué.

— Oui, trésor, répondit-il d'un ton calme.

— Viens voir, Emma, j'ai trouvé une robe bleue ! s'exclama Poppy. Et toi, tu dois m'en fabriquer une bleue pour mon costume de Marie dans le spectacle !

Emma hocha la tête.

— Tout à fait, ma puce. Ne t'inquiète pas, on a encore le temps d'y penser. Allez, viens. Ton papa a raison. Il est tard.

Mais Poppy resta immobile, comme hypnotisée.

— Pourquoi les habits de maman, on les a mis dans le grenier ? demanda-t-elle.

Adam s'éclaircit la gorge. Que dire ? Il ne voulait plus les voir. A l'époque, il avait opté pour la solution la plus rapide.

— Hmm... Je... les ai gardés pour toi, mentit-il pour ménager la sensibilité de Poppy. Je pensais que, peut-être, tu voudrais les porter un jour...

Il espérait bien que non. Si cela ne tenait qu'à lui, sa fille ne deviendrait jamais une « *fashion victim* ». Il préférait qu'en grandissant elle reste naturelle, comme Emma.

— Je veux cette robe bleue, papa ! Je la mettrai le jour du spectacle.

— C'est impossible, voyons. Elle est trop grande.

— Emma pourrait la couper à ma taille !

— Y arriveriez-vous ? demanda-t-il en pivotant vers elle.

— Je... Sans doute, mais...

— Alors, adjugé. On va la prendre.

Il n'avait plus qu'une idée en tête : éloigner ses enfants de cet endroit, le plus vite possible.

— Poppy, Ollie, Emma va passer la première pour vous aider à descendre, reprit-il. Tenez-vous bien au mur. Moi, je vais porter toutes vos affaires.

Il entendit les enfants regagner la cuisine, l'un après l'autre, accueillis par les jappements des chiens. En revanche, il n'avait pas prévu qu'Emma remonterait le voir dans le grenier.

— Si cela vous gêne, nous trouverons une autre solution pour la robe, dit-elle. J'achèterai du tissu.

— Non. Absolument pas. Ce n'est qu'un objet.

Il lui lança la robe bleue, qu'elle étala sur son bras.

— Regardez, elle n'a jamais été portée, ajouta-t-il, amer. Il y a encore l'étiquette.

Comme sur beaucoup de vêtements achetés par Tania à

l'époque. Les séances de shopping n'avaient été qu'un prétexte. Il l'avait compris le jour de sa mort.

— Je n'aurais même pas dû les garder, conclut-il.

Il saisit le carton de décorations de Noël. Quand il se redressa, il s'aperçut qu'Emma regardait sa main gauche. Elle fixait... son alliance.

— Si vous changez d'avis, je me débrouillerai, dit-elle doucement.

Avant qu'il ait pu répondre, elle disparut dans l'escalier et il s'attela à sa mission : descendre les « trésors » des enfants.

Pourquoi portait-il toujours cette alliance ? Et pourquoi fallait-il qu'il se pose la question un jour comme celui-là ? Etait-ce parce qu'il avait l'impression désagréable qu'Emma se montrait plus maternelle envers Poppy et Ollie que leur propre mère ne l'avait jamais été ?

Les gens devaient croire qu'il gardait cette bague en signe d'amour et de respect pour sa défunte épouse. Mais ils ne savaient pas. Ils ne pouvaient pas savoir.

S'il la portait encore, c'était sans doute, inconsciemment, pour se punir de l'échec de son mariage !

Jour après jour, cet anneau lui rappelait quel époux inattentif il avait été. Pris par son travail, en adoration devant ses bébés, il avait négligé son épouse, laquelle était partie chercher ailleurs ce qu'il ne lui donnait plus.

Après la mort de Tania, cette vérité cruelle l'avait rongé comme un acide sans qu'il puisse en parler à quiconque. Il traînait seul son fardeau. Il ne pourrait jamais le partager.

Néanmoins, le changement était là, bien en marche. Pour preuve cette bague qui le gênait et le brûlait presque. Jamais il n'avait éprouvé le besoin de l'enlever, sauf à cette minute précise. Jamais non plus il n'avait éprouvé d'attirance pour une autre femme que Tania... sauf depuis la veille.

Mais quelle mouche le piquait ? Il ne pouvait pas, ne devait pas se laisser aller. Emma n'était qu'une nourrice intérimaire. Elle n'allait pas rester à Braeburn.

Au fond, c'était mieux ainsi. Il préférait se dire qu'elle allait partir bientôt, tant il se sentait déstabilisé par les sentiments qu'elle lui inspirait. En trois ans, il ne s'était jamais retrouvé confronté à ce problème !

Certes, pour un homme jeune, trente-six mois de célibat n'avaient rien de naturel. Néanmoins, cela ne justifiait pas de craquer pour la première fille intéressante qui passait.

Il n'avait d'ailleurs pas l'intention de craquer *du tout*.

La dernière — et seule fois — où il s'était laissé aller, il l'avait payé cher. Ce mariage désastreux et sa conclusion tragique avaient failli détruire sa vie et celle de ses enfants.

Il ne recommencerait jamais.

Les jours suivants, Adam travailla comme un forcené pour ne plus penser à Emma.

Se consacrer à ses malades ne lui demandait d'ailleurs aucun sacrifice, au contraire. Il avait été à bonne école avec son père, lequel avait fondé le cabinet et lui avait donné le goût de l'effort et du service rendu.

Au moins, en consultation, ne pensait-il plus à sa grande demeure où trônait un magnifique sapin. Il n'entendait pas chanter dans sa cuisine, tandis qu'Emma et les enfants s'affairaient à préparer des bonshommes en pain d'épice.

Heureusement que ces jolis sujets n'étaient pas destinés aux repas familiaux ! Car en quelques jours — depuis que les réserves du congélateur étaient épuisées —, il avait eu l'occasion de constater qu'Emma n'était pas un fin cordon-bleu.

Cependant, les jumeaux ne s'en plaignaient nullement. Tout ce qu'Emma faisait trouvait grâce aux yeux de Poppy. Ollie, pour sa part, était devenu beaucoup plus docile pour avaler ses légumes — même quand ils étaient brûlés —, puisque ses efforts lui valaient le droit de jouer avec son train après le dîner !

Ce vendredi matin, après une semaine riche en émotions,

Adam se dirigeait vers son bureau en souriant. Finalement, il ne s'en sortait pas trop mal. Plus il se focalisait sur son travail, moins il pensait à la charmante jeune femme qui vivait sous son toit...

Il s'apprêtait à recevoir Joan McClintock, sa première patiente, lorsque Caitlin, l'institutrice, fit irruption dans la salle d'attente avec un enfant en larmes.

— Bonjour, docteur, dit-elle, l'air affolé. Je m'excuse de débarquer comme ça, sans prévenir, mais Ben vient de se coincer les doigts dans une porte de placard !

— Vous avez bien fait, répondit-il. Suivez-moi.

Passant la tête dans le couloir, il s'adressa à Eileen :

— Pourriez-vous appeler la mère de ce jeune homme et lui demander de venir, s'il vous plaît ?

— Tout de suite, docteur MacAllister !

— Je peux rester un moment, dit Caitlin, en élevant la voix pour couvrir les cris du garçonnet. Emma est en train de faire répéter une partie de la chorale, et Jane, la directrice, surveille les autres.

— C'est très bien. Je préfère que vous soyez là.

Il fit entrer la jeune institutrice et Ben dans son cabinet, dont il referma la porte. Il voulut alors retirer le pansement rougi que Caitlin avait posé sur le doigt blessé, mais le bout de chou, qui devait avoir à peu près l'âge des jumeaux, ne paraissait pas décidé à se laisser faire.

Adam chercha une diversion.

— Ollie t'a-t-il parlé du train que nous avons trouvé dans notre grenier ? demanda-t-il.

— Oui, répliqua Ben. Mais à l'école, on n'y croyait pas.

— C'est vrai, tu sais. Ce train est chez nous depuis très longtemps. Je jouais avec quand j'étais petit.

En parlant, Adam avait réussi à enlever le bandage. Par chance, constata-t-il, le doigt de Ben avait été comprimé, mais il n'était pas cassé. En revanche, du sang était en train de s'accumuler sous l'ongle, un phénomène très douloureux.

Il existait un moyen rapide de soulager le patient : il fallait utiliser une aiguille chauffée à blanc.

— Ollie a dit aussi qu'il allait faire venir son âne au spectacle de Noël, ajouta Ben, l'air incrédule.

Adam leva les yeux vers Caitlin.

— Alors, c'est bon ? demanda-t-il. La mairie accepte ?

— Oui ! Et ce n'est pas tout ! ajouta-t-elle gaiement. Avez-vous entendu parler du disque ?

— Euh... non.

— Moira Findlay est venue écouter la chorale des enfants, la semaine dernière. Elle a dit qu'Emma avait la voix d'un ange, et que jamais elle n'avait entendu des petits chanter aussi bien. C'est alors que l'idée nous est venue.

— Ah ? murmura-t-il.

Il se dirigea vers son chariot de matériel pour chauffer une aiguille avec un petit bec à gaz, en sentant le regard méfiant de Ben peser sur lui.

— Nous allons produire un CD de chants de Noël ! annonça Caitlin, triomphante. Grâce à l'argent de la vente, le comité pourra finir de restaurer la salle des fêtes, et peut-être même racheter un piano pour l'école. Elle est vraiment géniale, docteur, vous ne trouvez pas ?

— Oui, tout à fait. Moira est une femme très intelligente.

Caitlin s'esclaffa.

— Je ne parlais pas de Moira, mais d'Emma ! Nous avons beaucoup de chance qu'elle soit venue ici garder vos enfants.

Emma. Toujours Emma... Au lieu de répondre, Adam préféra se focaliser sur son petit blessé.

— Oh ! regarde là-bas, dans le jardin ! On dirait... *un renne* ! s'exclama-t-il d'un ton théâtral.

Le temps que Ben s'aperçoive du mensonge, il lui avait déjà pris le doigt pour percer l'ongle meurtri. Le garçonnet poussa un cri de surprise, versa quelques larmes... puis regarda son index, l'air étonné.

— Cela ne fait plus aussi mal, tu vois, dit Adam, tout en

désinfectant l'ongle. C'est fini, mon bonhomme. Tu vas pouvoir retourner chanter.

S'il avait espéré que la patiente suivante parlerait de la pluie et du beau temps, il en fut pour ses frais. Il s'agissait de Joan McClintock, venue faire contrôler sa tension, et à peine cette commère avait-elle mis le pied dans son bureau qu'il entendit de nouveau prononcer le nom d'Emma.

— Paraît qu'elle chante vraiment bien ! commenta Joan. Au village, il se dit qu'elle va bientôt rejoindre la chorale.

Adam réprima un soupir.

— Je ne sais pas si elle aura le temps, répondit-il, s'efforçant au calme. Et puis, elle ne va pas rester ici. Elle doit repartir quand ma mère rentrera du Canada.

— Hmm… On verra bien, alors…

— Oui. C'est ça. On verra.

Les gens s'étaient-ils donné le mot ? Tout le monde, ce jour-là, semblait avoir quelque chose à dire au sujet d'Emma. Même le vieux Jock McPherson y alla de son couplet lorsqu'il le reçut, en fin de matinée.

Contrairement aux dames du village, l'agriculteur retraité — qui avait enseigné la cornemuse à Adam autrefois — était réputé pour sa discrétion. Il avait même un côté un peu « ours », aussi Adam s'était-il étonné de le voir dans la salle d'attente, lui qui ne consultait que rarement.

— C'est ta petite dame, la nounou des gosses, qui a insisté pour que je vienne, expliqua Jock. L'autre jour, quand je jouais de la cornemuse sur la place, comme tous les ans à Noël, elle est venue me parler. Elle s'est rendu compte que j'étais tout essoufflé, et elle m'a dit « Il faut aller voir le Dr MacAllister ».

— Hmm… Je comprends. Je vais t'ausculter, Jock. Si mes souvenirs sont bons, ton père était cardiaque. A ton âge, il serait judicieux d'aller passer quelques examens.

— O.K., Adam. Fais pour le mieux. La petite dame a dit que tu trouverais ce qui cloche.

Emma avait-elle une baguette magique ?

Comment si prenait-elle pour être aussi populaire ? Et comment faisait-elle pour embellir le quotidien à ce point ?

Alors qu'ils étaient tous les deux installés à la grande table de cuisine, ce samedi soir, Adam n'en revenait toujours pas.

Cet après-midi-là, il s'était libéré afin de consacrer du temps aux jumeaux, qui avaient bien sûr voulu inclure Emma dans leur promenade. Ils avaient donc sorti Jemima de son enclos pour que Poppy puisse la monter et pour qu'Ollie s'entraîne à la diriger.

Ils avaient passé un moment exceptionnel tous les quatre. Puis, sur le chemin du retour, Emma avait remarqué des rameaux vert vif couverts de boules blanches, entremêlés aux branches d'un pommier.

— Oh ! du gui ! s'était-elle exclamée. Je vais en cueillir !

— C'est du poison, avait averti Adam. Le gui occasionne des problèmes intestinaux et cardiovasculaires.

Elle avait éclaté de rire.

— Je ne vais pas le cuisiner, voyons ! Je veux juste fabriquer une couronne de porte.

Après le dîner, une fois les enfants au lit, elle s'était mise à l'œuvre. Ainsi, depuis un quart d'heure, elle coupait les branches de gui, puis elle les enroulait autour d'un support en rotin qu'elle avait déniché dans la grange.

Adam l'observait, fasciné par sa dextérité.

— Je me demande d'où vient la tradition de s'embrasser sous le gui..., dit-elle comme pour elle-même.

Troublé par la question, il ne leva pas la tête, mais continua de regarder ses mains qui s'activaient sans relâche.

— C'est une coutume très ancienne. Autrefois, dans les villages, on accrochait cette couronne quelque part. Les jeunes gens avaient le privilège d'embrasser les demoiselles quand elles passaient dessous. Mais chaque fois, ils devaient ôter une boule blanche. Le privilège s'arrêtait lorsqu'il n'y en avait plus.

Emma brandit sa couronne à demi tressée.

— Ils auraient eu de quoi faire avec celle-ci, dit-elle, malicieuse. Elle est couverte de baies !

Impossible de résister. Il y avait trop de douceur dans l'atmosphère...

Adam avança la main, lentement, et décrocha une baie.

— Vous n'avez pas le droit ! protesta Emma. Vous n'avez embrassé personne...

Au lieu de répondre, il se pencha en avant pour se rapprocher d'elle. Alors, l'espace d'une seconde, il crut qu'elle allait se détourner. Mais en lieu et place, elle redressa le menton et soutint son regard.

Il y avait de l'étonnement dans ses grands yeux bleus, et c'était bien normal. Lui non plus n'avait pas prévu cela. Il n'avait rien calculé. Il cédait juste à la magie de l'instant...

A la seconde où ses lèvres touchèrent celles d'Emma, une onde de joie pure déferla en lui. Il lui captura alors le visage, les doigts glissés dans les boucles soyeuses, émerveillé par ce contact. En une fraction de seconde, les notions de temps et d'espace s'étaient abolies. Il ne pouvait plus penser qu'à cette femme merveilleuse qui avait su trouver le chemin de son cœur.

Un désir fou, insensé, s'empara de lui. Jamais, de toute son existence, il n'avait ressenti pareille exaltation. Il fallait qu'il s'arrête, maintenant, avant de perdre tout contrôle...

Avec douceur, il s'écarta. Emma avait fermé les paupières. Elle souriait. Comme elle était belle !

Quand elle rouvrit les yeux, il ne lut aucune gêne dans son regard. Il avait craint de devoir s'excuser, mais comprit que ce ne serait pas nécessaire.

— Et voilà... C'est l'effet magique du gui. Je vais vite finir ma couronne pour la mettre en sécurité.

— Oui, dit-il. Excellente idée...

Tant qu'Emma ne faisait pas disparaître la couronne d'un

coup de baguette magique, il n'y voyait aucune objection. Car il n'excluait pas d'arracher quelques baies supplémentaires, ces prochains jours.

Il y en avait tellement qu'il aurait été dommage de s'en priver.

7

Emma venait enfin de comprendre le sens de l'expression « tomber » amoureuse.

Depuis qu'Adam l'avait embrassée, elle avait l'impression de vaciller sur une corde raide. Cela faisait deux jours maintenant, et loin de s'estomper, cette sensation à la fois merveilleuse et déroutante s'amplifiait d'heure en heure.

Occupée à coudre la robe de Poppy, elle leva les yeux et regarda par la fenêtre. Il neigeait ! Et elle adorait la neige, autant qu'Adam, autant que les jumeaux ! La vie pouvait-elle être plus parfaite ?

Elle secoua la tête et s'obligea à descendre de son nuage. La situation était loin d'être simple. Les choses risquaient même de se compliquer terriblement si, après Noël, on lui apprenait qu'elle avait fait une rechute.

Adam et les petits avaient déjà connu leur lot de souffrances. Elle ne devait pas se montrer égoïste en s'engageant dans une histoire dont l'issue risquait, hélas, d'être dramatique. Tant qu'elle ne saurait rien, elle devrait rester prudente.

Couché à ses pieds, Bob lui lança un coup d'œil compréhensif. Cet animal avait un sixième sens étonnant. Elle lui caressa les oreilles.

— Cela fait longtemps, tu sais, chuchota-t-elle. Une éternité que je ne me suis pas sentie aimée.

D'ailleurs, l'avait-elle été un jour ? Par sa famille et ses amis, oui, bien sûr. Mais par un homme ?

Elle avait vécu quelques histoires plutôt tièdes, sans grande importance. Puis sa mère était tombée malade. Elle aussi. Elle avait eu d'autres priorités.

Et maintenant ? N'avait-elle pas le droit de rêver un peu ?

Rien ne l'obligerait à partir dès le retour de Catherine MacAllister. Après tout, Adam aurait encore besoin d'une nourrice et, de son côté, elle n'avait aucune perspective de travail.

De ce point de vue-là, d'ailleurs, il n'y avait pas d'urgence. L'héritage de sa défunte mère lui permettrait de subsister plusieurs années s'il le fallait, et ce n'était pas pour des questions matérielles qu'elle avait envie de rester à Braeburn.

C'était pour...

La sonnerie de son mobile vint mettre un terme à ces réflexions. Elle le sortit de sa poche, pensant voir s'afficher le numéro de Sharon, mais c'était Jack.

— Salut ! dit-elle, étonnée.

Même si elle adorait son ami, elle sentit un profond malaise l'envahir. Avoir des nouvelles de Jack la replongeait dans un univers qu'elle avait réussi à occulter. Celui de Londres, des hôpitaux, de la maladie...

— Coucou, Emma ! répondit-il gaiement. Tout va comme tu veux dans ton trou perdu des Highlands ?

— Oui, il neige dans mon « trou perdu » ! Les paysages sont magnifiques. Je suppose que Londres est toujours aussi tristounette ?

— Hélas..., dit Jack en soupirant. Voilà pourquoi je vais changer d'air la semaine prochaine. Et justement, je pensais te rendre une petite visite...

Emma sentit son cœur se serrer. Voulait-il venir en tant qu'ami ou en tant que médecin ? Les choses étaient devenues bien compliquées, ces derniers temps.

— Je... Pourquoi ? demanda-t-elle.

— Figure-toi que je dois rencontrer un ponte américain, un oncologue mondialement reconnu, la semaine prochaine à l'hôpital d'Edimbourg. Il vient d'arriver en Ecosse pour les vacances de Noël, sur les traces de ses ancêtres. C'est le gars qui dirige le projet de recherche international auquel je participe. Je t'en ai sûrement parlé, Jenny dit que j'embête tout le monde avec ça !

Jack se mit à rire et, avant qu'elle ait pu répondre, enchaîna :

— Quoi qu'il en soit, plus sérieusement, j'ai appelé mes collègues sur place. Ils seraient d'accord pour te faire passer tes examens, sous ma supervision. Que dirais-tu d'avancer un peu la date ? Tu aurais sans doute les résultats avant Noël.

Emma se figea, avec l'impression qu'une main de fer lui serrait la gorge. Elle avait repoussé l'échéance de la ponction de moelle osseuse, et tout ce qui allait avec, au mois de janvier.

— Je ne sais pas..., murmura-t-elle, incapable de contenir le tremblement de sa voix. Dans ma tête, j'avais calé tout ça à la rentrée. Je m'étais dit que j'allais profiter des fêtes un maximum, au cas où...

Elle n'acheva pas, mais c'était inutile.

— Je comprends, répondit Jack d'un ton doux. C'est juste que... le bébé risque de naître avant terme et qu'ensuite, les choses vont être plus compliquées pour moi. Mais tu as entièrement le choix. Je respecterai ta décision.

Un silence tendu plana. Emma savait maintenant que, quoi qu'elle décide, ses fêtes seraient gâchées. Elle ne pourrait pas s'empêcher de penser à sa leucémie.

— Tu sais quoi ? reprit Jack. J'ai une idée encore meilleure. Faisons les tests, et si les résultats sont positifs, comme je suis persuadé qu'ils vont l'être, je te les offrirai en cadeau de Noël. Ensuite, nous pourrons faire la fête l'esprit tranquille, tous autant que nous sommes. Toi, moi, et Sharon à Los Angeles !

— Et... dans le cas contraire ? demanda-t-elle d'une voix à peine audible.

— Nous gérerons le problème à la rentrée, répondit Jack d'un ton ferme. Mais il n'y *aura pas* de problème. Tu as repris beaucoup de forces. Et dans tes derniers e-mails, tu disais te sentir un peu mieux chaque jour.

— C’est vrai. Je ne suis presque plus fatiguée.

— Dans ce cas, tout ira bien.

Emma inspira à fond et ferma les yeux. Puis elle les rouvrit, animée d’une détermination nouvelle.

L’idée qu’elle pourrait s’attarder un peu à Braeburn venait de lui retraverser l’esprit. Et si, par chance, elle avait cette possibilité, elle aurait besoin de prendre contact avec Edimbourg pour son suivi médical. Mieux valait franchir le pas tout de suite, au cas où.

— Je ferai les tests la semaine prochaine, Jack. Envoie-moi les coordonnées de l’hôpital par e-mail, s’il te plaît. On se retrouvera là-bas.

Ce lundi après-midi, en rentrant au cabinet après ses visites à domicile, Adam avait l’impression que la journée n’en finirait pas.

Il avait beau essayer de se concentrer sur ses malades, cette fois, cela ne marchait pas. Depuis le samedi soir et ce baiser dévastateur, il ne pensait qu’à Emma.

L’empreinte de ses lèvres si douces s’était gravée en lettres de feu dans son cerveau. En l’embrassant, il lui avait semblé revenir à la vie après un long sommeil. Et le désir physique qu’il avait éprouvé — qu’il éprouvait encore — l’avait laissé sans voix.

Rien qu’à y repenser, il avait le cœur qui battait plus vite. Il se sentait bizarre. Et, pour être honnête, il avait un peu peur.

Cela faisait trois ans qu’il s’était barricadé dans son univers pour éviter de souffrir. Il s’occupait de ses enfants, de son travail, de sa petite communauté. En revanche, il ignorait s’il pourrait, un jour, aller plus loin.

Serait-il capable de redevenir un amant ? Un époux ? Rien n’était moins sûr.

Pour cela, il faudrait qu’il ait le courage de sortir de son cocon. Mais ce n’était peut-être pas demain la veille…

En arrivant au cabinet, il trouva Eileen fidèle au poste à la réception.

— Y a-t-il eu des appels ? demanda-t-il.

— Non, aucun. Remarquez, ça ne va pas tarder avec cette neige.

— Hmm...

— Quelqu'un va bien finir par tomber et se casser quelque chose, je vous l'garantis !

Il ne put dissimuler un sourire. Eileen le dévisagea, outrée.

— Il n'y a rien de drôle, docteur !

— Non. Non, bien sûr...

Secouant la tête, il gagna son bureau. Il lui restait deux coups de fil à passer avant de rentrer chez lui. D'abord, il allait contacter le laboratoire pour connaître les premiers résultats du bilan sanguin qu'il avait prescrit au vieux Jock, le joueur de cornemuse. En l'examinant, il n'avait pas trouvé d'anomalie flagrante, néanmoins, il était persuadé que quelque chose clochait. Aussi, plus vite il serait fixé et mieux cela vaudrait.

Ensuite, il téléphonerait à l'hôpital pour s'enquérir du bébé des Jessop. Aux dernières nouvelles, le petit bout allait un peu mieux. Il avait apparemment pris du poids et respirait bien. Pourvu que cela dure.

Après ces appels, Adam s'attellerait au classement de ses dossiers, à la suite de quoi il pourrait enfin rentrer chez lui pour retrouver Emma, les enfants et les chiens.

Jamais, jusqu'alors, il n'avait été aussi impatient de regagner son foyer.

Pendant leur mariage, après la naissance des jumeaux — et malgré l'aide d'une gouvernante —, Tania s'était montrée exigeante. Elle qui passait toutes ses journées à la maison, avec les petits, voulait souvent sortir le soir. Elle appréciait les dîners aux chandelles, les week-ends à Londres ou à Edimbourg. En résumé, tout ce qui pouvait l'éloigner de Braeburn où, citadine jusqu'au bout des ongles, elle ne s'était jamais acclimatée.

Etait-ce pour cette raison qu'Adam n'avait pas eu le sentiment d'avoir une « vraie » vie de famille, comme maintenant ?

Depuis l'arrivée d'Emma, la maison résonnait de musique,

de chants, de rires. Un sapin géant clignotait dans le salon. L'excitation montait chaque jour un peu plus à l'approche du spectacle de Noël. Tout semblait... parfait. Dans l'ordre des choses.

Emma était-elle aussi heureuse qu'elle en donnait l'impression ? Comment le savoir ? Peut-être que, s'il lui proposait de rester plus longtemps, il en aurait le cœur net ?

Cette fois, ce ne fut pas l'angoisse qui accéléra les battements de son cœur. C'était un autre sentiment, plus doux et bien plus positif.

Adam venait de redécouvrir le sens du mot « espoir ».

Malgré la neige et le froid, le joueur de cornemuse en kilt était bien là, au coin de la place, quand Emma arriva à Braeburn.

Au fil des jours, elle s'était habituée à la présence du vieil homme. Il lui arrivait souvent de bavarder avec lui et, pas plus tard que le vendredi précédent, elle lui avait suggéré d'aller voir Adam en consultation.

Ce soir, la cornemuse sonnait vraiment faux, pensa-t-elle. « Le vieux Jock », comme on l'appelait, avait-il eu plus de mal à « chauffer » son instrument en raison des conditions climatiques ? A son âge, il aurait mieux fait de rester chez lui ou de se réfugier au pub...

Au bout de quelques minutes, il s'arrêta carrément de jouer. Elle le vit regarder son instrument, l'air désorienté. Puis la cornemuse tomba sur le trottoir... juste avant qu'il ne s'effondre.

Abandonnant sa guitare, elle se précipita. La formation aux premiers secours qu'elle avait suivie à l'époque où elle conduisait un bus scolaire allait probablement lui être utile !

De manière réflexe, elle plaça Jock en position latérale de sécurité. Puis elle chercha son pouls... mais n'en trouva pas.

— Que quelqu'un aille chercher le Dr MacAllister ! s'écria-t-elle, en commençant un massage cardiaque. Vite ! Jock ne respire plus !

— J'appelle une ambulance, dit une voix masculine dans son dos.

Elle poursuivit le massage avec l'énergie du désespoir. Deux ou trois minutes plus tard, elle entendit une galopade effrénée puis Adam se matérialisa devant elle, hors d'haleine. Il tenait sa mallette d'une main, un défibrillateur de l'autre. Son cerbère de réceptionniste suivait de près, une bouteille d'oxygène dans les bras.

— Excellent travail, Emma ! dit-il. Pouvez-vous continuer un peu, le temps que je sorte mon matériel ?

— Bien sûr.

Le contact des pavés saillants sous ses genoux lui faisait mal, mais elle n'en avait cure. Elle se concentrait sur ses mains, plaquées au milieu du torse de Jock, et sur les compressions énergiques qu'elle devait imprimer.

Quelques semaines auparavant, elle aurait sans doute eu du mal à tenir la cadence. Mais aujourd'hui, elle avait recouvré assez de forces pour participer à un sauvetage et, elle l'espérait, sauver une vie.

— Très bien. Arrêtez-vous, ordonna Adam.

Promptement, il défit la veste de Jock et lui déboutonna sa chemise. A l'aide d'un bistouri, il découpa ensuite son maillot de corps et, en quelques secondes, appliqua les pales du défibrillateur sur la poitrine du vieil homme.

— Ecartez-vous, Emma. Surtout, ne le touchez plus.

Le corps de Jock eut un violent soubresaut dû au choc électrique. Mais elle n'eut pas le temps d'être horrifiée car Adam ordonna aussitôt la reprise du massage.

— J'ai mon brevet de secourisme, intervint un grand gaillard en s'agenouillant à côté d'elle. Je peux aider la demoiselle.

— Génial, Bryan ! dit Adam. Prenez le relais. Emma, postez-vous près de la tête de Jock. Quand je l'aurai intubé, il faudra appuyer sur le petit ballonnet pour faire entrer l'air dans ses poumons.

Emma vécut les minutes suivantes dans un brouillard.

Comment Adam faisait-il pour rester si calme ? Non seulement il était parvenu à loger un tube dans la trachée de Jock du premier coup, mais déjà, il posait une perfusion et injectait des médicaments avec un sang-froid incroyable !

Elle vit sa main droite trembler sur le ballonnet qu'elle pressait régulièrement. Elle commençait à avoir froid et, surtout, elle avait peur.

— Que quelqu'un rappelle les secours pour savoir où est l'ambulance, demanda Adam.

Deux minutes plus tard, un des villageois lui fournit l'information voulue :

— Ils envoient un hélicoptère, doc. Ils vont se poser sur le terrain de sport de l'école. Il faudrait aller vérifier sur place qu'aucun objet ne gênera l'atterrissage. Avec la neige, le pilote ne verra rien.

Aussitôt, une dizaine d'hommes s'éloigna au pas de course. Saisie de nausées, Emma se remit à fixer son ballonnet. Surtout, ne pas craquer. Rester concentrée. Un, deux, trois, quatre, cinq, six, sept, huit, neuf, dix. Une compression. Un, deux trois...

— Vous vous débrouillez comme un chef, dit Adam d'un ton calme.

Elle leva les yeux. Il l'encourageait du regard et, à son expression, elle eut aussi le sentiment qu'il était fier d'elle. Elle dut ravaler la boule d'émotion qui lui nouait la gorge.

— Ne faudrait-il pas... trouver des couvertures... pour Jock ? demanda-t-elle, claquant des dents. Il fait très froid...

— C'est plutôt bien, répondit-il d'un ton doux. Parfois, nous faisons même baisser la température de certains malades pour les protéger des conséquences d'un arrêt cardiaque. Ecartez-vous tous les deux, ajouta-t-il à son intention et à celle de Bryan. Je vais tenter un nouveau choc.

Un silence pesant tomba, ce qui permit d'entendre tourner les pales de l'hélicoptère, au loin. Puis le défibrillateur claqua... et Emma perçut distinctement un « bip », suivi d'un autre, et d'un autre encore.

C'était le bruit du monitoring cardiaque !

— On a un pouls. Le cœur est reparti, annonça Adam. Cela ne veut pas dire que Jock est tiré d'affaire, mais au moins, il se passe quelque chose.

En voyant son expression soulagée, Emma eut de nouveau envie de pleurer, mais de joie cette fois-ci. Et si elle se fiait aux commentaires de la foule, il était clair qu'elle n'était pas la seule à admirer Adam. Les gens de Braeburn avaient toutes les raisons d'être fiers de leur médecin !

— Allez-vous nous accompagner, docteur ? demanda le chef des secouristes quand, quelques minutes plus tard, Jock fut prêt à être héliporté.

— Oui, bien sûr. Je suis navré, Emma, mais je ne sais pas du tout à quelle heure ni comment je vais rentrer. Il n'y aura plus de trains, et avec cette neige, je ne suis pas sûr qu'un taxi acceptera de me raccompagner depuis Edimbourg.

— Je pourrais venir vous chercher en 4x4, proposa-t-elle.

— Avec les enfants ? Il sera beaucoup trop tard.

— Poppy et Ollie sont les bienvenus à la maison, intervint une jeune femme qui avait assisté au sauvetage de Jock. Je suis la mère de Jeannie, l'amie de Poppy, ajouta-t-elle en souriant. Je suis sûre que les jumeaux seraient contents de dormir chez nous.

Emma croisa le regard circonspect d'Adam. De toute évidence, il ne demandait jamais rien à personne. Elle pouvait comprendre qu'il ait besoin de se protéger, et de protéger ses enfants, mais il y avait à Braeburn des gens très sympathiques qui ne demandaient qu'à rendre service. Il était temps qu'il s'en aperçoive !

Elle décida de répondre à sa place.

— Poppy et Ollie seront enchantés, déclara-t-elle. Merci beaucoup pour cette proposition. Nous acceptons volontiers.

Comme Adam s'apprêtait à suivre les secouristes, elle lui posa une main sur le bras.

— Ne vous inquiétez pas, dit-elle doucement. Je m'occupe de tout. Je vous appellerai en début de soirée.

Décidément, quand le destin s'en mêlait, la vie réservait bien des surprises.

Assise dans le 4x4 à côté d'Adam, Emma pensait à l'ironie du sort qui lui avait fait découvrir l'hôpital d'Edimbourg une semaine avant l'échéance prévue. Au moins, elle ne serait pas dépaysée. Mais, pour le coup, elle se serait bien passée de cette « visite » impromptue.

Au départ de l'hôpital, Adam s'était installé au volant. Il l'avait rassurée sur l'état de Jock, lequel avait repris connaissance en soins intensifs. Puis le silence était tombé et, à présent, Emma se sentait si fatiguée que ses paupières se fermaient toutes seules.

Epuisée comme elle l'était, elle ne réfléchit même pas avant de poser la question qui la taraudait depuis le début de l'après-midi :

— Cela vous ennuierait-il... que je prenne un jour de congé la semaine prochaine ? J'ai un... rendez-vous très important à Edimbourg.

— Bien sûr que non ! Vous n'en avez pas pris un seul depuis le début. Je n'arrête pas de vous dire que le week-end, je peux me débrouiller tout seul.

— Sauf que ce serait... lundi. Il faudrait que j'y passe la nuit, car le rendez-vous est tardif... donc, ce serait plus pratique. Poppy pourrait de nouveau dormir chez Jeannie, et Ollie... aimerait aller chez son copain Ben. Les mamans... seraient enchantées de les accueillir. Je... leur en ai déjà parlé. Moi, je rentrerais mardi, en milieu d'après-midi.

Adam ne répondit rien, mais il lui jeta un regard de côté qui lui rappela le jour de leur première rencontre. D'ailleurs, en quelques secondes, l'atmosphère était devenue tout aussi glaciale. Fallait-il s'en étonner ?

D'abord, elle lui demandait un congé exceptionnel. Ensuite, elle organisait la garde des jumeaux sans sa permission. Il devait penser qu'elle ne manquait pas de culot et prenait ses aises !

Mais pouvait-elle lui dire la vérité ? Certainement pas. Sinon, il allait regretter de l'avoir embauchée. Il la renverrait peut-être. Qui voudrait s'encombrer d'une femme malade ?

— Je dois passer un entretien… pour un travail, bredouilla-t-elle. Dans un studio de musique. Comme c'est mon métier et ma passion… j'aimerais bien qu'il y ait enfin un avenir pour moi.

Sur ce point-là, elle ne mentait pas. Elle allait subir des examens qui lui apporteraient des informations capitales sur son avenir !

Le silence retomba, de plus en plus lourd. Adam n'avait toujours pas prononcé un mot. Il s'en trouvait incapable.

Dire qu'il avait cru Emma incapable de mentir ! Il était évident qu'elle lui cachait quelque chose ! Comme Tania, autrefois.

« Il y a des soldes, chéri. C'est ma marque préférée… Je ne partirai qu'une journée, peut-être deux… »

Peut-être Emma avait-elle une très bonne raison de ne pas dire la vérité, *elle* ? Après tout, ils se connaissaient peu. Elle n'avait pas à lui raconter sa vie. Et il serait injuste de ne pas lui faire confiance à cause de Tania…

Il voulait lui faire confiance. Simplement, son vécu désastreux l'en empêchait. Mais il allait prendre sur lui. Elle n'avait pas à payer pour la trahison d'une autre.

— Faites ce que vous avez à faire, dit-il enfin. Je vais gérer.

Emma se réveilla en sursaut lorsque le 4x4 roula sur des branches d'arbres à l'entrée du parc.

Elle se redressa dans son siège, parcourue de frissons. Même si Adam avait fini par lui répondre, il n'avait plus desserré les dents par la suite et elle s'était endormie, l'estomac noué.

Encore maintenant, elle ressentait un profond malaise. Adam s'était renfermé dans sa coquille, et elle ne comprenait pas pourquoi. Elle doutait que sa demande de congé ait pu, à elle seule, produire un tel effet. Il devait y avoir autre chose, mais quoi ?

Le silence se prolongea après qu'ils eurent rejoint la maison.

Emma, qui avait l'impression qu'Adam faisait tout pour éviter son regard, s'aperçut soudain qu'il fixait la couronne de gui accrochée dans le vestibule, au-dessus du portemanteau.

Voilà où était le problème. C'était le baiser qu'ils avaient échangé !

Adam voulait se rapprocher d'elle, mais il se sentait perdu. Il était encore en deuil. Il devait avoir peur de souffrir de nouveau, en s'attachant à une femme qui venait de lui annoncer qu'elle allait sans doute partir travailler ailleurs...

Pour une fois, il ne s'était pas précipité vers la cuisine. Il était en train de retirer son manteau, lentement. On aurait dit qu'il effectuait tous ses gestes au ralenti, comme s'il attendait qu'elle bouge.

Elle fit un pas dans sa direction.

Jusqu'alors, elle avait cru qu'elle n'avait rien à lui offrir, mais c'était faux. Elle avait déjà fait entrer l'esprit de Noël dans sa maison. Ce soir, elle pouvait l'aider à franchir une étape supplémentaire.

Ils étaient seuls, personne ne le saurait jamais. Et même si elle n'était pas la future femme de sa vie, même si le destin les séparait, elle pouvait au moins lui montrer que tout n'était pas fini.

Qu'il était un être digne d'amour, capable d'aimer et d'être aimé. Qu'il avait le droit d'être heureux...

— Adam ?

Elle enleva son manteau qu'elle accrocha à la patère.

— Je suis désolée... à propos d'Edimbourg. Je n'irai pas si cela pose un problème. C'est juste que...

— Mais non, cela ne fait rien. Je vous l'ai déjà dit.

— Si, c'est important, objecta-t-elle d'une voix douce. Je ne veux pas... compliquer les choses. Même si je ne dois pas rester longtemps, j'aimerais que cette période soit la plus belle possible pour vous, pour les petits... et pour moi. Que nous en gardions tous un beau souvenir...

Elle n'avait rien à perdre. Adam avait tout à gagner. L'équation était aussi simple que cela.

Le cœur battant, elle attendit. Il avait fermé les paupières et, pendant une fraction de seconde, elle eut l'impression que le temps s'arrêtait.

Quand il les rouvrit, il recommença à fixer la couronne de gui. Puis, tendant le bras, il arracha une grappe de baies tout entière.

Leurs regards se croisèrent enfin. Emma frissonna en voyant la lueur incandescente qui dansait au fond de ses prunelles assombries de désir. Il était sans doute en proie à une énorme lutte intérieure, mais il avait besoin d'elle.

A son tour, elle ferma les yeux, saisie de vertiges. Elle aimait cet homme à la folie, mais c'était à lui de décider. Personne ne pouvait franchir le pas à sa place.

D'abord, il poussa un gémissement rauque. Puis elle l'entendit bouger, et il lui passa un bras autour de la taille, et un autre sous les jambes pour la soulever de terre.

Le visage niché dans son cou, elle s'accrocha à sa nuque, ivre de joie et d'amour, tandis qu'il la portait jusqu'à sa chambre.

Adam referma sans bruit la porte de sa chambre. Puis, avec une extrême douceur, il déposa son précieux fardeau sur le sol.

Emma avait gardé les bras autour de son cou. Dressée sur la pointe des pieds, elle se serra contre lui et, tout naturellement, leurs lèvres se joignirent.

Ils s'embrassèrent avec passion, sans gêne ni timidité aucune. A cette minute précise, seul comptait le besoin impérieux qu'ils avaient l'un de l'autre.

Cela faisait si longtemps. Adam avait oublié à quel point c'était bon de toucher une femme. Il avait glissé les mains sous le pull d'Emma, puis sous son chemisier, et à présent, il s'enivrait du contact d'une peau douce et fine comme de la soie.

Fou de désir, il arrondit les paumes sur ses petits seins

fermes. Mais déjà, les effleurer ne lui suffisait plus. Il voulait les embrasser, les caresser, savourer la moindre parcelle de ce corps parfait qui s'offrait à lui sans retenue.

Sans qu'il ait besoin de parler, Emma laissa retomber ses bras et, s'écartant légèrement, fit glisser son pull par-dessus sa tête. Elle voulut ensuite déboutonner son chemisier, mais il l'arrêta.

— Laisse-moi faire, chuchota-t-il.

Se penchant, il commença à batailler avec les boutons minuscules. Il sentit alors ses mains trembler sous le coup d'une émotion incontrôlable et, quand il releva la tête, il s'aperçut qu'Emma cherchait son regard.

C'était comme si elle lui posait une question muette, comme si elle voulait établir un lien plus fort qu'une simple connexion charnelle.

Mais pouvait-il lui donner ce qu'elle demandait ? En était-il capable ?

Ce soir, en tout cas, il voulait croire à l'impossible.

Lorsqu'elle sentit les mains d'Adam trembler, Emma en eut les larmes aux yeux.

Cet homme fier et dur en apparence, qui masquait ses émotions avec un soin jaloux, ne pouvait plus lutter devant elle. Ce qui leur arrivait était trop fort, trop intense pour qu'il continue à se cacher.

La pensée qu'il était, comme elle, fragile et vulnérable, l'emplit d'une immense émotion. Elle l'aimait. Elle l'aimait à la folie !

Ce soir, elle ne lui donnerait pas seulement son corps, mais aussi son âme. Pour toujours. Ou, en tout cas, pour le laps de temps que le destin leur accorderait.

Elle était, plus que quiconque, consciente de la fragilité de la vie. Et quand leurs regards se croisèrent, elle eut la sensation qu'il avait compris et qu'il partageait ses sentiments.

Il cessa de trembler, lui sourit. Puis il chercha sa bouche

lentement, sans hâte, comme pour sceller un pacte qui allait bien au-delà d'un échange physique.

Alors, elle ne pensa plus à rien.

Ils basculèrent sur le lit dans un corps à corps fiévreux. Mais avant de la dévêtir complètement, Adam s'arrêta pour la regarder.

Puis il se pencha de nouveau et la tendresse infinie de son baiser la fit frissonner.

Elle avait l'impression que, quoi qu'il advienne, il la traiterait toujours avec respect. Qu'elle était précieuse pour lui et, qu'ensemble, ils vivraient des moments rares.

Plus que son cœur et son corps, Adam venait de gagner un bien inestimable : sa confiance.

8

La nuit suivante, Emma se glissa dans la chambre d'Adam sur la pointe des pieds. Puis elle recommença le lendemain, car il était devenu évident qu'ils ne pouvaient plus se passer l'un de l'autre.

Chaque jour, la magie devenait plus intense et plus belle. Ils vivaient des moments parfaits, que ce soit avec les petits ou à deux.

Mais, bien sûr, ils prenaient garde de ne pas se trahir devant Poppy et Ollie. Tout au plus avaient-ils expliqué qu'ils se tutoyaient maintenant parce qu'ils étaient devenus « bons amis ». Il n'était pas question d'en dire plus, et ils observaient une discrétion absolue en présence des jumeaux.

Comme point d'orgue à leur bonheur, Catherine téléphona le mercredi matin pour leur annoncer que Marion venait de mettre au monde une petite fille prénommée Holly. Ils reçurent une magnifique série de photos par internet, et les enfants s'extasièrent longuement devant la frimousse adorable de leur nouvelle — et première — cousine.

Le vendredi soir, Marion étant de retour chez elle, la conversation vidéo qu'ils attendaient avec impatience put avoir lieu. Adam avait installé son ordinateur portable dans le salon. Un bon feu brûlait dans la cheminée, le sapin clignotait… et Catherine eut l'air sidérée par cette vision festive.

— Ai-je bien vu un arbre de Noël ?

— Oui, mamie ! répliqua Poppy, triomphante. Emma nous a

aidés à peindre des boules, et on fait des étoiles en pain d'épice avec des petits bonbons collés dessus, et aussi des guirlandes en papier, et... plein de choses !

Discrète, Emma s'était assise en retrait. Néanmoins, elle voyait l'écran, et elle perçut distinctement l'émotion de Catherine. Lorsque la vieille dame reprit la parole, elle avait des larmes dans la voix.

— C'est merveilleux, trésor. Je n'ai jamais vu un sapin aussi beau. Emma doit être géniale.

— Elle l'est ! déclara Adam. Elle a même fabriqué une robe de Marie et un costume de Joseph. Au fait, t'ai-je dit que Jemima allait participer au spectacle de Noël ?

— Oui, tu m'en as parlé !

On entendit un grand éclat de rire féminin derrière Catherine. Le champ de la caméra s'élargit, signe que Ian, l'heureux époux et nouveau père, avait dû déplacer son ordinateur portable. Emma découvrit alors une jeune femme assise dans un fauteuil, un minuscule bébé dans les bras.

Elle ressemblait si fort à Adam qu'elle aurait pu être sa sœur jumelle. Ils avaient le même teint mat, les mêmes yeux, le même sourire.

Et Adam souriait de plus en plus souvent, ces-jours-ci...

— Essaierais-tu de me voler la vedette, grand frère ? demanda Marion. Je pensais que tout le monde au village allait parler d'Holly, mais avec cette histoire d'âne, mon bébé ne va pas faire le poids ! Qui a eu cette brillante idée ?

— Emma ! s'exclamèrent les jumeaux en chœur.

— Tiens donc... Il est temps que je fasse sa connaissance ! Où se cache-t-elle ?

— Là, près de la cheminée, répondit Adam. Viens, Emma.

Quand il tendit un bras, elle se leva pour le rejoindre. Lui prenant alors la main, il entremêla ses doigts aux siens. Elle sentit alors une timidité inattendue l'envahir.

Qu'allait penser la famille d'Adam ? Mais personne n'avait

sans doute rien vu, se dit-elle pour se rassurer. Poppy et Ollie étaient devant la webcam. Ils devaient cacher l'arrière-plan...

— Bonjour, Marion ! dit-elle. Toutes mes félicitations pour la naissance d'Holly. Nous avons regardé les photos, elle est vraiment adorable.

Adam raffermissant la pression sur ses doigts, elle leva la tête pour lui sourire. Quand elle se retourna vers l'ordinateur, elle vit Marion échanger un regard intrigué avec quelqu'un — peut-être Catherine. Puis le sourire de la jeune femme s'élargit.

— Je suis ravie de vous connaître enfin, Emma ! Il paraît que vous êtes une chanteuse hors pair, et qu'avec les enfants de l'école, vous allez bientôt devenir riches et célèbres ?

Emma s'esclaffa.

— Ça m'étonnerait beaucoup ! Mais notre petite histoire commence à faire du bruit, c'est vrai. Quand ils ont su que nous voulions enregistrer un CD, les responsables de la radio locale ont proposé de nous aider. Ils nous ont trouvé un studio, et ils vont affréter un bus pour le transport des enfants. Ils vont aussi mettre nos titres en téléchargement pour que nous ayons un maximum d'acheteurs.

— Bravo, c'est génial !

Pendant qu'elles parlaient, les jumeaux étaient allés chercher les trésors récupérés dans le grenier pour les montrer à leur grand-mère. Le champ de la caméra s'élargit de nouveau.

— Seigneur ! C'était le mien ! s'exclama Catherine en voyant le vieil ours que Poppy traînait partout avec elle.

— Et regarde le train, mamie ! renchérit Ollie. Il appartenait à papy, je crois...

— Tout à fait, mon cœur.

Emma sentit sa gorge se nouer devant l'émotion de la vieille dame.

— Je trouve formidable que vous ayez descendu ces jouets du grenier, reprit celle-ci d'une voix rauque. J'ai hâte de vous voir jouer avec. En tout cas, vous avez tous l'air en pleine forme... et très heureux.

— C'est vrai, maman, répondit Adam.

Les jumeaux voulurent se lancer dans une description de leurs activités, mais à ce moment-là, la petite Holly se mit à pleurer.

— On va vous laisser, reprit Adam. Cette petite puce a faim, et Poppy et Ollie doivent aller se coucher. Il se fait tard. On programme une nouvelle conversation pour Noël ?

— Ça marche, répliqua Ian qui continuait de gérer la partie technique de la connexion outre-Atlantique.

— Les enfants, envoyez des bisous !

Après moult « Au revoir », « Je t'aime » et « Tu me manques, mamie », la touche vidéo fut déconnectée.

— Oh ! mince ! s'écria Emma. Nous avons oublié de chanter la berceuse à Holly.

Les jumeaux soupirèrent bruyamment, très déçus. Elle leur sourit.

— Ce n'est pas grave, nous n'étions pas au point. Nous la chanterons le jour de Noël.

Voyant Poppy prête à pleurer, elle l'embrassa sur le front.

— Vous savez quoi ? On va répéter un peu maintenant. Papa nous enregistrera avec son téléphone, puis il enverra la vidéo à tatie Marion par e-mail. Mais attention, pas longtemps ! Vous allez bientôt monter vous coucher.

— D'accord, Emma ! dit Poppy qui avait retrouvé le sourire. Je vais chercher ta guitare.

Son frère lui lança un regard furieux.

— Non, *j'y vais* ! Porter la guitare, c'est mon travail !

Adam n'avait pas menti à sa mère. Il était heureux. Réellement heureux.

Le simple fait de tenir dans ses bras une Emma paisible et endormie lui procurait une joie sans mélange. Depuis quand n'avait-il pas ressenti une telle plénitude ?

Bien sûr, il avait déjà été heureux par le passé. Il avait aimé son enfance, ses jeux, son apprentissage de la cornemuse avec

Jock. Il se rappelait très bien la fierté de son « professeur » quand on l'avait choisi comme soliste de l'école pour le spectacle de Noël, et sa déception silencieuse quand, des années plus tard, il avait arrêté de jouer.

Il n'avait plus le temps. Tania détestait la cornemuse. Mais aujourd'hui, pour la première fois, il avait envie de ressortir son instrument du placard.

Jock serait enchanté si, d'aventure, il lui demandait de lui redonner quelques leçons. Grâce à Emma, le vieil homme aurait encore toutes ses facultés physiques et mentales pour le faire. Si elle n'était pas intervenue aussi vite, et aussi bien, il aurait peut-être survécu, mais avec de très lourdes séquelles...

Une vague de fierté balaya Adam. Il embrassa Emma sur le front, le cœur gonflé d'amour.

Cette petite fée avait le don de semer la joie partout où elle passait. Il s'agissait d'une qualité rare, inestimable, dont ses enfants avaient été les premiers bénéficiaires... juste avant qu'il ne cède à la magie, lui aussi.

Pour la première fois depuis longtemps, il exultait. Il se sentait aussi euphorique qu'autrefois, à Noël, quand il se levait à l'aube pour découvrir ses cadeaux au pied du sapin. En quelques semaines, il était passé du néant absolu à l'espoir.

Avec Tania, il avait cru pouvoir construire un univers idéal qui, finalement, s'était écroulé comme un château de cartes. Mais cette fois, la situation était différente. Il était temps de tourner le dos au passé.

C'était cela, le miracle de l'amour.

Car il était tombé follement, inexorablement amoureux d'Emma. Il l'aimait aussi fort que ses enfants. Il éprouvait le même besoin de la chérir, de l'entourer, de la protéger.

Avec tendresse, il effleura son épaule nue. Nuit après nuit, il s'enivrait de son corps, en explorait la moindre parcelle. Elle était belle, adorable, parfaite. Il se demandait juste d'où pouvait provenir cette minuscule cicatrice qui affleurait au niveau des salières. Un jour, quand ils se connaîtraient encore mieux, il lui en demanderait la cause…

Elle remua dans ses bras, signe qu'elle n'allait pas tarder à se réveiller. Chaque matin, elle retournait dans sa chambre aux aurores. Elle n'aurait voulu à aucun prix que les enfants s'aperçoivent de quelque chose, et Adam était parfaitement d'accord sur ce point.

Tant que les jumeaux ne sauraient rien, ils ne diraient rien. Les commères du village s'abstiendraient de jaser sur leur compte. Surtout, les petits ne nourriraient pas de faux espoirs si, d'aventure, l'histoire s'arrêtait.

Non qu'Adam ait envie qu'elle s'arrête. Au contraire, il souhaitait même qu'elle se prolonge, et pour toujours si possible. Sa mère et sa sœur l'avaient compris, ce soir-là, pendant la conversation vidéo. Il en était persuadé.

Restait maintenant à convaincre la principale intéressée : Emma elle-même. Il voulait mettre tout en œuvre pour y parvenir.

Le week-end, puis le lundi matin défilèrent à une vitesse folle.

Entre les répétitions du spectacle, l'interview pour le journal local, la maison à ranger et les derniers coups de fil à passer en prévision de son absence, Emma n'avait jamais été aussi débordée.

Au fond, c'était parfait, songea-t-elle en quittant le manoir vers midi, sa valise à la main. En s'activant ainsi, elle avait moins pensé à l'échéance qui planait au-dessus de sa tête, et qui se rapprochait de plus en plus…

Personne, au village, n'avait semblé se formaliser du fait qu'elle parte un lundi. Ces dames de la chorale — qui se montraient plus aimables avec elle de jour en jour — lui avaient même lancé quelques remarques approbatrices.

Juste avant Noël, avaient-elles chuchoté, il était bien normal qu'elle veuille aller faire des courses. « Les petits poussins » méritaient de recevoir de beaux cadeaux. Leur papa n'avait guère le temps de s'en occuper, n'est-ce pas ? Et puis, après tout, la défunte Mme MacAllister se rendait souvent à Edimbourg pour son shopping…

Cette allusion à Tania lui avait fait froid dans le dos, mais elle avait gardé le sourire. Surtout, ne rien montrer. Ne pas éveiller les soupçons. Telle était sa priorité.

Après un court trajet, Emma laissa sa voiture sur le parking de la gare de Braeburn, où elle la reprendrait le lendemain.

Le train était déjà à quai et elle y monta comme un automate, avec l'impression pénible que son destin l'attendait au bout des rails.

Avait-elle commis une erreur en essayant de faire entrer l'esprit de Noël chez les MacAllister ?

Elle n'avait pas prévu de tomber amoureuse d'Adam, mais c'était arrivé. Elle n'aurait jamais cru non plus qu'il s'attacherait à elle et, pourtant, c'était bien le cas.

Même s'il ne l'avait jamais dit, elle était sûre qu'il l'aimait. Elle le sentait à chaque regard, à chaque caresse, à chaque geste tendre. Quel chagrin ce serait pour lui d'apprendre qu'elle était condamnée ! Et au moment de Noël !

Il aurait le cœur brisé, et les enfants aussi…

Allons, elle ne devait pas céder au pessimisme. Pas maintenant, après avoir parcouru tout ce chemin. Elle vivait de trop belles choses pour entretenir des pensées négatives !

Elle allait passer ces horribles tests, dormir à l'hôpital, se reposer, et dès le lendemain, elle retrouverait son cocon chaleureux et protecteur.

En rentrant, elle se dépêcherait de poster son CD pour Sharon. La chanson qu'elle lui avait composée était prête, elle lui enverrait le clip par e-mail le jour de Noël. Le disque gravé serait un « plus », accompagné d'une carte de vœux et de photographies supplémentaires.

Si tout se passait bien, elle pourrait même très vite lui adresser d'autres clichés. Pourquoi pas des photos d'elle avec les jumeaux… et Adam ?

Elle s'efforça d'entretenir ces idées positives pendant tout le trajet vers Edimbourg. A l'arrivée, il neigeait de nouveau et elle s'engouffra dans un taxi, direction l'hôpital.

Jack vint la chercher dans le hall, et son sourire réconfortant lui fit l'effet d'un cadeau de Noël avant l'heure. Il l'étreignit longuement puis la tint à bout de bras pour la regarder.

— Tu es resplendissante, Emma. Quand nous en aurons fini avec cette corvée, je suis sûr que tu auras plein de choses à me raconter ! Tu es prête ?

Elle opina, la gorge nouée. L'espoir qui lui gonflait le cœur était ténu, fragile. Mais il était là.

Et elle allait s'y accrocher de toutes ses forces.

9

Depuis qu'il était rentré du cabinet, Adam se sentait très seul.

Le calme inhabituel qui régnait dans sa vieille demeure le mettait mal à l'aise. Rien n'était plus pareil sans Emma et les enfants. Même les pauvres Benji et Bob avaient l'air tout perdus !

Après un dîner léger, il se réfugia dans son bureau, les chiens sur les talons. La première semaine, il s'y enfermait systématiquement pour échapper aux séances de musique. Mais que n'aurait-il donné ce soir-là pour entendre Poppy, Ollie et Emma entonner un air de Noël ?

Armé de bonnes résolutions, il décida de répondre à son courrier. Puis il ouvrit ses e-mails, sans oublier d'envoyer à Marion la berceuse qu'il avait enregistrée sur son téléphone.

A cet instant, un reflet métallique sur le clavier attira son attention. A la lumière de l'écran, l'or un peu terni de son alliance lui parut soudain totalement incongru.

De manière automatique, presque réflexe, il l'effleura de son pouce droit. Cet anneau le retenait prisonnier, autant que lui-même s'était rendu captif d'un passé douloureux. Il fallait qu'il s'en libère pour franchir une nouvelle étape.

Il essaya de l'ôter, en vain. Tout au plus réussit-il à le faire bouger légèrement. Il se leva alors d'un bond — faisant sursauter Benji et Bob — puis monta à sa salle de bains quatre à quatre.

Avec une bonne dose de savon, l'alliance se dégagea plus facilement. Il frotta, tira, tourna… jusqu'à ce que, d'un seul coup, elle glisse sur l'annulaire.

Il tenait maintenant entre ses doigts le symbole de son mariage raté et de la tragédie qui avait suivi. Mais que pouvait-il en faire ?

S'il n'avait pas neigé, il aurait pu aller la jeter dans l'étang du vieux Jock, derrière chez lui. Mais il gelait à pierre fendre, il était tard. De toute manière, cet objet méritait davantage de respect, pour les enfants...

Il regagna son bureau, laissa tomber l'alliance dans le premier tiroir de sa table, puis monta se coucher. Alors, sur le palier du premier étage, il marqua un long temps d'arrêt.

C'était là, à cet endroit, qu'il avait entendu Emma chanter, le premier soir. Elle lui manquait terriblement. Il l'aimait si fort que c'en était presque douloureux.

Les dames du village, Eileen la première, allaient vite s'apercevoir qu'il ne portait plus son alliance. Qu'en penseraient-elles ? Sans doute chuchoteraient-elles dans son dos qu'il avait eu raison, et que trois ans de deuil suffisaient.

Aux yeux de la communauté, il aurait rempli son devoir. Les gens se diraient qu'il était prêt à passer à autre chose, pour le bien de ses enfants, et le prénom d'Emma reviendrait avec insistance dans toutes les conversations...

Non seulement cela ne le gênerait pas, mais il en serait fier. Car il venait de prendre une grande décision : il allait demander à Emma de rester à Braeburn.

Il était quasiment sûr de sa réponse. Quand il lui avait dit au revoir, ce matin-là, il lui avait trouvé l'air très malheureux de partir pour Edimbourg. C'était comme si elle rechignait à le quitter, impression qui l'avait mis en joie.

Puisqu'il ne pouvait plus envisager la vie sans elle, il lui tardait qu'ils soient de nouveau réunis. Et cette fois, définitivement.

Emma avait passé une mauvaise nuit.

Ce n'était pas tant la douleur de la ponction car on lui avait administré tous les médicaments nécessaires pour qu'elle ne souffre pas. En revanche, elle s'était sentie très seule et malheureuse dans son lit d'hôpital, loin d'Adam.

Il lui avait manqué. Les enfants lui avaient manqué. Elle avait vraiment hâte de repartir !

Encore quelques heures et elle serait libre, se dit-elle pour se consoler. Jack, qui était venu la voir après le petit déjeuner, l'avait trouvée assez en forme pour la laisser sortir. Ils se retrouveraient le midi à la cafétéria de l'hôpital pour un déjeuner rapide, après quoi elle pourrait rentrer à Braeburn.

Jack espérait pouvoir lui donner quelques informations à ce moment-là. Les résultats complets de la ponction ne seraient pas connus avant une semaine, mais elle savait que des données partielles pouvaient arriver d'ici quarante-huit heures, et qu'en tout état de cause, le premier bilan sanguin se révélait assez fiable...

Plutôt que d'angoisser, elle allait faire un peu de shopping dans les rues commerçantes d'Edimbourg. Elle tenait à acheter des cadeaux pour Poppy, Ollie et Adam. Où, mieux qu'ici, pourrait-elle trouver ce qu'elle cherchait ?

Elle aurait sans doute un peu de mal à marcher, mais tant pis. Il était hors de question qu'elle reste là, à s'inquiéter.

Ainsi occupée à des choses agréables, le temps passerait plus vite. Du moins voulait-elle s'en persuader pour ne pas devenir folle.

Ce matin-là, alors qu'Adam gagnait son cabinet en traversant la place, il avisa soudain une dame âgée, immobile malgré le froid, qui s'appuyait contre le mur de l'église.

Cette personne n'avait pas l'air en forme. Sans doute allait-il commencer sa journée de travail avant même d'atteindre son bureau !

Il se précipita. La dame n'était autre que Joan McClintock.

— Bonjour, docteur..., balbutia-t-elle.

— Bonjour, Joan. Qu'est-ce qui vous arrive ? Vous avez l'air tout essoufflée.

— Oui... Un peu... C'est sûrement le froid...

Déjà, il cherchait le pouls de Joan sous son épais gant de laine.

— Vous allez m'accompagner au cabinet, dit-il, impuissant à sentir quelque chose. J'aimerais contrôler votre tension.

— Oh ! mais non ! Je ne veux pas vous embêter, docteur.

— Vous ne m'embêtez pas du tout.

Après ce qui était arrivé à Jock, il se méfiait. Le vieil homme aussi avait montré des signes d'essoufflement, et il avait fait une crise cardiaque avant que tous ses résultats d'examens soient revenus !

Il prit le bras de Joan et lui fit traverser la place, ainsi que la rue principale, à une allure très modérée. Il y avait déjà deux personnes dans la salle d'attente lorsqu'ils atteignirent le cabinet, mais Eileen dut comprendre, en voyant le visage blême de son amie, que l'heure était grave.

— Ma pauvre, tu n'as pas l'air en forme ! commenta-t-elle. Une chance que tu sois tombée sur le docteur. Allez-y vite. Ces dames vont patienter un peu...

Sourd aux protestations de Joan, Adam l'emmena dans son bureau pour l'examiner.

Contrairement à ses craintes, le rythme cardiaque et la tension affichaient des valeurs proches de la normale, mais il ne fut pas satisfait pour autant.

— A part cet essoufflement, avez-vous d'autres symptômes ? Des nausées ? Mal dans la poitrine ?

— Non... C'est juste que... je ne me sens pas bien.

— D'accord. Je vais vous faire passer un électrocardiogramme à douze branches pour être sûr qu'il n'y a aucun problème au niveau du cœur.

Il savait que Joan allait rechigner à se déshabiller complètement pour qu'il puisse poser les douze électrodes sur sa poitrine, ses bras et ses chevilles, mais il tiendrait bon. Les crises cardiaques sans signes flagrants n'étaient pas rares, surtout chez les personnes aussi têtues et « dures à cuire » que sa patiente !

Après une courte discussion, la vieille dame céda, et l'examen confirma hélas les craintes d'Adam. Elle faisait un début d'infarctus.

— Il faut vous hospitaliser, conclut-il après avoir expliqué son diagnostic à mots choisis. Plus vite vous serez traitée, moins votre cœur souffrira. Je vais demander à Eileen d'appeler une ambulance.

Mais la vieille dame, qui s'était assise sur la table d'examen, commença à se rhabiller.

— Je ne monterai pas dans une ambulance ! Jamais de la vie ! Je vais très bien.

— Non, vous n'allez pas bien, Joan. D'ailleurs, je vais tout de suite vous donner deux petits cachets d'aspirine et un verre d'eau. Attendez… Voilà…

Trop contrariée, Joan ne bougea pas d'un millimètre quand il lui tendit les médicaments. Elle respirait de plus en plus mal, et Adam comprit que la crise de panique était imminente.

C'était la dernière chose dont elle avait besoin dans son état.

— Très bien, pas d'ambulance, dit-il d'un ton apaisant. Nous allons trouver quelqu'un du village pour vous conduire à l'hôpital.

Le visage de Joan se crispa douloureusement.

— N… on. Il a neigé… C'est trop dangereux… Je ne fais confiance à personne. *Personne*, vous m'entendez ?

En quelques secondes, la respiration de la malade était devenue très saccadée. La voyant porter une main à sa poitrine, Adam comprit qu'il devait trouver une solution rapide. Sinon, on courait à la catastrophe.

Pris d'une soudaine inspiration, il captura l'autre main de Joan dans les siennes.

— Me faites-vous confiance ? demanda-t-il.

— A vous ? Pour sûr, docteur.

— Viendriez-vous à l'hôpital avec moi ?

— Je... Mais...

— Parfait, c'est réglé. Ne bougez pas. Je vais dire un petit mot à Eileen. Ensuite, je vous injecterai un calmant, puis nous nous mettrons en route. Tout va bien se passer, Joan, ajouta-t-il, alors que la vieille dame se rallongeait en fermant les yeux. Laissez-moi m'occuper de vous.

Eileen se montra très coopérative lorsqu'il lui annonça que non seulement il devait partir, mais aussi qu'elle devrait trouver quelqu'un pour récupérer ses enfants à l'école.

— C'est la répétition générale du spectacle aujourd'hui, expliqua-t-il. Les enfants sortent à 14 heures, et, ensuite, ils sont en vacances. J'avais dit à la maman de Jeannie qu'elle ne s'embête pas, que je reprendrais les jumeaux et que je resterais à la maison en attendant Emma, sauf que...

— Ne vous inquiétez pas, docteur, coupa Eileen. J'enverrai quelqu'un les chercher à l'école et, si vous n'êtes pas rentré, je les garderai. Partez tranquille, et puisque vous allez là-bas, donnez le bonjour à notre vieux Jock !

Habiter un petit village n'était pas toujours simple, mais cette vie avait également de bons côtés. La solidarité n'était pas un vain mot, même pour une dame aussi stricte et sévère qu'Eileen !

Rasséréné, Adam se mit en route avec Joan, et s'efforça de la détendre au maximum pendant le trajet. A l'arrivée, une équipe les attendait aux portes de l'hôpital. La patiente fut immédiatement orientée vers le service de réanimation pour y subir tous les examens nécessaires, et être traitée en conséquence.

Comme on n'avait plus besoin de lui, Adam gagna la néonatologie, où le petit Mark Jessop, le bébé d'Aimee, était toujours hospitalisé. Le nourrisson avait pris du poids et il respirait bien, apprit-il de la bouche du pédiatre. Il n'était même pas exclu qu'il puisse sortir pour les fêtes.

Une bonne nouvelle n'arrivant jamais seule, il trouva Jock en pleine forme lorsqu'il lui rendit visite dans sa chambre particulière, au deuxième étage. Le vieil homme avait même tellement bien récupéré que le cardiologue venait de signer sa feuille de sortie. Il n'attendait plus que le taxi-ambulance pour partir.

— C'est trop bête ! s'exclama Adam. Je vais bientôt rentrer. Vous pourriez venir avec moi.

Il alla trouver la surveillante et lui expliqua que, finalement, il remmènerait Jock à Braeburn.

— Je vais juste manger un sandwich et boire un café, puis nous nous mettrons en route, expliqua-t-il.

— Prenez votre temps, docteur ! répondit la jeune femme. Rien ne presse.

Effectivement, il n'y avait plus d'urgence, se dit Adam en se dirigeant vers la cafétéria. Après cette folle matinée, il avait besoin de souffler un peu. Il allait s'asseoir près d'une fenêtre. Il prendrait un en-cas en admirant le jardin enneigé, se détendrait, puis...

Avant même d'avoir atteint le comptoir, il s'arrêta net. Avait-il des visions ? La fatigue le faisait-elle délirer ?

Il pensait tellement fort à Emma qu'il la voyait partout !

Il avança un peu, et encore un peu plus...

Non, il n'hallucinait pas. Cette petite silhouette, ces boucles brunes... C'était bien elle, là-bas, au fond de la pièce. Mais elle n'était pas seule.

Impossible de se méprendre : l'homme qui l'accompagnait ne pouvait pas être un inconnu. A voir leurs sourires complices, il paraissait évident qu'ils étaient proches, très proches même. D'ailleurs... ils se tenaient par la main !

Adam tourna les talons, ivre de colère et de dégoût.

Quel imbécile ! Dire qu'il s'était fait violence pour balayer ses doutes quand Emma avait parlé de ce rendez-vous professionnel ! Il avait désespérément voulu la croire, et voilà le résultat !

D'abord, il y avait eu Tania. Et maintenant, Emma. Fallait-il mettre toutes les femmes dans le même panier ?

Bien sûr que non. Il devait juste y avoir, chez lui, quelque chose qui clochait. Il ne s'attachait pas aux bonnes personnes. C'était aussi simple que cela.

Il y avait cru, cette fois encore. Et une fois de plus, il s'était lourdement trompé. Mais une chose était certaine : on ne l'y reprendrait plus.

Plus jamais.

10

Quelque chose ne tournait pas rond. Emma en eut la certitude en arrivant au cabinet médical, vers 15 h 30.

Caitlin lui avait envoyé un SMS pour la prévenir que, finalement, Poppy et Ollie l'attendraient là-bas, et ils étaient là, en effet, occupés à lire dans un coin de la salle d'attente pleine à craquer.

Adam avait dû avoir une urgence et être retardé. Sinon, il n'y aurait pas eu tant de monde. En théorie, les patients de l'après-midi n'arrivaient qu'à 16 heures !

Plus que cette anomalie flagrante, ce fut l'air abattu des jumeaux qui déclencha la sonnette d'alarme en Emma.

Les gens, eux aussi, se taisaient. Moira, la responsable de la chorale, tricotait avec application. Une jeune maman poussait un landau d'avant en arrière. Deux messieurs disparaissaient complètement derrière leur journal.

L'atmosphère était si pesante qu'Emma fronça les sourcils. Néanmoins, elle s'obligea à sourire lorsqu'elle pivota vers Eileen.

— Bonjour, dit-elle. Je viens chercher les enfants.

— Bonjour. Oui, ça… On ne vous attendait plus.

Emma la fixa, bouche bée. Où était le problème ? Certes, le train avait roulé moins vite à cause de la neige et elle avait une demi-heure de retard sur le planning prévu, mais ce n'était quand même pas la fin du monde.

Pas pour elle, en tout cas. Le plus important, c'était l'information rassurante que Jack lui avait donnée, ce midi-là. Bien sûr, avait-il dit, il faudrait attendre les résultats du prélèvement de moelle osseuse. Néanmoins, il y avait de bonnes chances. De très, très bonnes chances...

Mais Eileen ne pouvait pas deviner. Et elle était d'une humeur massacrante.

Refusant de se laisser impressionner, Emma se tourna vers les jumeaux.

— Je suis contente de vous voir, dit-elle en souriant. Quel dommage que je n'aie pas pu assister à la répétition générale ! C'était bien ? Vous me raconterez, j'espère !

Oliver baissa le nez sur ses mains. Quant à Poppy, elle leva les yeux vers elle, au bord des larmes.

— Papa est énervé, chuchota-t-elle.

— Ah, bon ? Ça doit être parce qu'il a beaucoup de travail. Ne t'inquiète pas, ma puce.

Qu'il soit contrarié par son absence, puis par son retard, l'étonnait un peu. Il restait son employeur, certes, mais leur relation avait évolué, tout de même...

Elle eut soudain la conviction qu'il se passait autre chose. Quelque chose de beaucoup plus grave.

— Suivant !

Adam venait d'ouvrir la porte de son bureau avec fracas. Une dame âgée en sortit, et il l'escorta jusqu'au vestibule.

— C'est à vous, Moira, dit Eileen avec une mine de conspiratrice.

La chef de chorale se leva, mais dans l'affolement, sa pelote de laine roula sur le carrelage. Elle se précipita pour la ramasser.

— Désolée, docteur, bredouilla-t-elle.

— Prenez votre temps, Moira, répondit Adam d'un ton abrupt. Emma, puisque tu es là, pourrais-je te dire un mot, s'il te plaît ? Ce ne sera pas long.

Emma sentit son cœur s'affoler. Le moins qu'on puisse dire, c'était qu'il n'avait pas l'air enchanté de la voir.

Il la toisait si froidement que sa gorge se noua. En comparaison, elle aurait presque pu qualifier d'aimable le regard qu'il avait posé sur elle, le premier jour.

Aujourd'hui, ses beaux yeux ne reflétaient ni doute, ni colère, ni méfiance. Ils étaient dénués de toute expression.

C'était injuste ! pensa Emma. D'accord, elle s'était absentée vingt-quatre heures, mais elle n'avait tué personne. Il ne fallait pas exagérer !

Serrant les dents, elle le suivit. L'effet des antalgiques s'était estompé, elle avait très mal à la hanche, là où on lui avait prélevé de la moelle osseuse. Néanmoins, elle s'efforça d'entrer dans le bureau sans boiter.

— Ferme la porte, s'il te plaît, ordonna Adam. Assieds-toi.

— Non, merci.

Elle risquait d'avoir du mal à se relever. Or, elle ne voulait pas éveiller les soupçons d'Adam. Surtout pas aujourd'hui, quand il était dans cet état de nerfs.

— Comme tu voudras, dit-il, glacial.

On eût dit qu'il s'adressait à une inconnue. Ou plutôt, non. Une étrangère n'aurait pas eu droit à un tel mépris. Emma aurait presque pu jurer qu'il la détestait. C'était insupportable.

— Que se passe-t-il ? demanda-t-elle, n'y tenant plus. Ai-je fait quelque chose de mal ?

Adam secoua la tête avec un rire incrédule.

— Si les choses ont été difficiles à gérer, je suis désolée, reprit-elle. Y a-t-il eu un souci avec les enfants ?

Il continuait de la dévisager et, l'espace d'une seconde, elle vit le masque d'indifférence glisser sur ses traits tendus. Oh ! non ! Il avait l'air… encore plus triste qu'Ollie et Poppy. On aurait dit qu'il souffrait le martyre. Mais pour quelle raison ?

— Je sais pourquoi tu es allée à Edimbourg, dit-il enfin.

Elle eut l'impression que le sang se retirait d'un coup de son visage.

— Tu *sais* ? Mais…

— J'ai conduit une patiente à l'hôpital ce matin, expliqua-t-il d'une voix dangereusement calme. Et je t'ai vue.

Seigneur... Il avait dû découvrir qu'elle était malade. En tant que médecin, il avait accès aux dossiers et il avait probablement demandé le sien...

— Je... suis navrée, Adam. J'aurais dû te dire la vérité.

— Au nom du ciel, Emma, à quel jeu as-tu joué ? As-tu réfléchi dix secondes aux conséquences de tes actes ? Non seulement pour moi, mais surtout pour les enfants ?

Voulait-il dire... si elle *mourait* ? Non, ce n'était pas possible.

Elle enfonça les ongles dans ses paumes pour ne pas fondre en larmes. Elle avait juste voulu leur donner de l'amour, à tous. Et peut-être, s'offrir un dernier Noël. Etait-ce un si grand crime ?

Apparemment, oui. Elle s'était montrée égoïste. Elle n'avait pas assez mesuré l'impact de ses choix. C'était ce qu'Adam avait l'air de penser, et cela pouvait se comprendre...

Peu à peu, néanmoins, la culpabilité s'estompa, le cédant au chagrin dans son cœur meurtri.

Adam se rendait-il compte de la peine qu'il lui faisait ? Quelle cruauté de lui rappeler ainsi, avec cette brutalité, qu'il ne lui restait peut-être plus beaucoup de temps à vivre ! Mais pourquoi les jumeaux étaient-ils si contrariés ?

— Tu n'as rien dit... aux enfants, j'espère ?

— Non, répondit-il, abrupt. Et je n'en ai pas l'intention.

Elle laissa échapper un soupir de soulagement. Les petits devaient juste être tendus car ils avaient senti que quelque chose clochait. Avec leur intuition phénoménale, ce n'était pas étonnant.

Sans doute étaient-ils en train de culpabiliser, de croire que tout était leur faute. Les pauvres. Elle les rassurerait à la première occasion.

— Maintenant, je veux — non, *j'exige* — que tu quittes Braeburn le plus tôt possible, reprit Adam. Aujourd'hui, il sera trop tard, mais tu pourras prendre le train demain. En attendant, je t'ai réservé une chambre au *Inn Hotel*.

— Mais... nous sommes le 22 décembre. Dans deux jours...

— Je sais, coupa-t-il.

— Je dois… diriger la chorale, le soir du réveillon.

— Tu trouveras bien une excuse. Tu n'auras qu'à dire que ta famille t'attend, ou quelque chose dans ce style.

— Et partir comme une voleuse, en mettant tout le monde dans l'embarras ?

— Personne n'est indispensable, Emma. On se débrouillait avant toi. On se débrouillera après.

Alors, c'était ainsi ? Il la congédiait comme une vulgaire servante qui aurait déplu à son seigneur et maître. Par ailleurs, pour le reste… il semblait avoir tiré un trait définitif sur leur relation.

De ce point de vue, elle pouvait comprendre qu'il ait eu besoin de remettre des barrières entre eux. Il devait penser qu'il était voué au malheur. Il ne voulait pas souffrir ni faire souffrir ses enfants. En la renvoyant, il lui prouvait à sa manière combien il tenait à elle.

En revanche, ce n'était pas une raison pour la faire partir comme une voleuse. Comment Poppy et Ollie allaient-ils réagir si elle ne participait pas au spectacle qu'ils attendaient tant ? Et que penseraient Caitlin et ses élèves ? Elle s'était trop impliquée auprès d'eux pour les laisser tomber !

— Non, dit-elle d'un ton ferme.

Adam, qui avait attrapé une pile de papiers, leva la tête.

— Pardon ?

— Non, répéta-t-elle. Je… comprends très bien pourquoi tu veux que je parte, mais je ne m'en irai pas avant la veillée de Noël. J'ai dit à Caitlin et aux enfants que je serai présente, et ce sera le cas. Je n'ai pas l'habitude de revenir sur ma parole, conclut-elle, serrant les poings.

Elle demanderait l'hospitalité à Caitlin et, si ce n'était pas possible, elle s'installerait effectivement au *Inn Hotel*. Elle devrait juste inventer un mensonge pour expliquer son absence aux jumeaux qui risquaient d'être perturbés.

— Très bien, marmonna Adam, le nez dans ses documents. Fais ce que tu as à faire. Je vais gérer.

Elle avait déjà entendu cela, il n'y avait pas si longtemps. Mais l'autre fois, la discussion s'était mieux terminée…

Sans rien ajouter, elle tourna les talons puis plaqua un sourire sur ses lèvres pour aller chercher Poppy et Ollie en salle d'attente. Elle allait les reconduire au manoir et elle s'occuperait d'eux une dernière fois avant de partir. Pourvu que cette épreuve ne soit pas au-dessus de ses forces !

— Est-ce que papa est toujours fâché ? demanda Poppy dès qu'Emma eut démarré la voiture.

— Non, trésor. Et il n'était pas en colère contre vous.

— Contre qui, alors ? insista Ollie.

« Moi », pensa-t-elle. Sauf qu'elle ne pouvait pas le dire.

— Parfois, les adultes perdent patience parce qu'ils sont fatigués ou parce qu'ils ont beaucoup de travail, répondit-elle. Votre père doit aider beaucoup de monde, alors à certains moments, c'est difficile pour lui.

— Toi aussi, tu aides les gens, objecta Poppy. Mais tu ne t'énerves jamais.

Emma lui sourit dans le rétroviseur, attendrie. Ce fut alors qu'elle eut une soudaine inspiration.

— Vous savez, même Mlle McMurray, qui est très calme et très patiente… est sans doute un peu énervée à cause du spectacle. Elle va avoir beaucoup de choses à faire d'ici jeudi, alors je me demandais… si je n'allais pas partir l'aider, tout à l'heure. Il se pourrait même qu'elle vienne me chercher, et comme on risque de finir tard, je dormirai probablement chez elle.

— Mais tu vas revenir, dis ? interrogea Poppy d'un ton anxieux. Il n'y a plus que *deux dodos* avant la veillée !

Emma inspira à fond pour refouler ses larmes.

— Je vois que tu as bien compté, ma puce… Oh ! regardez comme il neige ! Les flocons dansent dans la lumière des phares. C'est vraiment très beau…

Voilà, elle était partie.

Le silence qui planait sur le manoir avait un côté particulièrement sinistre.

Cette fois, Emma ne s'était pas absentée pour la nuit. Elle avait quitté la maison avec ses bagages et, d'ici deux ou trois jours, elle sortirait définitivement de la vie d'Adam.

Ce soir-là, il était rentré tard car il était passé par la ferme de Jock pour lui déposer quelques provisions rassemblées par Eileen. A son retour, les enfants dormaient déjà. Le sac et la housse de guitare d'Emma étaient posés dans le vestibule, près de l'horloge. Quelques minutes après, il avait entendu une voiture et, depuis la fenêtre du salon, il avait vu Caitlin McMurray se garer dans l'allée devant le porche.

Il n'avait pas croisé Emma, ne lui avait pas parlé. Elle avait dû attendre dans sa chambre jusqu'à la dernière minute. Maintenant, assis à la table de cuisine, il regardait toujours fixement le mot qu'elle lui avait laissé.

Son dîner était prêt sur le feu, écrivait-elle. Elle avait mis la dinde à décongeler dans l'évier de l'arrière-cuisine. Elle avait caché des cadeaux pour les enfants derrière la porte du grenier. Elle espérait qu'il aurait la gentillesse de les leur offrir de sa part, le matin de Noël.

Elle concluait en disant qu'elle était désolée. Vraiment navrée que les choses se terminent ainsi.

Et lui donc ? songea-t-il, amer. Après cette horrible journée, il avait l'impression de s'être fait écraser par un rouleau compresseur. Il avait mal partout.

La rage qu'il s'efforçait d'entretenir contre Emma lui permettait de tenir le coup. Mais d'expérience, il savait que cela ne durerait pas. Très bientôt, il retournerait cette colère contre lui-même. Il se maudirait pour ce nouvel échec.

Avec Tania, il n'avait pas su être un bon mari. Cette fois, il n'avait pas été un amant à la hauteur pour Emma.

Heureusement que son métier lui apportait quelques

satisfactions ! Sa vie privée était peut-être un naufrage, mais au moins, il était reconnu et apprécié en tant que médecin.

Toutefois, une question capitale demeurait en suspens : était-il un bon père ?

Il se leva lentement puis monta l'escalier, suivi comme son ombre par ses deux chiens qui n'avaient pas bougé une oreille depuis son retour. Il voulait voir les jumeaux, vérifier qu'ils dormaient bien. Qu'ils ne pleuraient pas...

Ollie était allongé sur le dos, la tête touchant presque les roues du vieux train posé contre le bois du lit. Adam retira le jouet en souriant, embrassa son fils sur le front, puis passa voir Poppy.

Couchée en chien de fusil, l'ours de sa grand-mère dans les bras, elle avait l'air si fragile qu'il sentit sa gorge se nouer.

— Tu dors, chérie ? chuchota-t-il, la voyant sursauter.

Aucune réponse. Pourvu qu'elle ne fasse pas de cauchemars. Cela se produisait parfois, avant l'arrivée d'Emma. Il remonta la couette sur son petit bout de nez et lui embrassa les cheveux.

— Fais de beaux rêves, mon cœur, murmura-t-il, avant de sortir sur la pointe des pieds.

La porte de la « chambre des nounous » était restée entrouverte, remarqua-t-il en descendant le corridor. Mais ce soir, il n'y aurait pas de musique dans cette pièce. Et personne n'en sortirait pour venir le rejoindre dans son lit...

Mû par une impulsion irrésistible, il entra et alluma le plafonnier. Le lit avait été refait avec soin, constata-t-il. Et il n'y avait plus rien dans la chambre... hormis une magnifique branche de houx, disposée avec art dans un vase ancien.

Le houx de Noël. Tout un symbole.

Ecœuré, Adam détourna les yeux. C'est alors qu'un objet brillant, sous le lit, attira son attention. Il se baissa machinalement pour le ramasser : c'était un CD

Sans doute s'agissait-il d'une copie des chants travaillés par Emma avec la chorale ? Il en avait beaucoup entendu parler, mais il ne connaissait pas le résultat de ce travail qui serait présenté le jeudi soir, pendant la veillée...

Le disque à la main, se maudissant pour sa faiblesse, il regagna son bureau. Puis, sans prendre la peine d'allumer, il glissa le CD dans l'ordinateur et s'assit à sa table.

Il s'était attendu à entendre de la musique, pas à voir des photos défiler. Pourtant, ce fut bien le cas, et la première image lui provoqua un choc.

On y découvrait Emma et une autre jeune femme, insouciantes et joyeuses. Sans doute le cliché avait-il été pris pendant une fête, avec un téléphone portable. Emma paraissait encore plus juvénile. Sa magnifique chevelure bouclée lui tombait sous les épaules et, surtout, elle avait le visage plus rond, les traits moins tirés.

Quelque chose, dans le cerveau d'Adam, lui intima l'ordre d'en rester là. Ce CD n'avait rien à voir avec l'école. De toute évidence, il s'agissait d'un enregistrement personnel.

Mais, déjà, un diaporama se déroulait devant ses yeux. Et puis, il y avait cette mélodie exquise. La chanson qu'il avait si souvent entendue, le soir, quand Emma répétait...

Le texte parlait de bonheurs partagés, de souvenirs, d'amitié. Et d'amour.

Au bout de quelques secondes, il reconnut le visage de l'homme qui accompagnait Emma à Edimbourg. Il voulut alors appuyer sur le bouton « off »... mais la photo suivante lui arracha un cri d'horreur.

C'était Emma, allongée dans un lit d'hôpital, chauve et le visage gonflé. Un cathéter central dépassait de l'encolure de sa chemise de nuit. Il avait eu raison de s'interroger à propos de sa cicatrice ! Il comprenait tout, maintenant !

Elle avait subi des séances de chimiothérapie. Elle avait eu... un cancer.

Pourtant, même malade, elle souriait encore au photographe. Rien n'aurait pu ternir l'éclat de son visage car elle avait gardé toute sa joie de vivre. Il devina la force, le courage qu'il lui avait fallu pour mener ce combat...

Sur la photo suivante, les cheveux d'Emma commençaient

à repousser. Elle était assise sur un canapé, dans un petit appartement. Chez elle, peut-être ?

Pour la première fois, le refrain de la chanson fit sens dans l'esprit d'Adam :

Tu étais là au début, jamais tu n'es partie
Sans toi, où serais-je aujourd'hui…

Les yeux embués, il ne voyait plus les images sur l'écran. Les vannes qu'il avait soigneusement fermées étaient en train de s'ouvrir et, soudain, il enfouit le visage dans les mains, le corps secoué de sanglots.

Qu'avait-il fait ?

Il avait chassé la femme qu'il aimait plus que sa vie. Etait-elle encore malade ? Etait-ce pour cette raison qu'elle se trouvait à l'hôpital, ce matin-là ?

Le besoin de la protéger, de la chérir, devint si impérieux que cela lui fit mal.

Même s'il ne leur restait que peu de temps, il voulait soutenir Emma. Et tant pis si elle en aimait un autre : cela ne changeait rien aux sentiments qu'il lui portait.

Quelle femme merveilleuse ! Elle devait savoir, en arrivant à Braeburn, que ses jours étaient peut-être comptés. Néanmoins, elle avait donné le meilleur d'elle-même pour Poppy et Ollie. Elle avait fait entrer la magie de Noël dans cette maison. Quant à lui… elle lui avait témoigné de l'affection, quoi qu'il puisse en penser.

Ils avaient eu une chance extraordinaire de croiser son chemin, tous les trois.

Les jumeaux allaient vraiment être tristes si, le matin de Noël, ils ouvraient leurs cadeaux sans elle. Leur joie serait gâchée, et il en porterait l'entière responsabilité.

Emma partirait sans doute ce jour-là. Elle fêterait Noël seule, dans un train. Il n'aurait jamais l'occasion de lui dire à quel point elle avait rendu ses enfants heureux. A quel point *lui-même* avait été heureux.

Car elle lui avait donné quelque chose d'aussi précieux que la vie : l'espoir.

Une poussée sous son coude lui fit relever la tête. C'était Bob qui le regardait de ses grands yeux, l'air tout penaud.

— Tu as raison, mon chien, murmura-t-il. Ce n'est pas possible. Je vais arranger ça. Je te le promets.

11

— Janet, ma sœur, a appelé pendant que tu étais sous la douche.

— Ah, bon ? Y a-t-il un souci ?

Attablée dans la cuisine de Caitlin, Emma accepta avec reconnaissance le mug de café que son amie lui offrait. D'habitude, c'était elle qui préparait le petit déjeuner, mais ce matin-là, elle était reçue comme une princesse.

Caitlin ne lui avait posé aucune question quand elle lui avait annoncé que son contrat chez les MacAllister était rompu. Chaleureuse et accueillante, la jeune femme l'avait invitée chez elle, non seulement pour la nuit, mais aussi pour Noël. Elle était formidable !

— Non, tout va bien, répondit Caitlin. Janet et Jim, mon beau-frère, ont eu une idée de génie. Ils vont amener un de leurs ânes quand ils viendront chercher Jemima, demain soir. Il s'appelle Dougal.

— Mais… on n'a pas besoin de deux ânes !

— C'est juste un plan B, au cas où Jemima refuserait de coopérer. Apparemment, Dougal a déjà participé à des manifestations publiques, il a l'habitude de voir du monde. Et, cerise sur le gâteau…

Caitlin avait levé un index avec une mine de conspiratrice. Emma ne put s'empêcher de rire.

— Que vas-tu encore inventer ?

— Moi ? Mais rien ! Simplement, Janet et Jim viennent de

recueillir un nouveau mâle, et ils cherchent un toit plus calme pour ce pauvre Dougal, qui est perturbé. Comme je leur ai raconté que Jemima s'ennuyait, ils ont pensé, que peut-être... ils pourraient lui offrir un compagnon pour Noël.

— Oh ! là là... Ce serait génial, mais...

Emma se mordit la lèvre. Elle n'était pas en mesure d'accepter ce cadeau pour la famille MacAllister !

— Il faudra le dire à Adam, murmura-t-elle.

— Janet s'en chargera. Elle est très persuasive, ajouta Caitlin en riant. De toute manière, je n'ai pas le temps d'aller le voir. Il nous reste un millier de choses à faire d'ici demain.

Emma apprécia le « nous » à sa juste valeur. Même si elle était une « étrangère », Caitlin lui avait dit tout le bien que les villageois pensaient d'elle, surtout depuis le sauvetage de Jock.

Les gens l'aimaient beaucoup, avait déclaré son amie, et tout le monde aurait été très déçu qu'elle n'assiste pas à la veillée après s'être investie à ce point dans les préparatifs.

C'était déjà une consolation. Le savoir adoucissait un peu le chagrin d'Emma...

— Quel est le programme du jour ? demanda-t-elle.

— Voyons... Il nous reste les paravents à peindre, la salle des fêtes à décorer, la paille à réceptionner. Je dois vérifier que Bryan a terminé le berceau, et appeler la maman de Jeannie pour lui dire d'apporter un gros baigneur...

Emma termina son café en souriant. Cette journée s'annonçait idéale. Il n'y avait rien de tel que l'action pour éviter de ressasser !

— Tu ne peux pas refuser, mon petit gars.

— Mais Jock, c'est impossible... Je n'ai pas touché une cornemuse depuis des années. Je voulais même reprendre des cours avec toi !

Adam desserra les scratchs du tensiomètre en soupirant. Jock se portait aussi bien que possible pour un homme qui venait de subir une crise cardiaque, mais il n'était pas question qu'il aille jouer de la cornemuse à la veillée de Noël, comme chaque année. Aussi le vieil homme s'était-il choisi un remplaçant… lui !

— Tu dis des bêtises, marmonna Jock. Cet instrument, c'est comme le vélo, ça ne s'oublie pas. Tu n'as aucun besoin de cours, même si je serais très content de rejouer avec toi… Mais en attendant, tu iras à la veillée à ma place, ce soir !

Adam soupira. Il n'avait pas le temps de discuter. Son emploi du temps ressemblait à une course contre la montre. Il avait dû s'organiser avec les mamans de Braeburn pour faire garder Ollie et Poppy la veille, toute la journée, et encore ce jour-là puisque, 24 décembre ou pas, il travaillait.

Ses enfants s'étaient montrés particulièrement difficiles. Poppy avait pleuré les deux fois, au réveil, parce que Emma n'était pas là. Les jumeaux lui avaient même donné l'impression qu'ils étaient contents de partir chez leurs camarades pour ne plus le voir.

Il avait tout gagné…

Et si, ce soir, il essayait de remettre les choses en place ? S'il jouait de la cornemuse à la veillée, Emma serait là. Comprendrait-elle qu'il faisait cet effort pour elle, pour ses enfants ? Saisirait-elle le message ?

Pour lui qui voulait désespérément renouer le dialogue, ce serait peut-être la dernière chance. S'il ne réussissait pas à la convaincre, elle partirait sans espoir de retour…

— C'est bon, dit-il. Je vais y aller. Que veux-tu que je joue ?

Le visage buriné de Jock s'éclaira d'un large sourire.

— Comme d'habitude, voyons : « O Peuple Fidèle » ! Je suis sûr que tu n'as pas oublié cet air !

Sur le chemin du retour, Adam essaya tant bien que mal de mobiliser sa mémoire pour retrouver les notes. Heureusement qu'il avait allégé sa journée de travail ! Il allait devoir s'entraîner un peu…

Il avait prévu de rentrer au manoir pour 16 heures afin d'accueillir Janet et son mari, lesquels devaient venir chercher

Jemima. Néanmoins, il était en retard. Aussi ne s'étonna-t-il pas de trouver l'enclos désert quand il arriva, vers 16 h 30.

En effet, s'il y avait eu un problème, on l'aurait appelé sur son portable. Donc, tout allait bien. A présent, il avait un peu de temps pour sortir les chiens, récupérer son fameux instrument… et son kilt.

En montant les marches du porche, il découvrit un courrier express glissé sous le paillasson. Hélas, l'enveloppe avait été mal protégée des bourrasques de neige, et quand il la prit, elle se désagrégea entre ses doigts.

Bizarre, songea-t-il, entrant dans le vestibule. Il s'agissait d'une lettre de l'hôpital. D'habitude, on les lui apportait au cabinet. Ils avaient dû envoyer un coursier remplaçant qui s'était trompé d'adresse…

Baissant les yeux, il lut les résultats imprimés sur le feuillet humide, à savoir un bilan sanguin complet. C'était… C'était celui d'Emma ! Et les résultats étaient excellents !

Il tourna la page et vit qu'on avait griffonné une note manuscrite sous les dernières lignes :

« Tu vois, je te l'avais bien dit.

» Ça ne pouvait pas être mieux, Em !

» Joyeux Noël !

» Je t'embrasse très fort.

Jack. »

Jack. L'homme qu'il avait vu à l'hôpital et dans le diaporama. Le « grand frère » adoptif devenu médecin oncologue. Celui qui avait soigné la mère d'Emma et, visiblement, Emma elle-même puisque le bilan sanguin portait sa signature !

Voilà pourquoi elle s'était rendue à l'hôpital en début de semaine…

Les jambes coupées, Adam alla s'asseoir dans sa cuisine. D'un côté, il était fou de joie qu'Emma aille bien. De l'autre, il se désolait d'avoir eu une attitude aussi inqualifiable.

Il avait toujours su, au fond, qu'elle n'était pas comme Tania et qu'elle serait incapable de le trahir. Mais, échaudé par son expérience désastreuse, il n'avait pas réussi à lui faire confiance.

Et pourquoi avait-elle eu l'air si gêné, si coupable ? Elle s'était même excusée... mais de quoi ?

Oh ! non ! Ce n'était pas possible ! Elle n'avait tout de même pas cru qu'il la rejetait parce qu'elle était *malade* ?

Saisi de nausées, il ferma les yeux.

Pourrait-il réparer le mal qu'il lui avait fait ? Il devait lui parler d'urgence ! Il ne voulait même pas attendre la fin du spectacle !

Il savait maintenant ce qu'il avait à faire.

En priant pour que cela suffise...

La neige avait cessé de tomber.

Un épais manteau blanc recouvrait la place principale et les jardins, mais les ruelles pavées avaient été balayées avec soin pour permettre aux villageois de marcher sans risque jusqu'à la salle des fêtes.

Passant la tête derrière le grand rideau qui séparait la scène du public, Emma eut l'impression qu'ils étaient venus nombreux. La salle était pleine à craquer.

En revanche, elle ne voyait Adam nulle part.

Il allait venir, tout de même ? Il n'allait pas manquer le spectacle où ses enfants tenaient la vedette ?

Elle reporta son attention sur l'allée centrale dont on avait réduit la taille au maximum pour installer plus de chaises. Il y aurait vraiment peu de place pour Jemima. Pourvu que l'ânesse ne trébuche pas avec Poppy sur son dos !

— Cette bête est un amour, avait déclaré Janet cet après-midi-là. Tout va bien se passer, tu verras.

Mais il y aurait beaucoup d'autres choses à voir avant la scène de la Nativité, à commencer par la traditionnelle ouverture du spectacle par un joueur de cornemuse. On avait baissé les lumières, signe que le musicien ne tarderait plus à franchir les grandes portes.

Un silence quasi religieux était tombé. Tout le monde devait se demander qui allait bien pouvoir remplacer le vieux Jock dans un moment aussi solennel.

Quand les premières notes s'élevèrent, Emma sentit sa gorge se nouer. Qui aurait cru qu'un chant de Noël joué à la cornemuse pouvait être aussi beau, aussi émouvant ?

Il faisait trop sombre pour distinguer le visage de l'homme qui s'avançait dans l'allée, mais il avait indéniablement du talent. Qui plus est, il avait fière allure en kilt et chaussettes immaculées montant jusqu'aux genoux. Jock aurait été fier de son remplaçant s'il l'avait vu, et surtout entendu.

Cet air traditionnel évoquait la joie, la famille et l'amour. Une pensée qui fit monter les larmes aux yeux d'Emma. Elle aussi avait connu le bonheur dans cette petite communauté. Elle avait eu l'impression de trouver son port d'attache...

Etait-ce sa vision brouillée par le chagrin ? Alors que le musicien avançait, elle crut soudain reconnaître Adam. Mais ce n'était pas possible. Elle devenait folle. Elle le voyait partout !

Non, elle ne s'était pas trompée, comprit-elle lorsqu'il s'arrêta devant la scène. C'était bien lui ! L'Ecossais fier et courageux à qui elle avait donné son cœur, pour l'éternité...

Jamais elle ne pourrait aimer un autre homme autant qu'elle l'aimait, lui.

Déjà, il s'éloignait en direction des cuisines, transformées en arrière-salle.

Cela changerait-il quelque chose qu'elle aille lui parler ? Elle pourrait lui annoncer l'excellente nouvelle qu'elle avait apprise le matin même au téléphone, de la bouche de Jack. Son bilan était bon ! Les résultats devaient arriver dans la journée par courrier express, mais il avait tenu à le lui dire de vive voix !

C'était le cadeau de Noël inespéré qu'elle avait attendu sans oser y croire. A présent, elle aurait dû exulter, chanter, crier sa joie, sauf que les larmes continuaient à rouler sur ses joues, tandis que, du regard, elle suivait Adam qui était en train de disparaître.

Elle les balaya d'un revers de main impatient. Ce n'était pas le moment de craquer ! On avait besoin d'elle !

Déjà, Poppy et les petites danseuses du groupe folklorique étaient montées sur scène, prêtes à assurer le premier numéro du spectacle. Elle s'avança vers la fillette pour la complimenter.

— Tu es très jolie en kilt, dit-elle. Ton papa va être fier de toi.

Elle s'attendait à ce que Poppy bondisse de joie, mais celle-ci s'accrocha à son cou, l'air malheureux. Emma dut détacher les petits bras lorsqu'elle entendit la professeur de danse donner le « top » pour la mise en place.

— A tout à l'heure, chérie, murmura-t-elle. Je te regarde.

Suite à ce numéro particulièrement apprécié, ce fut au tour des jeunes joueurs de cornemuse de monter sur scène. Mais, hélas, Emma devrait écouter Ollie sans le voir. Il fallait qu'elle rejoigne Caitlin pour rassembler les enfants qui participeraient au tableau de la Nativité, c'est-à-dire toute l'école ! Ensuite, elle irait retrouver Janet dehors, sous l'abri provisoire aménagé pour les ânes.

Viendrait alors le moment tant attendu. L'arrivée de Poppy, Ollie et Jemima. Le clou du spectacle.

Adam frissonna en sentant l'air glacial s'infiltrer entre son kilt et ses chaussettes.

Il avait regardé Poppy, puis écouté Ollie, assis au premier rang, tout fier de ses jumeaux. Puis il s'était éclipsé car, d'après le programme, quelques récitations de poèmes devaient suivre. C'était l'occasion d'aller parler à Emma avant le grand final !

Comme il s'y attendait, il la trouva à l'extérieur, en train de s'occuper de Jemima et, lorsqu'il la vit, son cœur se serra douloureusement.

Cette femme exceptionnelle, il ne la méritait pas. Il en était tombé amoureux et, pourtant, il n'avait pas su la garder.

Il savait à présent que, dans sa vie, ce serait elle et personne d'autre. Même si elle le rejetait, il continuerait de l'aimer jusqu'à la fin de ses jours. Et il était très probable qu'elle le rejette !

Mais au moins, il aurait essayé. Il ne pouvait pas abandonner sans avoir plaidé sa cause.

— Emma…

— Adam !

Elle parut abasourdie puis profondément soulagée de le voir.

— Peux-tu essayer de faire avancer Jemima, s'il te plaît ? demanda-t-elle d'un ton pressant avant qu'il ait pu dire un mot. Elle refuse de bouger.

Il prit la longe de l'ânesse et tira dessus en sifflant comme il le faisait d'habitude, mais sans succès. Autant essayer de déplacer une montagne.

— Elle n'ira nulle part sans Dougal ! intervint Janet depuis le fond de l'abri aménagé pour l'occasion. Elle est tombée amoureuse.

— Quoi ?

S'avançant, il aperçut le dos laineux d'un autre âne, bien calfeutré dans la paille.

— Ne me dites pas qu'il y en a un second !

— Eh si ! Je l'ai amené en doublure, au cas où la vôtre refuserait de bouger. Elle s'est attachée à lui au premier regard. Apparemment, elle se sent très seule. Cette petite bête a besoin d'amour.

— Comme nous tous…, murmura-t-il en pivotant vers Emma.

Celle-ci eut l'air encore plus étonné. Janet leur annonça alors qu'elle allait s'enquérir de la progression du spectacle. Dès qu'elle fut sortie, il décida de tenter sa chance.

— Emma, il faut que je te dise…

— Dougal est candidat à l'adoption, coupa-t-elle. Et Jemima s'ennuie terriblement.

Comme pour appuyer ces propos, l'ânesse se rapprocha de son nouvel ami jusqu'à presser son museau contre le sien.

— Crois-tu que tu pourrais… accueillir Dougal ? reprit Emma, les yeux pleins d'espoir.

Il se sentait prêt à décrocher la lune pourvu qu'elle lui pardonne. Ce soir, il aurait fait… n'importe quoi.

— Hmm… Je… D'accord, répondit-il doucement. Si Jemima a trouvé un amoureux, nous serions cruels de les séparer.

— Oui, en effet. Et puis, cela ferait tellement plaisir aux enfants !

Emma souriait, avec une lueur si tendre au fond des yeux qu'il eut envie de la prendre dans ses bras. Se pouvait-il… Restait-il une chance…

Il voulut lui poser la question, mais n'en eut pas le temps car Fiona, la propriétaire du *Inn Hotel*, se matérialisa soudain près d'eux, hors d'haleine.

— Docteur ! Ouf, vous êtes là ! Bryan vient de tomber de l'échelle en essayant de réparer notre enseigne. Il… s'est évanoui. Pat, le pompier qui habite notre rue, lui donne les premiers soins, mais il fallait que je vous trouve !

Pendant une fraction de seconde, Adam soutint le regard d'Emma. Manière de lui faire comprendre que leur discussion n'était pas finie. Qu'elle n'avait même pas commencé…

— J'arrive, Fiona, répondit-il d'un ton calme. Je récupère ma mallette dans la voiture, et je vous suis.

En moins de trois minutes, il fut sur les lieux de l'accident. Bryan, l'époux de Fiona, avait fait une mauvaise chute, mais il avait heureusement repris ses esprits, sous la surveillance étroite de Pat.

Le blessé avait une grosse bosse sur le front et il était sonné, c'était le moins qu'on puisse dire. Adam aida Pat à le porter dans le hall de l'hôtel, où ils l'installèrent sur un canapé. Puis il vérifia ses constantes et effectua un bilan neurologique, plusieurs fois, à cinq minutes d'intervalle.

L'hospitalisation ne serait pas nécessaire, conclut-il au bout d'un moment. Bryan en était quitte pour une belle frayeur.

Après lui avoir administré un antalgique, et demandé à Fiona de le réveiller toutes les deux heures cette nuit-là, Adam regagna le centre du village.

Il avait probablement tout raté, songea-t-il, le cœur gros. Le spectacle de la Nativité devait toucher à sa fin. Bien sûr, il pourrait regarder les vidéos prises par les autres parents, mais ce ne serait pas la même chose.

Les jumeaux allaient être terriblement déçus.

Au moment où il entra dans la salle, il entendit un tonnerre d'applaudissements. Le tableau final venait d'être joué, et tous les enfants rassemblés sur la scène recevaient une ovation bien méritée de la part du public.

Il chercha les siens des yeux, mais ne les vit nulle part. Emma et Caitlin, qui auraient dû saluer avec les élèves, n'étaient pas là non plus, et il sentit une sourde angoisse le gagner.

Contournant les rideaux, il passa derrière la scène… et heurta presque Emma qui courait dans les coulisses, l'air affolé.

— Adam ! As-tu vu Poppy et Ollie ?

— Non. Je les cherchais, justement.

— Mais ils ne sont nulle part ! s'écria-t-elle d'une voix rauque d'angoisse. Ils ont disparu !

Janet surgit derrière Emma, hors d'haleine.

— Les ânes ne sont pas là non plus, je viens de vérifier, dit-elle. Je les avais attachés. Le temps d'aller chercher le fourgon, et…

— Jemima a sûrement défait leurs liens, coupa Emma. Ollie dit toujours qu'elle arrive très bien à se détacher. Oh ! Seigneur ! Les ânes ont dû s'enfuir, et les jumeaux sont sans doute partis les chercher…

Caitlin ferma les yeux, inspira à fond. Puis elle secoua la tête.

— Ils n'ont pas pu aller loin, déclara-t-elle. On va vite les retrouver.

— Mais dans le noir… Et avec ce froid…, chuchota Emma.

De par son métier, Adam avait l'habitude de gérer toutes sortes de crises. Mais là, c'était différent. Il n'était pas loin de céder à la panique.

Il compta jusqu'à dix pour rassembler ses esprits.

— Comme il neige nous repérerons facilement leurs traces, dit-il, s'efforçant au calme. Il faut constituer plusieurs groupes de recherches et explorer toutes les directions. Les enfants ne sont peut-être pas avec les ânes.

Dans tous les cas, il fallait se dépêcher. En revenant de l'hôtel, il avait remarqué que les flocons tombaient plus fort. La neige n'allait pas tarder à tout recouvrir...

Surtout, rester calme. Ne pas s'affoler. C'était la dernière chose à faire.

— Caitlin, rassemblez les volontaires, s'il vous plaît, ordonna-t-il. Assurez-vous qu'il y ait au moins un téléphone portable par groupe. Janet, je vous laisse chercher les ânes avec Jim. Vous êtes les mieux placés pour les gérer. Emma...

Quand elle se rapprocha, il croisa son regard anxieux. Elle avait aussi peur que lui. Il était sûr qu'elle éprouvait une angoisse viscérale, maternelle...

— Viens avec moi, dit-il, tendant la main.

Elle entremêla ses doigts aux siens, les étreignit.

Les mots n'étaient plus nécessaires.

Même si Emma lui en voulait, il savait qu'elle ne le laisserait pas tomber.

L'essentiel était de retrouver les enfants.

12

Tous les adultes en bonne forme physique s'étaient portés volontaires pour les recherches.

Caitlin, aidée par cinq ou six mamans, allait garder les enfants au chaud, dans la salle des fêtes, tandis que les équipes se mettraient en marche. Angus, le policier municipal, avait ciblé une douzaine de directions possibles. A pied ou en voiture, chaque groupe avait reçu une mission précise.

En moins de cinq minutes, tout le monde fut opérationnel. Mais Emma et Adam, eux, étaient déjà dehors, sur la place, quand ils entendirent les premiers véhicules démarrer.

Sous les lumières du grand sapin et des vitrines, la neige rendait les lieux plus féeriques que jamais. Plus inquiétants, aussi. Car il n'y avait pas âme qui vive sur la place.

— J'étais certain de les trouver ici ! s'exclama Adam. Tous les ans, ils sont fascinés par le sapin. Si je les écoutais, on y passerait des heures.

Emma eut l'impression que la terre s'ouvrait sous ses pieds. Elle avait voulu croire à cette piste, de toutes ses forces, et maintenant...

Réfléchir. Il fallait réfléchir. Paniquer ne servirait à rien.

— Mettons-nous à leur place..., murmura-t-elle. Qu'est-ce qui a bien pu leur passer par la tête ? Mais oui, je sais ! Ils ne t'ont pas vu pendant le spectacle, alors ils doivent te chercher !

— J'aurais préféré être là, répondit Adam d'un ton abrupt. Je n'avais pas le choix !

Elle lui posa une main sur le bras.

— Bien sûr que non. Ce n'était pas un reproche. Essayons de comprendre où ils iraient pour te trouver. Au cabinet, peut-être ?

— Hmm... C'est possible...

Adam marchait si vite qu'Emma trébuchait sur les pavés gelés en essayant de rester à sa hauteur. Il lui prit le bras et ralentit légèrement.

« Soyez là, tous les deux, implora-t-elle silencieusement. S'il vous plaît. »

Mais, hélas, il n'y avait aucune trace de pas sur les marches du cabinet quand ils arrivèrent.

— Je suis désolée, dit-elle d'un ton abattu. Je t'ai emmené au mauvais endroit.

— Ce n'est pas ta faute, voyons. C'était une bonne idée.

— Si, c'est ma faute ! J'aurais dû les surveiller.

Elle ne parvenait plus à retenir ses larmes, à présent. Mais Adam n'avait pas besoin de la voir pleurer ! Elle se détourna et les essuya d'un revers de gant.

— Si quelqu'un est responsable, c'est moi, reprit Adam. Je t'ai demandé de partir. Je n'ai pas fait ce qu'il fallait pour mes enfants. Jamais je n'aurais cru...

Il s'interrompit et se frappa le front du plat de la main. Puis il pivota vers elle, l'air si sombre qu'elle frissonna.

— Je ne suis pas un bon père. Tout comme je n'étais pas un bon mari.

— Comment peux-tu dire ça ? s'écria-t-elle, choquée. Tu es un papa merveilleux. Tu adores tes enfants, même si tu ne le montres pas toujours. Et les gens comprennent très bien pourquoi, à certains moments, tu es de mauvaise humeur. Ils savent que tu as eu un mariage idéal, et que ton cœur s'est brisé le jour où tu as perdu ta femme.

— Non ! Personne ne sait rien.

Adam s'était remis à marcher, reprenant la direction du centre du village, passant par des ruelles qu'ils n'avaient pas explorées. Il avait l'air encore plus désespéré, à présent.

— Mais si, ils savent, insista-t-elle. Et moi aussi, je sais. Je n'aurais pas dû me mêler de ta vie comme je l'ai fait. Je suis désolée de t'avoir compliqué les choses et...

— Elle n'était pas seule.

Les mots avaient jailli, comme arrachés de la bouche d'Adam. Elle le fixa, tétanisée.

— Tania est morte dans les bras de son amant, reprit-il. Tout ça parce que j'étais un mauvais mari.

— Non !

Emma se mit à trembler. La surprise, le choc avaient été si forts qu'elle resta quelques instants muette. Puis une vive colère déferla en elle. Elle comprenait mieux, à présent, le calvaire qu'Adam avait vécu. Il avait dû porter ce terrible secret, entretenir le mythe du couple idéal, alors qu'en fait...

Quel gâchis ! Un homme aussi exceptionnel ne méritait pas cela ! Elle ne s'étonnait plus, à présent, qu'il ait autant de mal à accorder sa confiance...

Sans cesser de marcher, elle lui prit le menton pour l'obliger à la regarder.

— Non ! répéta-t-elle avec force. Je ne veux plus jamais t'entendre dire ça. C'est *elle* qui ne te méritait pas !

Elle aurait pu passer des heures à lui expliquer pourquoi elle le trouvait formidable, mais ce n'était pas le moment. D'ailleurs, à peine avait-elle fini sa phrase que le portable d'Adam sonna.

Etait-il possible... Quelqu'un avait-il trouvé les enfants ?

Les espoirs d'Emma furent vite balayés, hélas.

— Toujours rien, alors ? dit Adam d'un ton morne dans le combiné. Et les ânes ? Bon, d'accord. Il va falloir sortir des limites du village. Il ne neige plus. S'ils bougent, on les suivra à la trace.

S'ils bougent... Emma porta une main à ses lèvres pour réprimer un cri d'angoisse. Il faisait tellement froid...

Adam ferma le clapet de son téléphone d'un coup sec. Puis il demeura immobile, le regard perdu dans le vague.

— On n'y arrivera pas comme ça, dit-il au bout d'un moment. Nous avons besoin d'aide. Il nous faudrait des chiens.

Des chiens...

— Des chiens, répéta-t-elle tout bas. Mais oui...

Aussi clairement que si elle était sur place, elle eut soudain la vision d'une grande cuisine, avec deux chiens couchés devant la cheminée. L'image se transforma très vite en certitude absolue.

— Je sais où ils sont, dit-elle d'un ton calme.

Adam se figea.

— Où ?

— Ils sont rentrés à la maison.

— C'est impossible ! Ils sont trop petits. Ils n'ont pas pu parcourir huit kilomètres dans la neige !

— Eux, non, mais les bêtes, si. Je suis convaincue que les jumeaux ont pris la direction du manoir à dos d'âne. S'ils voulaient te trouver, c'est le premier endroit qui a dû leur venir à l'esprit. Il faut prendre la voiture et aller voir !

Adam plongea le regard dans le sien, comme s'il voulait désespérément se raccrocher à cette nouvelle piste.

Elle lui tendit la main, lui pressa les doigts.

Tout ce qu'elle pouvait lui offrir, c'était un peu de réconfort. Et un nouvel espoir.

A la seconde où il engagea son 4x4 sur le chemin tortueux du manoir, Adam comprit qu'il pouvait respirer plus librement.

Les traces étaient là, bien visibles à la lumière des phares. Des empreintes de sabots... et de petits pas.

Il se gara devant la maison et descendit rapidement de voiture, imité par Emma. Main dans la main, ils contournèrent alors la bâtisse pour rejoindre le parc, puis l'écurie, à la lumière de son téléphone portable.

Jamais, dût-il vivre cent ans, il n'oublierait le tableau qui s'offrit à eux quand ils entrèrent dans le refuge.

Les deux ânes étaient couchés dans la paille, leurs naseaux l'un contre l'autre, et les enfants étaient là, endormis, protégés du froid par les ventres rebondis de leurs compagnons à quatre pattes.

Ollie avait passé un bras autour du cou de Jemima, tandis que, de l'autre, il étreignait sa sœur. Adorable dans sa robe bleue, Poppy serrait contre elle le baigneur qui avait servi pour le spectacle. Les enfants avaient les joues roses et ils respiraient paisiblement dans leur sommeil.

Son premier instinct fut de prendre les jumeaux dans ses bras, de les étreindre et de les porter jusqu'à la maison. Mais il avait quelque chose à faire avant.

Rapidement, il composa le numéro d'Angus et donna la bonne nouvelle au policier municipal : les enfants étaient sains et saufs. Il pouvait arrêter les recherches.

Après avoir raccroché, Adam vit Emma qui, adossée à la porte de l'enclos, regardait Ollie et Poppy, les yeux pleins de larmes. Il se rapprocha.

— Je suis resté seul très longtemps, murmura-t-il. J'étais tellement perdu en moi-même... que je ne croyais pas pouvoir reconstruire ma vie un jour.

— Je sais, répondit-elle doucement. Et je te remercie.

— Mais... de quoi ?

— De m'avoir fait confiance. Ce que tu m'as dit tout à l'heure... restera entre nous, quoi qu'il advienne. Personne ne le saura jamais. Le souvenir de ta femme, de la mère de tes enfants, demeurera intact.

— Sauf que tu partages mon secret, maintenant. Je... ne suis plus seul. C'est à moi de te remercier. Vraiment.

— Il n'y a pas de quoi.

Dans la semi-pénombre, il s'aperçut qu'Emma tremblait. Il eut envie de la prendre dans ses bras, mais auparavant, il devait lui parler. Il avait tant de choses à lui dire !

— J'ai trouvé un CD, sous ton lit, commença-t-il. Dessus, il y avait la chanson et le montage photos pour ton amie. Je suis vraiment, terriblement désolé. Je n'ai jamais pensé une minute que tu pouvais être malade.

— Pourtant, tu m'as vue… à l'hôpital…

— Oui, mais j'ai tout compris de travers.

Il ferma les yeux, inspira à fond pour se donner du courage, puis poursuivit :

— Je t'ai aperçue à la cafétéria, avec Jack. Vous vous teniez les mains, et j'ai imaginé… Je te présente mes excuses, Emma. Après la mort de Tania… je suis devenu très soupçonneux. Mais je retiendrai la leçon, je te le garantis.

— Tu l'as déjà retenue puisque, ce soir, tu m'as tout raconté, répondit-elle d'une voix douce.

— J'aurais dû le faire depuis longtemps. Tu ne me croiras peut-être pas, mais j'avais compris, avant même de tomber sur ton CD, que j'avais commis une énorme erreur. Je le savais, je le sentais… J'étais horriblement malheureux.

Incapable de s'en empêcher, il captura le visage d'Emma entre ses paumes.

— Je me suis conduit comme un imbécile, mais je suis sûr d'une chose : je t'aime. Je suis fou de toi, ma chérie. S'il te plaît, promets-moi que tu vas rester. Je ne supporterais pas que tu t'en ailles.

Une palette d'émotions incroyable se peignit sur le visage expressif d'Emma. De la surprise, de la joie. Et sans aucun doute, de l'appréhension.

— Je t'aime aussi, de tout mon cœur, chuchota-t-elle. Mais qu'adviendra-t-il si jamais…

— Chut ! N'y pensons pas. Tout va bien pour l'instant, non ? J'ai ouvert par mégarde le courrier qui t'était destiné, aujourd'hui…

Elle eut un sourire radieux.

— Oui, tout va bien. Je n'ai pas encore les résultats de ma ponction de moelle osseuse, mais le premier bilan est très positif. Tu devras peut-être me supporter un certain nombre d'années, Adam…

Il la prit dans ses bras et l'étreignit. Puis il l'embrassa avec toute la tendresse dont il était capable.

— Le plus longtemps possible ! Je n'aurai pas assez de l'éternité pour te montrer à quel point je t'aime.

Avec Emma serrée contre son cœur, il pivota vers les enfants qui dormaient toujours à poings fermés.

— Allons coucher nos aventuriers, dit-il en souriant. Il est grand temps de les mettre au lit !

— Oui, tu as raison. Ensuite, nous rejoindrons le nôtre...

Il vit une petite lueur familière danser dans le regard d'Emma et lui donna un nouveau baiser.

— Dépêchons-nous, mon amour...

Avec un baiser sur [illegible] enfants qui dormaient [illegible], à poings fermés.

Épilogue

Un an plus tard...

Catherine MacAllister n'avait jamais connu plus merveilleux Noël.

Même si la naissance d'Holly, l'année précédente, lui avait procuré un immense bonheur, cette fois, elle était comblée. Qu'y avait-il de plus beau que de voir toute sa « tribu » rassemblée au manoir ?

Quand elle avait voulu mettre la table dans la salle à manger, Adam, Emma, Poppy et Ollie avaient poussé des hauts cris. Pour ce repas de fête, comme pour tous les autres, on ne sortirait pas de la cuisine. C'est qu'on avait ses habitudes, ici !

Chère Emma... Depuis qu'Adam l'avait épousée, six mois plus tôt, le soleil était revenu dans la maison. Catherine avait su tout de suite que cette adorable jeune femme serait capable de faire des miracles, mais elle n'avait pas imaginé à quel point !

Balayant les convives du regard, elle eut un sourire heureux.

Emma, Adam et les jumeaux étaient des hôtes parfaits. Ian et Marion, qui étaient venus du Canada avec leur petite Holly, semblaient aux anges. Quant à Sharon, la meilleure amie d'Emma — qui avait été sa demoiselle d'honneur au mois de juin —, et son époux Andy, ils étaient vraiment très sympathiques.

— La dinde est bien meilleure que l'année dernière ! déclara Adam en riant. Comme maman n'était pas là, nous n'avons pas su la faire cuire. Et au moment de la découper, nous nous sommes aperçus qu'il y avait un sac en plastique fondu à l'intérieur !

Un fou rire général accueillit cette anecdote. Andy dut taper dans le dos de Sharon qui paraissait sur le point de s'étrangler.

— Ah, ça..., dit celle-ci en s'essuyant les yeux. J'aurais dû t'avertir qu'Emma était nulle en cuisine, Adam.

— Mais j'apprends tous les jours ! protesta l'intéressée. Je suis à bonne école avec Catherine. J'ai une belle-mère formidable.

Catherine lui lança un regard affectueux. C'était elle qui avait une belle-fille formidable. Et ce n'était pas Adam, fou amoureux, qui dirait le contraire !

— Ma petite femme a des talents bien plus remarquables que la cuisine, déclara-t-il.

— C'est quoi, papa, un talent ? demanda Ollie.

— Cela veut dire que tu sais très bien faire quelque chose. Pour Emma, c'est chanter et jouer de la guitare.

— Ah, oui ! Maman va bientôt être célèbre ! dit Poppy.

— Exactement ! renchérit Marion. Je ne suis pas surprise qu'une maison de disques t'ait proposé un contrat, Emma. Quand j'ai entendu ta chanson pour Sharon, j'en ai eu la chair de poule... Non, Holly ! Arrête de faire des bulles avec ta compote... Trop tard... J'en ai plein ma robe.

Poppy s'esclaffa.

— Ça alors, tatie ! C'est vraiment trop... bébête !

Cette expression enfantine et le rire cristallin de Poppy ramenèrent Catherine un an en arrière, le jour où Emma était arrivée à Braeburn. Dire qu'Adam avait failli ne pas l'engager ! Il était tellement triste et taciturne, à l'époque...

A présent, elle le trouvait plus heureux qu'il ne l'avait été de toute sa vie. La santé d'Emma, il est vrai, n'inspirait plus d'inquiétude. Son ami Jack avait même déclaré, à l'issue du dernier bilan, qu'il ne voulait pas la revoir avant deux ans... du moins pas en tant que médecin !

C'est ainsi que, depuis douze mois, Adam avait réappris à rire à gorge déployée. Sa complicité avec Emma et le lien qu'ils avaient tissé autour des enfants étaient en tout point extraordinaires. Et, surtout, très émouvants.

— Alors, les jeunes mariés, il paraît que vous allez bientôt devenir grands-parents ? s'enquit Ian, hilare. Jemima et Dougal vont agrandir la famille ?

— Eh oui, répliqua Adam. Plus on est de fous, plus on rit...

Quelque chose dans sa voix, et dans sa manière de regarder Emma, retint l'attention de Catherine. Sa jeune belle-fille avait rougi comme un coquelicot. Et Adam qui ne la quittait plus des yeux...

— Nous avons autre chose à vous annoncer, reprit-il d'un ton solennel. Emma et moi... allons aussi devenir parents. C'est pour le mois de juillet.

— Parents ou grands-parents ? demanda Poppy, l'air perdu. De toute façon, ça ne fait rien. Ce sera le bébé de Jemima !

Adam secoua la tête en riant.

— Non, trésor, je parlais d'un vrai bébé. Celui qu'Emma a dans son ventre. Vous allez avoir un petit frère ou une petite sœur.

Poppy poussa une exclamation joyeuse, imitée par Sharon et Marion. Alors, pendant une minute, tout le monde se mit à parler en même temps. Tout le monde... sauf Ollie.

— Emma n'a pas besoin de bébé, marmonna-t-il quand l'euphorie fut un peu retombée. Elle est déjà notre maman !

Catherine vit sa belle-fille contourner la table pour aller s'agenouiller devant lui.

— Je suis ta maman et je le resterai toujours, dit-elle avec douceur. Mais tu sais, il y a beaucoup de place dans le cœur d'une maman... et aussi dans le cœur des enfants. Toi, tu seras très content quand le bébé sera né, tu verras.

— Hmm...

— Moi, je suis déjà contente, déclara Poppy. J'adore les bébés !

Catherine songea que la vie était décidément parfaite.

De la magie dans toute sa splendeur !

[illegible] les enfants [illegible] pour [illegible] [illegible], très émouvants.

— Alors, le jour [illegible] j'aurais aimé que vous ayez [illegible] de vos grands-parents ? [illegible] la famille [illegible]

— Si on [illegible], répliqua Adam. Plus on est de fous, plus on rit.

Quelque chose dans sa voix et dans son [illegible] regarder Emma [illegible] Catherine [illegible] celle-ci [illegible] comme [illegible]. Et Adam qui ne la quittait plus des yeux.

Nous [illegible] il y a un [illegible] aussi devenir parents. C'est pour les trois familles.

Parmi ses grands-parents [illegible] Peggy l'a perdu [illegible]. Le seul [illegible]

[illegible] la tête en [illegible].

— [illegible] je parlais d'arriver [illegible] vous [illegible] son [illegible]. Vous allez avoir un petit frère ou une petite sœur.

Peggy poussa une exclamation joyeuse, [illegible]. Alors, [illegible] tout le monde se mit à parler en même temps. Tout le monde, sauf Olli.

— Lui n'a pas besoin de ce [illegible] tombée. Elle est déjà maman [illegible]

Catherine [illegible] pour [illegible]

— [illegible] et je [illegible] tous [illegible] avec [illegible]. Vous savez, il y a beaucoup de place dans le cœur d'une maman [illegible] dans le cœur des enfants. Tu [illegible] très content quand le bébé sera là, tu verras.

— [illegible]

— Moi, je suis déjà contente, déclara Peggy, [illegible] les bébés !

C'est [illegible] que la vie [illegible] d'un enfant [illegible]

De la magie dans toute sa splendeur.

ANN McINTOSH

Le Noël des retrouvailles

BLANCHE

HARLEQUIN

Titre original :
CHRISTMAS WITH HER LOST-AND-FOUND LOVER

Ce roman a déjà été publié en 2021.

1

Elise Van Hagan venait juste de déblayer la neige dans un coin du jardin pour permettre à Baxter, son golden retriever, de sortir faire ses besoins quand elle reçut l'appel téléphonique de Tom Harding, le chef de l'équipe de sauveteurs bénévoles de Banff.

— La grange de Ben Sullivan s'est effondrée à Trail's End, et le malheureux se trouvait à l'intérieur quand cela s'est produit. Peux-tu aller sur place et évaluer la situation ? Cela va prendre au moins une demi-heure pour mobiliser l'équipe, et le pilote de l'hélicoptère dira alors s'il peut prendre le risque de décoller.

Normalement, en de telles circonstances, la brigade des pompiers aurait dû intervenir, mais il y avait eu du blizzard la nuit précédente. La petite route de campagne qui menait de chez elle à Trail's End – un refuge et un camp d'entraînement pour les chiens de traîneau – n'avait pas encore été dégagée. Il avait alors été fait appel à l'équipe de Tom mais, là encore, c'était compliqué. Durant la saison de ski, les secouristes de garde ne rejoignaient leur base qu'à 8 heures du matin pour être répartis sur les sites où l'on avait besoin d'eux. De plus, si le pilote d'hélicoptère ne pouvait pas décoller en raison du mauvais temps, cela ralentirait encore l'arrivée des secours. Voilà pourquoi Tom la chargeait de se rendre sur les lieux en attendant qu'on trouve d'autres paires de bras disponibles.

Instantanément, elle eut l'estomac noué et les mains tremblantes.

Cela faisait presque un an qu'elle n'avait pas pris part à une opération de ce genre, et il y avait une éternité qu'elle n'avait pas touché à son matériel de sauvetage. Quelle aide pourrait-elle apporter, alors qu'elle manquait de pratique et qu'elle était complètement terrifiée ?

Elle eut envie de protester, de dire qu'elle était vraiment la dernière personne à qui on pouvait confier une telle mission. Mais elle s'entendit répondre qu'elle ferait le job.

Elle était médecin, et un élément expérimenté de l'équipe de sauvetage même si elle n'en faisait plus partie aujourd'hui. Il était hors de question qu'elle se dérobe. Et puis, imaginer ce que devait endurer Janice Sullivan, la mère de Ben, l'aidait à dépasser sa peur.

Comment réagirait-elle s'il arrivait un accident de ce genre à son fils ? L'état d'angoisse dans lequel elle avait vécu lors des huit mois qu'avait duré le voyage de Jeevan en Indonésie et à Bornéo lui laissait imaginer dans quelle détresse se trouvait Janice en ce moment. Il fallait qu'elle se rende sur place le plus rapidement possible.

Elle fila à toute allure sur sa motoneige dans la lumière blafarde précédant l'aube, remorquant derrière elle le traineau fermé dans lequel Baxter était solidement attaché.

Le jour ne se lèverait pas avant au moins une heure. Tout manque de vigilance pouvait mener à la catastrophe, aussi fixait-elle toute son attention sur sa conduite.

Les tragédies qui s'étaient produites par le passé au moment de Noël lui laissaient de mauvais souvenirs, et elle n'aimait guère cette période de l'année. Elle espérait simplement pouvoir se rendre utile – de préférence sans avoir à ramper sous la neige. Et que, cette fois, tout se terminerait bien…

Soudain, les souvenirs l'assaillirent, déclenchant chez elle une bouffée d'angoisse.

Elle relâcha la manette des gaz et ralentit la motoneige en attendant de retrouver son calme.

Il lui arrivait encore certaines nuits de refaire le même

cauchemar : le grondement de l'avalanche, la sensation de perdre pied, de tomber et de se retrouver enfouie sous la neige, avec la certitude d'y rester ensevelie pour toujours.

Décidée à chasser de son esprit ces sombres images, elle respira un grand coup.

Le domaine de Trail's End se trouvait derrière une crête. La route avait disparu sous l'épaisse couche de neige, et elle devait éviter les arbres et les congères pour gravir la colline. Si elle voulait éviter un accident, elle devait garder la tête froide. D'autant plus que la violence du vent faisait tourbillonner autour d'elle des myriades de flocons qui lui fouettaient le visage, l'aveuglant presque.

Arrivée au sommet, elle marqua une pause et regarda la vallée en contrebas.

Il faisait trop nuit encore pour lui permettre d'y voir grand-chose mais, juste au-dessous d'elle, elle apercevait le chalet de Janice Sullivan. Il y avait de la lumière – on distinguait derrière une fenêtre les guirlandes lumineuses d'un sapin de Noël. La maison était à peine visible, tout comme les deux blocs de chenils, séparés du chalet par un champ. Derrière les chenils, la clinique vétérinaire se dessinait telle une ombre grise dans la neige. Au-delà, elle voyait des lumières s'agiter et des gens aller et venir.

C'était sans doute là que la grange s'était effondrée.

Consciente qu'il n'y avait pas une minute à perdre, elle descendit la colline aussi rapidement qu'elle le put tout en se montrant prudente.

Alors qu'elle approchait du lieu de l'accident, elle vit Janice accourir vers elle, le visage en pleurs.

Elle s'arrêta, coupa le moteur et, à peine était-elle descendue de sa motoneige que Janice se jetait dans ses bras.

— Elise ! Dieu merci, vous êtes là ! Je vous en supplie, aidez-le.

— Je vais faire tout mon possible, Jan, dit-elle en se dégageant doucement de l'étreinte de la malheureuse.

Elle ôta ses lunettes de protection et libéra Baxter du harnais qui le maintenait solidement sur le traîneau. Le chien, après s'être ébroué, la regarda fixement, attendant les instructions.

— Avez-vous vu ce qu'il s'est passé ? demanda-t-elle à Janice.

— Non, j'étais dans les chenils quand j'ai entendu la grange s'effondrer. Je me suis précipitée dehors. Il… Il est là-dessous, et il ne répond pas à nos appels. Il a deux chiens avec lui, et nous en avons entendu un aboyer.

Elise prit son kit de sauvetage et sa trousse médicale.

Elle détacha la civière fixée sur le flanc du traîneau et posa dessus le kit et la trousse avant de les y sangler solidement.

— L'arrière de la grange semble tenir encore debout. Y a-t-il une porte ou une fenêtre sur le côté ? s'enquit-elle tandis qu'elles se dirigeaient vers le bâtiment, escortées de Baxter.

— Non, répondit Janice. La porte se trouvait sur le devant, là où le toit s'est effondré. En fait, c'était juste un lieu de stockage pour du vieux matériel et des provisions.

Trois hommes se tenaient près de la grange, des pelles à la main. Deux d'entre eux les regardaient s'approcher tandis que le troisième, penché vers le sol, essayait d'apercevoir quelque chose sous les décombres couverts de neige.

Elise eut l'impression de le reconnaître, mais elle n'y prêta pas attention, concentrée qu'elle était sur sa mission.

— Nous voulions tenter de le sortir de là, mais Tom a dit de ne rien faire tant que vous ne seriez pas là, reprit Janice.

— Je suis contente que vous l'ayez écouté. Creuser au hasard ne pourrait faire qu'empirer la situation.

La section gauche du toit, à l'avant de la grange, s'était écroulée à cause du poids de la neige accumulée sous l'effet du blizzard. À présent, de gros blocs de neige recouvraient ce qui restait de la partie endommagée du bâtiment.

Toute personne se trouvant là au moment de l'effondrement avait peu de chances de s'en tirer sans être gravement blessée. On pouvait même craindre le pire. Le temps pressait, c'était une question de vie ou de mort.

— Je crois voir une brèche, juste là, dit l'homme qui était toujours penché vers le sol enneigé.

Il pointait du doigt l'endroit en question.

— On pourrait peut-être entrer par-là, poursuivit-il, si nous parvenons à élargir le trou.

Elise frissonna.

Cette voix lui était étrangement familière. Grave, rythmée, avec cet accent chantant propre aux Trinidadiens. Elle avait du mal à en croire ses oreilles. Jamais elle n'aurait pensé l'entendre à nouveau ! Ce devait être une erreur, une plaisanterie monstrueuse...

À cet instant, l'homme releva la tête, et elle crut que son cœur s'arrêtait de battre tandis que deux yeux noirs la regardaient fixement.

C'était bien Rohan... Et pourtant pas vraiment.

Il était différent de l'image qu'elle en avait gardé. Il était plus âgé, ce qui était normal, mais le peu qu'elle voyait de ses traits entre la casquette et la grosse écharpe qui lui masquait le bas du visage semblait légèrement de travers, comme déformé. Pourtant, la ressemblance était si forte qu'elle crut un instant revivre le moment où elle l'avait vu pour la première fois dans ce club, dans l'Ontario.

Lorsque leurs regards s'étaient croisés, il y avait eu aussitôt entre eux une attirance physique indéniable. Il était si beau, avec ses yeux noirs pétillants et ce sourire qui illuminait son visage !

Le seul fait d'y penser déclencha en elle une vague de chaleur... Mais elle reprit bien vite ses esprits : cet homme la regardait sans laisser paraître le moindre signe indiquant qu'il la reconnaissait.

Non, ça ne pouvait pas être Rohan. C'était impossible. Rohan était mort depuis vingt-sept ans.

Pourtant, la ressemblance était si frappante qu'il devait y avoir un lien entre les deux hommes. Ce n'était pas le moment de poser des questions, mais plus tard elle essaierait de découvrir la clé de l'énigme. La famille de Rohan lui avait fait clairement comprendre qu'ils ne voulaient rien savoir d'elle ni de Jeevan. Mieux valait ne pas réveiller certains souvenirs. Cela risquait de gâcher le présent.

Même si cette rencontre inattendue l'avait troublée, elle ne devait songer qu'à sa mission : secourir Ben au plus vite.

Armée de sa lampe de poche, elle s'approcha afin de voir l'endroit que l'homme désignait.

— On dirait qu'il y a là un passage possible, dit-il en lui prenant la main pour guider le rayon lumineux vers la droite.

Elle fut si surprise de sentir les doigts de cet homme lui entourer le poignet à travers ses gants qu'elle faillit lâcher sa lampe électrique.

La torche éclairait une sorte de cavité au milieu des amas de neige.

— Il semble que ce côté-là ne se soit pas effondré, dit-il.

— Si c'est le mur de gauche qui a cédé, et non le toit lui-même, les fermes ont pu former une poche, observa-t-elle. Nous devons nous frayer un chemin ou bien creuser un tunnel pour y accéder, mais il faut se montrer très prudent.

— Comment voulez-vous opérer ?

— Il faut juste y aller, docteur Van Hagan, déclara l'un des hommes en se dirigeant vers la cavité, une pelle à la main. Toutes ces hésitations ne sont qu'une perte de temps.

Elise et l'homme qu'elle avait pris pour Rohan se précipitèrent vers lui d'un même mouvement, mais ce fut Elise qui, la première, lui barra le passage.

— Je suis formée aux techniques de recherche et de sauvetage, dit-elle d'un ton calme. Jusqu'à l'arrivée de mon chef, c'est moi qui suis en charge de cette mission. Si m'obéir vous pose un problème, je vous suggère de partir.

— Ne soyez pas stupide, Trevor, intervint Janice. Elise sait ce qu'elle fait, et si vous vous comportez comme un idiot et que Ben est blessé, vous aurez des comptes à me rendre !

Trevor parut vouloir protester, mais il se contenta de maugréer et recula.

Elise se tourna vers les autres.

— Je dois examiner de plus près le bâtiment. Cherche, Baxter !

Elle s'accroupit sur le côté, éclairant avec sa torche ce qui restait du toit, tandis que le golden retriever se mettait à creuser dans la neige.

Le silence régnait, mis à part les quelques mots qui s'échangeaient au sein du petit groupe et au loin les cris d'un corbeau, quand un chien se mit à hurler à l'intérieur du bâtiment.

Ce son lugubre lui donna la chair de poule.

Plus vite elle pénétrerait dans la grange, mieux ce serait.

Rohan Khan regardait Elise prendre du recul pour mieux évaluer l'état des lieux. En même temps, il écoutait la conversation échangée à mi-voix derrière lui.

— Vous êtes sûre qu'elle sait ce qu'elle fait ? Pour l'instant, elle ne fait rien du tout !

— Vous voudriez quoi, Trevor ? Qu'elle se précipite à l'intérieur au risque que tout s'écroule sur Ben ?

Janice était visiblement en colère.

— Laissez-lui une chance de trouver le meilleur moyen d'entrer là-dedans, poursuivit-elle. C'est une bénédiction de l'avoir ici, à la fois comme secouriste et comme médecin urgentiste. Si quelqu'un peut aider Ben, c'est bien elle.

Cessant de les écouter, Rohan observa le golden retriever qui, maintenant, longeait la grange. Traçant son chemin au milieu de la neige, il flairait partout, la queue dressée, l'image même de la concentration.

Soudain, le chien s'assit, la tête tournée vers sa maîtresse, comme s'il l'attendait.

Elise commença aussitôt à escalader le talus.

Instinctivement, Rohan alla se placer derrière elle pour l'aider ou pour la rattraper si jamais elle tombait.

Elle gravit la pente d'un pied sûr, tel un chamois, et quand elle arriva au sommet, il poussa un soupir de soulagement.

Quelque chose chez cette femme avait retenu son attention dès que leurs regards s'étaient croisés. Il avait frissonné, frappé par l'expression de son visage lorsqu'elle l'avait fixé de ses yeux clairs. Pour la première fois depuis des années, il avait pris conscience de ses cicatrices, et lutté contre l'envie de cacher le côté gauche de son visage. Il n'avait pas eu le temps de distinguer la couleur exacte de ses yeux, car elle avait secoué la tête et détourné le regard, comme pour penser à autre chose.

Qu'est-ce qui avait pu tellement la surprendre chez lui ? Était-ce son accent, son teint foncé ? Si Calgary était une ville assez cosmopolite, peut-être les habitants de Banff n'avaient-ils pas, eux, l'habitude de voir chez eux des gens comme lui. Peut-être avait-elle juste vu en lui un étranger.

En tout cas, le regard qu'elle lui avait lancé avait capté son attention, et maintenant il l'observait tandis qu'elle examinait le bâtiment depuis son promontoire.

Elle se retourna, rappela son chien et s'apprêta à redescendre.

Il lui tendit machinalement la main pour l'aider, mais elle l'ignora et dévala le talus en glissant sur la pente neigeuse.

— Il n'y a pas de brèche dans le toit de ce côté, dit-elle.

Elle parlait d'un ton neutre, mais il crut percevoir dans sa voix un léger tremblement.

— Je vais devoir passer par le trou que vous avez repéré, poursuivit-elle. Par chance, on dirait qu'à cet endroit-là la neige est moins épaisse, mais nous devons nous montrer extrêmement prudents. De ce côté-là, le toit s'appuie sur le manteau neigeux.

Il hocha la tête, mais elle s'était déjà éloignée. Quand il la rejoignit, elle s'adressait aux autres :

— Jan, appelez Tom et dites-lui que je vais pénétrer dans le bâtiment. Demandez-lui d'arriver au plus vite avec l'équipe. Vous, et vous, venez m'aider à creuser, ajouta-t-elle en pointant le doigt vers Nathan et vers lui.

— Et moi ? grommela Trevor.

— Vous, restez à l'arrière pour observer le toit. Si vous voyez qu'il commence à pencher ou que la neige se met à glisser si peu que ce soit, criez, et on s'arrêtera. Ce gros tas de neige soutient ce qu'il reste du toit.

Obéissant aux ordres d'Elise, Nathan et Rohan élargirent le trou en procédant très lentement, centimètre par centimètre, pour creuser un tunnel.

— Ne l'élargissez pas davantage, dit-elle en voyant Nathan pelleter sur les bords. On peut déjà faire passer la civière, et il faut maintenir la neige compacte.

Rohan se coucha sur le ventre et continua de creuser devant lui. Comme le jour se levait, il lui sembla que, à mesure de sa progression, la neige devenait plus légère. Il en eut la confirmation lorsqu'un bloc de neige se détacha juste devant lui, lui permettant de voir ce qu'il restait de la grange.

— Je suis à l'intérieur, cria-t-il.

— Alors, revenez immédiatement. Vite !

Il obéit et rebroussa chemin.

À peine fut-il sorti du tunnel qu'Elise y pénétra à son tour. Elle avait noué autour de sa taille une corde à laquelle était attachée la civière portant sa trousse médicale et son kit de sauvetage. Elle attendit d'être au milieu du tunnel pour tirer la civière vers elle. Comme elle continuait d'avancer en tractant son fardeau, Rohan l'entendit haleter comme si elle courait un mille mètres alors qu'elle n'avait que trois mètres à franchir.

— Tom dit qu'ils ne seront pas là avant vingt minutes, lança Janice d'une voix forte. L'hélicoptère attend que le brouillard disparaisse pour pouvoir décoller.

Son annonce n'obtint aucune réponse, à l'exception d'un bruit bizarre venu du tunnel.

Rohan se pencha pour essayer de voir ce qu'il se passait à l'intérieur.

Il aperçut la lumière de la torche électrique tandis qu'Elise avançait au milieu des décombres, puis elle disparut.

Il sentit son cœur battre à tout rompre.

Apparemment, il n'était pas le seul à s'inquiéter : le chien d'Elise vint s'asseoir près de lui en gémissant doucement.

Il lui caressa le poitrail.

— Tout va bien se passer, mon pote, murmura-t-il, espérant dire vrai.

2

Armée de sa torche électrique, Elise tentait de se frayer un chemin à l'intérieur de la grange, cherchant Ben.

Ce n'était qu'un amoncellement de planches brisées et de couches de neige recouvrant à demi un vieux tracteur et tout un tas de cartons et de sacs divers.

Elle n'avait pris que sa trousse médicale, laissant derrière elle la civière. Si jamais elle en avait besoin, elle devrait trouver un moyen pour la traîner à travers ce chaos, et ce ne serait pas tâche aisée. Ramener Ben jusqu'au tunnel s'avérerait encore plus difficile.

Entendant un grognement sourd, elle s'avança dans cette direction. Comme elle se glissait sous une poutre en partie écroulée, elle les aperçut de l'autre côté.

Un chien se tenait près de Ben, comme s'il montait la garde. Même à cette distance, elle put voir une petite flaque de sang sous la tête du jeune homme ainsi qu'une poutre écrasant la partie inférieure de son abdomen.

Il n'y avait pas une minute à perdre : elle devait s'approcher pour évaluer avec précision la gravité des blessures de Ben.

Mais quand elle s'avança, le husky se mit à gronder.

— Tout va bien, dit-elle doucement. Je suis là pour vous aider, toi et ton maître.

— Voyez-vous quelque chose ? cria Janice d'un ton inquiet.

En entendant sa voix, le chien tourna la tête, mais il ne changea pas de position.

— J'ai trouvé Ben, mais l'un des chiens monte la garde près de lui et il ne me laisse pas approcher.

Elle avait parlé fort sans crier. Il ne fallait pas faire peur au husky ni provoquer de vibrations dans cet environnement instable.

— Jan, reprit-elle, rappelez les secours et dites-leur que nous devons procéder à une évacuation médicale aérienne le plus rapidement possible.

Elle ignorait depuis combien de temps Ben se trouvait sans connaissance, et plus il y aurait de retard dans sa prise en charge médicale, plus le pronostic risquait d'être mauvais.

Rassemblant son courage, elle fit un nouveau pas en avant, mais le chien grogna de nouveau, cette fois de façon plus menaçante.

Si quelque chose pouvait calmer le husky, c'était bien l'intervention de Baxter.

Elle fit alors la première chose qui lui vint à l'esprit.

— Baxter, ici !

Elle entendit aussitôt le crissement des griffes du golden retriever sur le sol glacé tandis que celui-ci s'engageait dans le tunnel. On aurait dit qu'il n'attendait que cela : le moment de recevoir l'ordre de la rejoindre.

Après avoir quitté l'équipe de sauvetage, elle avait entraîné son chien à devenir un animal de soutien affectif. Et il s'était révélé aussi excellent dans cette fonction qu'il l'avait été dans la précédente. Il était formé à travailler auprès des humains mais, avec un peu de chance, il parviendrait à rassurer le husky et elle pourrait alors examiner Ben.

Si elle en croyait les bruits derrière elle, Baxter semblait avoir du mal à avancer. Mais lorsque le chien se trouva à son côté, les bruits persistèrent.

Elle se retourna.

— Qu'est-ce que vous faites ici ? dit-elle en voyant l'homme qu'elle avait pris pour Rohan se glisser sous la poutre et s'approcher.

— Vous sembliez avoir un problème avec la chienne. Elle fait partie d'un groupe de huskies que j'ai amenés de Calgary. Ils sont tous peureux, car ce sont des rescapés de situations de maltraitance. Elle me connaît. Pas vrai, ma belle ?

Il s'avança, lui frôlant l'épaule au passage.

Elise frissonna, troublée à la fois par ce contact et par le ton doux et chantant qu'il avait pris pour s'adresser à la chienne.

— C'est dangereux pour vous de vous trouver ici, dit-elle à mi-voix, sans cacher à quel point elle était contrariée.

Il ne la regarda même pas.

— Oh ! c'est dangereux pour nous tous, pas vrai ? C'est pourquoi nous devons sortir d'ici avec Ben au plus vite, poursuivit-il.

Penché vers la chienne, il semblait ne s'adresser qu'à celle-ci.

Elise eut envie de lui demander de partir, mais elle y renonça en voyant que la femelle husky commençait à se détendre. Ses oreilles se redressaient, et elle avait le poil moins hérissé.

— Je crois que maintenant vous pouvez examiner le blessé, dit l'homme à mi-voix. La chienne semble un peu plus rassurée.

Il avait tendu la main vers la husky, qui se mit à la renifler.

Elise avança lentement pour ne pas effrayer de nouveau la chienne. Mais Baxter s'était interposé entre cette dernière et Ben. Elle s'agenouilla près du blessé, posa sa torche sur le sol afin de s'éclairer, puis elle enfila rapidement une paire de gants en latex.

Au premier coup d'œil, elle constata que Ben n'était pas vêtu comme il fallait pour un temps pareil. Sa veste n'était pas fermée, et en dessous il ne portait qu'un T-shirt. Il était d'une pâleur extrême, le teint presque gris, et quand elle posa les doigts sur son cou, elle sentit qu'il était glacé.

Mais elle vit aussi qu'il respirait lentement. Le pouls était faible, à peine perceptible. Heureusement, le réflexe pupillaire était bon, même s'il était moins actif du côté gauche.

Sortant la minerve de sa trousse, elle la passa autour du cou de Ben pour le stabiliser avant d'examiner sa blessure à la tête.

— Comment va-t-il ? demanda l'homme.

— Pas très bien, répondit-elle en regardant de près l'arrière du crâne. Pour l'instant, je constate qu'il souffre d'hypothermie et d'une fracture crânienne déprimée.

Elle voulut ensuite examiner le thorax et les bras de Ben. Elle craignait que sa chemise ne reste coincée sous la poutre qui lui était tombée sur le ventre mais, lorsqu'elle tira dessus, le tissu se libéra facilement. Elle souleva la chemise et soupira de soulagement en ne voyant aucune ecchymose apparente sur la poitrine du jeune homme.

Se penchant davantage, elle constata que la poutre était retenue par l'un des pneus du vieux tracteur qui se trouvait juste à côté.

— Dieu merci, je ne pense pas qu'il soit bloqué par cette poutre, dit-elle. J'espère ne pas aggraver les blessures qu'il pourrait avoir aux jambes en le dégageant de là, mais nous devons l'évacuer le plus rapidement possible.

— Je vais chercher la civière.

— Faites attention, essayez de ne rien bousculer au passage.

Lorsqu'il revint, elle avait libéré Ben et constaté que son fémur gauche avait une fracture ouverte.

Il était vraiment urgent d'agir.

L'homme approcha le brancard.

— Je vais vous aider à l'allonger dessus, dit-il.

— Je veux d'abord lui poser un brassard de tensiomètre sur la jambe. Ensuite, nous pourrons le transporter.

— D'accord.

Pendant qu'elle s'activait, il s'éloigna, s'avançant vers le fond de la grange.

— Qu'est-ce que vous faites ? demanda-t-elle d'un ton brusque.

— Il y a un autre chien ici, probablement traumatisé, peut-être même blessé. Il faut que je le retrouve.

Á son air décidé, elle comprit qu'il était inutile de lui demander de s'arrêter.

Elle sentit monter en elle une bouffée de colère.

Quel type insupportable !

— Faites vite, et essayez d'éviter que le reste du bâtiment ne s'écroule sur nous !

Rohan retint un juron.

Comme s'il avait l'intention de s'attarder dans un endroit qui risquait de s'effondrer d'un instant à l'autre !

Mais il ne pouvait pas en vouloir à cette femme de se montrer désagréable. La situation était plus qu'inconfortable, et il suffirait d'un mouvement malheureux de sa part pour que tout s'écroule.

Entendant un bruit léger derrière lui, il se retourna et vit Baxter et la femelle husky renifler autour d'eux. Se frayant un chemin à travers la neige et les débris, les deux chiens se dirigeaient vers la partie de la grange restée relativement intacte.

Il les suivit.

Le second husky, caché derrière une vieille voiture tout au fond du bâtiment, tremblait comme une feuille.

— Je l'ai trouvé, lança-t-il. Il est blessé. Je vois du sang sur son flanc, mais je ne sais pas d'où cela vient.

— Pouvez-vous le porter ?

— Je dois le museler. Avez-vous un rouleau de gaze ?

— Oui, dans ma trousse médicale. Mais dépêchez-vous. On dirait que le vent se lève.

Il comprenait l'inquiétude d'Elise. Les rafales de vent risquaient de fragiliser encore davantage ce qu'il restait de la structure de la grange.

En moins d'une minute, il fut de retour près d'elle, se hâta de couper une bande de gaze et repartit vers l'animal blessé. Les deux autres chiens étaient restés près de lui, comme pour lui tenir compagnie.

Après avoir formé une boucle avec la gaze, Rohan s'approcha doucement du husky et, d'un mouvement rapide du poignet, passa la boucle autour du museau du chien et tira d'un coup sec.

Surpris, l'animal tenta de s'en débarrasser en secouant la tête. Voyant qu'il n'y parvenait pas, il essaya d'ôter sa muselière improvisée en se servant de sa patte avant, mais ce mouvement parut le faire souffrir. Il poussa un gémissement et laissa retomber sa patte.

— Allons, du calme, mon vieux, dit Rohan en nouant la bande de gaze derrière les oreilles du chien afin de maintenir la muselière en place. Tout va bien, je ne vais pas te faire de mal.

Le chien le fixait du regard. Pendant que Rohan l'examinait rapidement, un bruit sourd se fit entendre, venant de l'endroit où se trouvait Elise.

— Est-ce que ça va ? demanda-t-il.

— Oui, répondit-elle, le souffle court. Je viens juste d'allonger Ben sur la civière. Êtes-vous prêt à sortir d'ici ?

— Oui.

À première vue, le husky souffrait d'une blessure au flanc et peut-être aussi d'une côte brisée, mais il était difficile d'en savoir plus en si peu de temps et dans un endroit aussi exigu.

— Désolé, mon pote, dit-il au chien, conscient qu'il allait lui faire mal en le déplaçant.

Il le souleva en prenant soin de lui passer un bras sous le poitrail et l'autre juste derrière les pattes arrière. Mais il lui fallut du temps pour récupérer la torche électrique qu'il avait posée au sol, et il revint prudemment vers Elise, mal éclairé par la lumière vacillante de sa lampe.

Heureusement, le soleil s'était levé, et l'on y voyait un peu mieux, la lumière passant à travers les trous du toit.

Il trouva Ben allongé sur le brancard et enveloppé d'une couverture de survie. Mais Elise n'était plus là.

Elle n'avait cessé de lui dire de se presser, et maintenant elle avait disparu !

Lorsqu'il la vit revenir, il éprouva un énorme soulagement.

— J'ai dégagé du mieux que j'ai pu la voie pour regagner le tunnel, dit-elle en posant sur le sol l'étroite planche de contreplaqué qu'elle avait apportée.

La voyant étendre dessus une autre couverture, il s'étonna.

— C'est pour quoi faire ?

— C'est pour le chien. Nous ne pourrons pas le porter, une

fois dans le tunnel. Nous devrons le mettre sur cette planche et la faire glisser sur la neige.

Comment n'y avait-il pas pensé ?

— Vous avez raison, bien sûr. Emportez la planche jusqu'au tunnel. Moi, je vais prendre le chien dans mes bras jusque-là, puis je reviendrai vous aider à transporter la civière.

Il suivit Elise, qui lui éclairait le chemin avec sa lampe, et ils laissèrent le chien à côté de l'entrée du tunnel.

Alors qu'ils rebroussaient chemin, un violent coup de vent leur fit lever la tête vers le toit en ruine, et ils accélérèrent le pas.

Déplacer le brancard se révéla ardu, et lorsqu'ils arrivèrent enfin près du tunnel creusé dans la neige, Rohan se sentait toujours aussi tendu.

— Vous allez passer devant avec la civière, dit-il. Je suivrai derrière avec le chien.

— Non, c'est vous qui passerez devant ; moi, je me chargerai du chien. Cela ira plus vite, et je veux que vous sortiez au plus tôt de cette grange où vous n'auriez pas dû pénétrer.

Il hésita, puis il entendit le bruit reconnaissable des rotors qui s'amplifiait. Alors il hocha la tête, acquiesçant à regret.

Amener Ben Sullivan jusqu'à l'hélicoptère était la priorité absolue. Mais l'idée d'abandonner cette femme derrière lui lui laissait un goût amer dans la gorge.

Elle s'était penchée pour fouiller dans sa trousse posée sur la civière et, lorsqu'elle se redressa, leurs regards se croisèrent.

Gris. Ses yeux étaient gris, et non bleus comme il l'avait d'abord cru. Et il y avait dans ce regard profond, à la fois sérieux et étincelant, quelque chose qui lui serrait le cœur.

Il sentit son rythme cardiaque s'accélérer.

Les sourcils froncés, elle lui fit signe de s'activer.

— Allons-y, l'hélicoptère va se poser.

Ils introduisirent le brancard dans le tunnel, puis il se mit sur le ventre pour le pousser devant lui, plantant le bout des pieds dans la neige pour progresser.

— Je vois la civière, cria l'un des hommes qui attendaient à l'extérieur. Poussez encore un peu, et je pourrai la saisir.

— Allez-y doucement, intervint Elise. Si elle cogne sur les côtés, le tunnel risque de s'effondrer.

La sortie s'effectua sans encombre. Rohan se redressa tandis que Janice et Nathan prenaient en charge le brancard. Ils étaient en train d'enlever les sacs qu'Elise avait posés dessus lorsqu'ils virent Baxter et la chienne husky sortir du tunnel. Ils étaient attachés l'un à l'autre par une bande de gaze nouée au collier de la femelle, Baxter tenait l'autre bout dans sa gueule, guidant la chienne qui le suivait sans broncher.

Rohan entendit alors le crissement de la planche qui avançait sur le sol gelé du tunnel, et il s'accroupit.

Elise la poussait devant elle pour évacuer le husky blessé. Elle progressait si lentement qu'il avait l'impression que le temps s'était arrêté.

L'hélicoptère décrivait des cercles au-dessus d'eux, et le vent qui soufflait maintenant en rafale ne faisait qu'accroître le stress de chacun en entendant la grange gémir comme un animal blessé.

Soudain, le bruit que faisait la planche en glissant dans le tunnel cessa.

— Elise, est-ce que ça va ?

— C'est coincé. Je n'arrive plus à la faire bouger.

La voix était calme mais légèrement tremblante.

Sans hésiter une seconde, il plongea dans le tunnel et rampa jusqu'à sentir sous ses doigts le bord de la planche.

— Il y a de la glace qui la bloque, dit-il. Je vais la dégager.

Contrairement à la civière qui, elle, était équipée de patins, la planche avait du mal à glisser.

— Je l'ai soulevée devant, dit Rohan. Allez-y, poussez.

La planche avança doucement tandis qu'il reculait, puis il la souleva de nouveau.

— Poussez !

Au même moment, il y eut un long craquement, suivi d'un fracas énorme venant de la grange.

Instinctivement, Rohan rentra la tête dans les épaules, pensant que le tunnel allait s'effondrer sur eux.

Heureusement, il n'en fut rien.

— Tout le monde va bien ? entendit-il Janice crier.

Il s'appuya sur les coudes pour voir par-dessus le chien et croisa le regard terrifié d'Elise. Elle était livide, la bouche déformée par une grimace.

Sous l'effet de la peur ? De la douleur ?

— Êtes-vous blessée ?

Elle ne répondit pas.

— Elise, êtes-vous blessée ?

Semblant émerger d'une transe, elle secoua la tête, mais avec toujours le même regard effrayé.

Il eut envie de la prendre dans ses bras, de la rassurer en lui disant que tout se passerait bien, mais ce n'était pas le moment. Il fallait sortir de là.

— Allez, poussez, ordonna-t-il.

Elle obéit.

Le temps qu'il leur fallut pour s'extirper du tunnel parut durer une éternité. Alors que l'équipe de sauvetage se ruait sur eux, il tendit la main à Elise pour l'aider à se relever.

Elle était toujours aussi livide, et ses doigts tremblaient. Mais sa voix était calme et son ton assuré lorsqu'elle décrivit brièvement aux secouristes l'état de santé de Ben.

Nathan et Trevor prirent en charge le chien blessé et l'emmenèrent à la clinique vétérinaire tandis que Janice accompagnait son fils jusqu'à l'hélicoptère.

Lorsque l'appareil décolla, emmenant le blessé et sa mère à Banff, Elise poussa un long soupir.

— Et voilà, c'est fini.

C'était la première fois que Rohan la voyait en pleine lumière.

Elle avait des traits puissants, la mâchoire volontaire, des pommettes hautes, un nez et un menton bien marqués, mais elle était aussi incroyablement féminine.

Elle ôta son bonnet, révélant une chevelure châtain clair nouée en queue-de-cheval ; quelques mèches échappées lui retombaient sur la joue.

Il fut pris de l'envie stupide de les lui replacer derrière l'oreille, mais elle le fit elle-même, d'un geste impatient.

Il sentit une bouffée de désir l'envahir, au point qu'il dut respirer profondément et regarder ailleurs.

On n'entendait presque plus le bruit des rotors, et, tout près, un corbeau croassa.

Il s'éclaircit la gorge avant de parler.

— Je vais aller à la clinique vétérinaire voir ce que je peux faire pour ce chien mais, avant cela, je tiens à me présenter en bonne et due forme. Je m'appelle Rohan. Rohan...

— Khan, acheva-t-elle à sa place.

Et elle le gifla en plein visage.

3

Elise avait frappé de toutes ses forces, mais pas avec autant de vigueur qu'elle l'aurait voulu. Non seulement ses gants épais avaient amorti le coup, mais elle avait aussi les mains qui tremblaient à cause de l'adrénaline et de la rage qui l'habitaient.

Malgré tout, voir la tête de Rohan pivoter sur le côté fut pour elle une immense source de satisfaction. Et l'expression de stupéfaction peinte sur son visage le fut encore plus.

— Que… ? balbutia-t-il en écarquillant ses yeux noirs qui exprimaient maintenant la colère. Pourquoi m'avez-vous frappé ?

Elle se redressa de toute sa hauteur et rejeta la tête en arrière, le défiant du regard.

— Pour m'avoir laissé croire pendant vingt-sept ans que tu étais mort, pauvre type !

Sans lui laisser le temps de répondre, elle attrapa son matériel de sauvetage et se dirigea vers sa motoneige, étonnée que la rage qui bouillonnait en elle ne fasse pas fondre les congères glacées qui l'entouraient.

— Attendez ! cria Rohan.

Entendant derrière elle le crissement de ses bottes sur la neige, elle pressa le pas.

— Attendez ! répéta-t-il.

C'était ce qu'il lui avait dit autrefois, juste avant de partir à Trinité-et-Tobago.

« Attends-moi, je t'en prie. Je ne serai absent que deux semaines, je serai de retour pour Noël. »

Elle lui avait promis d'être là lorsqu'il reviendrait, mais quelque chose en elle lui soufflait déjà qu'elle allait souffrir.

Elle n'avait pas cru à ses déclarations enflammées ni à la probabilité de le voir revenir un jour. La vie lui avait appris combien les gens peuvent disparaître facilement, surtout, semblait-il, au moment de Noël.

Rohan n'était pas revenu. Elle avait été informée qu'il était mort dans un accident de voiture quelques jours seulement après son retour au pays.

Et, durant toutes ces années, elle avait cru que c'était vrai.

— Quelle idiote j'ai été, murmura-t-elle pour elle-même.

— Mais enfin, de quoi parlez-vous ? dit Rohan en la rejoignant près de la motoneige.

Visiblement, il essayait de rester calme, mais elle voyait à son regard à quel point il était en colère.

— Est-ce que vous me connaissez ? demanda-t-il.

— Autrefois, je l'ai cru. Mais c'était avant que ta famille et toi ne m'ayez menti. Ma sœur avait bien essayé de me mettre en garde avant que je parte avec toi cet été-là, mais je ne l'ai pas écoutée.

— Mais…

N'étant pas d'humeur à entendre de nouveaux mensonges, elle lui coupa la parole.

— Et maintenant, tu oses faire semblant de ne pas savoir qui je suis ? Ou, pire encore, tu ne te souviens vraiment pas de moi ? Décidément, tu n'es qu'un pauvre type !

— Attendez une minute, dit-il en haussant le ton. Allez-vous enfin me laisser placer un mot ?

— Pourquoi ? Pour me raconter encore des bobards ?

— Non ! Simplement pour m'expliquer, ou du moins pour essayer.

— Quel genre d'explication pourrais-tu me donner ? lança-t-elle, les larmes aux yeux. Toi et ta famille, vous n'avez cessé de me mentir, et cela depuis vingt-sept ans. J'ai cru que tu étais mort. Fin de l'histoire. Tu n'es qu'un sale menteur et un pauvre type.

Rohan leva la main comme pour protester. Elle se rendit compte qu'il tremblait, et cela lui procura un bref instant de plaisir.

— Écoutez-moi, dit-il. Il y a vingt-sept ans, en décembre, j'ai eu un grave accident de voiture. Je m'en suis sorti avec un traumatisme crânien qui m'a provoqué une amnésie rétrograde. Quand j'ai repris conscience, j'avais perdu tout souvenir de ce que j'avais vécu les six mois précédents. Cela m'a fait un choc quand j'ai appris que nous étions à la fin de l'année et non au printemps.

Elle secoua la tête. Elle n'avait pas envie de le croire. Jusqu'au moment où il leva la main pour toucher un court instant les cicatrices qui marquaient son visage.

Elle comprit alors pourquoi elle avait douté, en le voyant, que l'homme qu'elle avait devant elle puisse être Rohan Khan. Les séquelles de l'accident et la chirurgie réparatrice avaient modifié ses traits.

Soudain prise d'un malaise, elle sentit ses jambes faiblir et s'appuya au siège de la motoneige de peur de s'effondrer.

— Est-ce que ça va ? demanda Rohan.

Il la saisit par le bras pour la retenir tandis qu'elle s'agrippait au volant de l'engin.

En sentant ses doigts sur elle, elle frissonna et le repoussa aussitôt.

— Cette année-là, de juin à décembre, nous avons été ensemble, dit-elle, le souffle court. Nous nous sommes rencontrés deux semaines avant le Canada Day.

Ils se regardaient fixement, chacun en proie à ses pensées. Elle voyait se raviver des souvenirs qu'elle avait essayé désespérément d'effacer sans vraiment y parvenir.

Ils avaient vécu tout l'été une passion enivrante, qui s'était prolongée à l'automne. Rohan avait affirmé que leur histoire ne prendrait jamais fin. Il lui avait déclaré qu'il l'aimait et qu'il voulait passer sa vie avec elle.

Elle n'avait pas vraiment cru à ces promesses d'amour éternel. Elle voulait attendre de voir comment les choses évolueraient lorsqu'il reviendrait au Canada.

Rohan était très pâle. De nouveau, il toucha sa joue, comme si le fait d'évoquer le passé réveillait dans sa chair des sensations qu'il avait cherché à oublier.

Il poussa un long soupir.

— Qu'avons-nous fait durant cette période ? J'ai essayé de le découvrir, mais mon colocataire travaillait comme assistant à l'école vétérinaire de Ridgetown et d'autres amis m'ont dit qu'ils me voyaient à peine à l'époque. Ils n'ont pu me donner aucune information.

Elle se sentit rougir en se rappelant les longues heures qu'ils avaient consacrées à faire l'amour.

Elle avait connu avec lui le plaisir de s'abandonner totalement, ce qu'elle n'avait expérimenté avec personne avant lui et n'avait plus jamais revécu depuis…

Mais elle n'avait aucune envie d'évoquer avec lui ces souvenirs intimes.

— Nous avons passé du temps à voyager sur la côte en été et dans Algonquin Park à l'automne. Nous avions décidé de nous offrir des vacances avant que tu te mettes à chercher du travail et que je commence mon internat. Nous voulions voir des endroits que nous avions toujours rêvé de visiter.

Rohan hocha lentement la tête, et elle se demanda à quoi il pensait. Autrefois, elle lisait en lui comme dans un livre ouvert, mais il avait changé. Il était plus réservé et plus secret que l'homme qu'elle avait connu.

— Qui t'a dit que j'étais mort ?

Le ton sur lequel il avait posé sa question aurait pu laisser croire qu'ils parlaient de la pluie et du beau temps ou qu'il lui demandait l'heure. Le contraste violent avec le garçon fougueux et passionné qu'elle avait rencontré vingt-sept ans plus tôt donnait un tour surréaliste à leur discussion. Elle parlait à un homme qui ressemblait au Rohan d'avant et qui s'exprimait comme lui, mais qui était pour elle un quasi-inconnu.

— Ton père. Et ta cousine Chandi m'a confirmé la nouvelle.

Elle vit la colère lui déformer un instant le visage tandis qu'il serrait les poings.

— Je suis désolé, dit-il. Ils n'avaient pas le droit de te mentir de cette façon.

Puis il détourna le regard, les lèvres crispées.

Elle s'attendait à ce qu'il lui explique ce qu'il s'était passé, aussi fut-elle déçue de l'entendre dire :

— Je... Je dois aller m'occuper du husky blessé. Je suis vraiment désolé.

Et avant qu'elle puisse dire un mot, il s'éloigna à grandes enjambées.

Pendant un moment, elle resta immobile à le regarder s'en aller, stupéfaite.

Elle se sentait trop désemparée pour lui courir après. Et elle n'en avait pas envie. Elle voulait juste rester seule un moment pour réfléchir à ce qu'elle devait faire. Car si Rohan Khan s'imaginait que leur conversation était terminée, il allait avoir une énorme surprise.

En réalité, cette discussion ne faisait que commencer.

Rohan essayait de garder son sang-froid, mais la gifle qu'Elise lui avait administrée lui brûlait encore la joue, et il se sentait intérieurement totalement déstabilisé.

Il ne lui en voulait pas. Pas du tout. On l'avait horriblement trompée, et elle avait agi sous l'effet de la colère et du choc qu'elle avait subi.

Il venait de découvrir un nouvel exemple du comportement intrusif de son père, qui avait l'habitude de n'en faire qu'à sa guise sans se soucier des conséquences désastreuses de ses actes sur les autres.

Kamal Khan avait toujours été un tyran prêt à n'importe quoi pour atteindre ses objectifs. Toute sa vie Rohan s'était battu pour conquérir son autonomie, refusant de se plier aux attentes de son père ou de renoncer à ses rêves quand il s'entendait dire qu'il ne serait pas capable de les réaliser. Le vieil homme avait-il menti à Elise par pure méchanceté ou pour garder le contrôle sur lui ?

Impossible de le savoir, car son père souffrait aujourd'hui d'une démence profonde. Il ne pourrait donc plus lui fournir la moindre explication.

Mais Chandi, elle, pourrait probablement le faire.

Il avait une envie folle de lui téléphoner immédiatement, mais il savait qu'il devait d'abord se calmer. Si Chandi se sentait agressée, elle ne dirait rien. Et puis, il devait s'occuper du husky, et tant mieux. Le contact avec les animaux avait toujours pour effet de diminuer son stress.

Son père, qui n'avait jamais compris sa vocation, avait essayé de l'en détourner quand il était adolescent.

— Étudie la médecine, lui répétait-il sans cesse.

— J'en ai bien l'intention, répondait invariablement Rohan. La médecine vétérinaire.

Son père l'avait menacé de lui couper les vivres, et Rohan, face à ce comportement tyrannique, avait failli abandonner son projet. Mais son grand-père s'en était mêlé, disant qu'il se chargerait de financer ses études vétérinaires. Comme il était la seule personne dont Kamal Khan respectait les décisions, cela avait marché.

Rohan se plaisait à croire qu'il aurait malgré tout tenté sa chance même si son grand-père n'avait pas payé les frais de l'école vétérinaire, car prendre soin des animaux était ce qu'il aimait le plus au monde. Rien dans la vie ne lui avait procuré plus de satisfaction… Dans les souvenirs qui lui restaient, en tout cas.

Le temps passant, il pensait s'être habitué aux lacunes de sa mémoire et ne plus y attacher d'importance, mais, soudain, il en allait tout autrement. Il venait de découvrir que son amnésie avait complètement modifié le cours de sa vie et déclenché de la souffrance autour de lui.

Notamment chez Elise Van Hagan.

Il ouvrit la porte de la petite clinique utilisée par les vétérinaires de passage.

Quand il entra, Nathan et Trevor levèrent les yeux et le saluèrent d'un signe de tête. Ils avaient mis le husky sur une table d'examen et s'étaient placés de chaque côté, pour s'assurer que l'animal reste tranquille.

Rohan ôta sa veste en s'efforçant d'avoir l'air calme malgré son estomac noué. S'il parvenait à se concentrer sur le chien et à soigner ses blessures, il irait tout de suite mieux.

Mais l'image de deux yeux gris au regard meurtrier, enchâssés dans un visage incroyablement joli, ne cessait de le hanter.

Devait-il essayer de reprendre contact avec elle ou la laisser tranquille ?

Mais ce n'était pas le moment de se poser la question.

— Ni Nathan ni moi ne sommes vétérinaires, dit Trevor, mais on peut vous donner un coup de main si vous voulez.

— Je pense que ça ira, répondit distraitement Rohan tout en examinant la patte arrière de l'animal.

À cet instant, la porte s'ouvrit, et Elise entra dans la pièce. Baxter la suivait, tirant derrière lui la femelle husky avec sa laisse improvisée.

— Je ne sais pas quoi faire de cette chienne, dit-elle d'un ton brusque. L'un de vous pourrait-il s'en charger ?

Nathan et Trevor échangèrent un regard, comme pour savoir lequel des deux se dévouerait.

— J'ai pensé aussi, docteur Khan, poursuivit Elise, que vous pourriez avoir besoin d'aide si vous devez opérer ce chien puisque, ici, Janice est la seule vétérinaire diplômée. Qu'avez-vous constaté ?

Tout en parlant, elle avait ôté ses gants, son manteau et son écharpe et s'était approchée de la table d'examen.

Rohan secoua la tête, désemparé par sa présence.

— Ce chien a des lacérations et peut-être une côte brisée. Par ailleurs, il semblerait que le ligament croisé crânial soit déchiré.

— Alors, il faut lui faire une radiographie, dit-elle en se dirigeant vers l'évier. Ainsi, on saura à quoi s'en tenir.

Il était frappé par son calme et son désir évident de l'aider, mais il eut l'impression que l'atmosphère dans la pièce s'était soudain alourdie. Il ne fut pas surpris de voir avec quel empressement Nathan et Trevor emmenèrent dehors la femelle husky, le laissant en tête à tête avec la femme qui, il commençait à le craindre, risquait de chambouler sa vie.

Après s'être lavé les mains, Elise enfila une paire de gants chirurgicaux.

On n'entendait que le bruit des griffes de Baxter qui circulait dans la pièce en reniflant partout et le souffle du chien étendu sur la table d'examen.

Elise avait eu un choc en voyant Rohan débarrassé de sa grosse veste. Elle n'avait pas gardé le souvenir qu'il était aussi bien bâti : avec ce jean qui moulait ses longues jambes musclées et ce pull qui révélait son torse puissant, il était carrément sexy.

Mais pas question de se laisser aller à des pensées de ce genre. Elle ne pouvait pas se permettre d'être distraite.

— Vas-tu lui donner des sédatifs avant de faire des radios ? demanda-t-elle en évitant de le regarder.

Il lui avait fallu faire appel à tout son courage pour venir le retrouver, et le fait de s'être servi des chiens comme prétexte lui semblait maintenant à la fois stupide et transparent. Rohan allait certainement comprendre qu'elle avait autre chose en tête.

Mais ce fut d'une voix très calme qu'il lui répondit :

— Oui, ça l'empêchera de se débattre et de se blesser davantage. Soigner des chiens à demi sauvages comme celui-ci, c'est autre chose que de s'occuper d'animaux de compagnie, même si certains se montrent parfois hargneux aussi.

— Bon, dis-moi ce que je dois faire.

Lorsqu'elle se tourna vers lui, elle fut frappée par l'intensité de son regard, et elle se rappela pourquoi elle était tombée sous le charme, autrefois.

Il avait ce genre de regard qui donne l'impression de vous percer à jour et de découvrir vos secrets les plus intimes. Mais c'était maintenant un regard sérieux, profond, alors qu'avant il y avait invariablement dans ses yeux une petite lueur amusée. Peu importe ce qu'il percevait, il se montrait toujours compréhensif et indulgent.

Aimant.

Ce n'était plus le cas aujourd'hui. Pourtant, elle se sentait troublée.

Lui tournant le dos, elle s'intéressa aux fournitures et se familiarisa avec l'équipement dont disposait la clinique.

Elle trouva facilement le sédatif dont Rohan avait besoin et, pendant qu'il l'administrait au chien, elle approcha de la table d'examen l'appareil de radiographie mobile.

Rohan et elle échangeaient à peine quelques mots mais, au bout d'un moment, l'atmosphère se détendit et ils effectuèrent un véritable travail d'équipe.

— Heureusement, aucune côte n'est fracturée, dit Rohan en étudiant de près la radiographie du chien. Ses contusions sont sûrement douloureuses, mais sans gravité. En revanche, le ligament croisé est déchiré. Je dois l'opérer.

Une fois le husky préparé, Rohan pratiqua une incision et commença à réparer le ligament rompu.

Pendant l'intervention, Elise entendit sonner le téléphone qu'elle avait dans son sac mais choisit de l'ignorer.

S'il s'agissait de quelque chose d'important, la personne laisserait un message.

Ils travaillaient dans un silence relatif que Rohan finit par rompre :

— Merci de m'avoir proposé de m'aider, Elise. J'aurais pu me débrouiller seul, mais c'est plus facile à deux.

— C'est le cas pour n'importe quelle intervention chirurgicale, non ?

Elle parvenait à parler d'un ton tranquille, mais il lui était pénible de se trouver dans une telle proximité physique avec lui. Elle pourrait s'en aller, prendre le temps de digérer ce qu'il s'était passé, mais cela ne ferait que retarder le moment d'affronter l'inévitable. Par ailleurs, elle avait envie de découvrir qui était ce nouveau Rohan. Car, à l'évidence, ce n'était plus le jeune homme rayonnant qu'elle avait connu autrefois. Mieux le connaître l'aiderait peut-être à aller de l'avant ?

— Tu disais que tu avais amené ces chiens de Calgary ? demanda-t-elle dans l'espoir d'en savoir plus.

Rohan la regarda par-dessus son masque et hocha la tête.

— Nous les avons sortis d'une situation de maltraitance. Près d'une cinquantaine de chiens étaient gardés dans une grange, dans d'horribles conditions. Dix d'entre eux étaient des huskies, alors nous avons contacté Janice pour voir si elle pouvait les prendre. Ils ont besoin d'être confiés à des personnes qui les comprennent et les fassent travailler, ce qui permettra peut-être ensuite de les faire adopter.

— Ou peut-être d'être intégrés dans un attelage de chiens de traîneau ?

— Ce serait sûrement la meilleure solution, car ces chiens-là ne sont pas préparés à jouer les animaux de compagnie ; plusieurs d'entre eux ne sont pas domestiqués. Les deux qui étaient avec Ben ce matin sont ceux qui se sont jusqu'à présent le mieux adaptés. Certains ne veulent même pas mettre le nez dehors.

— Comme c'est triste ! Travailles-tu comme vétérinaire dans les opérations de sauvetage ?

— Non, je suis l'un des associés d'une clinique vétérinaire à Calgary, et nous travaillons parfois pour les sauveteurs à titre gracieux. Ils ne sont financés que par des dons et n'ont donc pas beaucoup d'argent.

— C'est vraiment bien de ta part.

Il haussa les épaules tandis qu'il examinait le ménisque du chien.

— J'aime aider la communauté.

Cela ressemblait bien au Rohan d'autrefois, qui faisait preuve d'un engagement social très actif. Elle fut heureuse de voir que, sur ce point-là, il n'avait pas changé.

— Et toi ? demanda-t-il. Je sais que tu participes aux opérations de recherche et de sauvetage, et j'ai cru comprendre que tu étais médecin urgentiste ?

La question la surprit. Elle n'avait pas pensé qu'il pourrait désirer en apprendre plus sur elle.

— Oui, je suis urgentiste, mais j'ai cessé de travailler avec l'équipe de sauvetage.

Il leva les yeux et, de nouveau, la regarda avec attention.

— Pourquoi ? D'après ce que j'ai vu aujourd'hui, tu es excellente dans ce domaine.

— C'était pour moi le moment d'arrêter. Et puis, Baxter avait été blessé, et l'on m'a avertie qu'il risquait de boiter s'il continuait à travailler en tant que chien de sauvetage. Alors, nous nous sommes tous les deux retirés de l'équipe.

Pas question de parler de l'avalanche qui avait causé les blessures de Baxter, ni des cauchemars qui, depuis, la tourmentaient toutes les nuits. C'était la première fois de sa vie que la peur l'amenait à renoncer à quelque chose, et chaque fois qu'elle y pensait, elle était submergée par la honte.

Le ménisque était en bon état. Il fallait maintenant maintenir l'alignement des os.

— Qu'as-tu fait après l'accident ? Es-tu revenu au Canada, une fois guéri ?

Un bref instant, les mains de Rohan s'immobilisèrent, avant de se remettre au travail.

— J'ai subi plusieurs opérations, et quelques interventions de chirurgie réparatrice. Il m'a fallu plus d'un an pour retrouver mon état normal.

Il marqua une pause, comme s'il réfléchissait à ce qu'il venait de dire.

— Enfin, plus exactement pour retrouver un nouvel état normal. Ensuite, j'ai pris un poste de vétérinaire à la Trinité.

Elle sentit qu'il n'en dirait pas davantage. Quand il prit le foret et lui demanda de maintenir la patte du chien, elle eut la nette impression qu'il ne souhaitait pas se livrer à d'autres confidences. Il s'était renfermé dans sa coquille, ce qu'il n'aurait jamais fait autrefois.

Restait-il chez cet homme quelque chose du Rohan qu'elle avait connu ?

Rohan ne cessait de se demander pourquoi Elise Van Hagan était venue l'aider.

À quoi avait ressemblé leur relation ? L'avait-il aimée d'un amour passionné ? Avait-elle été déçue de voir qu'il ne venait pas la retrouver ? L'annonce de sa mort l'avait-elle attristée ?

Tout cela était si ancien qu'il semblait absurde de vouloir en savoir plus sur ce qu'il s'était passé entre eux, mais il enviait Elise de se rappeler cette période. Une fois de plus, il souffrait du « trou » que son amnésie avait laissé dans sa vie.

— Comment as-tu fini par revenir au Canada ? demanda-t-elle en le fixant de ses grands yeux gris pleins de curiosité.

— Deux ans après l'accident, je me suis marié, mais cela n'a pas marché. J'ai senti que j'avais besoin de changement, et j'ai fait une demande pour émigrer au Canada en tant que travailleur qualifié.

Comme il paraissait facile de résumer en deux phrases ce qui avait été les pires années de sa vie. Mais il était beaucoup plus dur de surmonter la souffrance et la culpabilité engendrées par l'échec de ce mariage qui avait duré huit ans. Il s'était montré incapable de donner à sa femme l'amour et la tendresse qu'elle attendait de lui. Elle l'avait supplié d'essayer de sauver leur mariage, mais il savait qu'ils ne seraient jamais heureux ensemble, et il avait préféré mettre fin à cette union. Ça avait été la décision la plus difficile de sa vie, mais aussi la meilleure, même s'il était le seul à le penser. Leur divorce avait provoqué autour de lui une telle colère et un tel scandale qu'il avait dû partir. Son père, en particulier, lui en avait beaucoup voulu, lui reprochant de jeter la honte sur sa famille. Une fois de plus, avait-il dit, Rohan le décevait.

Penser à cette période réveillait en lui un flot d'émotions auxquelles il ne pouvait pas faire face en cet instant. Mieux valait se concentrer sur sa tâche.

— Bon, dit-il, je vais pouvoir refermer. Ensuite, je poserai des agrafes sur la plaie au flanc. Et nous pourrons alors le mettre dans un chenil pour qu'il puisse récupérer.

Elise ne dit rien Elle lui tendit, silencieuse, l'aiguille dont il avait besoin pour suturer les bords de l'entaille.

— Es-tu prête à fêter Noël ? demanda-t-il pour échapper à de nouvelles questions concernant son passé.

Il la vit froncer légèrement les sourcils.

— En général, je travaille durant cette période mais, cette année, mon DRH m'a dit de prendre les congés qu'il me reste. Je n'ai rien prévu, à part la fête de Noël qu'organise l'équipe de sauvetage.

— Tu n'as pas de réunion de famille en perspective ?

Pourquoi lui posait-il cette question ? Cela faisait des années que lui-même ne célébrait pas vraiment ce jour de fête. Mais il avait envie d'en savoir plus sur elle.

— Je n'ai personne à proximité, répondit-elle brièvement.

Visiblement, elle ne souhaitait pas en dire davantage.

Ils achevèrent de soigner le husky, n'échangeant que quelques mots de temps en temps, et ils ne parlèrent guère plus lorsqu'ils le transférèrent dans un enclos de convalescence. Ce silence rendait l'atmosphère pesante.

Lorsque le dernier instrument fut mis dans l'autoclave, Elise s'immobilisa et le regarda, les sourcils froncés.

— Il y a quelque chose dont je dois te parler. Puis-je te demander de t'asseoir un moment ?

Elle avait le visage tendu – sans doute celui qu'elle avait au travail pour annoncer une mauvaise nouvelle.

Il prit une chaise.

Elise s'assit en face de lui, et Baxter posa sa tête sur les genoux de sa maîtresse.

— Quand tu es parti…

Elle marqua une pause et le regarda fixement. Ses yeux gris avaient pris une teinte plus foncée.

Sans qu'il sache pourquoi, il sentit son cœur s'accélérer.

— Ce n'est pas facile à dire, continua-t-elle, alors je vais aller droit au but. Tu… Nous… nous avons un fils.

Elle avait parlé d'une façon claire, et il avait parfaitement entendu, mais son cerveau semblait incapable de donner un sens à ce qu'elle venait de dire. Il eut soudain très froid, puis très chaud. Il ne comprenait rien à ce qu'il lui arrivait.

— Quoi ? Désolé, je ne…

Il devait avoir l'air idiot, mais il était sous le choc et la tête lui tournait.

— Quand tu es parti et que tu ne m'as plus donné de nouvelles, j'ai pensé que tu m'avais laissé tomber. Et puis, je me suis rendu compte que j'étais enceinte. C'est à ce moment-là que j'ai téléphoné chez toi et qu'on m'a dit que tu étais mort.

— Hein ? Mais pourquoi ne l'as-tu pas dit à mon père ? Il ne t'aurait pas menti comme il l'a fait s'il avait su que…

Le visage d'Elise se crispa.

— Je le lui ai dit. Il a répondu qu'il s'en moquait, et il m'a priée de ne plus jamais le rappeler.

4

Elise vit Rohan se décomposer.

Il était clair que la révélation qu'elle venait de lui faire le bouleversait. Découvrir la trahison de son père semblait l'anéantir.

— Pourquoi a-t-il fait cela ? murmura-t-il. Mentir ainsi, renier son propre petit-fils ?

— Je ne sais pas, dit-elle doucement, prise de compassion. Mais tu disais toujours que ton père était un manipulateur.

Elle ne fut pas surprise de voir Baxter l'abandonner pour aller vers Rohan, cherchant sa main et quémandant des caresses.

Rohan se mit à lui gratter la tête distraitement.

— Là, ce n'est pas de la manipulation, mais de la cruauté, fit-il en haussant légèrement le ton.

Ils restèrent un moment silencieux. Puis Rohan cessa de caresser Baxter et la regarda avec attention.

— Un fils ?

Le ton émerveillé avec lequel il avait posé la question fut pour elle comme un baume.

— Oui. Il s'appelle Jeevan.

— Le prénom de mon grand-père !

— Je sais. Je l'ai choisi parce que je savais combien tu aimais ton grand-père. Je voulais que notre fils ait au moins ce lien avec ta famille, même si ce n'était pas grand-chose.

Rohan esquissa un sourire.

— Mon grand-père n'aimait pas son prénom parce que, dans

les films indiens, c'était celui d'un acteur qui tenait toujours le mauvais rôle.

— J'ai fait des recherches, et j'ai vu que cela signifiait « la vie ». Il m'a semblé que cela convenait parfaitement à la situation.

À l'époque, elle croyait Rohan mort, alors que la vie de son fils commençait tout juste. Cette symétrie l'avait frappée.

Soudain, Rohan se leva, et Baxter, surpris, fit un bond.

Rohan regardait autour de lui comme s'il s'attendait à voir Jeevan apparaître.

— Où est-il ?

— Il est parti en Indonésie, et sans doute est-il maintenant en route pour l'Australie. Il est ornithologue. Sa mission s'est achevée il y a deux jours, mais un ami l'a invité à passer Noël avec lui à Sydney.

— Ornithologue ? répéta Rohan en se rasseyant.

— Oui. Il m'a même laissé Titan, son perroquet, un gris d'Afrique plutôt encombrant. Il aurait transformé la maison en volière si je l'avais laissé faire. Mais je lui ai permis de garder cet oiseau. Titan était un sauvetage.

Rohan écoutait sans rien laisser paraître de ses pensées. Puis, de nouveau, il la regarda fixement.

— Est-ce parce qu'il n'est pas là que tu n'as rien prévu pour Noël cette année ?

Elle ne s'étonna pas de le voir si perspicace. Il l'avait toujours été.

— C'est la première fois que nous sommes séparés au moment de Noël, alors je ne me sens pas d'humeur très festive, avoua-t-elle.

— Moi, cela fait des années que je ne fête pas vraiment Noël. Depuis mon accident, à vrai dire.

Elle hocha la tête et détourna le regard, submergée soudain par toute la douleur qu'elle avait connue par le passé à cette époque de l'année.

— Ce n'est pas la période que je préfère, reconnut-elle. Aussi, d'une certaine façon, je me sens soulagée de ne pas avoir à sacrifier à la tradition.

Rohan ne dit rien pendant un moment.

— À cause de ce qu'il est arrivé avec moi ?

— En partie...

N'ayant aucune envie de parler de cela maintenant, elle chercha un moyen de faire dévier la conversation, mais Rohan ne lui en laissa pas le temps.

— Raconte-moi ce qu'il est arrivé après mon départ pour la Trinité.

Elle se souvenait parfaitement du désespoir qu'elle avait ressenti alors, mais des années s'étaient écoulées depuis et elle pouvait maintenant évoquer le passé sans que cela ne la fasse souffrir.

— Tu m'as téléphoné le soir de ton arrivée là-bas, et tu m'as dit que tu me rappellerais le lendemain. Comme ensuite je n'ai plus eu de nouvelles pendant deux jours, j'ai fini par téléphoner, mais chaque fois on me disait que tu n'étais pas là ou que tu n'étais pas disponible. J'ai alors pensé que tu m'avais laissée tomber. Tu avais dit que tu reviendrais avant Noël, mais tu ne t'es pas manifesté. Et c'est alors que...

Elle marqua une pause.

— ... que tu as découvert que tu étais enceinte, acheva-t-il pour elle.

Elise hocha la tête et prit une profonde inspiration.

— J'ai appelé de nouveau chez toi, et c'est là qu'on m'a dit que tu étais mort.

Les yeux de Rohan étincelèrent de colère.

— Je veux que tu saches que je ne t'ai jamais abandonnée. L'accident s'est produit le soir de mon arrivée. Mon cousin et moi, nous avons été percutés par une autre voiture. Mon cousin est mort sur le coup, et moi je suis resté deux mois à l'hôpital.

Il toucha les cicatrices qui marquaient son visage, puis il laissa retomber sa main.

— Je suis désolée, dit-elle d'un ton douloureux. Mais je suis heureuse que tu sois en vie.

Tout cela, c'était du passé. Il fallait maintenant s'occuper du présent et de l'avenir.

— Voudras-tu rencontrer Jeevan lorsqu'il reviendra au Canada ?

— Comment peux-tu poser la question ? s'écria-t-il. Je suis impatient de le connaître !

Puis il fronça les sourcils, l'air furieux.

— Mais je ne peux pas te le reprocher après la façon dont ma famille s'est comportée avec toi. C'est tellement horrible, tellement méprisable…

Sa voix faiblit brusquement. Il se leva et regarda autour de lui, le front en sueur et le visage terreux.

Elle se leva à son tour, s'approcha de lui et, lui saisissant le poignet, lui tâta le pouls.

Il était très rapide.

— Assieds-toi et respire à fond, ordonna-t-elle.

— Non, répondit-il d'une voix rauque. J'ai juste besoin de prendre l'air.

— Alors, emmène Baxter avec toi. Lui aussi a probablement envie de s'aérer.

Rohan enfila sa veste avec des gestes désordonnés.

— Bon, dit-il, la main sur la poignée de la porte. Nous serons de retour dans une minute. Allez, viens, Baxter.

Et tous deux sortirent dans le froid glacial du matin.

Cela faisait des années que Rohan n'avait pas eu de crise de panique de ce genre. Pas depuis qu'il était revenu au Canada. Son cœur battait à tout rompre, et sa peau était brûlante. Tandis qu'il marchait à grandes enjambées dans la neige, respirant à pleins poumons l'air glacé, il tournait et retournait dans sa tête les informations qu'Elise lui avait données.

Il aurait un fils qu'il n'avait jamais vu et dont il ne connaissait rien. Un enfant qui avait grandi en croyant que son père était mort, à cause d'un mensonge vieux de vingt-sept ans.

Il s'arrêta de marcher et secoua la tête.

Quelque chose dans la façon dont elle lui avait annoncé la nouvelle, l'expression qu'avait eue son regard, tout cela le convainquait qu'elle avait dit la vérité. Par ailleurs, si elle ne l'avait pas cru mort, pourquoi lui aurait-elle révélé aujourd'hui l'existence de leur fils au lieu de continuer à se taire ?

Il éprouvait un besoin urgent de savoir exactement ce qu'il s'était passé autrefois. La seule manière d'y parvenir était de prendre contact avec la seule personne susceptible de tout lui raconter.

Chandi.

S'il était parfaitement inutile d'interroger son père compte tenu de sa détérioration mentale, sa cousine, elle, pourrait probablement combler au moins quelques lacunes dans le récit de cette tragique histoire.

Il prit son téléphone et appela Chandi. Elle vivait en Floride avec son mari, et sans doute était-elle déjà réveillée. Mais si c'était son appel qui la réveillait, eh bien, tant pis, il s'en moquait parfaitement.

Elle décrocha à la seconde sonnerie.

— Rohan ! Joyeux Noël ! s'écria-t-elle d'une voix stridente. Que t'arrive-t-il, cousin ?

Il n'était pas d'humeur à tourner autour du pot.

— J'ai une question à te poser, dit-il sans préambule. Te souviens-tu d'une femme du nom d'Elise Van Hagan ?

Elle marqua une hésitation, et il sut aussitôt qu'elle savait de qui il parlait. Chandi n'était pas du genre à prendre le temps de réfléchir avant de parler et, si elle n'avait rien eu à cacher, elle lui aurait répondu immédiatement.

— Pourquoi me demandes-tu cela ?

— Est-ce que, oui ou non, tu te souviens d'elle, Chandi ? Réponds simplement à ma question.

Il était arrivé à la motoneige. Il s'assit en amazone sur la selle.

— Il est possible que je la connaisse, balbutia Chandi. Je

crois bien qu'il y avait dans mon dortoir une nana qui portait ce nom-là.

— Dans ton dortoir ? Tu l'as connue pendant tes études ?

— Je ne peux pas dire que je la connaissais vraiment. Elle avait deux ans de plus que moi et faisait médecine, il me semble. C'était une vraie bûcheuse, si j'ai bon souvenir. Mais cela remonte à des années. Pourquoi m'interroges-tu sur elle ?

— Je viens de la rencontrer, Chandi. Aujourd'hui même. Elle pensait que j'étais mort et que mon décès avait eu lieu il y a vingt-sept ans. Comment a-t-elle pu croire *cela* ?

Il l'entendit lâcher un juron.

Ses doigts se crispèrent si fort sur le téléphone qu'il en eut presque mal à la main.

— Dis-moi tout ce que tu sais, Chandi, ordonna-t-il d'une voix glaciale. Tu lui as dit que j'étais mort, n'est-ce pas ?

— Non, non ! C'est ton père qui le lui a dit. J'ai juste...

— Tu as juste fait quoi ?

Cette fois, il l'entendit prendre une profonde inspiration.

— Je lui ai juste confirmé la nouvelle lorsqu'elle m'a posé la question.

Saisi d'une rage folle, il se réjouit d'être séparé de sa cousine par des milliers de kilomètres, car il ne se sentait plus maître de ses actes.

— Dis-moi exactement comment tout cela est arrivé. Dans les moindres détails.

Chandi soupira.

— Nous étions quelques étudiants à sortir un soir, et nous avons demandé à Elise si elle voulait venir avec nous. Elle venait d'obtenir son diplôme avec mention, alors nous l'avons emmenée fêter cela.

— Et après ? Viens-en au fait.

— Bon, pour faire court, elle et toi êtes sortis ensemble ce soir-là. Tout ce que je sais, c'est que vous avez continué à vous voir, et ton père était furieux. D'après lui, tu ruinais ton avenir en laissant une gourgandine canadienne te détourner du droit chemin.

— Alors, papa était au courant.

— Oui. Et il était très en colère. Il voulait que tu rentres à la maison pour devenir fonctionnaire ou créer ta propre clinique vétérinaire et te faire beaucoup d'argent. Et toi, tu étais là à vadrouiller un peu partout avec Elise.

Rohan imaginait très bien son père en train de tempêter, agitant les mains dans tous les sens comme s'il voulait boxer quelqu'un. Il avait si souvent assisté à ce genre de scène qu'il n'avait aucun mal à se la représenter.

— Et ensuite ?

— Ensuite, tu es rentré début décembre, et tu as eu cet accident de voiture. Quand Elise a téléphoné pour avoir de tes nouvelles, ton père lui a dit que tu étais mort.

Le ton de sa cousine lui fit penser qu'il y avait autre chose.

— Ne me raconte pas d'histoire, Chandi. Je sais que tu ne me dis pas tout. S'il le faut, je suis prêt à sauter dans le prochain avion pour Miami pour te tirer les vers du nez.

— Rohan, cela s'est passé il y a si longtemps...

Fou de rage, il se leva d'un bond et se mit à marcher de long en large.

— Il y a si longtemps, oui, que j'ai droit de connaître la vérité ! s'exclama-t-il. C'est de ma vie qu'on est en train de parler, pas d'une fiction tirée d'un roman. De *ma vie* !

— D'accord, d'accord.

Elle se montrait conciliante, mais il y avait comme de la peur dans sa voix.

— Je n'étais pas sur place, reprit-elle, mais j'ai entendu dire que, dès que tu es rentré, tu as annoncé à ton père que tu voulais te marier avec Elise et rester vivre au Canada. Il s'est mis en colère, et vous vous êtes disputés. Alors, Sanjay est arrivé et il t'a emmené avec lui pour te donner le temps de te calmer.

— Et c'est là qu'une voiture nous est rentrée dedans.

— Oui.

— Et ensuite ?

— Tu as été hospitalisé, et ton père a dit à tout le monde que, si Elise téléphonait, il fallait lui répondre que tu n'étais pas là ou bien pas disponible. Je pense qu'il espérait ainsi l'amener à croire que tu l'avais laissé tomber et qu'elle finirait par renoncer à rappeler. Quand tu as repris conscience, on s'est rendu compte que tu avais perdu la mémoire de tout ce qui t'était arrivé au cours des derniers mois. Tu avais besoin d'une longue rééducation. Ton père ayant compris que tu ne retournerais pas au Canada, il a dit à Elise que tu étais mort.

Que serait-il arrivé s'il avait retrouvé la mémoire ?

Il se rappela alors comment son père l'avait pressé d'épouser Survana, dont la famille avait beaucoup de relations et une grosse fortune. Pour un homme de la génération de son père, le divorce était inenvisageable. Il avait sûrement pensé que si son fils était marié, même s'il retrouvait la mémoire, ce serait trop tard pour qu'il fasse quoi que ce soit.

Lorsqu'il était sorti du coma, Survana était à son chevet. Il s'était tellement habitué à l'avoir auprès de lui qu'il n'avait pas tardé à penser qu'ils formeraient un bon couple.

Mais ce n'avait pas été le cas. Survana avait attendu en vain le retour du « Rohan d'avant ». Leur vie était devenue intenable, sa femme ne supportant plus de le voir si froid avec elle. Personne ne méritait de vivre avec un homme comme lui. Il avait insisté pour qu'ils divorcent, sachant qu'elle serait plus heureuse sans lui.

— Voilà, conclut Chandi. Voilà toute l'histoire.

Il la sentit sur la défensive.

— Pas tout à fait. Tu ne m'as pas expliqué pourquoi tu avais servi le même mensonge à Elise. Dis-le-moi, Chandi.

— Parce que ton père m'a demandé de le faire ! répondit-elle enfin, d'une voix stridente. Il m'a promis de financer le reste de mes études si je le faisais. Ta famille était riche, et la mienne voulait que je rentre au pays pour terminer ma formation car cela leur coûterait moins cher. Je ne voulais pas être contrainte de renoncer à mes rêves, de me retrouver mariée à un type de Sangre Grande. Tu avais oublié cette fille, non ? Alors, quelle importance ?

Quelle *importance* ?

À cause de ce mensonge, il n'avait pas su qu'il était père. Qu'il avait un fils aujourd'hui âgé de vingt-six ans. Et ce mensonge l'avait aussi privé du bonheur d'être aimé et réconforté tandis qu'il luttait contre la mort. Car quelque chose lui disait qu'Elise se serait rendue à Trinité-et-Tobago pour être auprès de lui.

Mais il était inutile d'expliquer tout cela à Chandi : elle n'y attacherait aucune importance. Elle essayerait seulement encore de se justifier.

— Au moins, elle n'était pas enceinte, déclara-t-elle d'un ton chaleureux.

Il frissonna.

— Quoi ?

— Quand elle a quitté l'école, la rumeur a couru qu'elle était enceinte.

— En as-tu parlé à mon père ?

— Oui. Il m'a répondu de me mêler de ce qui me regardait et de ne plus jamais faire allusion à cette histoire...

Ulcéré, Rohan raccrocha sans même lui dire au revoir, comme pour tirer un trait définitif sur cette période de sa vie.

Baissant les yeux, il vit Baxter à ses pieds, l'air si soucieux qu'il ne put s'empêcher de le caresser.

— Tout va bien, Bax, murmura-t-il. Je vais bien. Enfin, j'espère que ça va aller.

Il se sentait plus calme, avec l'esprit plus clair.

Respirant à pleins poumons l'air frais de la montagne, il retourna à la clinique.

Il avait un fils qu'il allait bientôt rencontrer. Un adulte avec qui il pourrait créer un lien en dépit des mensonges et des secrets qui les avaient séparés durant toutes ces années.

Le simple fait de connaître l'existence de Jeevan lui procurait une joie indescriptible, même si cela réveillait aussi chez lui ses peurs les plus profondes.

Après son accident, tout le monde l'avait trouvé changé. Les gens ne pouvaient pas comprendre à quel point c'était dur pour lui de lutter contre les séquelles de son traumatisme crânien. Durant cette période, il lui avait été plus facile de mettre une certaine distance entre lui et les autres afin de ne pas se laisser submerger par les émotions. L'homme solitaire qu'il était devenu était né de ce besoin d'autoprotection.

D'une certaine façon, il allait devoir briser la carapace qu'il s'était construite s'il voulait nouer une bonne et solide relation avec son fils.

Avec un peu de chance, la fine et calme Elise Van Hagan saurait l'aider à y parvenir. Quelque chose en elle suscitait chez lui un intérêt tout particulier. Le genre d'intérêt qu'il n'aurait jamais cru éprouver pour personne, mais qui, semblait-il, était simplement enfoui au fond de lui-même.

Non pas qu'il ait l'intention de raviver la romance qu'ils avaient vécue autrefois. Même si elle caressait l'espoir de renouer avec lui – mais il n'avait aucune raison de penser que ce serait le cas –, il s'était depuis longtemps résolu à renoncer à connaître une vraie relation amoureuse. Tout ce qu'il voulait, c'était construire un lien avec son fils. Et pour cela, il voulait en apprendre le plus possible sur Jeevan avant de le rencontrer.

C'était tout ce qu'il attendait d'Elise, se dit-il en poussant la porte de la clinique.

Mais quand il la vit tourner vers lui un visage lumineux, il sentit de nouveau son cœur s'emballer. Cette fois, ce n'était pas l'anxiété qui accélérait son rythme cardiaque, mais une bouffée de désir.

— Jeevan rentre à la maison, dit-elle, le regard brillant. Il sera là pour Noël !

Deux heures plus tard, Elise attendait dans sa cuisine que Rohan revienne de Trail's End.

La route avait été dégagée, et il avait dit qu'il rentrerait dès qu'il pourrait laisser le husky qu'il avait opéré sous la surveillance des employés de Janice.

Maintenant qu'elle savait que Jeevan serait bientôt à la maison, Elise réfléchissait à tout ce qu'il y avait à faire. Elle avait reçu un autre message de l'ami de son fils, lui disant que Jeevan essayait de trouver un vol pour rentrer. Elle ignorait donc quand il arriverait exactement. Rohan et elle étaient tombés d'accord pour ne rien dire à leur fils avant qu'il ne soit là. Cela serait moins stressant pour lui que de passer son voyage à se demander ce qu'il allait trouver chez lui à son retour.

Elle était bien décidée à terminer tous les préparatifs de Noël avant l'arrivée de Jeevan mais, au lieu de se concentrer sur cette tâche, elle ne cessait de penser à Rohan.

Elle avait eu peur de sa réaction quand elle lui avait appris l'existence de Jeevan. Et la crise de panique à laquelle elle avait assisté ne l'avait pas rassurée.

Mais lorsqu'il était revenu à la clinique après sa promenade dans le froid et qu'elle lui avait annoncé que leur fils serait là dans quelques jours, il avait affiché un grand sourire. C'était la première fois de la journée qu'elle le voyait sourire. Il avait l'air aussi heureux et excité qu'elle.

— Seras-tu encore ici lorsqu'il arrivera ? avait-elle demandé. Tu pourrais rester fêter Noël avec nous.

Il n'avait pas hésité une seconde.

— J'en serais vraiment ravi !

— Je ne sais pas exactement quand il sera là. Le message que j'ai reçu venait de Moe, l'ami australien chez qui il était censé aller. Apparemment, la mère de ce garçon est tombée malade. Il a dit à Jeevan qu'il valait mieux qu'il renonce à le rejoindre, car il ne savait pas comment la situation allait évoluer. Jeevan essaye de trouver un billet de dernière minute pour rentrer au Canada, ce qui veut dire que son voyage risque d'être long et compliqué avant qu'il n'arrive à Vancouver.

Rohan s'était assis, souriant toujours.

— Peu importe le temps que cela lui prendra. Je suis si content de pouvoir le rencontrer plus tôt que prévu ! Mais je dois réserver une chambre à l'hôtel. J'ai dit à Janice que je repartais aujourd'hui, et demain elle attend l'arrivée d'un équipage de chiens de traîneau. Cela, plus le fait que Ben est à l'hôpital, lui donne déjà suffisamment de soucis, je ne veux pas être pour elle un problème de plus.

— À cette époque de l'année, trouver une chambre d'hôtel risque d'être difficile. Banff attire beaucoup de monde au moment de Noël. Pourquoi ne viendrais-tu pas chez moi ?

Il avait marqué une brève hésitation.

— Je ne voudrais pas m'imposer.

— Tu ne t'imposes pas du tout, avait-elle répondu d'un ton qui se voulait naturel.

Il l'avait regardée sans rien dire, et soudain il s'était décidé.

— Cela me plairait beaucoup. Merci.

Elle s'était sentie incroyablement soulagée qu'il accepte sa proposition, avant de trouver cette réaction ridicule.

— Parfait, avait-elle dit. Mais tu devras supporter Titan, le gris d'Afrique, qui pousse des cris horribles.

— J'ai l'habitude. Je possède un ara qui est très bavard, lui aussi.

— On dit que les chiens ne font pas des chats…

Il lui avait adressé un sourire qui avait accéléré les battements de son cœur.

Elle le retrouvait. C'était bien le Rohan qu'elle avait connu, avec son sourire irrésistible.

Elle lui avait souri en retour, puis avait pris son téléphone.

— J'ai là quelques photos de Jeevan, avait-elle dit. Mais, bien sûr, j'en ai beaucoup plus encore à la maison, où on le voit à tous les âges.

Elle lui avait tendu son téléphone. Il s'était mis à regarder attentivement toutes les photos, comme s'il voulait en voir les moindres détails.

— Il me ressemble, avait-il dit doucement.

— Oui, beaucoup. Ce sera à la fois étrange et merveilleux de vous voir l'un à côté de l'autre.

— Parle-moi de lui.

Elle avait cherché le meilleur moyen de lui décrire leur fils. Ce n'était pas facile de rester objective, mais elle avait senti que Rohan voudrait entendre la vérité.

— C'était un vrai chenapan quand il était petit. Un enfant assez difficile. Je me demandais toujours ce qu'il allait encore inventer comme bêtise ! Mais il pouvait aussi se montrer adorable, être un petit garçon calme et délicieux. Je me faisais du souci, me demandant ce qu'il allait devenir. Je le voyais faire du skateboard avec ses copains, mijotant avec eux quelque nouvelle sottise qui allait leur amener des ennuis, et, l'instant d'après, je le trouvais en larmes parce qu'il avait découvert dans le jardin un oiseau mort.

Elle avait marqué une pause et croisé le regard de Rohan. Puis, prenant une profonde inspiration, elle avait continué.

— Mais à mesure qu'il grandissait, j'ai compris que tout irait bien. C'est vraiment un bon garçon, et je l'apprécie autant que je l'aime. J'en suis heureuse, car je sais que tous les parents ne peuvent pas en dire autant à propos de leurs enfants.

Elle aurait pu ajouter autre chose.

Non seulement il ressemblait beaucoup physiquement à Rohan, mais elle retrouvait aussi chez lui beaucoup d'autres traits qui lui appartenaient. Sa démarche, sa facilité à établir des liens avec les gens par un simple sourire ou un mot bien choisi. En grandissant, Jeevan s'était mis à ressembler de plus en plus à son père, du moins au Rohan dont elle était tombée amoureuse. Elle s'en était réjouie, car Rohan était le type d'homme qu'elle avait envie que son fils devienne : gentil, prévenant, simple, mais aussi solide, toujours prêt à défendre une bonne cause.

Restait à voir ce qu'il restait de ce Rohan-là derrière le visage sévère et réservé qu'il affichait aujourd'hui.

À son retour de la clinique vétérinaire, Rohan la surprit encore en lui faisant cette proposition :

— Puisque tu disposes de peu de temps pour tes préparatifs de Noël, dis-moi ce que je peux faire pour t'aider.

— J'apprécie ton offre parce que, en effet, je n'ai encore rien de prêt, et j'ai aussi d'autres choses à faire.

— Alors, nous allons nous organiser. Je peux t'accompagner, si tu veux. J'ai confié à Nathan le husky que nous avons opéré ce matin. Il est convenu qu'il téléphonera s'il a besoin de moi.

— J'ai un rendez-vous à midi et demi. Ça ne durera pas longtemps, alors tu peux venir avec moi. Nous irons ensuite acheter un sapin de Noël. Et si cela te tente, tu m'aideras à le décorer.

Lorsque, un peu plus tard, elle monta dans le SUV de Rohan vêtue comme un lutin du Père Noël et suivie de Baxter arborant sur la tête de magnifiques bois de renne, elle vit que Rohan avait le plus grand mal à ne pas éclater de rire.

— Je dois me rendre à la maison de retraite avec Baxter, expliqua-t-elle.

— Pourquoi ?

— Après que Baxter et moi avons quitté l'équipe de sauvetage, j'ai décidé de l'entraîner en tant qu'animal de soutien affectif. Je ne voulais pas qu'il s'ennuie et qu'il prenne du poids à force de tourner en rond dans la maison.

— Ah, c'est pour cela que tu m'as demandé de l'emmener avec moi lorsque je suis sorti prendre l'air, tout à l'heure. Tu savais que j'étais… perturbé par la conversation que nous venions d'avoir.

Elle lui jeta un regard en biais.

Pourquoi n'appelait-il pas les choses par leur nom ? Pourquoi ne parlait-il pas de sa crise d'angoisse ? la voyait-il comme un signe de faiblesse ?

Ce n'était pas le moment de lui mettre la pression.

— C'est aussi pour cela que je l'ai pris dans la grange quand la chienne husky montait la garde auprès de Ben. J'ai pensé qu'il pourrait la calmer.

— Et tu avais raison. Ensuite, elle et Bax m'ont conduit jusqu'au chien blessé. Crois-tu qu'un husky puisse être entraîné pour devenir un chien de recherche et de sauvetage ?

Elle réfléchit un instant.

— D'habitude, on ne leur donne pas ce type de formation. Peut-être n'ont-ils pas les qualités requises pour cette tâche. Mais c'est une bonne question. Tom, le chef de l'équipe de sauveteurs, y répondrait mieux que moi.

— Dis-moi, comment as-tu été amenée à travailler avec eux ? Être urgentiste, ce n'était pas assez excitant pour toi ?

— Cela m'attirait déjà quand j'étais enfant. Je n'avais pas vraiment envie d'étudier la médecine, mais ma mère insistait. Lorsque je suis devenue médecin, j'ai voulu exercer là où il y avait de l'action. Le service des urgences m'a paru être le meilleur endroit pour moi.

Rohan émit un petit rire amusé.

— Ah bon, je vois, tu recherches les sensations fortes ?

— On peut dire ça comme ça, répondit-elle en souriant. J'avais toujours voulu travailler avec les sauveteurs, mais ma mère s'y opposait, jugeant que c'était un métier trop dangereux pour les femmes.

— Ai-je connu tes parents quand nous étions ensemble, toi et moi ?

Il avait posé la question d'un ton anodin, mais elle eut la nette impression qu'il cherchait à combler les lacunes de sa mémoire. Comment avait-il vécu cette épreuve après l'accident, alors qu'il n'avait autour de lui personne pour lui restituer les éléments perdus de son passé ?

— Non, tu n'as jamais rencontré personne de ma famille. À l'époque, mes parents étaient déjà décédés, et ma sœur vivait à Calgary, d'où est originaire ma famille maternelle.

— Y habite-t-elle toujours ?

— Non. Il y a quelques années, elle et son mari se sont installés en Colombie-Britannique… Ah, tourne ici !

Il mit son clignotant et prit le virage pour entrer dans Banff.

Le centre-ville grouillait de gens en train de faire leur shopping et de profiter de l'air vif en cette fin de matinée.

Ne voulant plus parler de sa famille, elle chercha un sujet de conversation moins douloureux.

— J'avais l'habitude d'amener Bax à la maison de retraite l'après-midi, mais les résidents ont demandé qu'il vienne plus tôt. Au début, j'ai cru que c'était parce qu'ils étaient moins fatigués qu'en fin de journée, puis j'ai compris qu'ils aimaient lui donner en douce quelques reliefs de leur déjeuner. Je dois les surveiller de près.

Rohan éclata de rire et, elle n'aurait su dire pourquoi, ce rire lui alla droit au cœur. Avait-il ri aussi spontanément une seule fois depuis ce matin ? Il lui semblait que non.

— Tu l'as entraîné à devenir un animal de soutien affectif afin qu'il ne prenne pas de poids, sans voir que ce nouveau job l'expose justement à ce risque !

— Eh oui, au temps pour ma perspicacité…

Elle lui indiqua l'entrée du parking de la maison de retraite. Tandis qu'elle rassemblait les paquets qu'elle avait apportés, Rohan libéra Baxter, puis lui tendit la laisse.

Ni l'un ni l'autre ne portaient de gants, et elle sentit un frisson la traverser lorsque leurs doigts se frôlèrent. Avant qu'elle ait eu le temps de s'interroger sur le sens de sa réaction, Rohan recouvrit sa main de la sienne.

— J'ai encore une question à te poser, et j'espère qu'elle ne t'ennuiera pas. Pourquoi as-tu quitté l'équipe de sauveteurs ? Je voudrais en connaître la vraie raison.

Libérant sa main, elle poussa la porte d'entrée.

— Oh ! ça, c'est une longue histoire, lança-t-elle par-dessus son épaule. Ce sera pour un autre jour.

Et si cela ne tenait qu'à elle, ce jour-là ne viendrait jamais.

Les résidents les accueillirent avec des cris de joie et de

bienvenue. Elle laissa Baxter aller de l'un à l'autre, et c'était à qui le couvrirait le plus de caresses. Elle remarqua que Rohan restait en retrait, observant la scène. Mais elle savait par expérience qu'aucun visiteur, ici, ne pouvait rester à l'écart bien longtemps.

— Qui est ce jeune homme ? demanda Mme Ferguson en lui adressant de loin un petit signe de la main. Venez, venez ! Il me rappelle beaucoup quelqu'un, mais je ne me souviens plus de qui il s'agit.

— Je trouve qu'il ressemble au fils d'Elise, dit Mme Durrant. Vous vous rappelez, Ada, qu'il est venu nous rendre visite avec elle ?

— Oh ! oui, répondit Mme Ferguson en examinant Rohan par-dessus ses lunettes. Vous avez raison.

— Si Rohan ressemble à Jeevan, c'est parce qu'il est son père, déclara Elise sans la moindre hésitation.

Elle était la première surprise de voir avec quelle facilité elle avait prononcé ces mots. Lorsque son regard croisa celui de Rohan, elle y lut l'étonnement et l'émerveillement, et elle en éprouva une sensation étrange, à la fois brûlante et sauvage. Une bouffée de désir qui l'obligea à détourner les yeux.

Elle se souvint alors, malgré le temps écoulé, qu'il lui suffisait à l'époque d'un regard ou d'une caresse de Rohan pour perdre la tête. Il avait été le seul homme à déclencher chez elle un désir aussi violent…

Non ! Ils n'iraient pas sur ce terrain-là. Ces retrouvailles dues au hasard n'avaient rien à voir avec l'histoire qu'ils avaient vécue autrefois, si ce n'est que la naissance de Jeevan en avait découlé. Ce qui importait, c'était de créer un lien entre le père et le fils, et elle refusait de permettre aux souvenirs du passé de venir brouiller les cartes.

Surtout ceux qui lui donnaient envie de se jeter dans les bras de Rohan pour recevoir ses caresses et ses baisers.

5

À sa grande surprise, Rohan appréciait beaucoup sa visite à la maison de retraite.

Voir Baxter aller d'un résident à l'autre en remuant la queue et se faire couvrir de baisers et de caresses était un vrai plaisir. Le chien remplissait sa mission, présentant à chacun les petits cadeaux contenus dans le panier qu'il tenait dans sa gueule.

À la fin, Rohan fut tout de même assez content d'échapper à l'interrogatoire en règle auquel le soumettaient les vieilles dames dévorées de curiosité. Ce fut donc avec un certain soulagement qu'il suivit Elise et Baxter dans la chambre d'un des résidents, cloué au lit depuis plusieurs semaines.

— M. Robson est tombé et s'est brisé la hanche, expliqua Elise. Comme pour beaucoup de patients atteints de démence sénile, son séjour à l'hôpital a aggravé son état mental. Maintenant, il ne parle plus, sauf quand il voit Baxter.

Cette histoire rappelait tellement à Rohan ce qu'il avait vécu lors de sa dernière visite à son père qu'il fut tenté de rester dans le couloir. Mais quand l'infirmière lui tint la porte pour le faire entrer dans la chambre, il fut trop tard pour reculer.

Malgré sa répugnance à se trouver confronté à une situation qu'il ne se sentait pas capable de gérer, il ne put s'empêcher d'être ému en voyant Baxter interagir avec le vieil homme. Lorsque M. Robson ouvrit les yeux et vit le chien à côté de son lit, son visage s'illumina, et il tendit une main tremblante vers l'animal. Aussitôt, Baxter vint loger sa tête sous la paume du vieillard afin que celui-ci puisse le caresser. Obéissant à un ordre d'Elise, il posa ses pattes avant sur la barrière de sécurité du lit et se trouva ainsi face à face avec le vieux patient.

— Oh ! mon beau chien ! murmura M.Robson, tu es un bon garçon, tu es revenu voir le vieux George. Je t'aime, tu sais, je t'aime.

Rohan avait toujours pensé que les animaux possédaient des qualités de guérisseurs, mais être le témoin de la mise en œuvre évidente de ce don l'émut profondément. Il sut que ce moment resterait longtemps gravé dans sa mémoire.

Il savait aussi qu'il n'oublierait jamais son émotion lorsque Elise l'avait présenté de façon très naturelle comme le père de son enfant. Il avait éprouvé alors une joie si grande que c'en était presque effrayant. En cet instant, Elise lui était apparue plus belle que jamais. Il avait même eu l'impression que quelque chose d'unique et de merveilleux s'était passé entre eux lorsque leurs regards s'étaient croisés...

Maintenant, il repoussait cette idée. Elise était belle, gentille et intelligente. Tout ce qu'un homme pouvait désirer. Mais lui n'avait rien à lui offrir en retour. Ses émotions étaient trop fluctuantes, presque impossibles à gérer. Il ne devait penser qu'à leur fils. En tant que parents, Elise et lui devaient faire en sorte que sa rencontre avec Jeevan se passe bien. Il n'y avait pas de place pour les complications que risquait d'apporter l'attirance croissante qu'il éprouvait pour la mère de leur enfant.

Après son accident, occupé qu'il était à tenter de survivre aux séquelles de son traumatisme crânien, il ne parvenait plus à s'attacher à quelqu'un en particulier ni à donner facilement de l'affection aux autres, et son entourage s'en était rendu compte. Les gens n'avaient cessé de dire qu'il avait beaucoup changé, qu'il n'était plus le jeune homme qu'ils avaient connu et aimé. On le trouvait froid, distant. Il ne riait plus, ne plaisantait plus. Elise avait sans doute gardé le souvenir du jeune homme qu'il avait été, et peut-être s'étonnait-elle de sa transformation. Il n'était pas pressé d'entendre à nouveau le genre de commentaire qu'il avait subi autrefois, surtout venant d'une femme à qui il était désormais lié à jamais.

Elise interrompit le cours de ses pensées alors qu'ils remontaient dans son SUV.

— Bon, allons acheter un sapin, et ensuite nous retournerons chez moi. J'avais envie de passer voir Ben à l'hôpital, s'il a le droit d'avoir des visites, mais je ne veux pas y aller vêtue comme ça.

— Mais ça ne te gêne pas d'acheter le sapin dans cette tenue ? dit-il, amusé.

— Le centre-ville de Banff ne pense qu'à fêter Noël. Personne ne fera attention à mon déguisement. Mais si le personnel de l'hôpital me voyait habillée en lutin, je sais que j'en entendrais parler pendant des années.

Rien d'étonnant à cela, se dit-il. Le costume d'Elise moulait à la perfection son corps athlétique, rendant incroyablement séduisante cette silhouette musclée adoucie par des courbes féminines qui appelaient les caresses. Une poitrine ronde, une taille encore fine, des hanches épanouies... Comment ne pas être excité en la voyant marcher devant lui à grandes enjambées, avec ce déhanché des plus suggestifs ? Ni ses chaussures pointues ni son extravagant bonnet ne parvenaient à la rendre moins désirable.

Il y avait foule au marché aux sapins, et il apprécia la rapidité avec laquelle Elise choisit son arbre.

— Nous allons dresser le sapin, dit-elle comme ils reprenaient la route, et ensuite nous couperons des branches pour décorer la maison avant de nous occuper de notre arbre de Noël. Ce soir, si tu es d'accord, il faudrait que je fasse quelques courses alimentaires, et aussi que j'achète des cadeaux. Nous pourrions ensuite passer à l'hôpital.

Il eut l'impression qu'elle récapitulait à haute voix une liste déjà établie.

— Cela me va parfaitement, dit-il en essayant de se détendre.

Alors qu'ils étaient arrêtés à un feu rouge, Elise ôta son bonnet de lutin. Voyant quelques mèches s'échapper de son chignon, il tendit la main sans réfléchir et les lui repoussa derrière l'oreille.

Elle ne dit rien mais lui lança un rapide coup d'œil. Il se maudit intérieurement d'avoir eu ce geste impulsif et bien trop intime. Il devait veiller à ce que cela ne se reproduise pas.

Sur la banquette arrière, Bax se mit à gémir. Elise se retourna.

— Du calme, mon chien, on sera bientôt à la maison.

Elle habitait dans un petit bungalow qui, avec toute la neige tombée pendant la nuit, semblait flotter sur une mer d'un blanc immaculé. Un côté avait été déblayé, et des chemins aménagés pour passer entre les congères. Elise le guida vers le garage, et il se gara juste à côté.

Une fois dans la maison, ils se rendirent dans la cuisine. Elise et Rohan se débarrassèrent de leurs chaussures pendant que le chien se précipitait vers son bol d'eau.

— Sers-toi un verre si tu veux, et installe-toi dans la salle de séjour, dit Elise en désignant la pièce sur laquelle s'ouvrait la cuisine. Je vais aller me changer.

Resté seul, il regarda autour de lui.

Sans surprise, il constata que tout était parfaitement rangé. Visiblement, Elise ne supportait pas le désordre.

— Bax ! Bax ! Viens voir maman ! fit une voix sonore.

Les cris du perroquet l'attirèrent dans la salle de séjour.

La première chose qu'il vit, ce fut le gris d'Afrique qui s'agitait dans sa cage. Puis, s'avançant dans la pièce, il découvrit qu'elle était remplie de photos. Il y en avait partout : sur les murs, les étagères, le manteau de la cheminée. Partout.

Il s'approcha pour les voir de près.

La plupart représentaient Jeevan dans diverses situations, et sur quelques-unes Elise était avec lui. Rohan avait devant lui une chronique racontant la vie de Jeevan depuis l'époque où on le voyait, bébé, jouer dans le sable au bord de la mer, jusqu'à celle où il posait en étudiant fraîchement diplômé.

Il y avait aussi une photo d'Elise dans son uniforme de

secouriste avec Baxter à côté d'elle. Et puis, sur le mur, Rohan se trouva face à face avec lui-même.

La photo avait été prise en automne comme en témoignait le feuillage orangé des arbres à l'arrière-plan du cliché. Il riait, la tête rejetée en arrière, le visage éclairé par le soleil.

La seule chose qu'il reconnut dans cette photo, c'était le foulard qu'il avait autour du cou. Il l'avait porté durant toutes ses études sans se soucier des taquineries que lui valait le tissu imprimé d'une multitude de faces hilares.

Il était touché de voir qu'Elise avait conservé cette image toutes ces années, mais c'était à ses yeux celle d'un inconnu.

— Qui étais-tu ? dit-il à voix haute.

Incapable de regarder plus longtemps la photo, il reporta son attention sur celles de Jeevan exposées dans la pièce, s'émerveillant à nouveau.

Il était père. Il avait un fils. Un fils qui portait le nom de *baba*, son grand-père adoré. *Baba* qui lui avait appris à être un homme, et un homme honnête.

« Ton père pense que le plus important dans la vie, c'est le prestige, mais il a tort. Et l'argent non plus n'est pas le plus important. Le plus important, c'est que tu fasses ce qui est juste, toujours, et que tu apportes de la joie aux autres. C'est de cette façon seulement que tu trouveras le bonheur », lui disait-il.

Se souvenir des conseils que lui donnait *baba* l'apaisa et le poussa à une décision : mettre tout en œuvre pour les suivre.

Il avait douté de sa capacité à aimer, à s'attacher sérieusement à quelqu'un, mais il était prêt à tout pour son fils. Prêt à se battre à mort avec quiconque essaierait de nouveau de les séparer.

Elise se tenait sur le pas de la porte, observant Rohan qui examinait les photos accrochées au mur.

Il n'avait pas remarqué sa présence, et elle s'en réjouissait. À cet instant, elle lisait facilement les émotions qui l'agitaient, comme s'il ne pouvait les exprimer que s'il se croyait seul.

En voyant le chagrin, la joie, la confusion, la tendresse qui se peignaient tour à tour sur son visage, elle était émue. Et troublée par l'attirance qu'elle éprouvait pour lui.

La présence de Rohan, même le Rohan d'aujourd'hui, si différent de celui qu'elle avait connu, la déstabilisait. Lorsqu'il lui avait frôlé la joue pour lui replacer une mèche folle derrière l'oreille, elle avait eu l'impression d'être replongée dans le passé, de redevenir la jeune étudiante pleine d'insouciance et brûlant de désir pour lui qu'elle avait été autrefois.

— Pourquoi tes cheveux ne tiennent-ils jamais en place ? lui avait-il dit un jour en lui remettant une mèche rebelle en place.

— Parce qu'ils sont fins et raides. Rien n'arrive à les retenir longtemps.

— Tu sais quoi ? J'adore qu'ils s'échappent ainsi dans tous les sens ! s'était-il écrié.

Elle avait feint d'être contrariée.

— Ah bon ? Et pourquoi ?

Il avait alors approché son visage tout près du sien.

— Parce que ça me donne une occasion de plus de te toucher !

Elle respira profondément.

Tout cela appartenait au passé. Elle n'était plus la jeune fille naïve d'autrefois. Et Rohan Khan n'était plus l'homme dont elle était tombée follement amoureuse. Tous deux avaient profondément changé au cours des années qui s'étaient écoulées depuis. Le mieux qu'ils pouvaient faire à présent, c'était d'essayer d'exercer leur coparentalité sans faire souffrir personne. Et surtout pas Jeevan.

Quand elle entra dans la salle de séjour, elle vit aussitôt le visage de Rohan perdre toute expression, ce qui la blessa plus que cela n'aurait dû.

— As-tu un support pour le sapin ? demanda-t-il comme si c'était ce qui importait le plus au monde.

— Je vais aller le chercher, répondit-elle en lui tournant le dos pour lui cacher combien elle était peinée.

— Veux-tu que je t'aide ?

— Non, pas pour l'instant.

Pourtant, pensa-t-elle après coup, grand comme il l'était, il lui aurait été bien utile pour descendre le support rangé sur l'étagère supérieure d'un placard.

Elle approcha une chaise et grimpa dessus.

— J'aurais pu le faire à ta place.

Perdue dans ses pensées, elle n'avait pas entendu Rohan arriver derrière elle. Surprise par le son de sa voix, elle sursauta et perdit l'équilibre.

Il la rattrapa et se courba au-dessus d'elle pour la protéger de l'avalanche de cartons et de rouleaux de papier qui tombaient sur eux.

— Est-ce que ça va ? demanda-t-il en se redressant lentement tout en la tenant toujours dans ses bras.

Elle songea qu'elle devrait bouger, se libérer de son étreinte, mais elle s'enivrait de son odeur et se sentit soudain frémir et s'embraser.

Comment pouvait-il avoir toujours la même odeur ?

— Elise ?

La voix de Rohan était froide et parfaitement maîtrisée.

Dieu, qu'elle était stupide de se perdre dans de lointains souvenirs qui semblaient appartenir à une autre vie !

— Tout va bien, balbutia-t-elle tandis qu'un frisson glacé la traversait. Le support du sapin est juste là. Heureusement qu'il ne nous est pas tombé sur la tête !

Mais s'il était tombé sur la sienne, peut-être cela lui aurait-il remis les idées en place, se dit-elle tandis que Rohan attrapait l'objet en question sans la moindre difficulté.

L'après-midi se déroula dans une excellente ambiance, beaucoup plus amusante que ce à quoi Elise s'était attendue.

Après avoir installé le sapin, ils remirent leurs vestes pour se rendre dans le petit bois voisin afin de couper des branches qui orneraient la maison.

— D'habitude, Jeevan et moi décorons la maison ensemble,

expliqua-t-elle à Rohan. Mais comme je ne sais pas quand il arrive, j'aimerais déjà accrocher des branches de sapin au-dessus des placards de la cuisine et sur le manteau de la cheminée. Il y a encore tant à faire que je ne sais pas si nous aurons le temps de nous y mettre aujourd'hui. Ça sera pour demain, sinon... Si tu es disponible, bien sûr, se hâta-t-elle d'ajouter.

Elle mesura soudain avec quelle facilité elle avait tenu pour acquis que Rohan serait dans les parages.

Il ne fallait pas qu'elle commence à raisonner de cette façon ! C'était hors de question !

— Oui, bien sûr, répondit Rohan d'un ton tranquille. À part faire un saut à Trail's End pour m'assurer que le husky que nous avons opéré va bien, je n'ai rien de spécial à faire.

Tandis qu'ils coupaient des branches qu'ils entassaient sur le traîneau, ils continuèrent de bavarder.

— Alors, dit Rohan, Jeevan est ornithologue. Pourquoi n'a-t-il pas choisi la médecine vétérinaire ?

Elle éclata de rire.

— Pendant un moment, il a hésité entre les deux. Mais les oiseaux l'ont toujours fasciné, je n'ai jamais bien compris pourquoi. C'était chez lui une véritable obsession. Je savais toujours quoi lui offrir pour lui faire plaisir.

— Il n'a jamais été tenté par les soins à dispenser aux êtres humains ?

— Non, jamais. Il a fait des stages à l'hôpital en tant que bénévole, et il a détesté devoir rester enfermé toute la journée. Et il se plaignait d'avoir affaire à beaucoup trop de « vieillards grincheux ».

Ce qui fit rire Rohan.

— Je le comprends ! Même si je soigne maintenant surtout des petits animaux de compagnie, je préfère aller dans les fermes ou dans les ranchs. Il y a quelques semaines, j'ai aidé à la mise bas dans un élevage d'alpagas. J'avoue que j'aurais préféré que cela se passe en été mais, au moins, ça m'a sorti de ma clinique.

— Moi, j'adore travailler aux urgences à cause de l'animation qui y règne, et le fait qu'on ne sait jamais ce qu'il va se passer.

— C'est que tu as l'esprit et le tempérament faits pour cela.

Sa remarque la surprit.

— Que veux-tu dire ?

— Tout le monde n'est pas capable de garder son calme dans une situation de stress. Il faut avoir l'esprit ouvert, envisager toutes les possibilités pour établir rapidement un diagnostic. D'après ce que j'ai vu aujourd'hui, tu possèdes pleinement ces deux qualités. Elles ont dû aussi beaucoup te servir quand tu travaillais en tant que secouriste.

— J'imagine, répondit-elle, ridiculement flattée par son ton convaincu.

— Est-ce que ça ne te manque pas ? Je veux dire, ce travail-là ?

— Quelquefois, c'est vrai, l'esprit de camaraderie existant au sein de l'équipe de sauveteurs et le fait de porter secours à des gens en difficulté me manquent. Mais il y a aussi des choses que je préférerais oublier et dont le souvenir ne me quitte malheureusement pas.

Rohan ajouta sur le traîneau les branches qu'il venait de couper puis se tourna vers elle.

— De quelles choses parles-tu ?

Ne la trouverait-il pas lâche s'il savait ce qu'il s'était passé ? Elle aurait voulu se taire, abandonner ce sujet, mais une petite voix intérieure lui conseillait de tout dire, d'essayer de se débarrasser une fois pour toutes de cette peur.

— Nous étions à la recherche d'un skieur qui avait disparu en faisant du hors piste. Il y avait un risque d'avalanche, mais l'équipe ne peut pas se permettre d'en tenir compte lorsqu'il s'agit de retrouver quelqu'un.

Elle marqua une pause et respira profondément.

— Bax et moi avons été pris dans une avalanche et ensevelis sous la neige. Bax était blessé, mais il a réussi malgré tout à me sortir de là.

— Mon Dieu, Elise...

Rohan fit un pas vers elle et s'arrêta.

— Je suis désolé. Tu as dû être terrifiée.

— Oui, sur le moment. Et même plusieurs mois après, je le suis toujours. Ce matin encore, en passant dans le tunnel, j'ai revécu tout cela en entendant le grondement de la neige qui tombait du toit de la grange… Il n'y a pas place pour l'erreur ou la peur quand on effectue une opération de sauvetage, j'aurais été un danger pour l'équipe. Alors, je suis partie.

— Voudrais-tu y retourner ?

— Je ne sais pas. Parfois, j'en ai envie, mais j'ai trop peur pour prendre ce risque. Pourtant, j'ai l'impression d'avoir renoncé à quelque chose que j'étais fière et heureuse de faire, et ça, c'est presque pire que la peur.

Il fronça les sourcils.

— Je pense qu'il te faut décider de ce qui est le plus important pour toi : la peur, ou l'envie de la surmonter. Tu es la seule à pouvoir faire ce choix.

— Tu as raison. Mais pour l'instant, je ne me sens pas assez forte pour prendre une telle décision.

— Accorde-toi du temps.

En entendant ces mots, quelque chose se libéra en elle, comme si elle avait dû attendre qu'on lui donne ce conseil pour pouvoir se détendre. Et le sentiment de culpabilité et de manque qu'elle éprouvait d'habitude quand elle parlait de cela lui sembla plus léger, d'une certaine façon plus supportable.

Lorsqu'elle jugea qu'ils avaient coupé suffisamment de branches et pouvaient regagner la maison, elle trouva le courage de poser une question qui l'avait taraudée toute la journée.

— Est-ce que ton père vit toujours ?

— Oui, mais il est atteint de démence.

— Je suis désolée.

Rohan haussa les épaules.

— Cela a commencé il y a déjà plusieurs années. Au début, la maladie progressait lentement. Et puis, il a eu plusieurs attaques cérébrales, et son état s'est aggravé. Il ne parle plus et bouge à peine.

— Je suis désolée, répéta-t-elle, incapable de trouver autre chose à dire.

Rohan lui jeta un regard en biais.

— C'est gentil à toi de le dire, compte tenu de ce qu'il t'a fait subir.

— Quoi qu'il ait pu faire et quelles qu'aient été ses raisons, il ne mérite pas de finir ses jours ainsi.

— Je sais.

Il y avait dans la voix de Rohan un mélange de tristesse et de colère qui donna à Elise l'envie de lui changer les idées.

— Veux-tu assister à une scène vraiment ridicule ? demanda-t-elle.

Il tourna vers elle un regard interrogateur.

— Bien sûr.

Elle se pencha vers le sol et prit dans sa main un peu de neige.

— Bax est un chien très intelligent, mais il perd la tête dès qu'on lui lance une boule de neige.

Lorsque Baxter la vit pétrir la neige, il se mit à s'agiter en aboyant, courant partout et bondissant, visiblement ravi de ce qui l'attendait.

— Allez, Bax, va chercher !

Elle jeta la boule de neige devant elle, et Baxter sauta pour l'attraper. Il la saisit au vol, mordit dedans, et la boule se désintégra aussitôt. Le chien, déçu, entreprit de la chercher. Pendant qu'il tournait en rond et reniflait le sol, Elise prépara une autre boule de neige.

— Bax, regarde !

Devant son air surpris lorsqu'il vit dans la main de sa maîtresse ce que, de toute évidence, il croyait être la boule qu'il cherchait, elle éclata de rire – elle ne se lassait jamais de ce spectacle.

— Il réagit toujours comme cela, dit-elle. Il ne comprend pas ce qu'il se passe.

Elle fut heureuse d'entendre Rohan émettre une sorte de petit grognement amusé.

En voyant Baxter se comporter de la même façon avec la deuxième boule de neige, Rohan, cette fois, éclata de rire franchement. Encouragée par la vue de son visage hilare, elle lança sa troisième boule de neige sur lui au lieu de l'envoyer à Baxter. Cela déclencha aussitôt entre eux une vraie bataille de boules de neige, avec Baxter qui courait de l'un à l'autre en aboyant, faisant des bonds et des cabrioles dans la neige.

C'était le moment de détente dont tous deux avaient besoin. Ils riaient encore lorsqu'ils rangèrent le traîneau dans le garage.

Pourtant, elle aurait presque préféré ne pas avoir vu chez Rohan cette facette qui lui rappelait le Rohan d'autrefois, éveillant en elle le désir nostalgique de quelque chose qui n'existait plus.

Même si Rohan riait, il ne pouvait pas se débarrasser du malaise qui l'avait saisi lorsqu'il avait parlé de son père.

Il restait tant de questions sans réponse concernant leur relation, et les raisons qui avaient poussé le vieil homme à se comporter comme il l'avait fait...

Il avait eu l'intention de s'asseoir un jour près de lui, peut-être avec un verre de rhum à la main, afin de parler du passé. Il aurait posé les questions auxquelles son père aurait certainement refusé de répondre autrefois. Des questions dont il aurait aimé discuter maintenant d'homme à homme, et non plus comme un fils face à son père.

Bien sûr, cela n'arriverait jamais. Et avec le modèle paternel qu'il avait eu sous les yeux, il se demandait quel genre de père il serait lui-même. La peur de ne pas savoir comment créer un lien avec son fils le tenaillait.

Une fois dans la maison, ils suspendirent des branchages dans la salle de séjour et les ornèrent de guirlandes lumineuses, sous le regard de Titan qui faisait force commentaires.

Alors qu'ils disposaient d'autres branches au-dessus des placards de la cuisine, Elise dit :

— Tu es bien silencieux.

Il descendit de l'escabeau et recula de quelques pas pour contempler son œuvre.

— Je me demandais simplement comment nous allions nous entendre, Jeevan et moi.

Il avait essayé de prendre un ton léger, mais elle ne fut pas dupe, car elle lui posa doucement la main sur le bras et l'enveloppa d'un regard compatissant.

— Je crois que vous allez très bien vous entendre. Tu es son père, c'est vrai, mais ce ne sera pas comme si tu allais rencontrer un enfant. Vous êtes l'un et l'autre des adultes, et des hommes de qualité. Étant donné la situation, peut-être cela vous prendra-t-il un peu de temps pour trouver un terrain d'entente, mais je pense que vous y arriverez.

— As-tu une relation d'adulte à adulte avec lui ?

Elle esquissa un petit sourire triste.

— Pour le moment, c'est un peu difficile pour moi, car j'ai toujours été seule pour l'élever et exercer l'autorité parentale. Lorsqu'il est parti à l'université, j'ai dû commencer à mettre en sourdine mon rôle de parent et le laisser choisir ce qu'il voulait faire.

Elle soupira, le regard vague.

— On croit qu'il existe un moment précis où les parents cessent de traiter leur enfant comme un enfant et acceptent d'avoir affaire à un adulte, mais ce n'est pas vrai. Jeevan sera toujours mon bébé, même si je dois me tenir à la bonne distance et ne pas trop m'immiscer dans sa vie.

Il secoua la tête.

— Étant donné mon vécu, je me sens mal placé pour connaître la façon dont le lien se noue entre un père et son fils. Et je suis devenu de moins en moins sociable au fil des années. J'aimerais trouver le comportement qui convient avec lui, mais je ne sais pas très bien comment m'y prendre.

Il avait d'autres sujets de préoccupation, notamment certaines séquelles de son accident dont il lui semblait qu'il ne parviendrait jamais à se débarrasser.

Même s'il avait conservé en grande partie sa mémoire et se rappelait tout ce qu'il avait appris durant ses études, tout comme il se souvenait de sa famille et de ses amis, son traumatisme crânien avait eu une conséquence plus grave encore que l'amnésie touchant les mois qui avaient précédé l'accident : il ne pouvait se souvenir d'aucune des émotions qu'il avait pu vivre avant le moment où il s'était réveillé à l'hôpital. Il était incapable de se rappeler ce qu'il avait ressenti lors des événements marquants de sa vie. Du coup, de manière générale, il ignorait ce que c'était que d'être aimé, et il lui était difficile d'éprouver une émotion.

Certes, il lui était arrivé de ressentir quelque chose – de la colère par exemple, ou du chagrin quand sa mère était morte –, mais il restait toujours à une certaine distance, comme si son amnésie dressait une barrière entre lui et le reste du monde.

Elise lui pressa le bras, compréhensive.

— Tu t'es retrouvé dans une situation inimaginable, et il te faut un peu de temps pour comprendre tout cela. Sois indulgent avec toi. Je suis sûre que tout se passera bien.

Il appréciait son air confiant, mais n'était-elle pas en train de le confondre avec ce jeune homme qu'il avait été et qui n'existait plus aujourd'hui ?

Il éprouva soudain une sensation qu'il connaissait bien : le besoin urgent de s'échapper, comme chaque fois qu'il était question de sa jeunesse.

Le réflexe qu'il avait pris de se soustraire à ce genre de conversation l'avait conduit à mener une vie solitaire, mais il ne pouvait plus agir ainsi, maintenant qu'il allait rencontrer son enfant… et passer un peu de temps avec la femme qui lui avait fait ce cadeau inattendu et merveilleux.

Cependant, il se sentit obligé de dire ce qu'il pensait.

— Je ne suis pas l'homme que tu as connu il y a vingt-sept ans. J'ai changé et, aux yeux de la plupart des gens, pas en bien.

Elise haussa les sourcils, puis esquissa un sourire.

— Si tu étais resté le même après toutes ces années, tu souffrirais d'un sérieux retard de croissance. Tout le monde change dans la vie, mais je peux affirmer que les belles qualités que tu avais quand je t'ai connu sont toujours là. Si ça n'avait pas été le cas, je ne t'aurais pas parlé de Jeevan.

Ces mots déclenchèrent en lui une vague de chaleur. Il n'aurait su donner un nom à cette sensation, mais Elise dut s'apercevoir de son trouble, car elle ouvrit de grands yeux.

Il ne put s'empêcher de remarquer la courbe douce de ses lèvres et le petit bout de langue qui apparut lorsqu'elle la passa sur sa lèvre inférieure.

Avait-il bougé, ou était-ce elle ? Ils s'étaient rapprochés au point qu'il sentait son souffle chaud contre sa bouche.

Il tenta de résister à l'envie folle de l'embrasser.

— Il ne peut rien en sortir de bon, grommela-t-il.

Il n'avait pas eu l'intention de prononcer cela à haute voix, mais Elise hocha imperceptiblement la tête.

— Tu as raison, murmura-t-elle.

Mais cela avait-il de l'importance, alors qu'il l'avait déjà saisie par la taille et qu'elle s'agrippait à ses bras ?

— Elise...

Il avait prévu d'ajouter : « On ne peut pas », mais sa voix se coinça dans sa gorge.

La sonnerie d'un téléphone posé sur la table les figea sur place. Simultanément, ils firent un pas en arrière et, avant qu'Elise ne se détourne, il entrevit ses joues cramoisies.

Elle attrapa son téléphone pour lire le message.

— Jeevan est à Hong Kong, dit-elle. Il a raté son avion, mais il espère trouver bientôt un autre vol.

Rohan laissa échapper un soupir, luttant pour se ressaisir.

Il ferait mieux de s'éloigner pour tenter de comprendre ce qu'il venait de se passer entre eux.

Il s'éclaircit la gorge.

— Je vais faire un saut à Trail's End voir comment va le husky.

Elise hocha la tête, le regard clair, comme si elle ne voyait pas les doutes et le désir qui tourbillonnaient en lui.

— Et moi, je mets le dîner en route, dit-elle. Ce sera prêt quand tu reviendras.

— Parfait, dit-il en enfilant sa veste. Si tu veux, on ira faire les courses après le dîner.

— D'accord, dit-elle en lui adressant un petit sourire, avant d'ouvrir le réfrigérateur.

Alors qu'il se dirigeait vers sa voiture, il fut frappé par le ton intime de cet échange domestique.

C'était une conversation de couple. Et ça sonnait tellement juste.

6

Elise n’arrivait pas à croire qu’elle avait été tout près d’embrasser Rohan. Chaque fois qu’elle y pensait, elle avait le frisson et sentait le désir la submerger.

D’habitude, accomplir des tâches domestiques suffisait à l’apaiser, mais ce soir elle ne parvenait pas à retrouver son calme. Tout en préparant le dîner, elle ne pouvait s’empêcher de revivre mentalement ces moments exaltants.

Cette journée avait été pleine d’émotions, de révélations et de coups de théâtre, et Rohan l’attirait toujours autant.

Elle avait découvert qu’il avait conservé beaucoup des qualités qu’elle avait aimées chez lui quand il était jeune. Son calme, sa compassion, l’attention qu’il portait à ses paroles et à ses réactions. À plusieurs reprises, il l’avait surprise par la pertinence de ses questions.

Mais le plus important, à ses yeux, c’était de voir combien il tenait à rencontrer Jeevan et à faire en sorte qu’une belle relation se noue entre eux.

Qu’il montre une telle ardeur à créer ce lien avec leur fils était pour elle une grande joie et augurait bien de l’avenir. En revanche, laisser libre cours à l’attirance qui les poussait l’un vers l’autre pourrait être catastrophique. Une fois leur désir satisfait, le fait d’avoir couché ensemble créerait à coup sûr un malaise.

Tout en faisant réchauffer la fricassée de poulet qu’elle avait cuisinée et congelée la semaine précédente, elle ne cessait d'y penser, le cœur serré.

Rohan avait eu l'air gêné, presque choqué, quand ils avaient failli s'embrasser. Mais elle avait vu aussi combien il la désirait. Elle avait reconnu ce regard, même après toutes ces années, et il avait eu sur elle le même effet qu'autrefois.

Après avoir baissé le feu sous la cocotte, elle décida d'aller prendre une douche pour se détendre après cette journée riche en émotions.

Cela fait, elle vérifia la cuisson de son plat puis se rendit dans la chambre d'amis pour préparer le lit de Rohan.

Il semblait bizarre de considérer cet homme comme un étranger. C'était pourtant l'impression qu'elle avait, confrontée à cette situation complètement folle.

Ils se retrouvaient après presque trente ans, leur histoire s'inscrivant entre deux accidents – l'un qui les avait séparés, l'autre qui les réunissait. Mais il ne s'agissait pas vraiment d'une réunion. Plutôt l'effet d'un heureux hasard qui permettrait à son fils de rencontrer enfin son père. Cela seul était important. Le reste ne comptait pas.

Le plat étant prêt, elle jugea qu'il était temps de préparer la salade. En ouvrant le réfrigérateur, elle contempla la photo de Jeevan fixée sur la porte, les larmes aux yeux.

Il lui manquait tant ! Depuis son départ, elle n'avait cessé de s'inquiéter. Et maintenant, que ressentirait-il en découvrant que son père était bien vivant ?

Quand il était enfant, elle avait craint qu'il ne souffre de la perte de son père, mais il lui avait toujours juré que tout allait bien. À l'adolescence, il lui avait donné du fil à retordre, et elle s'était dit que la présence d'une solide figure paternelle, ou même une simple influence masculine exercée au quotidien, aurait pu calmer son caractère impulsif.

Lorsqu'ils vivaient à Calgary, ils avaient auprès d'eux Ray, son beau-frère, mais depuis qu'ils s'étaient installés à Banff – Jeevan avait alors quatorze ans –, ils s'étaient retrouvés tous les deux en tête à tête. Comment allait-il réagir en voyant Rohan entrer dans leur vie et en apprenant les raisons de son absence durant toutes ces années ?

Il faudrait attendre son retour pour le savoir, mais elle ne pouvait s'empêcher d'être inquiète.

Alors qu'elle coupait un concombre, son téléphone sonna.

C'était Rohan.

Avait-il changé d'avis après qu'ils avaient failli s'embrasser ? Appelait-il pour dire qu'il préférait ne pas loger chez elle ?

— Tout va bien ? demanda-t-elle.

— Oui, ça va, mais je voulais t'avertir que j'aurai un peu de retard.

— À cause du husky ?

— Celui que nous avons opéré ce matin se porte bien, mais la femelle, elle, pose des problèmes. Elle se montre très agitée. Nathan pensait que c'était parce que le mâle lui manquait, alors il l'a emmenée le voir un moment, mais ça n'a rien arrangé. Elle ne s'est calmée que lorsque je suis arrivé et que je l'ai sortie du chenil. Je vais rester un peu avec elle pour voir si cela suffira à la rassurer et à l'empêcher d'aboyer toute la nuit.

— Tu n'as qu'à l'amener ici. Peut-être que la compagnie de Bax lui fera du bien.

Il y eut un petit silence.

— Elle n'est pas habituée à vivre dans une maison, Elise.

— Prends avec toi des tapis absorbants, et les deux chiens passeront la nuit ensemble dans la cuisine. Je ne suis pas une petite violette délicate qui risque de s'évanouir en découvrant au petit matin que la cuisine est en chantier.

Elle l'entendit émettre un drôle de petit rire.

— Tu es sûre ?

— Absolument.

— Eh bien, d'accord. Je serai là dans quelques minutes, alors.

— Et, je t'en prie, donne-lui un nom. Comment veux-tu qu'elle nous obéisse si elle ne sait pas que c'est à elle que nous nous adressons ?

Cette fois, Rohan rit franchement avant de raccrocher.

En l'entendant rire, elle sentit ses jambes devenir molles.

Pourquoi se laissait-elle troubler ainsi ? Et envahir par des pensées qu'elle s'était promis de ne pas avoir ? Comme si faire l'amour avec lui pouvait être aussi magique qu'autrefois. Évoquer le souvenir du plaisir qu'ils avaient partagé étant jeunes suffit à l'embraser.

Durant leurs quelques mois ensemble, ils avaient passé des heures à explorer leur sexualité. Ni l'un ni l'autre n'étaient vierges, mais Rohan disait qu'il n'avait jamais eu autant de plaisir qu'avec elle, et elle avait reconnu qu'il en était de même pour elle. Un simple baiser les transportait.

Mais Rohan n'avait plus aucun souvenir de cette période. Dans un sens, elle préférait cela. Grâce à cette amnésie, il ne pouvait pas comparer la femme qu'elle était devenue avec la jeune fille qu'elle était autrefois. Il ne pouvait pas juger des changements physiques et émotionnels qui s'étaient opérés en elle au fil du temps.

La fille fougueuse qu'elle avait été avait disparu au profit d'une femme qui savait se contrôler. C'était à cette image de femme raisonnable qu'elle devait s'accrocher aujourd'hui pour résister à ses pulsions érotiques incongrues.

Malgré ses bonnes résolutions, elle sentit son cœur s'emballer en entendant la voiture de Rohan arriver.

La femelle husky regimba quand ils voulurent la faire entrer dans la maison. Ce fut Baxter qui réussit à la convaincre. Une fois à l'intérieur, elle alla s'allonger tranquillement à côté de lui.

— Tu vois, je t'avais dit que Bax pourrait nous aider, dit Elise en posant le dîner sur la table. As-tu décidé du nom que tu allais donner à cette chienne ?

— Non, pas encore, répondit Rohan en lui présentant une chaise avant de s'asseoir à son tour. D'habitude, nous laissons ce soin aux familles d'accueil ou aux gens qui veulent adopter l'animal.

— Eh bien, je trouve ça idiot. Cette chienne a besoin d'être rééduquée, ce qui veut dire aussi qu'elle doit apprendre à bien se comporter, à obéir aux ordres qu'on lui donne et à se socialiser. Je ne vois pas comment ce serait possible si elle n'a pas un nom auquel répondre. Je vais l'appeler Phoebe.

Rohan sourit et attaqua le contenu de son assiette.

— Cela sent merveilleusement bon, dit-il.

— La fricassée de poulet est l'un des plats préférés de Jeevan, commenta-t-elle.

— Peut-être as-tu eu la prémonition qu'il serait là pour Noël ? dit-il, le regard rieur.

Elle secoua la tête.

— Non, j'étais sûre que ce ne serait pas le cas. Il était tellement excité à l'idée d'aller en Australie et de voir tous ces oiseaux. Quand je lui ai demandé s'il se rendrait à la Grande Barrière de corail et s'il visiterait Sydney pour découvrir son opéra et Bondi Beach, il m'a répondu que c'était peu probable. Son ami avait organisé des expéditions dans le bush pour aller observer les oiseaux.

— Il faudra que je lui parle. J'ai entendu dire que Bondi Beach est un site extraordinaire pour qui s'intéresse aux oiseaux.

— Ooh…

Elle le regarda et comprit qu'il plaisantait.

— Ne va pas exercer une mauvaise influence sur lui, dit-elle.

— Quoi ? rétorqua-t-il en tentant de prendre un air innocent. Il aime les oiseaux.

Elle lui donna une petite tape sur la main.

— Fais gaffe à toi, mon ami !

Tout en mangeant et en échangeant des plaisanteries avec Elise, Rohan ne pouvait s'empêcher de l'observer : la façon dont elle bougeait, le dessin de ses lèvres, ses mains à la fois fortes et délicates. Et son visage expressif le fascinait.

Alors qu'ils finissaient de dîner, il retint un bâillement, et Elise lui lança un regard plein de compréhension.

— La journée a été longue. Je crois que nous ferions bien de remettre les courses à demain. Veux-tu prendre une douche avant d'aller te coucher ?

— Il est trop tôt pour me mettre au lit. Si j'y vais maintenant, je me réveillerai à 3 heures du matin ! Mais je me doucherai volontiers. Et puis, j'aimerais bien regarder les photos de Jeevan.

— Bien sûr, dit-elle avec un grand sourire.

Elle semblait heureuse qu'il veuille voir ces photos. Ne voyait-elle donc pas à quel point c'était important pour lui ?

Mais comment pourrait-elle comprendre ? Jeevan avait vécu avec elle depuis le jour de sa naissance. Un lien d'amour profond, noué au fil du temps, les unissait. Mais pour lui, après toutes ces années perdues, la chance de pouvoir enfin connaître et aimer son enfant apparaissait comme un véritable cadeau.

Après la douche, il se sentit beaucoup mieux.

Elise était dans la salle de séjour, une pile d'albums de photos à côté d'elle. Elle avait allumé les guirlandes lumineuses qu'ils avaient installées dans l'après-midi.

Á quoi ressemblerait le sapin lorsqu'elle l'aurait décoré ? Y accrocherait-elle des babioles multicolores, des petites figurines insignifiantes datant de l'enfance de Jeevan ? Ou bien choisirait-elle d'orner l'arbre avec sobriété et élégance, veillant à harmoniser les couleurs ?

Il penchait pour la première hypothèse car, derrière sa façade de femme solide et raisonnable, elle lui paraissait sentimentale.

Il alla s'asseoir près d'elle sur le canapé.

— J'avais l'habitude de ranger mes photos dans des albums, et j'ai continué à le faire même après la révolution numérique. Mais j'ai des centaines d'autres photos dans mon ordinateur.

Elle lui posa les albums sur les genoux.

— Tu trouveras la date indiquée au dos de chaque album. Je pense qu'ils sont rangés en ordre chronologique, mais tu vérifieras. Je vais sortir les chiens, ajouta-t-elle en se levant du canapé.

— Merci.

S'il était déçu qu'elle ne reste pas près de lui pendant qu'il regarderait les photos, il se sentait tout de même très excité en ouvrant le premier album.

Celui-ci était consacré à la naissance de Jeevan, et il comportait des empreintes de sa main et de son pied.

En les découvrant, il se sentit profondément déstabilisé.

Ce qu'il avait cru n'être qu'un moyen d'en apprendre un peu plus sur son fils se révélait une expérience bouleversante. Il était si ému qu'il fut tenté de refermer l'album et de sortir de la pièce, mais il parvint à se dominer.

Durant des années, il s'était cru incapable de ressentir des émotions, alors qu'il était peut-être simplement effrayé à l'idée de ressentir quelque chose. Regarder ces photos lui faisait mal, mais cela pouvait peut-être aussi le guérir.

Alors il se força à se pencher de nouveau sur l'album et à regarder ces petites mains et pieds minuscules qu'il n'avait jamais vus. Ces orteils qu'il n'avait jamais embrassés. Ces paumes qu'il n'avait jamais lavées.

Il brûlait d'envie de remonter le temps, de vivre tous ces moments perdus. D'être là pour donner le biberon de minuit. Pour bercer Jeevan afin de l'endormir. Et même pour lui changer sa couche.

Elise avait dû faire tout cela seule, assurer sans lui toutes les responsabilités parentales, et c'était pour lui un véritable déchirement.

Pendant un long moment, il ne put faire un geste, puis il se força à passer à une autre page.

Sur la photo suivante, il vit Elise, toute jeune, l'air débraillée, qui tenait contre sa poitrine un Jeevan nouveau-né tournant le dos au photographe. Le bébé avait beaucoup de cheveux, aussi noirs que les siens, et montrait sur sa nuque de petites boucles rebelles, tout comme lui. Cette particularité faisait le désespoir des coiffeurs. Rohan se souvenait avoir entendu l'un d'eux s'exclamer amèrement :

— Comment peut-on avoir un épi sur la nuque ?

Qu'avaient-ils d'autre en commun ? La forme de leurs doigts ou de leurs orteils ? Un goût prononcé pour le sucré ou pour les produits de la mer ? Il voulait tout savoir, même si chaque révélation, chaque découverte, lui déchirerait le cœur.

Il inspira profondément et se remit à tourner les pages.

Il prenait son temps, examinant chaque photo avec soin, notant les changements qui apparaissaient à mesure que Jeevan grandissait.

Une chose, pourtant, ne variait pas : l'amour qui se lisait dans les yeux d'Elise quand elle regardait leur enfant.

D'autres personnes apparaissaient sur les photos, mais c'était à peine s'il leur jetait un coup d'œil. Les seules qui l'intéressaient, c'étaient son fils et la femme qui lui avait donné la vie.

— Alors, comment ça se passe ?

Perdu dans ses pensées, il n'avait pas entendu Elise revenir. Il battit des paupières pour mieux la voir et se rendit compte que c'étaient des larmes qui lui embuaient les yeux. Il avait pleuré en feuilletant cet album, qui lui montrait tout ce qu'il avait manqué. Tout ce qu'il avait à jamais perdu.

— Oh non, Rohan, ne pleure pas !

Elle était déjà là, près de lui, le serrant dans ses bras.

Il pouvait se laisser aller à présent, car il savait qu'elle ne le laisserait pas tomber.

— Tout va bien. Tout va bien.

Elise ne trouvait rien d'autre à dire à l'homme qui tremblait dans ses bras. Elle ne savait pas comment le réconforter. Il pleurait en silence, les tremblements de son corps exprimant tout son chagrin.

Elle était consciente que rien ne pourrait vraiment le consoler d'avoir manqué tant de choses durant ces années. Regarder les photos lui avait fait prendre conscience qu'il ne rattraperait jamais ces moments de vie perdus. Il resterait à jamais privé des expériences qu'elle-même avait connues.

Elle se rappelait encore ce qu'elle ressentait quand elle tenait Jeevan tout bébé dans ses bras. Elle se souvenait de son poids, de son odeur. Elle se souvenait aussi de ses batailles avec Jeevan devenu adolescent. À cette époque, elle lui reprochait sa façon de s'habiller, ses mauvaises notes scolaires, ses amis peu fréquentables, les cigarettes qu'il fumait en cachette – heureusement, il n'avait pas pris goût au tabac. Une fois, même, elle avait trouvé un serpent dans sa chambre...

Pour rien au monde elle ne voudrait changer quoi que ce soit à ces souvenirs, même s'il y avait certains épisodes qu'elle ne souhaitait pas revivre.

Elle comprenait que Rohan aurait donné n'importe quoi pour avoir vécu tous ces moments-là, et que cette impossibilité lui causait un immense chagrin. Aucune parole n'était en mesure d'alléger sa peine. Tout ce qu'elle pouvait faire, c'était rester auprès de lui et attendre qu'il surmonte cette épreuve.

D'une certaine manière, elle aussi était passée par là. Elle conservait une gratitude immense envers sa sœur Emma, qui l'avait soutenue lorsqu'elle avait pleuré la mort de Rohan. Emma l'avait accompagnée durant cette période de deuil, l'encourageant à se tourner vers l'avenir au lieu de songer au passé. Elle pouvait en faire autant maintenant pour Rohan.

— Tu ne peux pas retourner en arrière, Rohan. Pense à tout ce que tu as devant toi. Je sais, ça fait mal de mesurer tout ce que tu as manqué, mais c'est le moment de prendre un nouveau départ, de construire une relation avec Jeevan et d'être heureux.

Il leva la tête.

En voyant ses yeux rougis et ses longs cils noirs trempés de larmes, elle eut le cœur serré. Il était si proche qu'elle pouvait voir nettement les cicatrices qui marquaient son visage. Pour la première fois, elle nota que l'une d'elles se trouvait tout près de l'œil.

Sans réfléchir, elle la toucha, remerciant le ciel que la blessure ne soit pas allée plus loin. C'était un vrai miracle que Rohan ne soit pas devenu aveugle.

— Est-ce que nous nous aimions autrefois, Elise ?

Elle soupira.

Dire la vérité n'était pas facile, mais c'était le seul moyen de l'aider à aller de l'avant.

— Oui, on s'aimait. Énormément, même si j'étais trop effrayée pour me laisser aller complètement. Tu voulais qu'on vive ensemble, et nous faisions des projets d'avenir. Tu avais décidé d'attendre de savoir où je ferais mon internat pour te chercher un job, car tu préférais que j'aille où je le souhaitais plutôt que ce soit moi qui te suive.

Rohan ne la quittait pas des yeux, et elle soutint son regard, afin qu'il sache qu'elle était prête à lui dire tout ce qu'il voulait savoir.

— Est-ce que la naissance de Jeevan était programmée ? Je veux dire, nous sommes tous deux médecins. Ce n'est pas comme si nous ignorions comment on fait un bébé.

Elle sourit et secoua la tête.

— Non, ce n'était pas prévu, mais nous n'avons rien fait non plus pour l'éviter. Quand nous étions en canoë dans Algonquin Park, un de nos sacs de voyage est tombé à l'eau. Mes pilules contraceptives étaient dedans. Nous savions tous les deux à quoi nous nous exposions, mais pour autant nous n'avons pris aucune précaution par la suite.

Elle s'en était rendu compte plus tard, c'était un signe qu'elle avait commencé à admettre qu'elle l'aimait. Mais elle n'avait pas eu le temps de le lui dire, ce qui avait encore accru son chagrin par la suite.

Rohan resta un moment les yeux baissés. Lorsqu'il releva la tête, son regard exprimait une profonde tristesse.

— J'aimerais pouvoir me rappeler tout cela. J'aurais tant voulu être là pour toi et pour Jeevan. Ça me donne un énorme sentiment de culpabilité.

Elle lui caressa la joue, comme autrefois.

— Je comprends. Mais il ne sert à rien de se noyer dans les regrets. Tourne-toi plutôt vers l'avenir.

D'un geste impulsif, Rohan lui saisit la main et lui embrassa l'intérieur du poignet.

Elle retint son souffle, troublée par cette douce sensation qui lui était si douloureusement familière.

Lorsqu'il se redressa, son regard était devenu sombre, enveloppant, comme si lui aussi se rappelait le passé, même si elle savait que ce n'était pas le cas. Il se rapprocha d'elle et posa ses lèvres sur les siennes avec une grande délicatesse, sans la moindre injonction qui aurait pu l'effrayer et la pousser à résister.

Ce baiser ressemblait plutôt à un tendre hommage, à la fois interrogateur et plein d'une subtile séduction. La bouche de Rohan était chaude et ferme, si excitante qu'elle sentit le désir monter en elle. Elle eut l'impression de glisser dans l'un des rêves qu'elle faisait encore de temps en temps, où ils étaient réunis, riaient et faisaient l'amour avec la passion d'autrefois.

L'envie d'être encore à lui ne serait-ce qu'une nuit était trop violente pour qu'elle résiste à la tentation. Alors, au lieu de s'écarter, elle lui passa les bras autour du cou et l'attira à elle afin de l'embrasser plus profondément.

Il n'avait aucun moyen de savoir à quel point ils avaient été heureux ensemble. Il ne savait rien du plaisir qu'ils se donnaient, ni de la merveilleuse entente physique qui avait été la leur. Elle ignorait comment il allait réagir. Il pouvait la repousser, s'il jugeait qu'elle allait trop loin…

Mais il n'en fit rien. Et elle fut au comble du bonheur lorsqu'il lui rendit son baiser avec encore plus d'ardeur.

Juste encore un baiser. Un baiser de plus, et c'était tout.

Mais Rohan savait qu'il se mentait à lui-même, car il n'avait aucune envie d'arrêter. Jamais.

Il embrassait Elise avec toujours plus de fièvre.

Sa bouche était si douce. Elle avait si bon goût. Un goût nouveau pour lui, mais qui l'enivrait plus sûrement qu'un rhum de douze ans d'âge.

Avoir le corps d'Elise collé au sien lui procurait une sensation presque trop sublime pour être réelle. Ils s'accordaient parfaitement bien, s'emboîtant comme s'ils étaient faits l'un pour l'autre. Pour faire l'amour.

Il changea de position et, vaguement conscient que les albums glissaient de ses genoux, amena Elise à s'asseoir à califourchon sur ses cuisses. Elle obéit d'un mouvement souple, sans la moindre hésitation, et lorsqu'elle le chevaucha, il grogna de plaisir. Malgré leurs vêtements, il sentait la pointe de ses seins contre sa poitrine, et le contact de son entrejambe contre son érection acheva de lui faire perdre la tête.

Ils continuaient de s'embrasser, mêlant leurs lèvres et leurs langues.

Il ignorait jusqu'où Elise voulait aller. Tout ce qu'il savait, c'était qu'il était prêt à lui faire l'amour, aussi longtemps qu'elle le voudrait.

Lorsqu'il promena les lèvres sur son cou, elle renversa la tête en arrière, lui offrant sa gorge. Il n'hésita pas à satisfaire sa requête silencieuse.

Au contact de ses lèvres sur sa peau, elle poussa un gémissement sourd et frissonna de plaisir.

Tout en lui caressant le dos, il rêvait de la déshabiller mais n'osait rien faire qui puisse la pousser à battre en retraite.

Soudain, elle se redressa, si brusquement qu'il en fut surpris et craignit un instant qu'elle ne veuille s'enfuir. Mais elle attrapa le bord de son sweater et, d'un geste rapide, le passa par-dessus sa tête avant de le jeter par terre.

Figé sur place, il braqua le regard sur ses seins ronds qui jaillissaient d'un soutien-gorge en dentelle, les pointes saillant de façon bien visible sous le tissu fin.

Comme il commençait à suivre du doigt la courbe d'un sein, elle se mit à haleter doucement, parcourue de frissons. Il glissa la main sous la dentelle et, lorsqu'il toucha l'aréole, Elise fut agitée de tremblements tandis que sa peau devenait brûlante.

Transporté, il répéta ses caresses sur l'autre sein.

Le contraste de sa peau foncée avec celle plus claire d'Elise était sublime, comme la douceur du sein palpitant sous son doigt.

Le désir qui les poussait l'un vers l'autre ne cessait de s'intensifier. Il s'enhardit à la débarrasser de son soutien-gorge et perdit le souffle à la vue de son buste dénudé.

Il aurait voulu lui dire combien il la trouvait belle, combien il avait envie d'elle, mais aucun son ne sortait de sa bouche. La violence de son désir l'empêchait de parler.

Le chevauchant toujours, Elise se mit à rouler des hanches. Il invoqua son nom en grognant de plaisir et, lorsqu'elle tendit son buste vers lui en un mouvement d'offrande, il prit l'un des mamelons dans sa bouche et se sut perdu.

Comme elle lui relevait la tête pour l'embrasser, il sentit, pendant qu'ils échangeaient un baiser fiévreux, les mains d'Elise se glisser dans son dos et soulever le bord de sa chemise. De toute évidence, elle ne voulait plus aucune barrière entre eux.

Mais lorsqu'elle mit fin à leur baiser pour lui enlever sa chemise, la peur le saisit.

Son corps n'était plus celui qu'elle avait connu autrefois. Il était couvert de cicatrices, marqué par l'accident et par les opérations chirurgicales destinées à le réparer. Jusqu'à présent, il ne s'en était pas soucié mais, maintenant, il éprouvait une telle gêne qu'il avait envie de rester habillé pour qu'Elise ne voie pas combien il avait changé.

— Elise...

Trop tard. Elle détaillait déjà son corps d'un œil attentif, promenant les mains sur son ventre, sa poitrine, ses épaules. Elle caressait chaque boursouflure, chaque marque et chaque cicatrice, suivant du bout des doigts le tracé de ses blessures comme elle l'avait fait sur son visage.

Lorsque leurs regards se croisèrent, elle dut voir la honte et la peur qui le paralysaient, car elle sourit.

— Tu es toujours très beau. Et j'ai envie de toi.

Descendant de ses genoux, elle se dressa devant lui, les mains tendues.

L'impression de vivre un rêve le poussa à oublier toute prudence. Il se leva et saisit les mains d'Elise.

L'entraînant dans le couloir, elle le fit entrer dans une chambre imprégnée de son parfum.

Un tas de questions l'assaillait.

Était-elle en proie à une nostalgie qui lui faisait oublier le présent ? Le comparerait-elle à l'homme qu'il était autrefois ? Allait-elle regretter ce moment d'abandon impulsif ? Demain, lui demanderait-elle de partir, se rendant compte qu'ils avaient eu tort de laisser parler leur désir au lieu de se montrer raisonnables et de ne songer qu'à leur fils ?

Il essaya de trouver les mots pour lui demander si elle voulait vraiment aller plus loin avec lui. Mais elle se blottit dans ses bras, et il cessa de penser à tout ce qui n'était pas son corps accueillant.

7

Au fond d'elle, Elise était consciente qu'elle ne devait pas se laisser aller à ses fantasmes, mais comment résister à l'envie de faire l'amour encore une fois avec Rohan ?

Jamais elle n'avait essayé de l'oublier avec un autre durant toutes ces années, sentant que ce serait trahir ce qu'ils avaient partagé, et une insulte envers lui et leur fils.

Il lui arrivait parfois de rêver de lui la nuit. Au réveil, elle avait le cœur serré et elle était habitée par un sentiment de frustration qui ne la quittait pas de la journée.

Maintenant encore, elle avait du mal à croire qu'il était vivant et qu'elle pouvait le serrer dans ses bras. Même la vue des cicatrices ne parvenait pas à la ramener à la réalité. Ces marques ne faisaient que la remplir de tendresse. Elle trouvait plus simple de penser que tout était le fruit de son imagination. Vivre ce moment comme si c'était un rêve lui facilitait les choses. Elle pouvait se montrer hardie, ne rien cacher de ses envies à Rohan, lui dire ce qu'elle voulait.

Cela lui permettait aussi d'oublier ses interrogations et ses doutes. Peut-être ce moment ne se renouvellerait-il jamais, et elle avait l'intention d'en profiter pleinement.

Elle alluma la lampe de la table de chevet car elle voulait voir Rohan autant que le toucher. Il se tenait là, l'air abasourdi mais le regard brûlant – un regard qu'elle connaissait bien et qui s'intensifia lorsqu'elle ôta le reste de ses vêtements.

Elle s'allongea sur le lit.

— Tu ne te déshabilles pas ? dit-elle.

Il ne répondit pas mais commença à se dévêtir sans la quitter des yeux un instant. Lorsqu'il fut complètement nu, elle lui tendit les bras. Sans hésiter, il la rejoignit et l'étreignit de toutes ses forces.

Elle se serra contre lui, l'emprisonnant entre ses bras et ses jambes, presque au bord des larmes d'être ainsi peau contre peau avec lui, à s'enivrer de son odeur. Sous l'effet de l'excitation, elle se mit à trembler.

Ils s'embrassèrent et, pour elle, ce fut comme si toutes les années passées sans lui n'avaient jamais eu lieu. Les sensations qu'elle éprouvait en cet instant lui étaient si familières qu'elle crut être revenue à l'époque où ils s'étaient tant aimés. Elle oublia tout de la douleur et de la frustration qu'elle avait connues pour se concentrer uniquement sur le moment présent et le souvenir des temps heureux.

Malgré les années écoulées, elle savait où et comment le caresser pour le faire gémir de plaisir. Et tandis que, bras et jambes entremêlés, ils roulaient sur le lit, elle trouva le point sensible, situé tout près de la hanche.

Ses caresses déclenchèrent chez Rohan une réaction immédiate. Abandonnant toute réserve, il utilisa ses mains et sa bouche pour explorer son corps dans ses moindres recoins, l'amenant à perdre le contrôle d'elle-même.

Submergée par le plaisir, elle s'entendit supplier, crier et réclamer, encore et encore, jusqu'au moment où l'orgasme survint, la plongeant dans une extase presque insupportable.

Rohan la garda dans ses bras jusqu'à ce qu'elle cesse de trembler, puis il lui releva doucement le menton pour la regarder droit dans les yeux.

— Merci, dit-il.

Et avant qu'elle n'ait eu le temps de lui demander pourquoi, il l'embrassa, faisant renaître en elle le désir.

Cette fois, elle voulut prendre l'initiative.

Lorsqu'ils étaient jeunes, Rohan adorait la laisser faire, et il semblait que, de ce côté-là, rien n'avait changé. Il ne protesta pas lorsqu'elle le fit rouler sur le dos et commença à pratiquer sur lui sa propre technique de torture amoureuse.

Il finit par la tirer doucement par les cheveux.

— Si tu continues, je ne vais plus pouvoir me contrôler, dit-il d'une voix enrouée.

Elle sourit et se remit à le couvrir de baisers, heureuse de le voir frissonner de plaisir. Puis elle le chevaucha, observant ses joues s'empourprer et la tension évidente de ses muscles.

Son visage et son corps avaient changé – ils avaient vieilli et étaient couverts de cicatrices –, mais c'était toujours Rohan, son amant.

Son amour.

À cet instant, elle décida de le considérer comme tel, même si elle savait qu'il lui faudrait faire face à la réalité le lendemain matin et s'adapter.

Cette nuit lui appartenait. Il n'était plus question de Jeevan, ni même de Rohan. C'était sa nuit à elle. Sa dernière chance de se sentir jeune et amoureuse, comme la dernière fois où ils avaient fait l'amour ensemble.

Elle ondula au-dessus de lui et le laissa la pénétrer profondément. Enivrée par une sensation indicible, elle s'abandonna à la passion, ne songeant qu'au plaisir qui l'inondait.

Oui, cette nuit lui appartenait. En cet instant, il n'y avait de place que pour l'amour et l'ivresse des sens. Il lui en resterait un délicieux souvenir qu'elle garderait précieusement dans sa mémoire, avec ceux des mois passés avec Rohan alors qu'ils étaient jeunes.

Mais après avoir fait l'amour, elle sentit venir la tristesse. Alors, elle s'écarta de la chaleur de ses bras, craignant de s'habituer trop vite au confort qu'elle y trouvait.

Allongé à côté d'Elise, les yeux grands ouverts, Rohan l'écoutait respirer de plus en plus profondément tandis que le sommeil la gagnait.

Est-ce que le fait qu'elle lui tournait le dos préfigurait ce qui allait se passer entre eux ?

Il n'en serait pas autrement surpris. Après ce qu'elle avait vécu aujourd'hui – découvrir qu'il était vivant et le voir revenir dans sa vie –, il était compréhensible qu'elle ait eu l'impulsion de coucher avec lui sous l'effet du choc émotionnel. Cependant, ils venaient de faire l'amour d'une façon plus belle et plus déchirante que tout ce qu'il avait connu auparavant. La serrer dans ses bras lui avait paru la chose la plus naturelle du monde. La caresser avait éveillé chez lui des élans de tendresse et une attention qu'il avait ignoré posséder. Même si cela ne lui avait évoqué aucun souvenir, il avait eu l'impression de retrouver des sensations à la fois familières et confortables. Il avait perdu la mémoire de ce qu'il avait vécu avec Elise autrefois, mais son corps, lui, semblait s'en souvenir.

Une fois de plus, il songea à tout ce qu'il avait perdu. À toutes ces années qu'il aurait pu passer avec cette belle et merveilleuse femme. Et avec leur fils. Sa vie, il en était sûr, aurait été bien plus riche et plus satisfaisante que celle qu'il avait eue. Et ce constat le mettait en colère.

Mais à quoi bon se lamenter sur le passé alors qu'il n'y pouvait rien changer ? Il devait accepter cette nuit d'amour comme un cadeau qui ne se renouvellerait probablement jamais. Sans doute était-ce préférable. Entretenir avec Elise une relation autre que celle que leur imposait leur rôle de parents risquait de l'exposer à un type de souffrance qu'il ne voulait pas connaître – l'angoisse de la décevoir, de ne pas être l'homme qu'elle croyait ou qu'elle espérait qu'il soit.

En proie à une angoisse grandissante, il se glissa hors du lit et, attrapant ses vêtements, quitta la chambre.

Une fois rhabillé, il se dirigea vers la cuisine. Lorsqu'il entra dans la pièce, les deux chiens levèrent la tête. Le voyant marcher vers la porte de derrière, ils le suivirent.

Il fit une pause dans le couloir pour enfiler sa veste et ses bottes. Avant de sortir, il se demanda s'il devait tenir la femelle husky en laisse, mais il décida de la laisser en liberté, supposant qu'elle ne chercherait pas à s'éloigner de Baxter.

L'air glacial lui pinça les joues, et il prit conscience qu'il n'était pas vêtu aussi chaudement qu'il aurait fallu, mais son besoin d'être dehors était presque vital. Cette nuit d'hiver correspondait à son état d'esprit et calmait son anxiété.

Il savait avec certitude que cette nuit passée avec Elise serait sans lendemain. Il ne pouvait pas se permettre de prolonger cette relation amoureuse avec elle, car cela risquerait de nuire au lien qu'il voulait établir avec Jeevan.

Après son accident, il s'était cru incapable de s'attacher à qui que ce soit. Tout le monde disait qu'il avait beaucoup changé. Comment pourrait-il aimer, alors qu'il semblait ne rien pouvoir ressentir profondément ?

Cependant, les révélations de la journée avaient mis à mal cette théorie. Il n'était plus qu'un torrent d'émotions, et la perspective de rencontrer bientôt son fils provoquait chez lui autant de plaisir que de peur. Il était conscient de tout ce qu'il avait déjà perdu dans sa vie, et il refusait de s'exposer au risque de perdre encore davantage.

Il ne devait songer qu'à Jeevan mais, s'il voulait tenter d'être un bon père, il devait commencer par ne pas causer de peine ni de déception à la mère de son fils…

Se rappelant combien son père était devenu de plus en plus autoritaire au fil des années tandis que sa mère s'éteignait jusqu'à n'être plus qu'une ombre silencieuse brimée par un mari tyrannique, il sentit son estomac se nouer.

Il savait qu'il n'était pas comme son père, mais il existe mille façons de faire du mal et de blesser ceux qui nous sont proches.

Il secoua la tête, essayant de ne songer qu'à l'avenir.

Elise méritait mieux que lui, mais, pour Jeevan, il devait

trouver le moyen de devenir le meilleur possible en tant qu'homme afin de ne pas détruire la seule chance qu'il avait de nouer une belle relation avec son fils.

Il appela les chiens et rentra à l'intérieur avec eux. Après s'être débarrassé de sa veste et de ses bottes, il retourna dans la salle de séjour et se replongea dans les albums photo.

Le lendemain matin, avant-veille de Noël, Elise se réveilla de bonne heure, l'esprit trop confus pour se remettre en tête la liste des choses à faire dans la journée.

Elle savait qu'elle devait se lever, vu le nombre de tâches qui l'attendaient, mais elle traîna encore un moment au lit, se demandant pourquoi tout lui semblait si étrange.

Elle avait de nouveau rêvé de Rohan qui lui faisait l'amour. Sauf que, au lieu de se réveiller frustrée et seule, elle se sentait cette fois heureuse et comblée.

C'était absolument merveilleux.

Son cœur se mit à battre plus vite lorsqu'elle se souvint qu'il ne s'agissait pas d'un rêve : non seulement Rohan était vivant, mais il était ici, à Banff, et dans son lit.

Ou, du moins, il y avait été.

En voyant qu'il n'était plus là, elle poussa un soupir de déception.

Tendant la main, elle constata que les draps étaient froids. Cela faisait donc un bon moment qu'il l'avait quittée. Quand était-il parti ?

Quelle importance, au fond ? Elle ne devait plus penser à la nuit fantastique qu'elle avait passée avec lui. Il était temps à présent qu'elle se ressaisisse et ne songe plus qu'à son devoir de mère – sa priorité.

Tout ce qui comptait maintenant, c'était de révéler la vérité à Jeevan et de faire en sorte que son père et lui puissent nouer une belle relation. Cela impliquait qu'elle reste en retrait et se tienne à l'écart de l'un comme de l'autre afin de leur laisser la marge de manœuvre dont ils avaient besoin pour établir ce lien.

Elle n'avait pas la naïveté de croire que cela se ferait facilement, dès leur première rencontre. Il s'était déjà produit un premier miracle de Noël. Elle ne devait pas se montrer trop gourmande et espérer qu'il s'en produise un second.

Et puis, les préparatifs de Noël l'attendaient, se dit-elle en sautant du lit. Elle était bien décidée à ne rien changer aux festivités traditionnelles.

Sauf que, cette fois, Rohan serait là lui aussi.

C'était si incroyable que, prise d'un étourdissement soudain, elle se laissa retomber sur le lit.

Il y avait des années, il lui avait promis d'être de retour pour Noël. Et il n'était pas venu. Le cœur brisé, accablée à l'idée de ne plus jamais le revoir, elle s'était isolée, n'acceptant que la compagnie de sa sœur et de ses parents. Et puis, Jeevan était né. Il lui avait donné une raison de vivre et la force de continuer, mais, pour elle, Noël n'avait plus jamais été pareil. Elle s'était forcée à le fêter chaque année afin que Jeevan puisse en rêver comme tous les autres enfants. Mais, en ce qui la concernait, le cœur n'y était pas. Son seul réconfort était de voir le regard émerveillé de Jeevan et d'entendre son rire et ses cris de joie devant le sapin illuminé et les cadeaux attendant d'être ouverts.

En grandissant, il avait conservé le même attachement aux traditions de Noël. Il tenait à le fêter avec elle, à la maison.

Maintenant, après toutes ces années, Rohan avait réapparu, et elle devait accepter l'idée que, désormais, rien ne serait plus pareil.

D'une certaine façon, elle aurait préféré pouvoir lui reprocher sa désertion, lui rétorquer que revenir trop tard ne valait plus la peine. Mais Rohan, bien loin d'être fautif, était une victime. Découvrir qu'il avait un fils dont il avait si longtemps ignoré l'existence était pour lui une épreuve douloureuse. Elle l'avait vu dans ses yeux et à l'expression de son visage lorsqu'il regardait les photos. Elle avait su alors qu'elle ne ferait jamais rien qui puisse le blesser encore davantage. Comme, par exemple, donner à Jeevan une raison de ne pas l'aimer.

Elle savait son fils très protecteur à son égard. Si Jeevan pensait que Rohan entretenait une relation avec elle sans prendre cela au sérieux, nul doute qu'il lui en voudrait.

Mais pourquoi Rohan prendrait-il les choses au sérieux ?

Certes, leur entente sexuelle était exceptionnelle, mais il n'avait pas pour elle l'attachement qu'elle avait pour lui. Il ne gardait aucun souvenir de leur liaison d'autrefois ni de la passion qu'ils éprouvaient alors l'un pour l'autre.

Car cela n'avait pas été seulement une question de sexe entre eux, mais une entente immédiate, profonde, du cœur et de l'âme, même si elle avait dû le perdre pour s'en rendre compte. Elle se souvenait de tout ce qu'ils avaient partagé, tous les deux. Elle ne s'en souvenait que trop bien. Mais elle ne pouvait pas s'engager dans une nouvelle relation avec lui, sachant qu'elle serait la seule capable de faire revivre un amour aussi profond que celui qu'ils avaient connu.

Le mieux était de s'en tenir à une relation amicale, simple et légère, même si la nuit torride qu'ils venaient de passer ensemble avait montré que l'attirance qu'ils éprouvaient l'un pour l'autre était toujours là.

Sa décision prise, elle quitta son lit pour de bon, essayant d'ignorer le trouble sensuel où la plongeait l'odeur de Rohan qui imprégnait les draps.

Elle entra dans la salle de bains et vit par la fenêtre Rohan qui longeait l'allée, suivi de Baxter et de Phoebe. Pendant un moment, elle s'offrit le luxe de l'épier, se rappelant chaque instant de la nuit érotique fabuleuse qu'elle avait connue dans ses bras.

Soudain, Phoebe marqua un temps d'arrêt, la tête penchée sur le côté. Baxter s'arrêta lui aussi. Puis les deux chiens sautèrent par-dessus la congère qui bordait l'allée pour observer quelque chose qui se trouvait de l'autre côté.

Rohan se retourna et vit que les chiens avaient cessé de

le suivre. À son tour, il contourna la congère pour voir ce qui attirait leur attention.

Que regardaient-ils tous ?

Elise enfila un pull confortable et un jean. Elle était sur le point de se rendre à la cuisine lorsqu'elle entendit la porte de derrière s'ouvrir.

— Elise, tu peux venir un instant ? s'écria Rohan.

— J'arrive.

Lorsqu'elle le rejoignit, elle vit qu'il tenait quelque chose dans les mains.

— Qu'est-ce que c'est ?

— Un corbeau. Ce sont les chiens qui l'ont trouvé. Il vit encore, mais il est en piteux état.

Elle s'approcha et découvrit un misérable petit tas de plumes noires.

— De quoi as-tu besoin ? demanda-t-elle tout en partant chercher une serviette propre. J'ai une bouillotte pour le réchauffer.

Il la regarda en haussant les sourcils.

— Je vois que ce n'est pas la première fois que tu entreprends de sauver un oiseau.

— En effet, dit-elle en riant. Jeevan a le chic pour dénicher les oiseaux blessés et les rapporter à la maison. Et il a un faible pour les corvidés.

— Celui-ci est un jeune, sans doute un petit de l'année.

Il posa doucement l'oiseau sur la serviette qu'elle avait dépliée.

— Il a une aile abîmée, ajouta-t-il. Où puis-je le mettre afin de l'examiner de plus près ?

— Sur la table de la cuisine, dit-elle en sortant la bouillotte du placard. Je la désinfecterai après. Et je crois avoir une petite cage dans le garage. Je vais aller voir.

— Pourras-tu, par la même occasion, prendre la trousse médicale dans ma voiture ?

Il avait ôté sa veste et son écharpe et commencé à rouler ses manches de chemise.

— Bien sûr.

Avant de sortir, elle remplit d'eau chaude la bouillotte, qu'elle glissa dans les plis de la serviette tandis que Rohan soulevait le corbeau.

L'oiseau ne se débattait pas et ne semblait pas effrayé, ce qui n'était pas très bon signe. En général, les corbeaux fuient les hommes, même quand ils sont blessés, mais celui-ci se montrait vraiment léthargique.

Lorsqu'elle revint avec la cage et la trousse médicale, Rohan avait recouvert l'oiseau avec un pan de la serviette.

— Le pauvre a une blessure du coracoïde, et il est très maigre, dit-il lorsqu'elle posa la trousse près de lui.

— L'aile est cassée ?

— Non. C'est enflé, ce qui semble indiquer une déchirure musculaire. Ce sera sans doute douloureux un bon moment. Je vais lui faire un bandage pour immobiliser l'aile, mais il va falloir l'emmener dans un centre de soins pour la faune sauvage. Y en a-t-il un ici ?

— Non. Le plus proche se trouve à Cochrane, à une heure d'ici.

— Je le conduirai là-bas dès que je lui aurai mis le bandage.

Elle maintint le petit blessé pendant que Rohan le soignait.

À un moment, leurs doigts se frôlèrent, et elle sentit un frisson la parcourir.

Rohan la regarda un instant. Ses yeux brillaient d'un étrange éclat, comme s'il se rappelait la nuit qu'ils avaient passée ensemble, puis son visage afficha une expression neutre et distante.

Elle n'aurait pas dû en être blessée. Après tout, n'était-elle pas arrivée elle-même à la conclusion qu'il valait mieux renoncer à toute relation physique avec lui ? Elle était même prête à lui dire clairement qu'il était préférable qu'ils ne fassent plus jamais l'amour ensemble.

La froideur de Rohan lui faisait mal. Pourtant, elle ferait en sorte qu'il ne s'en aperçoive pas, l'essentiel étant qu'ils restent à bonne distance l'un de l'autre.

— Quand nous aurons fini, je préparerai le petit déjeuner. Tu vas bien prendre quelque chose avant de partir ?

— Avec plaisir. Je ne suis pas sûr que ce pauvre corbeau s'en tire, alors il vaut mieux que je le garde en observation un moment avant de prendre la route.

Le bandage posé, ils installèrent l'oiseau dans la cage, puis elle se lava les mains et prépara le café.

Regardant Rohan, elle fut frappée par son air fatigué.

— Est-ce que tu te sens bien ? Tu as une mine affreuse.

Il secoua la tête, les sourcils froncés.

— Un peu de fatigue, c'est tout. Cette nuit, j'étais trop nerveux pour pouvoir dormir, alors j'ai regardé les photos pendant des heures.

Était-il inquiet à cause de ce qu'il s'était passé entre eux ?

Elle avait décidé de ne pas aborder le sujet la première, mais il lui parut préférable d'évoquer clairement la question pour la régler une bonne fois pour toutes.

— À propos de cette nuit… Je me suis laissé emporter par la nostalgie et de vieilles émotions, mais je sais que ce n'était pas une bonne idée. Nous ne sommes plus des enfants, toi et moi, alors parlons-en et assurons-nous que nous sommes bien tous les deux sur la même longueur d'onde.

— D'accord.

Il la regardait, attendant visiblement qu'elle continue.

Surmontant sa frustration de le voir si distant, elle poursuivit.

— Je ne veux pas que mes souvenirs compromettent tes chances de construire une relation solide avec Jeevan. Je pense qu'il a besoin de nous voir comme étant maintenant deux êtres bien distincts. Nous ne devons pas brouiller les cartes en lui laissant croire que nous pourrions être ensemble, toi et moi.

Rohan hocha lentement la tête.

— Merci pour ta franchise. Je pense que tu as raison, ce n'était pas une bonne idée.

Pourquoi se sentit-elle blessée par ce commentaire, alors qu'elle avait elle-même prononcé ces mots la première ?

— Il me semble que le plus important est de réfléchir à ce que nous allons dire à Jeevan et à la meilleure façon de lui montrer que nous acceptons sa réaction, quelle qu'elle soit.

— Je suis d'accord. Notre fils doit être notre priorité.

Comme Rohan détournait le regard, elle crut noter chez lui une certaine nervosité. Sans réfléchir, elle lui prit la main.

— Tout se passera bien, j'en suis sûre.

— J'espère que tu dis vrai, répondit-il d'un ton calme en libérant sa main. Alors, quel est ton programme pour aujourd'hui ?

Devant un tel détachement, elle décida d'en faire autant. Elle ouvrit la porte du réfrigérateur et feignit de se passionner pour son contenu.

— J'irai faire des courses au supermarché, dit-elle en sortant des œufs et des saucisses pour le petit déjeuner. J'ai prévu de préparer les plats favoris de Jeevan. Penses-tu que le corbeau a faim ? Nous pourrions essayer de lui donner de l'œuf ?

— Pas maintenant. Je ne crois pas qu'il soit en état de manger. Et ils auront sûrement une nourriture adaptée au centre de soins.

Il marcha jusqu'à la fenêtre, jeta un coup d'œil dehors, puis il se retourna vers elle.

— Pendant que tu feras les courses, j'emmènerai le corbeau à Cochrane, et ensuite j'irai à Trail's End. Je leur donnerai un coup de main, car Janice a sûrement beaucoup à faire en ce moment.

— D'accord.

Il semblait content de s'absenter. Presque soulagé.

— Au fait, dit-elle, est-ce que cela te dirait d'assister demain soir à la fête organisée par le groupe de sauvetage pour lever des fonds ? Généralement, on s'y amuse beaucoup. Ils organisent des ventes aux enchères, et le dîner est préparé par un excellent traiteur. Et par la même occasion, tu pourrais parler de Phoebe avec Tom.

— Quelle tenue faut-il avoir ? demanda Rohan. Je n'ai apporté que des jeans.

Il restait toujours aussi flegmatique, comme s'il ne s'intéressait pas vraiment à la conversation mais voulait se montrer poli.

— C'est une soirée assez habillée. La plupart des hommes sont en costume. Tu risques de te sentir mal à l'aise avec un jean.

— Eh bien, j'achèterai quelque chose. Cela fait très longtemps que je ne me suis pas offert un costume.

— Nous pourrons aller en ville à ton retour de Trail's End, je dois acheter quelques cadeaux.

Rohan s'approcha de la cage et regarda le corbeau.

— Je... j'aimerais offrir quelque chose à Jeevan, mais je ne veux pas qu'il pense que je cherche à acheter son affection. Pourrais-tu m'aider à choisir un cadeau qui lui plaise ?

— Bien sûr. Nous nous occuperons de cela ce soir, si tu veux, et tu en profiteras pour t'acheter un costume.

— Parfait.

Leur conversation avait l'air tout à fait normale, et même amicale, mais Elise était consciente de la distance que Rohan maintenait entre eux. Et elle avait beau se dire qu'il serait stupide de sa part de souffrir de ce changement d'attitude, cela n'allégeait en rien sa peine.

8

Après avoir laissé le corbeau blessé à Cochrane, Rohan passa le reste de la matinée à Trail's End à s'occuper des huskies. Il discuta aussi un moment avec quelques-uns des mushers qui étaient arrivés plus tôt. Ce sport ne l'intéressait pas particulièrement mais, en parlant avec les conducteurs d'attelage, il se découvrit une certaine curiosité pour leur activité.

Lorsqu'il les interrogea sur les chances qu'avait Phoebe de devenir chien de sauvetage, ils parurent assez sceptiques.

— Si elle avait commencé l'entraînement quand elle n'était qu'un chiot, ce serait envisageable, mais les huskies ont tendance à chasser et cela peut les distraire de leur mission, lui dit un homme du nom de Ron.

— Et certains sont vraiment têtus, ajouta son fils, Tyler. Ils n'obéissent pas toujours immédiatement aux ordres qu'on leur donne, alors que c'est indispensable dans une situation d'urgence.

— Cette chienne n'a pas été bien traitée, et je pense qu'elle a déjà au moins un an, admit Rohan, dépité.

— Il y avait un type, au Danemark, je crois, qui avait entraîné son husky à devenir chien de sauvetage. Tu te rappelles, papa ? Il avait mis une vidéo sur un forum consacré aux huskies.

Ron hocha la tête.

— Oui, je me souviens. Mais le chien avait huit semaines quand il avait commencé l'entraînement. C'est sans doute très différent avec un chien plus âgé.

— Surtout quand il est resté longtemps sans avoir de nom, dit Rohan. La chienne dont je parle vient tout juste d'être baptisée. Mais elle est très intelligente. En ce moment, elle cohabite avec un golden retriever, et elle le suit partout.

— Vous pourriez essayer de les mettre en attelage tous les deux, suggéra Ron en riant. Si vous êtes dans le coin ces jours-ci, je vous propose de venir faire une sortie en traîneau avec moi afin de vous initier à ce sport.

— Papa, intervint Tyler, c'est Noël. Le Dr Khan va sans doute passer les fêtes en famille. Tout le monde n'est pas aussi obsédé que nous par les courses en traîneau !

Rohan s'apprêtait à dire qu'il n'avait personne avec qui passer Noël quand il se rappela que c'était faux. Il en ressentit un tel plaisir qu'il sourit.

— Oui, je vais être en famille mais, lorsque mon fils sera de retour à la maison, je pourrais peut-être l'amener avec moi si vous êtes encore là.

À cet instant, son téléphone sonna. C'était Elise.

— Salut, je vais bientôt manger. Tu as faim ?

De nouveau, il éprouva la délicieuse sensation d'avoir une vie de famille. Un foyer.

— Je serai ravi de déjeuner avec toi, dit-il avec un certain enthousiasme dans la voix.

Elise parut surprise.

— Ah ! Eh bien, ce sera prêt dans un quart d'heure.

— Je pars d'ici dans quelques minutes.

Il raccrocha, dit au revoir aux mushers et regagna sa voiture.

Il savait pourquoi Elise avait semblé étonnée : ce matin, en la quittant, il s'était montré distant.

Le calme avec lequel elle avait parlé de ce qu'il s'était passé entre eux la nuit dernière l'avait mis en fureur. Il avait eu l'impression qu'elle le voyait comme un vieux manteau retrouvé au fond d'une armoire, un manteau qu'elle avait aimé porter autrefois et qu'elle avait voulu remettre une dernière fois par nostalgie. Cette façon de voir les choses lui avait fait l'effet d'une douche froide, car leur nuit torride avait déclenché chez lui l'ouverture des vannes, le bousculant émotionnellement et mentalement.

Cependant, elle avait eu raison de souligner qu'il leur fallait penser avant tout à Jeevan et que le plus sage était de mettre entre eux deux une certaine distance. Il ne devait voir en elle que la mère de Jeevan, rien d'autre, même si c'était difficile.

Il avait mis des années à bâtir une muraille autour de ses émotions, et tout s'était écroulé en un seul jour, semblait-il, à cause d'une femme dont il n'avait gardé aucun souvenir et d'un fils dont il venait juste de découvrir l'existence.

La nuit dernière, alors qu'il regardait les photos, il avait essayé de réveiller sa mémoire, d'y trouver des traces d'Elise et de la relation qu'ils avaient eue. En vain.

Cela l'avait rendu fou. Comment avait-il pu l'aimer, faire un bébé avec elle, et avoir tout oublié ?

Mais, aujourd'hui, il découvrait qu'il avait une famille. Une famille avec qui il allait passer Noël. Ce constat était à la fois terrifiant et merveilleux, car, dans son esprit, Elise et Jeevan formaient un tout.

Si la voix de la raison lui soufflait de rester sur ses gardes et de ne pas trop s'engager avec Elise, il savait tout au fond de lui-même qu'il était déjà trop tard.

De retour chez elle, il la trouva s'activant devant la cuisinière, en train de préparer des sandwichs au fromage fondu. Il régnait dans la cuisine une délicieuse odeur de gâteau.

— J'étais tellement occupée à faire de la pâtisserie que j'en ai oublié le déjeuner, dit-elle. J'espère que ces sandwichs te suffiront.

— Si tu veux, tu peux me donner juste quelques-unes de ces tartelettes au beurre.

— Ah, je vois. Tu aimes toujours autant le sucré, pas vrai ?

— Absolument. Ces tartelettes m'ont l'air fantastiques. J'aimerais bien y goûter avant que Jeevan soit là, pour m'assurer qu'elles sont aussi bonnes que belles.

Elise éclata de rire, et ils se mirent à table dans une ambiance plus détendue que lors du petit déjeuner.

Pendant le repas, il évoqua sa conversation avec les mushers, et Elise parla de l'appel qu'elle avait passé à l'hôpital pour avoir des nouvelles de Ben.

— Il est sorti du service des soins intensifs. On l'a mis dans une chambre mais, pour l'instant, il n'a pas droit aux visites.

— Est-ce normal ?

Elle haussa les épaules.

— Cela dépend. La consigne peut venir des médecins ou être une demande de la famille. Dans le premier cas, c'est que les médecins craignent une infection, ou bien ils veulent qu'il reste au calme. Son état est stable, m'a-t-on dit, et le fait qu'il ne soit plus aux soins intensifs est plutôt bon signe.

— Avant d'aller faire nos achats, nous pourrions passer à l'hôpital voir s'il est maintenant possible de lui rendre visite.

Elle hocha la tête.

— Bien sûr. Á 15 heures, je pense que j'aurai terminé ce que j'ai à faire ici.

— Que puis-je faire pour me rendre utile ?

— Démêler les guirlandes lumineuses pour le sapin ! répondit-elle sans hésiter. Chaque année, je me promets de les ranger correctement dans leur boîte, mais je ne le fais jamais.

— Je m'en occupe, dit-il, ravi de se voir confier une mission. Veux-tu aussi que je les accroche dans le sapin ?

— Ce serait formidable. D'habitude, c'est Jeevan qui s'en charge, et ensuite nous décorons l'arbre ensemble. Je me suis dit que, s'il n'était pas de retour à la maison demain, nous pourrions le faire, toi et moi. Comme cela, tout sera prêt quand il arrivera.

En l'écoutant, Rohan eut de nouveau l'impression de faire partie de leur vie, à elle et à Jeevan. Il s'en sentit incroyablement heureux, même s'il était conscient qu'il ne devait pas y attacher trop d'importance.

Le repas terminé, pendant qu'Elise mettait de l'ordre dans

la cuisine, il alla s'atteler à la tâche délicate de désentortiller les guirlandes lumineuses.

Tout en cuisinant pour préparer le repas de Noël, Elise tendait l'oreille, au cas où Rohan aurait besoin d'aide. Mais, mis à part un juron lâché de temps à autre, dans l'ensemble il paraissait ne pas trop mal se débrouiller.

— Crois-tu que Jeevan aimerait faire une sortie avec des chiens de traîneau ? lança-t-il soudain depuis la pièce voisine. Les mushers que j'ai vus ce matin à Trail's End m'ont proposé de m'emmener. Quand je leur ai expliqué que je serais en famille, ils m'ont dit de venir les voir après Noël, en précisant que je pouvais amener qui je voulais.

Un bref instant, elle se sentit exclue et eut un petit pincement au cœur.

— Cela pourrait lui plaire, dit-elle. Il a l'esprit aventurier.

— Comme sa mère. Voudrais-tu venir, toi aussi ?

— Peut-être.

Elle se reprocha aussitôt son esprit de contradiction : deux minutes auparavant, elle se plaignait en son for intérieur d'être laissée de côté et, l'instant d'après, elle lançait une réponse évasive !

Elle mourait d'envie de faire cette sortie, bien sûr. Non pas que les courses en traîneau la passionnent, même si ça pouvait être amusant, mais elle désirait passer du temps avec Rohan. Ce nouveau Rohan énigmatique, qui semblait lui avoir volé son cœur une fois de plus.

— Jeevan aime-t-il le sport ?

La question de Rohan l'arracha à ses pensées, et elle se rendit compte qu'elle fonctionnait depuis un moment en pilotage automatique au lieu de se concentrer sur ce qu'elle faisait.

— Pour le regarder ou pour le pratiquer ?

— Les deux.

Elle voyait à quel point il était avide d'en savoir plus sur

Jeevan. Il voulait comprendre qui était son fils après toutes ces années où il avait ignoré jusqu'à son existence.

— Il est assez athlétique, dit-elle. Il aime regarder le sport, mais aussi en faire : skate-board, snowboard, ski. C'est aussi un bon joueur de tennis. J'ai dû cesser de jouer avec lui quand il est devenu adolescent, car cela devenait embarrassant pour moi.

Entendre le rire de Rohan lui réchauffa le cœur. Elle attendit, persuadée qu'il allait lui poser d'autres questions, mais il resta silencieux.

Elle replongea alors dans ses pensées.

Un peu plus tôt dans la journée, elle avait profité de son absence pour ouvrir l'album contenant les photos où ils figuraient tous les deux et, en tournant les pages, elle avait eu les larmes aux yeux. Chaque cliché témoignait de l'amour qu'ils avaient l'un pour l'autre. Leurs regards, la façon dont ils se donnaient la main, dont ils se tenaient par la taille, tout montrait à quel point ils s'aimaient.

Arrivée à la dernière page, elle était tombée sur la photo prise à Toronto la veille du départ de Rohan pour Trinité-et-Tobago. Alors qu'ils se tenaient devant l'aéroport, il avait demandé à un passant de les photographier tous les deux.

— Tu m'attendras ?

Il lui avait posé la question plusieurs fois avant de s'en aller. Elle avait répondu que oui, elle l'attendrait, mais il avait semblé sceptique. Elle ne lui avait pas caché qu'elle ne croyait guère à l'amour éternel, alors il avait juré qu'il la ferait changer d'avis, même si ça devait prendre du temps.

En effet, il l'avait fait changer d'avis, mais pas comme il l'avait imaginé. Dès qu'elle avait tenu leur fils dans ses bras, elle avait compris ce que c'était que d'aimer pour la vie.

Bien sûr, elle n'avait pas attendu Rohan pendant vingt-sept ans mais, en regardant les photos, elle s'était dit qu'elle avait peut-être cherché mais qu'elle n'avait jamais trouvé quelqu'un qui lui apporterait autant que lui.

Il n'était plus le même aujourd'hui, mais elle avait rapidement cessé de chercher en lui des traces de l'homme qu'il avait été pour accepter simplement celui qu'il était devenu.

Autrefois, Rohan avait une grande confiance en lui. Du moins, il en donnait l'impression. Mais, la nuit dernière, elle avait vu son air inquiet lorsqu'elle lui avait retiré sa chemise, révélant les terribles marques laissées par son accident.

Était-ce ce qui le mettait dans cet état de vulnérabilité qu'elle ne lui avait pas connu par le passé ? Quel autre changement s'était-il produit en lui ? Et avec tout ce qu'il venait de vivre durant les dernières trente-six heures, comment parvenait-il à tenir le coup ?

Elle n'ignorait rien des possibles conséquences à long terme d'un traumatisme cérébral. Ce qu'elle avait pris pour de la froideur pouvait être un mécanisme de défense pour se protéger d'un flot d'émotions qu'il avait du mal à gérer ou que son cerveau n'arrivait pas à analyser correctement.

Si c'était le cas, pouvait-elle l'aider ? Lui en voudrait-il s'il la voyait tenter de faire quelque chose ?

— Elise ! Aurais-tu un couteau, ou bien une grenade ?

Elle éclata de rire, heureuse de cette diversion bienvenue. Après s'être essuyé les mains, elle le rejoignit.

— Ne fais pas exploser la maison, Rohan, je t'en prie ! dit-elle en entrant dans la pièce.

— Tiens, c'est une idée ! Mais je pourrais aussi acheter de nouvelles guirlandes pour éviter de devenir fou à force d'essayer de démêler ce truc-là.

Leurs regards se croisèrent. Voyant la lueur amusée qui brillait dans les yeux de Rohan, elle eut une envie folle de se pencher vers lui et de l'embrasser.

Au lieu de quoi, elle s'accroupit à côté de lui.

— Donne-moi cela, je vais le faire.

— Ah non, rétorqua-t-il en mettant les guirlandes hors de sa portée. *Nous* allons le faire, et ensemble nous y arriverons.

Ces mots de Rohan l'avaient hantée tout l'après-midi.

Elle le regardait d'un œil différent, à présent, se dit-elle tandis qu'ils montaient dans son pick-up pour se rendre en ville. Elle ne le comparait plus au Rohan d'autrefois, ne s'intéressant désormais qu'à l'homme qu'il était devenu.

Il avait traversé bien des épreuves, mais il avait su vaincre l'adversité, refusant de se laisser abattre. Et aujourd'hui, il était capable de sourire, de rire et de dire des bêtises avec elle.

Elle avait vu les cicatrices qui marquaient son corps et deviné ses blessures intérieures, mais toutes ses souffrances ne l'empêchaient pas d'accepter avec joie l'idée qu'il avait un fils. Il n'avait émis aucune réserve, ce qui, là encore, plaidait en sa faveur.

Ben ne pouvant pas encore recevoir de visite, ils se rendirent dans la rue commerçante de Banff.

Les boutiques brillaient de mille lumières, les lampadaires étaient couverts de décorations, et des chorales en costumes semblant sortir de l'œuvre de Dickens circulaient au milieu des passants, s'arrêtant régulièrement pour entonner des chants de Noël.

— Je sais que tu n'apprécies pas particulièrement l'ambiance de Noël, fit-elle, mais c'est dans ce quartier qu'on peut faire des achats intéressants. Et il y a un magasin de vêtements tout près d'ici.

— En fait, répondit Rohan, l'air détendu, ce Noël-ci me plaît beaucoup. C'est la première fois depuis très longtemps.

Elle ne dit rien, la gorge nouée par l'émotion.

Dans le magasin de vêtements, la vendeuse se fit un plaisir d'aider Rohan à choisir un costume, et elle constata d'un ton admiratif qu'il n'y avait aucune retouche à faire.

— Celui-ci vous va à la perfection, commenta la vendeuse, le sourire aux lèvres, avec un peu trop d'enthousiasme au goût d'Elise. Et la couleur sied vraiment à votre teint.

— Qu'en penses-tu ? demanda Rohan en se tournant vers elle. Il te plaît ?

Le costume bleu marine mettait en valeur ses larges épaules, la minceur de ses hanches et ses cuisses musclées.

— Tu es superbe.

À vrai dire, il était absolument fantastique. Rien qu'à le regarder, elle avait l'eau à la bouche.

Rohan avait choisi une chemise bleu clair, une cravate bleue avec de discrètes rayures rouges, et des chaussures noires vernies complétaient sa tenue.

Elle le trouvait à la fois élégant et sexy. Elle serait fière de se rendre à la soirée avec lui. Heureusement qu'elle avait acheté une nouvelle robe la semaine précédente au lieu d'avoir à porter l'une de ses « vieilleries » comme elle avait d'abord pensé le faire !

— Je prends tout cela, dit Rohan à la vendeuse, qui afficha un visage rayonnant.

Revenus dans la rue principale, ils se mirent à flâner en regardant les vitrines des magasins.

Soudain, Rohan s'arrêta.

— J'aimerais entrer dans cette boutique, dit-il.

Elle le suivit et, lorsqu'elle découvrit ce qui lui avait attiré l'œil, elle sourit.

C'était un petit tableau représentant un geai bleu, réalisé par un artiste qu'elle connaissait.

Rohan lui lança un regard interrogateur.

— Crois-tu que cette peinture plairait à Jeevan ?

— Il l'adorera, j'en suis sûre. C'est l'œuvre d'un artiste local qu'il aime beaucoup. Mais il n'a de lui que quelques reproductions, aucun original.

— Et tu m'as dit qu'il aimait les corvidés, n'est-ce pas ? dit Rohan en s'emparant du tableau.

— En effet.

Il se dirigea vers la caisse avec son emplette.

— Voulez-vous que je l'enveloppe ? demanda le vendeur.

— Oui, s'il vous plaît. C'est pour mon fils, et je ne voudrais pas que ce tableau soit abîmé.

Elle se mit à l'écart afin qu'il ne voie pas à quel point elle était émue. Et à quel point elle le désirait, là, maintenant.

Il ne s'agissait pas seulement d'une envie sexuelle, mais de quelque chose de plus profond. Elle avait beau se dire que ce n'était que l'écho d'un ancien amour, elle savait que ce n'était pas vrai.

Lorsqu'elle était tombée amoureuse de Rohan Khan autrefois, c'était à cause de son côté solaire, de son optimisme, de son humour, et aussi de son beau visage et de son corps athlétique. Ce dont elle se souvenait le mieux, c'était son ouverture d'esprit et la joie qui émanait de lui.

En dépit de ses cicatrices, il était encore très beau et en bonne forme physique, mais, par bien des aspects, il avait complètement changé. S'il faisait encore de l'humour, c'était seulement par moments. Il n'affichait plus ce sourire permanent qu'elle avait tant aimé chez lui. Et maintenant, il gardait pour lui ses pensées et ses émotions, alors qu'ils partageaient tout auparavant... Pourtant, ces changements ne l'empêchaient pas de l'aimer tel qu'il était à présent.

Pendant que le vendeur emballait le tableau, elle eut le temps de se ressaisir et de se rappeler que ce qui comptait, ce n'était pas ce qu'il pouvait y avoir entre Rohan et elle, mais entre Rohan et Jeevan. C'était la seule et unique priorité.

Une fois dehors, Rohan leva les yeux vers le ciel qui s'était assombri.

— Le temps s'est refroidi. Si on allait boire un café ou un chocolat chaud avant de continuer les achats ?

— Bonne idée.

Ils laissèrent passer une voiture avant de traverser la rue en direction du café situé de l'autre côté.

Comme ils atteignaient le trottoir, ils entendirent des cris et virent des gens s'agiter à quelques mètres de là.

— Eh, regardez devant vous !

— Maman, maman !

— Est-ce que ça va ?

— Je pense qu'elle est ivre !

Une jeune femme chancelait et s'appuyait contre un mur pour tenter de garder l'équilibre. Mais elle chuta lourdement sur le sol. Une petite fille qui se trouvait à côté d'elle se mit à hurler.

— *Maman !*

Sans prendre le temps de réfléchir, Elise se rua vers la jeune femme, consciente que Rohan était juste derrière elle.

— Laissez-moi passer, je suis médecin.

Écartant la foule, elle s'agenouilla près de la femme tandis que Rohan tenait à l'écart la petite fille en larmes.

Regrettant de ne pas avoir sa trousse médicale avec elle, Elise commença à examiner la jeune femme. Celle-ci tenta de la repousser tout en bredouillant de façon inintelligible.

— J'appelle une ambulance, dit Rohan d'une voix calme.

La jeune femme marmonna d'une voix plus forte, mais de manière tout autant inintelligible. Elise lui tâta le pouls, qu'elle trouva trop rapide. Sa respiration était superficielle, et son regard semblait avoir du mal à se focaliser. Elle nota une nette différence entre les deux paupières : celle de gauche était tombante.

C'était peut-être un signe d'anévrisme ou d'AVC. Il fallait de toute urgence l'emmener à l'hôpital.

— Tout va bien, dit-elle pour essayer de la calmer. Votre petite fille est en sécurité, et je suis médecin. Laissez-moi m'occuper de vous.

— Donne-lui ma veste, dit Rohan. L'ambulance est en route.

Elle prit la veste qu'il lui tendait pour couvrir la jeune femme.

— Nous allons vous soigner, d'accord ?

De ses doigts glacés, la jeune femme lui pressa légèrement la main.

Quand elle entendit le bruit d'une sirène qui approchait, Elise poussa un soupir de soulagement. Elle tendit ses clés de voiture à Rohan quand l'ambulance apparut.

— Je vais avec elle à l'hôpital. On se retrouve là-bas.

— D'accord, répondit-il, d'un ton toujours aussi calme.

Il tenait maintenant la petite fille dans ses bras. La tête posée sur son épaule, celle-ci suçait son pouce.

— Elle a de la chance que tu te sois trouvée là, ajouta-t-il en prenant les clés.

Il semblait avoir si confiance en elle qu'Elise eut soudain l'impression d'être très précieuse à ses yeux.

Rohan devait remettre la petite fille, qui lui avait dit s'appeler Brenna, aux deux officiers de police présents sur place, mais l'enfant regimbait. Les policiers parurent mal à l'aise lorsque, l'un d'eux l'ayant prise dans ses bras, elle se mit à pleurer, tendant ses petites mains vers Rohan.

— Je vais aller à l'hôpital, dit-il.

— C'est inutile, monsieur, dit l'autre policier, l'air guindé. Nous nous occuperons d'elle jusqu'à ce qu'on ait trouvé quelqu'un de sa famille à qui la confier.

— Je dois de toute façon me rendre à l'hôpital. Je faisais des achats avec le Dr Van Hagan, et je vais aller la rechercher là-bas.

En l'entendant prononcer le nom d'Elise, les policiers parurent se détendre. Aucun d'eux ne protesta lorsqu'il dit à Brenna qu'ils se reverraient dans quelques minutes.

Il remonta dans le pick-up et, grâce au GPS, trouva sa route pour se rendre à l'hôpital.

En entrant dans le bâtiment, il vit dans le hall la boutique à cadeaux.

Brenna était effrayée. Peut-être qu'une peluche l'aiderait à se sentir un peu mieux ?

Il choisit un lapin rose vif et aussi un album destiné aux enfants de trois ans – à peu près l'âge de Brenna.

Il emprunta ensuite un couloir qui, d'après les flèches, conduisait aux urgences. Mais il ne tarda pas à se rendre compte qu'il avait dû rater un tournant. Il allait rebrousser chemin lorsqu'il entendit une voix derrière lui :

— Jeevan ! Tu es déjà de retour ?

Ce fut seulement lorsqu'il sentit une main se poser sur son épaule qu'il comprit que la femme en blouse blanche s'adressait à lui.

— Désolé, vous faites erreur.

La femme parut à la fois surprise et déçue.

— Oh ! excusez-moi, je vous avais pris pour quelqu'un d'autre. Puis-je vous aider ?

Après qu'elle lui eut indiqué comment se rendre aux urgences, il parcourut les couloirs en songeant à la méprise dont il venait d'être l'objet.

Le fait que cette femme l'ait pris pour son fils conférait à sa paternité une réalité dont il n'avait pas vraiment eu conscience jusqu'à présent.

Je suis père. J'ai un fils qui me ressemble.

Alors qu'il approchait de la salle d'attente, il vit Elise sortir d'une autre pièce.

Il la rejoignit.

— Comment va la patiente ? demanda-t-il.

— Elle tient le coup, mais j'ai demandé qu'un neurologue vienne la voir.

— Elise, Rohan...

En entendant leurs noms, ils se retournèrent et virent Janice venir vers eux.

— Comment va Ben ?demanda Elise.

— Tout se passe bien. Il a été opéré du cerveau et de la jambe, et maintenant il est réveillé. Il a quitté le service des soins intensifs pour être transféré dans une chambre. Il ne parle pas encore, sans doute à cause des suites de l'anesthésie. Les médecins disent qu'il risque d'avoir des séquelles d'ordre cognitif, mais je suis sûre que tout ira bien. Il sortira bientôt de l'hôpital.

Rohan songea à ce qu'il avait vécu. Il ne voulait pas effrayer Janice, mais la voir si optimiste l'inquiétait.

— Il va se rétablir, dit-il, mais cela peut prendre du temps.

— Oh ! Ben est solide. Il sera bien vite sur pied.

— Je souhaite que vous ayez raison, mais il faut du temps pour se remettre d'un traumatisme crânien. J'en parle en connaissance de cause. Et je sais à quel point c'est frustrant de ne pas pouvoir répondre aux attentes de ses proches alors qu'on tente de faire de son mieux pour guérir.

Comme Janice hochait la tête, les yeux humides, il la prit dans ses bras et la laissa pleurer sur son épaule.

Levant la tête, il croisa le regard d'Elise et y lut une telle compassion qu'il détourna les yeux.

Il se sentait fragile, vulnérable, et il ne voulait pas de la pitié d'Elise. Mais ce que son regard exprimait, c'était de la compréhension, et il en fut bouleversé.

— Tenez, dit Elise en tendant un mouchoir à Janice.

— Merci.

Janice prit le mouchoir et s'écarta de lui avec un air gêné.

— Je suis désolée de m'être laissée aller ainsi, Rohan. Excusez-moi.

— Vous avez vécu des moments éprouvants. Vous n'avez pas à vous excuser.

— Je vais retourner auprès de Ben, murmura-t-elle.

Elle se redressa, comme prête à mener un combat, mais ses lèvres tremblaient.

— En tant que parent, continua-t-elle, on veut tellement le bien de son enfant qu'on met parfois la barre trop haut, mais je vais garder en tête ce que vous m'avez dit : ne pas donner à Ben le sentiment qu'il me déçoit s'il ne se rétablit pas aussi vite que je l'espère.

— C'est ce que vous pouvez faire de mieux pour lui, je pense. Laissez-lui le temps de guérir et apportez-lui votre soutien en attendant.

— Je le ferai, promit Janice.

Après les avoir serrés tous les deux dans ses bras, elle s'éloigna pour prendre l'ascenseur.

— Tu lui as donné de bons conseils, Rohan, dit Elise, le regard approbateur.

— J'espère qu'elle les suivra. Autrement, elle risque de faire plus de mal que de bien à Ben.

Quelqu'un passa la tête dans l'embrasure d'une porte et appela Elise.

— Je dois y aller, dit-elle en adressant à Rohan un sourire qui lui ravagea le cœur.

Et elle s'éloigna en hâte.

Il se peut qu'elle les suive. Autrement, elle risque de faire plus de mal que de bien à Lena.

[illegible] passa la tête dans l'embrasure d'une porte et appela [illegible].

— [illegible] y aller, dit-elle en adressant à [illegible] un sourire qu'il [illegible].

Et elle [illegible]

[illegible]

[illegible] qu'elle [illegible]

[illegible] contre elle [illegible] plutôt [illegible] les mains [illegible]

[illegible]

[illegible]

— C'est [illegible]

[illegible] la petite [illegible]

[illegible] essayé de [illegible] la petite ne connaît pas le nom de l'hôtel, mais elle a dit [illegible] était venue ici avec elle.

— On l'a trouvée [illegible] numéro ?

— Non, et son téléphone est verrouillé [illegible]

9

Dix minutes après avoir quitté Rohan, Elise sortit du box où se trouvait sa patiente. Elle alla jeter un coup d'œil dans la salle d'attente des urgences pour voir s'il s'y trouvait et ressentit de l'émerveillement et à la fois de la tristesse devant la scène qui s'offrait à elle.

La fille de sa patiente, qui pouvait avoir trois ans, était assise en sandwich entre Rohan et un policier. Elle serrait contre elle le lapin rose qu'Elise avait vu un peu plus tôt dans les mains de Rohan, et les deux hommes se relayaient pour lui lire à tour de rôle le livre qu'elle avait sur les genoux.

Voilà quel genre de père Rohan aurait été pour Jeevan : gentil, doux, attentionné. En songeant à tout ce qu'ils avaient raté l'un et l'autre, elle avait le cœur brisé.

Une infirmière qui avait suivi la direction de son regard crut bon de l'informer :

— C'est la fille de votre patiente. Ces deux hommes ont réussi à la calmer. Celui de gauche lui a même acheté cette peluche à la boutique de l'hôpital. Ils ont à cœur de la distraire pendant que nous essayons de trouver où réside cette famille. La petite ne connait pas le nom de l'hôtel, mais elle a dit que son père était venu ici avec elles.

— On n'a trouvé aucun indice dans le porte-monnaie de la mère ?

— Non, et son téléphone est verrouillé. J'ai demandé à une

infirmière auxiliaire d'appeler tous les hôtels de la ville, mais cela peut prendre un certain temps.

— La maman a eu un petit AVC, il faut qu'un neurochirurgien vienne la voir, alors nous devons trouver le père le plus rapidement possible.

— Nous faisons de notre mieux.

— Je vais voir si je peux obtenir quelque chose en interrogeant l'enfant.

Quand Elise s'approcha du petit groupe, le sourire avec lequel Rohan l'accueillit faillit la faire chanceler. Le genre de sourire auquel ni son corps ni son cœur ne pouvaient résister. Une fois de plus, malgré l'endroit parfaitement inapproprié, elle eut une envie folle de se jeter à son cou pour l'embrasser.

Elle sut y résister et s'accroupit devant la petite fille.

— Bonjour, je m'appelle Elise. Et toi, quel est ton nom ?

— Brenna, répondit l'enfant. Tu veux lire mon livre avec moi ?

— J'aimerais bien, mais peut-être un peu plus tard, d'accord ? D'abord, peux-tu me dire ce que ta maman, ton papa et toi avez fait depuis que vous êtes arrivés ici ?

Brenna plissa le front.

— On a joué dans la neige et caressé les animaux. Il y avait un âne, des chèvres, et aussi un lapin comme le mien. Mais il était blanc, pas rose.

Le policier intervint :

— Il y a une auberge, le George's Inn, près de Chester Road, qui possède un petit zoo. J'y suis allé une ou deux fois avec mes enfants.

Elise hocha la tête. Elle se leva et caressa les cheveux de la petite fille.

— Je vais leur dire d'appeler là-bas. Merci, Brenna.

Tout en donnant ses instructions pour que quelqu'un téléphone au George's Inn, elle ne cessait de revoir Rohan faisant la lecture à Brenna et le sourire fabuleux qu'il lui avait adressé quand elle les avait rejoints.

Il prenait de plus en plus de place dans ses pensées...

Mais ils étaient tombés d'accord pour ne songer qu'à Jeevan. Elle devait mettre de côté ses désirs égoïstes.

— Je l'ai trouvé, docteur Van Hagan, dit l'infirmière auxiliaire en reposant le téléphone. Le mari de Mme Pilar. Il sera bientôt là.

— Excellent. Et maintenant, je vous prie, téléphonez pour demander que le neurochirurgien vienne le plus rapidement possible.

Elle ne résista pas à l'envie de jeter encore un coup d'œil à la salle d'attente.

Rohan tenait le lapin rose sur ses genoux et faisait comme si c'était la peluche qui lisait l'album.

Ce spectacle lui chavira le cœur à l'idée tout ce dont Jeevan et elle avaient été privés depuis que Rohan était reparti dans son île. Chaque fois qu'elle y pensait, la colère la prenait.

Mais elle savait aussi que c'était dangereux et malsain, puisqu'on ne peut rien changer au passé. Mieux valait se réjouir du présent et ne rien souhaiter de plus.

Alors qu'Elise confiait Mme Pilar aux soins d'un médecin et du neurochirurgien, le père de Brenna finit par arriver, le libérant de son rôle de baby-sitter. Rohan vit Brenna se jeter dans les bras de son père, et ce dernier le remercia chaleureusement d'avoir pris soin d'elle.

Elise aussi le félicita tandis qu'ils regagnaient le pick-up.

— Merci d'avoir tenu compagnie à Brenna. Elle a dû avoir si peur !

— C'est vrai. Le policier faisait de son mieux pour la consoler, mais cela ne marchait pas.

— Le lapin et l'album étaient un vrai coup de maître, dit-elle alors qu'ils grimpaient dans le véhicule. Quelle femme resterait insensible à quelque chose de doux et de vaporeux, tout en ayant deux hommes pour s'occuper d'elle ?

Rohan voulut rire, mais ce fut un drôle de bruit qui sortit

de sa gorge tant était violent le désir qu'il ressentait pour la femme assise à son côté.

Arrête. Calme-toi. N'y pense plus.

Au prix d'un gros effort, il reprit la conversation comme si de rien n'était.

— Comment va sa mère ?

— Je ne peux pas te donner de détails sur son état de santé, mais je pense qu'elle ira bien dans quelque temps.

Il remarqua son air sombre.

— Peux-tu au moins me dire s'il s'agit d'un problème d'alcool ou de drogue, ou si le malaise qu'elle a eu est dû à une maladie ?

Elle lui lança un bref regard et soupira.

— À une maladie.

Sans doute un problème d'ordre neurologique ou lié à un diabète, pensa-t-il.

— Rentrons à la maison, suggéra Elise. Je meurs de faim.

— Si nous dînions en ville ? Cela t'éviterait d'avoir à faire la cuisine.

— Cela risque d'être bondé un peu partout, dit-elle. À moins que... Si, je connais un endroit où nous pourrions avoir une table.

Lorsqu'ils entrèrent dans le petit restaurant animé, une jeune femme vint à leur rencontre.

— Docteur Van Hagan, bienvenue chez nous ! Cela fait si longtemps... Papa va être ravi de vous voir.

Elle les conduisit vers une table située à l'écart. Peu après qu'elle les eut laissés pour leur chercher des boissons, un homme en tenue de chef sortit de la cuisine et fonça vers eux.

— Docteur Elise !

Comme elle se levait pour le saluer, il la serra dans ses bras.

— Cette dame a sauvé la vie de mon fils, lança-t-il d'une voix assez forte pour être entendu des clients des tables voisines.

Elise rougit et tenta de tempérer son enthousiasme.

— C'était un travail d'équipe, monsieur Kitterly !

Mais le chef ne voulait rien savoir.

— Si vous n'aviez pas été sur les pentes où vous l'avez retrouvé, il ne s'en serait jamais sorti. Les chirurgiens me l'ont dit.

Lorsque le chef repartit en cuisine, Elise attrapa le menu, les joues cramoisies, évitant visiblement de croiser son regard.

— Son fils était un excellent skieur, un athlète de classe internationale avant son accident, marmonna-t-elle. Quel dommage !

— Tu as fait un travail formidable avec l'équipe de sauveteurs. Pourquoi es-tu gênée quand les gens t'en parlent ?

— Je ne faisais pas cela pour qu'on me félicite.

— Pourquoi, alors ?demanda-t-il d'une voix douce.

Elle soupira et reposa le menu.

— J'ai toujours voulu faire cela, depuis que je suis toute petite, après avoir vu un documentaire sur ce sujet. Mais ma mère m'en a dissuadée, craignant que je ne puisse en vivre.

La serveuse leur apporta leurs boissons, et ce ne fut qu'après son départ qu'il reprit la parole.

— Quel dommage que tu aies abandonné ! J'ai vu hier à quel point tu étais compétente, alors que tu n'avais fait aucune intervention depuis un an.

— Mais j'étais pétrifiée ! Cela ne doit pas se produire au cours d'un sauvetage.

— Tu as pourtant réussi à dominer ta peur et à sauver un jeune homme qui serait mort sans ton intervention. Même terrifiée, tu as fait ce qu'il fallait.

— Tout comme toi.

— Que veux-tu dire ?

— J'ai entendu ce que tu as dit à Janice tout à l'heure, et je me rappelle ce que tu me disais de ta famille quand nous étions jeunes. J'imagine que tu n'as pas eu le soutien et la compréhension dont tu aurais eu besoin après ton accident. Peu de gens auraient été capables de réussir à traverser toutes ces épreuves aussi bien que tu l'as fait.

— « Réussir » ? répéta-t-il avec ironie. J'ignorais qu'on pouvait qualifier ainsi ce que j'ai fait au cours de ces dernières années.

La serveuse revint vers eux pour prendre leur commande. Rohan espérait qu'Elise passerait à autre chose après son départ, mais il n'en fut rien.

— Tu ne trouves pas qu'être associé dans une clinique vétérinaire en exerçant le métier dont tu rêvais depuis toujours, c'est une réussite ?

— Peut-être sur le plan matériel. Mais, socialement, je me suis coupé des gens. Ma façon de faire face aux problèmes n'est pas très... sympathique. Lorsque je rencontre une difficulté, je me replie sur moi-même. Cela a détruit mon mariage, parce que Survana ne supportait pas mon attitude.

Il n'avait jamais parlé de cela à personne, mais il avait besoin qu'Elise comprenne.

— J'aurais aimé lui donner ce qu'elle attendait de moi, mais le mur que je dressais entre moi et les autres, elle y compris, était trop épais. Je ne pouvais pas exprimer mes émotions, et plus elle me poussait dans mes retranchements, plus je battais en retraite. Si je sens que je perds le contrôle, ou si je suis stressé, je m'isole jusqu'à ce que j'aie réussi à me ressaisir.

— Je l'ai remarqué. Mais en même temps, une fois que tu es prêt, tu commences à communiquer. C'est cela, l'important, non ? dit-elle avec un petit sourire.

— Vraiment ? Je voudrais communiquer avec mon fils, et non me couper de lui s'il me pose des questions qui me mettent mal à l'aise.

— Sois simplement toi-même, répondit-elle sans hésiter. Ce n'est pas un enfant sans aucune expérience de la vie. Sois honnête et sincère, et il t'acceptera tel que tu es.

— Comment le sais-tu ? Comment savoir quelle sera sa réaction ?

Elise prit une profonde inspiration.

— Parce qu'il t'aime déjà, même s'il te croit mort. Je l'ai élevé dans cet esprit. Je voulais qu'il sache quel homme bien était son père. Jeevan se rendra compte que tu as vieilli, que tu es devenu un peu plus sérieux que la description que je lui faisais de toi, mais il a déjà de l'amour pour toi. Tout ce que tu as à faire, c'est d'accepter cet amour, conclut-elle en posant sa main sur la sienne.

À ce contact, il éprouva à la fois du plaisir et de la peine.

— Comment ai-je pu t'oublier, Elise ? T'aimer et balayer tout souvenir de ton existence ?

Les mots étaient sortis de sa bouche malgré lui.

Elle haussa les épaules, le regard triste, mais elle affichait un visage serein. Elle semblait en paix.

— Ce n'était pas ta faute, Rohan. Le cerveau est un organe complexe. Le mieux pour nous est d'accepter ce qu'il s'est passé et de ne plus y penser, pour aller de l'avant.

— *Nous* ?

— Oui, nous. Crois-tu que c'est facile pour moi ? Cela me fait mal de savoir que tu n'as aucun souvenir de l'époque où nous étions ensemble. Mais je sais que ce n'est pas volontaire de ta part, et je me fais une raison. J'ai l'impression que, de ton côté, tu n'acceptes pas cette perte de mémoire.

Il prit son temps avant de répondre.

— Pendant longtemps, j'ai évité d'y penser, puis j'ai eu recours à Internet pour essayer de reconstituer ce que j'avais fait durant ces mois dont je ne savais plus rien. J'ai pris contact avec d'anciens camarades d'école, des amis que je n'avais pas revus depuis des années, et je les ai interrogés. Et quand j'ai vu qu'aucun d'entre eux ne pouvait m'éclairer, j'ai décidé qu'il était inutile de continuer à chercher. Je ne saurai jamais rien.

Il marqua une pause et hocha la tête.

— Mais ce trou dans mes souvenirs est pour moi une douleur permanente. Rien ne peut la soulager. Et maintenant, ça me fait encore plus mal car je sais que, si j'avais pu retrouver une partie de mes souvenirs, tu en aurais fait partie. Toi, ton amour, et le bonheur que nous avons partagé.

À présent, c'était Elise qui baissait la tête, comme si elle cherchait à se cacher.

Il fut sur le point de dire qu'ils pourraient peut-être connaître de nouveau cet amour et ce bonheur, mais il se retint, effrayé à l'idée de céder à ses pulsions.

Entendre Elise admettre qu'elle aussi souffrait de son amnésie rendait son propre combat un peu plus supportable, mais la situation lui paraissait encore plus triste.

Si lui-même avait tout oublié de leur relation d'autrefois, Elise, elle, se souvenait de tout : les petits gestes, les plaisanteries, les projets. Après tant d'années, il serait ridicule de croire qu'elle l'aimait encore comme autrefois, mais elle avait dû garder quelques sentiments pour lui, ce qui lui rendait la situation encore plus douloureuse.

C'était ce qui l'avait poussée à faire l'amour avec lui la nuit précédente... Mais il ne devait plus y penser, car elle avait clairement dit que cela ne se reproduirait pas.

Il fut soulagé de voir la serveuse apporter leurs commandes.

Ils quittèrent le restaurant en silence, chacun perdu dans ses pensées. Elise se sentait épuisée et incapable de faire face à la situation. Elle prit la décision de ne plus aborder de sujet de fond ce soir-là.

De toute évidence, elle était de nouveau tombée amoureuse de Rohan, et elle ne savait pas quoi faire. Elle aurait voulu avoir un peu de temps à elle pour réfléchir mais, avec Jeevan qui allait bientôt revenir et Rohan qui habitait chez elle, il lui serait impossible de trouver la solitude dont elle avait besoin.

Lorsqu'ils arrivèrent à la maison, il était trop tôt pour aller dormir.

— As-tu envie de jouer aux cartes ? demanda-t-elle à Rohan. Je te propose une partie de cribbage.

Il sourit.

— Cela fait des années que je n'ai pas joué mais, oui, avec plaisir.

Elle alluma le feu dans la cheminée, et ils s'installèrent sur le tapis près du foyer. Rohan semblait distrait, et comme il manquait de concentration, elle gagna la partie. Il réclama une revanche, qu'elle gagna aussi.

Tout en jouant, ils bavardaient de choses et d'autres, évitant les sujets graves pour ne parler que de leurs métiers et de la vie qu'ils avaient menée jusque-là.

— J'aurais pensé que tu choisirais plutôt de t'installer à Toronto, dit-elle. Tu adorais la vie citadine.

— C'est là que j'ai vécu lorsque je suis revenu au Canada, mais ensuite je suis allé de plus en plus vers l'ouest. Quand je suis arrivé à Calgary, je m'y suis senti bien, et cela fait maintenant huit ans que j'y habite.

— Moi, j'ai quitté Calgary il y a douze ans, quand ma sœur et son mari sont partis vivre à Vancouver. Je voulais travailler dans une équipe de sauveteurs et j'ai pensé qu'ici c'était l'endroit idéal pour réaliser mon rêve.

Avant d'entamer une troisième partie de cartes, elle se rendit à la cuisine et revint avec un assortiment de pâtisseries traditionnelles de Noël.

— Oh ! Cela a l'air délicieux ! s'exclama Rohan d'un air gourmand.

Elle sourit.

— Il y a des biscuits au citron, des barres Nanaimo, et ces tartelettes au beurre que tu aimes tant.

Il en prit une et mordit dedans, les yeux clos, comme en extase.

— Au fait, dit-il, il y a une femme à l'hôpital, qui, de dos, m'a pris pour Jeevan.

— Comment as-tu réagi ?

— Je lui ai dit qu'elle faisait erreur. Mais je dois avouer que cette méprise m'a vraiment fait prendre conscience que j'avais un fils. Cela devenait soudain plus réel.

Elise n'avait pas envie de se relancer avec Rohan dans une conversation sérieuse. Elle préférait de loin bavarder et rire, ce qui lui rappelait les jours anciens. Mais elle se garda bien de le lui dire, de crainte que cela ne le ramène à son amnésie et ne réveille son stress. Mais quelque chose la préoccupait, et elle hésitait à lui en parler.

Rohan lui avait fait part de sa tristesse et de sa déception que sa famille se soit si mal conduite avec lui après son accident. Elle se souvenait de sa colère lorsqu'il avait découvert comment son père et Chandi s'étaient comportés avec elle. C'était le genre de colère qui vous ronge de l'intérieur, et elle détestait l'idée que Rohan la conserve en lui.

Ils terminaient leur troisième partie lorsqu'elle aborda le sujet.

— Es-tu toujours en colère contre ta famille à cause de ce qu'il s'est passé autrefois ?

— Comment peux-tu me poser la question ? Bien sûr !

Il avait l'air indigné, et voir combien il souffrait lui fit mal.

— Je crois que tu devrais leur pardonner, dit-elle lentement.

Cette fois, il la fusilla du regard, mais elle tint bon.

— Ce qu'ils ont fait est impardonnable, lança-t-il.

— C'est vrai. Mais pourtant il faut le faire, dans ton intérêt et dans celui de Jeevan. Ne penses-tu pas qu'il va vouloir connaître ta famille un jour ou l'autre ?

— Oui, mais…

— Que feras-tu si tu l'emmènes les voir ? Tu sélectionneras ceux à qui il aura le droit de parler et ceux à qui il devra lancer un regard incendiaire ? Quand il apprendra la vérité, il aura suffisamment à faire avec sa propre colère, tu ne crois pas ? Pourquoi y ajouter la tienne ?

— Il aura le droit d'être en colère. Comme nous tous. N'es-tu pas en colère, Elise ?

— Si, bien sûr. Seulement, je sais que cela ne me rendra pas ce que j'ai perdu. Alors, pourquoi laisser cette colère gouverner ma vie ? Et surtout, pourquoi la léguer à Jeevan ?

— Tu peux pardonner à mon père et à Chandi et continuer comme si de rien n'était ? C'est complètement fou ! Moi, j'en suis incapable.

— Écoute, je vais te rappeler ce que tu m'as déclaré un jour : « Je ne sais pas ce qui a poussé ton père à se conduire comme il l'a fait, mais parfois il faut accepter les gens tels qu'ils sont et admettre qu'on ne peut rien y faire. »

— Quand t'ai-je dit cela ? demanda Rohan, l'air curieux.

— Après que je t'ai raconté comment mon père nous avait abandonnées quand j'étais enfant et n'avait plus jamais donné de nouvelles…

Elle prit une profonde inspiration avant de continuer.

— Quand nous nous sommes rencontrés, toi et moi, ma mère était morte depuis seulement quelques années, et je ne m'étais pas encore remise de cette perte. Tu m'as posé des questions sur mon père, et je t'ai appris qu'il avait quitté la maison quand j'avais huit ans. Ce que tu m'as dit ce soir-là m'a aidée à prendre conscience qu'en fait je ne connaissais pas toute l'histoire. Alors, quelques années plus tard, ma sœur et moi avons fait des recherches. Nous avons réussi à retrouver une sœur de mon père. Elle nous a expliqué qu'il avait des problèmes de santé mentale et qu'il en souffrait depuis l'enfance. Il suivait un traitement qui s'était révélé efficace pendant un certain temps, mais cela n'avait pas duré. Peut-être avait-il cessé de le suivre, pensant qu'il était guéri. Sa sœur ne l'avait plus revu depuis des décennies, et personne dans sa famille n'avait eu de ses nouvelles, tout comme nous. Nous pensons à présent que ce besoin de disparaître fait partie de sa maladie, mais cela ne rend pas les choses plus faciles, surtout que je ne sais toujours pas ce qu'il est advenu de lui.

Rohan lui caressa la main, ce qui lui fit l'effet d'une petite décharge électrique dans le bras.

— Je ne t'ai pas raconté cela pour que tu me plaignes, dit-elle. Je voulais que tu comprennes à quel point cela a été dur pour moi quand je t'ai cru mort. C'était comme si j'étais de nouveau abandonnée. J'éprouvais même de la colère envers toi. Mais tu étais le père de mon enfant, et je devais te pardonner si je voulais l'élever de sorte qu'il soit fier de qui il était et d'où il venait. J'aurais pu le dresser contre toi en lui communiquant mon chagrin et ma colère, mais je n'ai pas voulu agir ainsi. Ne le dresse pas contre ta famille avec tes propres rancœurs.

Rohan fixa les flammes dans la cheminée comme pour éviter de croiser son regard, puis il secoua la tête.

— Je vais y réfléchir, mais je ne te promets rien. Je ne suis pas aussi magnanime que toi.

Rohan regarda Elise se lever, la fluidité de ses mouvements lui rappelant à quel point elle était forte et souple.

— Je vais faire du thé, dit-elle. Tu en veux ? Ou bien préfères-tu du café ?

Il lui sourit.

— Je boirais volontiers un café, merci.

Il commençait à comprendre comment elle fonctionnait : après une conversation sérieuse qui l'avait mise mal à l'aise, elle avait envie de bouger, de trouver quelque chose à faire, comme si cela l'aidait à évacuer son stress ou à digérer ce qui venait d'être dit.

Quelle chance qu'elle soit la mère de son enfant ! Elle avait su mettre de côté sa douleur et sa colère pour que Jeevan apprenne à aimer un homme qu'il n'avait pas connu et ne pourrait jamais rencontrer – du moins était-ce ce qu'elle avait cru durant toutes ces années.

Il était de plus en plus excité à l'idée de voir son fils. Si la peur n'avait pas complètement disparu, il avait maintenant de bonnes raisons d'espérer qu'ils parviendraient à créer un vrai lien.

Titan se mit à siffler. Comme Rohan regardait dans sa direction, l'oiseau exécuta une petite danse et pencha la tête sur le côté.

— Bon oiseau ! Joli Titan !

— Tu n'es qu'un cabotin, lui lança Rohan en riant.

Il entendit le téléphone d'Elise sonner, puis le murmure de sa voix dans la pièce voisine.

Jugeant que la conversation durerait un moment, il regarda

autour de lui, cherchant quelque chose qui le distrairait de son désir omniprésent de faire de nouveau l'amour avec elle.

Les albums de photos étaient posés sur la table basse. Il prit celui qui se trouvait sur le sommet de la pile.

Lorsqu'il l'ouvrit, il se figea.

Ce n'étaient pas des photos de Jeevan, mais d'Elise et de lui-même. Ils étaient si jeunes, l'un et l'autre ! Et ils se souriaient en échangeant des regards pleins d'amour.

Alors qu'il contemplait une photo de lui, il porta inconsciemment la main à son visage et toucha ses cicatrices. Puis, prenant conscience de ce qu'il était en train de faire, il la laissa retomber.

Elise lui avait dit que tout le monde changeait avec l'âge, et il prenait conscience que, là, elle l'avait accepté tel qu'il était, comme elle l'avait fait par le passé. Durant toutes ces années, il avait oublié à quel point il est important de s'accepter. Il avait continué à souffrir de tous les changements que l'accident avait provoqués en lui.

Se voir tel qu'il était à l'époque l'aidait à se réconcilier avec la disparition du jeune homme qui regardait l'objectif en souriant, et à se sentir bien avec l'homme qu'il était aujourd'hui : un homme plus âgé et aussi plus sage, du moins il l'espérait.

En tournant les pages, il découvrit aussi autre chose. Quelque chose qui le poussa à reprendre l'album depuis le début pour y regarder de plus près.

Son cœur se mit à battre plus fort, et l'incrédulité l'amena à feuilleter fébrilement les pages.

Ce qu'il voyait lui paraissait incroyable, mais c'était là, sous ses yeux. Il ne pouvait y avoir qu'une explication, qui éclairait d'un coup ce qu'il ressentait pour Elise depuis leurs retrouvailles.

Celle-ci entra dans la pièce, apportant un plateau qu'elle posa sur la table.

— C'était Jeevan, au téléphone. Il a réussi à trouver un vol au départ de Hong Kong, mais il ne pourra pas être là avant le matin de Noël.

Il leva les yeux vers elle. Il devait avoir une expression

étrange, car elle abandonna son plateau et s'agenouilla près de lui sur le tapis.

— Qu'est-ce qui ne va pas, Rohan ?

— Ça peut paraître bizarre, dit-il d'une voix étranglée, mais je crois que je t'ai cherchée.

— Quoi ?

— Je t'ai cherchée depuis que je suis revenu au Canada. Ce n'était pas conscient de ma part mais, depuis mon retour, je suis allé partout où nous étions allés ensemble il y a vingt-sept ans.

— Cela semble vraiment bizarre. Tu ne crois pas que tu te l'imagines ?

Il pointa du doigt une photo.

— C'est bien Corner Brook, en Nouvelle-Écosse, n'est-ce pas ?

Elise regarda la photo et hocha lentement la tête.

— Oui, je pense.

— Et là, c'est pris à Tignish, sur l'Île-du-Prince-Edouard. Celle-là, c'est à Truro, dit-il en tournant les pages. Et là, c'est à Moncton. Je le sais, parce qu'il y a quinze ans j'ai décidé de voyager dans les provinces maritimes. Je ne savais pas pourquoi, mais je me sentais obligé d'y aller. Je me suis aussi rendu à Halifax et à Québec.

Il feuilleta l'album pour lui montrer les photos prises dans ces deux villes.

— Et l'année suivante, j'ai passé un mois dans l'Algonkin Park pour y camper et faire du canoë.

— Rohan, il s'agit d'une simple coïncidence !

— Non, je ne crois pas. Après avoir travaillé quelque temps à Toronto et fait tous ces voyages, j'ai voulu bouger. Et le premier endroit où j'ai choisi d'habiter, c'était Guelph.

— Cela n'a rien de surprenant, puisque tu y avais étudié. C'était un endroit que tu connaissais.

Il secoua la tête.

— Je n'ai pas voulu y rester. J'ai continué de déménager, en me dirigeant toujours plus vers l'ouest. Je restais sur place un an, parfois moins, et j'allais ailleurs, jusqu'au jour où je suis arrivé à Calgary. Et là, j'ai cessé de bouger. Pourquoi, après des années d'errance, me suis-je arrêté là, si ce n'est parce que je savais, tout au fond de moi, que tu étais originaire de cette ville et que probablement tu y étais encore ?

[illegible] à l'autre ? [illegible] pour [illegible] depuis des années [illegible] que le savais tout au fond de moi que [illegible] de cette ville et qu'[illegible] ?

Elle le regarda fixement [illegible] esquissa un large sourire.

— [illegible] qu'il avait été [illegible] qu'elle pouvait ne plus [illegible] manipulation du visage [illegible] vingt [illegible] propos qu'il lui tenait.

Il ne pouvait [illegible] pas [illegible] sans le savoir, il n'avait cessé de tenter de la retrouver ?

— [illegible] pas [illegible] sens ?

Elle hocha la tête [illegible]

— Mais si, Elle [illegible] tellement [illegible] perdu [illegible] quand nous avons [illegible] naturel ? Je crois que nous sommes [illegible] quoi qu'il arrive, nous [illegible]

— Non, je ne crois pas, dit-elle [illegible] la pensée. Ce n'est pas comme [illegible] et le cerveau non plus.

Il lui lança un regard si amoureux qu'elle [illegible]

— Ne m'as-tu pas dit que le cerveau est [illegible] Pourquoi quelque chose d'aussi important que l'amour que nous avons eu l'un pour l'autre ne se serait pas inscrit [illegible]

10

Elise regardait fixement Rohan qui, le regard brillant, affichait un large sourire.

C'était comme s'il avait ôté un masque, révélant le Rohan qu'elle pensait ne plus jamais revoir. Malgré les cicatrices qui marquaient son visage, il était redevenu l'homme qu'elle avait connu vingt-sept ans plus tôt. Et cela l'effrayait autant que les propos qu'il lui tenait.

Il ne pouvait certainement pas croire que, sans le savoir, il n'avait cessé de tenter de la retrouver ?

— Ce que tu dis ne tient pas debout, Rohan. Cela n'a aucun sens !

Elle vit son sourire s'élargir.

— Mais si, Elise ! Sinon, comment expliquer que j'aie été tellement attiré par toi dès qu'on s'est revus ? Et la nuit dernière, quand nous avons fait l'amour, pourquoi cela semblait-il si naturel ? Je crois que nous sommes faits pour être ensemble : quoi qu'il arrive, nous revenons toujours l'un vers l'autre.

— Non, je ne crois pas, dit-elle, apeurée au point d'en avoir la nausée. Ce n'est pas comme cela que fonctionne la mémoire, et le cerveau non plus.

Il lui lança un regard si amoureux qu'elle manqua défaillir.

— Ne m'as-tu pas dit que le cerveau est un organe complexe ? Pourquoi quelque chose d'aussi important que l'amour que nous avons eu l'un pour l'autre ne se serait pas stocké quelque part dans le mien, même si j'ai perdu les souvenirs des mois passés ensemble ?

— Je ne sais pas, mais je ne crois pas que tu aies été à ma recherche durant toutes ces années, ni qu'il y ait entre nous un lien autre que la nostalgie et le fait que nous avons un fils ensemble. Le reste n'a aucun sens.

Pourtant, elle aurait tellement voulu y croire ! Mais elle ne pouvait pas se le permettre, car il existait toujours le risque que Rohan se rende compte plus tard qu'il avait commis une erreur et qu'il la quitte de nouveau.

— Je n'ai aucun souvenir du passé, dit-il, je ne peux donc pas être nostalgique. Et je sais que la façon dont tu réagis à mes caresses n'est pas due seulement à de bons vieux souvenirs. Pourquoi as-tu peur ?

— Arrête, Rohan, murmura-t-elle. Je t'en prie, ne fais pas cela.

Quand il la prit dans ses bras, elle voulut résister, mais elle en fut incapable. Elle se laissa aller contre lui, partagée entre le sentiment de sécurité et de confort que lui procurait cette étreinte et la peur de le voir disparaître pour ne plus revenir.

— Quand nous sommes ainsi, comment peux-tu douter que nous sommes faits l'un pour l'autre ? lui murmura-t-il à l'oreille. Aurais-tu peur que je te quitte de nouveau comme je l'ai fait autrefois ?

Elle leva la tête et, sous son regard débordant de tendresse, les larmes aux yeux, elle trouva le courage de dire la vérité.

— Oui.

Rohan resserra son étreinte et lui donna un doux baiser.

— Je ne peux pas t'en faire le reproche, dit-il. Je t'avais promis d'être de retour pour Noël, et il m'a fallu vingt-sept ans pour tenir ma promesse. Et si nous y allions doucement, en nous accordant du temps pour que tu réapprennes à me faire confiance ? Si tu n'y parviens pas, je serai quand même toujours là pour toi. Je n'ai pas l'intention de disparaître.

— Et que dirons-nous à Jeevan ? Je ne veux en aucun cas qu'il souffre à cause de nous.

— C'est un adulte, maintenant. Il comprendra probablement qu'il y a encore un lien très fort entre nous deux. Mais nous n'allons rien précipiter, et nous ferons en sorte qu'il sache qu'il n'aura jamais à choisir entre toi et moi. Nous serons toujours là pour lui, en toutes circonstances.

Elle était partagée entre l'envie d'accepter sa proposition de donner une nouvelle chance à leur amour et la peur de souffrir à nouveau. Aimer Rohan et l'avoir perdu l'avait presque anéantie, cela lui avait laissé des cicatrices invisibles qui marquaient encore profondément son cœur...

Soudain, elle repensa à ce qu'elle avait dit à Rohan le jour même : qu'il faut laisser le passé derrière soi pour aller de l'avant. Il était temps pour tous les deux de se libérer du passé. Peut-être que, avec le temps, ils parviendraient grâce à leur amour à se guérir mutuellement ?

— J'aimerais tenter ce que tu proposes, dit-elle. Nous pourrions commencer par nous voir de temps en temps, comme si nous étions au début d'une relation amoureuse, mais Calgary est assez loin d'ici.

— Une heure et demie de route, ce n'est pas si long. De toute façon, il me reste encore des congés à prendre. Je pourrais m'installer une quinzaine de jours ici à l'hôtel. Cela nous donnerait le temps de voir comment nous organiser.

S'écartant légèrement de lui, elle le regarda.

— Pourquoi ne pas simplement rester chez moi ?

Il haussa les sourcils.

— Dans la chambre d'amis ?

— Mais non !

— Et Jeevan ? Je croyais que tu ne voulais pas qu'il pense que nous étions ensemble, toi et moi ?

— Honnêtement, il est temps que je cesse de me servir de lui comme excuse pour ne pas avoir de vie personnelle. Et je pense que ce sera bien pour lui de se rendre compte que nous essayons de voir si cela remarche entre nous. Après tout, il m'a toujours entendu dire que tu étais un homme merveilleux.

Si je te laissais partir de nouveau, il penserait que je suis une menteuse ou une folle !

Rohan éclata de rire, ce qui la remplit d'espoir.

S'ils pouvaient se parler, rire, s'aimer, partager leurs peurs et leurs rêves comme ils le faisaient autrefois, tout devrait bien se passer.

Elle lui prit le visage entre ses mains et posa un baiser sur ses lèvres. Comme il l'attirait contre lui et lui rendait fiévreusement son baiser, elle cessa de songer au passé pour vivre pleinement l'instant présent avec le Rohan d'aujourd'hui. Et de demain avec un peu de chance.

Rohan la renversa doucement devant le feu de bois. Il se montrait si tendre qu'elle en eut presque les larmes aux yeux.

— Comme tu es belle, murmura-t-il.

— Toi aussi, tu es beau, répondit-elle en suivant du doigt le tracé de ses lèvres.

Ils se caressaient mutuellement, prenant tout leur temps pour redécouvrir le corps de l'autre.

Elle se mit à gémir, en proie à une excitation si violente que cela s'apparentait à une torture.

Parvenue au comble du plaisir, elle cria et s'accrocha à Rohan comme pour ne plus jamais le lâcher.

Une fois leur désir assouvi, ils restèrent dans les bras l'un de l'autre, jambes entremêlées.

— J'aurais tant aimé te voir enceinte de Jeevan, dit Rohan avec une pointe de mélancolie dans la voix. Ou te retrouver plus tôt, ce qui nous aurait permis d'avoir d'autres enfants.

— Il ne faut rien regretter, Rohan. Maintenant, il faut regarder devant nous.

— Je sais, mais... Qu'est-ce que... ?

Il se redressa brusquement.

Lorsque Elise s'assit à son tour, ce fut pour voir Rohan fixer du regard Baxter, l'air furieux. Phoebe se tenait dans l'embrasure de la porte, gardant ses distances, mais visiblement très intéressée par ce qui était en train de se passer.

— Il… Il m'a *reniflé* ! lança Rohan d'un ton indigné. Et il a la truffe très froide !

Elise voulut lui expliquer que c'était le moyen qu'avait trouvé le chien pour leur rappeler que l'heure de sa promenade était passée depuis longtemps, mais elle fut prise d'un fou rire qui redoubla d'intensité lorsque Rohan tourna vers elle son regard offusqué.

Lui aussi finit par éclater de rire, tandis que Baxter s'éloignait, l'air digne.

Riant toujours, elle commença à rassembler ses vêtements.

— Qu'est-ce que tu fais ? grommela Rohan.

— Les chiens ont besoin de sortir.

Rohan bâilla et s'étira, puis il attrapa son jean.

— Je t'accompagne.

Ils sortirent par la porte de derrière et, dès qu'ils furent dehors, il prit sa main gantée dans la sienne.

Ce simple geste réussit à faire disparaître toutes ses craintes, à part celles concernant la rencontre des deux hommes de sa vie lorsque Jeevan reviendrait à la maison.

Comme s'il devinait son changement d'humeur, Rohan lui pressa la main.

— As-tu des regrets ?

— Non, aucun. Je me fais simplement un peu de souci en pensant à la façon dont Jeevan réagira quand il saura, pour nous deux.

— Moi aussi, avoua-t-il. Nous allons prendre tout notre temps, comme nous avons dit, même si, je te l'avoue, ce ne sera pas facile pour moi.

— Et pourquoi ?

Il se tourna vers elle et, à la faible lumière donnée par l'éclairage extérieur fixé au-dessus de la porte, elle lut dans ses yeux tout le désir qu'il avait pour elle.

— Pourquoi ? Parce qu'il suffit que je te regarde pour que j'aie envie de toi, dit-il d'une voix feutrée. Et je ne sais pas quoi faire pour empêcher que tout le monde s'en aperçoive.

Qu'était-il arrivé à l'homme sombre et renfermé qui masquait ses sentiments et évitait toute implication ?

Lorsqu'elle lui posa la question, il eut un petit rire gêné.

— Je n'en ai pas la moindre idée. Au cours de ces deux derniers jours, l'homme que j'étais a fondu peu à peu. Non pas que j'imagine redevenir la personne que j'étais avant l'accident, mais j'ai l'impression d'être délivré du poids du passé.

— J'en suis heureuse si cela t'aide à te sentir mieux. Mais si jamais une situation ou une conversation te met mal à l'aise, tu as parfaitement le droit de reprendre tes distances comme tu l'as fait durant toutes ces années. Cette capacité à te mettre en retrait t'a rendu service. C'est bien de savoir se protéger.

Il leva la tête vers le ciel nocturne et respira profondément, puis il la prit par la taille et la serra contre lui.

— Pendant des années, j'ai cru que l'homme que j'étais devenu était beaucoup moins bien que celui d'avant. Les gens ne cessaient de me le répéter, et je l'avais intégré. C'était comme un poison qui me tuait lentement.

Il la fit pivoter pour qu'elle se trouve face à lui, et elle eut le cœur serré en lui voyant l'expression émerveillée d'un homme heureux.

— Tu m'as donné l'antidote dont j'avais besoin, et je t'en serai toujours reconnaissant.

Il l'attira à lui, et leurs lèvres s'unirent en un long baiser passionné. Les mots étaient devenus inutiles.

Elle rappela les chiens et emmena Rohan directement dans sa chambre.

Le lendemain matin, en se réveillant avec Elise blottie contre lui, Rohan sourit, submergé par le bonheur. Et quand elle ouvrit les yeux et roula sur lui, réclamant un baiser, il crut toucher à l'extase.

Ils sortirent les chiens ensemble, tenant à la main leur mug de café brûlant.

Bien que la météo ait annoncé que la neige ne recommencerait à tomber que tard dans la soirée, des nuages s'entassaient à l'horizon.

Voyant le regard d'Elise fixé vers l'ouest, il comprit qu'elle s'inquiétait.

— Il arrivera, dit-il simplement.

Elle sourit.

— Oui, j'en suis sûre.

Cherchant à lui changer les idées, il commença à jeter des boules de neige à Baxter.

Baxter montrait toujours autant de perplexité en voyant les boules de neige disparaître comme par enchantement quand il mordait dedans. Quant à Phoebe pour qui ce jeu était certainement une nouveauté, elle tentait d'y participer, adoptant des attitudes si saugrenues qu'il était impossible de la regarder sans éclater de rire. Elise et Rohan furent saisis d'un fou rire inextinguible au spectacle que leur offraient les deux chiens.

Lorsqu'ils regagnèrent la maison, Elise se mit à préparer le petit déjeuner pendant que Rohan séchait les chiens et remplissait leurs gamelles. Quand il eut terminé, il se lava les mains à l'évier, mais toute son attention était focalisée sur Elise. Il ne pouvait pas s'en empêcher.

Jamais il ne s'était senti aussi léger, aussi libre, aussi heureux. Mais il était stressé à l'idée de rencontrer bientôt Jeevan. Comment réagirait-il si son fils le rejetait ? Serait-il capable de renoncer au bonheur qu'il venait juste de trouver auprès d'Elise, pour ménager le lien qui unissait la mère et le fils ? Était-ce ce qu'elle attendait de lui ?

— Eh, dit-elle, l'arrachant à ses sombres pensées, tout se passera bien !

— Oui, bien sûr.

Mais il n'en était pas convaincu.

— J'ai un rendez-vous chez le coiffeur à 14 heures, dit-elle en retournant les crêpes dans la poêle. Tu peux rester ici si tu veux, ou bien m'accompagner en ville.

— J'irai avec toi. Pendant que tu seras chez le coiffeur, je me promènerai.

Il voulait lui acheter un cadeau. C'était l'occasion de le faire sans qu'elle se doute de quoi que ce soit.

La journée s'écoula dans une atmosphère paisible. Le simple fait d'être en compagnie d'Elise suffisait à le remplir de bonheur. Il ne vit pas le temps passer, et bientôt arriva le moment de se préparer pour aller au gala de bienfaisance de l'équipe de sauvetage.

Quand il fut prêt, il s'installa dans la salle de séjour en attendant qu'Elise le rejoigne. Quelques minutes plus tard, il entendit le bruit de ses pas dans le couloir, leva les yeux et resta interdit, les yeux braqués sur elle.

— Quoi ? demanda-t-elle, l'air gêné.

— Tu es magnifique ! Tout le monde va me détester d'avoir à mon bras la plus belle femme de la soirée.

Elle rougit légèrement et sourit.

— Merci. Toi aussi, tu n'es pas mal du tout.

— J'ai très envie de t'embrasser, mais cela risque de t'enlever ton rouge à lèvres et tu m'en voudrais sûrement.

Le regard d'Elise s'embruma tandis que ses lèvres se plissaient en une moue sexy.

— Je pourrai toujours en remettre, murmura-t-elle.

Il n'avait pas l'intention de renoncer à une telle invitation, aussi quittèrent-ils la maison plus tard que prévu.

L'hôtel où se déroulait le gala avait été décoré de façon à évoquer la magie de Noël. Quand ils arrivèrent, la salle de bal était déjà pleine à craquer. Un homme de haute taille, à l'allure sportive, vint à leur rencontre, affichant un sourire de soulagement.

— Elise ! J'ai bien cru que tu ne viendrais pas.

— Je t'avais dit que je serais là, Tom, répondit-elle en tendant la joue pour recevoir un baiser. Laisse-moi te présenter le Dr Rohan Khan. Rohan, voici Tom Harding, le chef de l'équipe.

Rohan échangea une poignée de main avec Tom, qui planta son regard dans le sien.

— On m'a dit que vous étiez entré dans cette grange avec Elise pour sortir de là Ben Sullivan.

— Oui, en effet.

— Janice était si reconnaissante de ce que vous avez fait tous les deux qu'elle m'a téléphoné de l'hôpital pour tout me raconter.

— Désolée, Tom, de ne pas t'avoir déjà envoyé un rapport sur cette opération de sauvetage, dit Elise. Je ne l'ai pas encore commencé.

— C'est Noël, cela peut attendre quelques jours. Mais je me demandais si le Dr Khan ne voudrait pas rejoindre l'équipe. Nous avons toujours besoin de volontaires.

Rohan secoua la tête.

— Vous m'en voyez très flatté, mais ce n'est pas dans mes projets. D'autre part, je vis à Calgary, alors je ne pourrais pas vous êtes très utile ici.

— Dommage. J'espérais vous recruter et vous voir nous ramener Elise. C'est une des meilleures recrues que nous ayons eues.

— En fait, Tom, je voulais te parler de cela, dit Elise.

Le visage de Tom Harding s'illumina.

— Tu serais prête à revenir ?

— J'y songe. Mais si tu veux que je travaille avec un chien, il m'en faudra un nouveau. Je ne veux pas mettre en danger la santé de Baxter.

Tom se frotta les mains comme s'il venait de décrocher le gros lot.

— Nous rediscuterons de tout cela plus tard mais, pour moi, c'est la meilleure nouvelle depuis des semaines.

Elise se mit à rire.

— Vous vous êtes très bien débrouillés sans moi.

— Mais avec toi, nous sommes encore meilleurs.

Quelqu'un appela Tom, réclamant sa présence.

— Je vous laisse, dit-il. Mêlez-vous aux autres et n'hésitez pas à participer aux enchères. Et ouvrez bien vos oreilles, il y aura quelque chose de spécial dans quelques minutes.

Quand Tom se fut éloigné, Elise se rendit compte que Rohan la regardait avec un grand sourire.

— Pourquoi as-tu cet air ravi ? demanda-t-elle.

— Parce que ce que tu viens de dire à Tom me rend très fier de toi.

— Sans toi, je n'en aurais pas eu le courage, avoua-t-elle.

Comme il se penchait vers elle pour lui poser un petit baiser sur la joue, elle sut que son destin était de partager sa vie avec lui. Son amour n'avait jamais vraiment disparu, il était simplement resté endormi au fond de son cœur pour se réveiller, plus fort que jamais.

— J'ai quelque chose à te dire, murmura-t-elle en lui caressant la joue.

— Je t'écoute, répondit Rohan tout bas.

— Je t'aime, je t'ai toujours aimé, et je t'aimerai toujours.

Il devint tout pâle, puis il sourit, et son visage s'illumina.

— Moi aussi, je t'aime, Elise. Mais n'aurais-tu pas pu attendre un peu pour me le dire ? Je risque de te mettre dans une situation embarrassante devant tes collègues !

— Non, j'ai déjà attendu trop longtemps.

— Eh bien, je crois que je vais te demander de me le prouver d'ici peu, juste pour m'assurer que tu penses vraiment ce que tu viens de dire.

Elle étouffa un petit rire, envahie d'une bouffée de désir.

— D'accord. Si on allait boire quelque chose ? Je commence à trouver qu'il fait très chaud ici.

La prenant par la taille, il l'entraîna vers le bar.

Pendant qu'ils circulaient dans la salle, un verre à la main, elle prit conscience des regards curieux qu'ils suscitaient. Personne ne leur posait de question, mais elle savait que tous s'interrogeaient. La plupart connaissaient Jeevan. Comment ne remarqueraient-ils pas l'extraordinaire ressemblance qui existait entre Rohan et son fils ?

Mais cela lui était bien égal. Bientôt, tout le monde saurait que le père de Jeevan avait refait surface et avait repris sa place dans sa vie pour toujours !

Alors qu'ils bavardaient avec des anciens collègues, elle vit Tom monter sur l'estrade et s'emparer du micro.

Le silence se fit bientôt dans la salle.

— Mesdames et messieurs, bonsoir. Merci à tous d'être venus ce soir apporter votre soutien à notre collecte de fonds qui a lieu chaque année à Noël. Dans un instant, nous allons passer à table mais, ce soir, nous commençons avec une petite surprise.

Des murmures s'élevèrent dans la foule. Dans l'expectative, tout le monde fixa son attention sur Tom.

— L'an dernier, comme vous le savez, notre équipe a perdu un de ses membres, qui avait choisi de nous quitter. Le Dr Elise Van Hagan était, et est toujours, l'une des meilleures secouristes avec qui j'aie eu le privilège de travailler.

Sous le choc, Elise sentit ses jambes flageoler et fut heureuse de pouvoir s'appuyer sur Rohan, qui lui passa un bras autour des épaules.

— Lorsque le comité s'est réuni pour préparer cette soirée, continua Tom, nous avons parlé de l'admiration que nous avions pour le Dr Van Hagan, et nous avons décidé de lui rendre hommage ce soir. Elise, veux-tu venir me rejoindre sur cette estrade, je te prie ?

— Allez, vas-y, murmura Rohan en la débarrassant de son verre.

Comme elle ne bougeait pas, il la poussa légèrement.

D'un pas hésitant mais la tête haute, elle marcha parmi les applaudissements vers Tom, qui l'accueillit d'un large sourire.

— Elise, tout ceci était organisé bien avant que tu ne m'annonces, il y a quelques instants à peine, que tu songeais à revenir dans l'équipe.

Il marqua une pause pendant qu'éclataient des applaudissements nourris. Lorsque ceux-ci se calmèrent, il reprit la parole.

— Tu peux imaginer à quel point ta décision nous ravit,

mais cela ne fait pas oublier le magnifique travail que tu as accompli au sein de l'équipe durant les dix dernières années.

Il se tourna alors vers le public.

— Il y a deux jours, j'ai appelé Elise pour lui demander de se rendre sur les lieux d'un accident. Une grange s'était effondrée, et l'équipe ne pouvait être sur place aussi rapidement qu'elle. Elise a accepté sans hésiter un instant, et elle a sauvé la vie d'un jeune homme.

Cette fois, il y eut un tonnerre d'applaudissements et des sifflets admiratifs.

Elise se sentit devenir écarlate.

— Allez, Tom, viens-en au fait. Je suis sûre que tout le monde meurt de faim.

Ce qui déclencha l'hilarité générale.

— Bon, d'accord. Ordre du médecin. Elise, au nom de l'équipe de sauveteurs de Banff et de toutes les personnes que tu as contribué à sauver au cours de ces années, je suis heureux de t'offrir cette plaque célébrant les services que tu as rendus à notre communauté.

Entendant des pas résonner derrière elle, Elise se retourna, s'attendant à voir apparaître quelque personnalité officielle. Au lieu de quoi...

— Jeevan !

Il arborait un large sourire, mais elle le connaissait assez pour voir dans son regard qu'il se posait des questions.

Tandis que l'assistance applaudissait à tout rompre, elle serra son fils dans ses bras.

— Tu es là ! Tu es rentré !

11

Rohan restait figé sur place, le regard braqué sur le jeune homme qui venait de surgir des coulisses pour embrasser sa mère. En l'observant, il ne put s'empêcher de sourire, le cœur battant à tout rompre.

Son fils !

Pendant que la mère et le fils s'étreignaient, il n'avait d'yeux que pour eux.

Elise avait les larmes aux yeux, et Jeevan lui caressait la joue, riant de la surprise qu'il venait de lui faire. Il y avait tant d'amour entre ces deux-là...

Puis il les vit se tourner tous les deux vers lui. Jeevan souriait toujours, mais avec un regard interrogateur. Il avait dû observer la salle depuis les coulisses et se demander qui était cet homme qui semblait si proche de sa mère.

Le trio quitta la scène et disparut derrière le rideau.

Que devait-il faire ? Les rejoindre ? Rester où il était ?

Il vit Elise écarter le rideau. Elle n'eut même pas à lui faire signe, il se dirigeait déjà vers l'estrade. Il avait l'estomac noué et la gorge sèche, mais rien n'aurait pu l'empêcher d'aller les retrouver, elle et son fils.

Tandis qu'il grimpait les marches de l'estrade, il entendit la voix de Jeevan :

— Il n'y a jamais eu de voyage en Australie. J'avais décidé de te faire une surprise, avec l'aide de Tom. Mais qui est ce type ?

Vous semblez vraiment très proches, tous les deux. Est-ce lui qui t'a convaincue de réintégrer l'équipe ?

— C'est...

Elle s'interrompit en le voyant apparaître, et Jeevan se retourna.

À cet instant, Rohan vit à quel point ils se ressemblaient tous les deux. Et ils étaient à peu près de la même taille, sauf que Jeevan le dépassait de quelques centimètres.

Il sentit son cœur s'emballer, mais il soutint le regard de son fils, qui fronçait les sourcils, la bouche crispée.

— Maman ?

Elise semblait incapable de faire un geste ou de dire un mot.

— Maman ? répéta Jeevan en se tournant vers elle.

Tremblante comme une feuille, elle essaya de sourire.

— Oui, c'est bien lui. Il est vivant, et il nous a trouvés.

— Comment... ? Je croyais... Tu m'avais dit qu'il était mort !

— Je t'expliquerai, dit Elise.

Rohan sentit son sang se figer dans ses veines. Elise avait dit « je ». Pas « nous ».

Mais n'en avait-elle pas le droit ? Elle avait élevé Jeevan seule. Il existait une vraie relation entre eux, alors que lui n'était encore qu'un étranger qui espérait être accepté.

— Je vais vous laisser, dit-il en essayant de ne pas prendre un ton glacial.

Et il pivota sur ses talons pour regagner la salle de bal.

— Attends !

Entendre les deux voix l'appeler en même temps le bloqua sur place. Il se retourna et vit Jeevan venir vers lui.

Il se retrouva dans les bras de son fils, qui le serrait à l'étouffer.

— Papa. Papa !

C'était comme si, soudain, tout rentrait dans l'ordre.

Elise se demandait comment elle avait réussi à tenir le coup durant la soirée. Le dîner à peine terminé, ils s'étaient éclipsés tous les trois.

Sur le chemin du retour, Jeevan les avait bombardés de questions, ne s'interrompant que pour aller chercher ses bagages chez l'ami qui l'avait hébergé. Rohan et elle avaient dû tout reprendre depuis le début, expliquer l'accident et raconter comment le père de Rohan avait menti pour s'assurer qu'elle sorte définitivement de la vie de son fils.

— Ouah ! C'était vraiment minable. Sais-tu pourquoi il a fait cela, papa ?

— Je crois que c'était pour m'amener à épouser la fille de l'un de ses amis. Il voulait que les deux familles s'allient. Mon père ne pensait qu'à faire des affaires et de l'argent.

— Et que s'est-il passé ? As-tu épousé cette femme ?

— Oui, mais cela n'a pas marché entre nous.

Il y eut un petit silence. Comme Elise jetait un coup d'œil dans le rétroviseur, elle aperçut Jeevan qui secouait la tête.

— Je suis désolé que tu aies vécu tout cela, papa.

— Merci, fils, répondit Rohan.

Elle eut le cœur serré en le voyant essuyer une larme.

— Bon sang ! s'écria Jeevan. Mon père est là ! Mon père est revenu ! Dis, papa, tu voudras bien m'apprendre à lancer la balle au base-ball ?

— Désolé, fils, j'ai grandi à Trinité-et-Tobago, alors je peux t'apprendre à jouer au cricket, si tu veux. Mais pour le base-ball, c'est non. Et pour ce qui est du hockey, n'y pense même pas !

Tous trois riaient encore en sortant de la voiture.

— Maman, j'espère bien qu'il y a quelque part dans la maison des tartelettes au beurre qui m'attendent. Sinon, ce ne serait pas Noël !

— À condition que ton père ne les ait pas toutes mangées.

— Eh, ne le pousse pas à me prendre déjà en grippe, protesta Rohan en riant. Laisse-lui au moins le temps d'apprendre à me connaître, pour qu'il puisse me détester pour de bonnes raisons, et pas pour des gâteaux !

— Je ne t'ai jamais détesté, dit Jeevan d'un ton grave. Et cela n'arrivera jamais.

— Heureux de te l'entendre dire.

Et, comme s'ils ne pouvaient s'en empêcher, ils se prirent de nouveau dans les bras.

Baxter fit une telle fête à Jeevan que Phoebe en fut effrayée.

Elise prépara du chocolat chaud qu'elle servit dans la salle de séjour.

Voyant que le sapin n'était pas encore décoré, Jeevan insista pour que tous trois comblent cette lacune de suite. Il jugeait inacceptable que le sapin soit nu le matin de Noël.

— Tu devrais écrire un livre, dit-il à son père tout en accrochant une guirlande. Ton histoire ressemble à un soap opera, ou à un film de Bollywood. On croit le héros mort, et puis, quand on s'y attend le moins, le voilà qui réapparaît.

— Raconté comme ça, bien sûr, c'est peu crédible. Les gens penseraient que j'ai tout inventé.

— De nos jours, intervint Elise, on a du mal à imaginer ce qu'était la communication autrefois. L'information restait très locale. On savait à peine ce qu'il se passait dans la ville voisine. Aujourd'hui, tout le monde a un téléphone portable, et l'on s'envoie des messages, des photos, des vidéos... Internet a changé la face du monde.

Elle savait qu'il faudrait un peu de temps à Jeevan pour comprendre comment une telle situation avait pu se produire. Mais elle avait maintenant la conviction que tout se passerait bien.

Rohan et elle étaient tombés d'accord pour cacher pour l'instant à leur fils la nature de leur relation actuelle. Ils avaient donc décidé que, dans un premier temps, ils ne dormiraient pas ensemble, jugeant qu'il valait mieux ménager Jeevan. Une surprise à la fois leur semblait largement suffisante pour lui.

— Ah, j'adore Noël ! s'exclama Jeevan. Et celui de cette année est vraiment le meilleur.

— J'ai hâte que tu nous racontes ton voyage en Indonésie et à Bornéo, dit Rohan. As-tu rassemblé assez de données pour ton doctorat ?

— Oui, je pense. Cette mission était passionnante, mais la vie là-bas s'est révélée assez dure. Je comprends que certains scientifiques préfèrent le terrain, mais la vie dans la jungle n'est pas faite pour moi. En tout cas, pas en permanence.

Elise se sentit soulagée. Elle avait craint que Jeevan ne passe son temps à voyager dans des pays lointains ou ne réside dans des lieux inaccessibles. Même s'il ne restait pas à Banff, elle aurait probablement des chances de pouvoir aller le voir régulièrement là où il se fixerait.

— Est-ce toi qui as poussé maman à réintégrer l'équipe de sauvetage ? demanda Jeevan à son père. Je lui avais dit, l'an dernier, qu'elle ne devait pas abandonner. Sais-tu qu'elle avait quarante-deux ans quand elle a passé brillamment les épreuves physiques, alors que des candidats de la moitié de son âge ont échoué ?

Rohan la regarda avec une expression qui la fit rougir. Elle se réjouit que Jeevan, occupé à accrocher des babioles aux branches du sapin, leur tourne le dos.

— Je l'ignorais, dit Rohan, mais je n'en suis pas surpris. Non, ce n'est pas moi qui l'ai poussée, mais je lui ai dit que je lui trouvais des qualités exceptionnelles dans ce domaine.

Et il se mit à raconter à leur fils les interventions qu'ils avaient faites ensemble – le sauvetage de Ben, l'aide apportée à Mme Pilar, et même l'histoire du corbeau blessé.

— Vous n'avez pas chômé, tous les deux ! s'exclama Jeevan.

— Tu peux le dire, confirma-t-elle.

La décoration du sapin était à présent presque terminée.

— Je crois vraiment que vous avez matière à écrire un best-seller, déclara Jeevan. Et si l'histoire se terminait par un mariage, ajouta-t-il en leur lançant un regard taquin, vous pourriez le publier dans une collection de romans à l'eau de rose ! Il paraît que le marché est énorme.

— Jeevan ! protesta-t-elle, s'efforçant de prendre un air offusqué.

Mais Rohan vint tout gâcher.

— Chut, fiston, ne va pas lui faire peur. J'y travaille.

— Décidément, c'est vraiment le plus beau des Noëls, lança Jeevan, le visage rayonnant.

Il était clair qu'il savait déjà que ses parents s'aimaient toujours, et de toute évidence cela ne lui posait pas de problème.

— Le premier d'une longue série, affirma Rohan.

Il avait l'air si sûr de lui et si amoureux qu'elle alla l'embrasser, sans plus se soucier de ce que Jeevan pourrait en penser.

— Oui, dit-elle en souriant. Le premier d'une longue série de très beaux Noëls où nous serons ensemble.

SUSANNE HAMPTON

Docteur et prince

BLANCHE

HARLEQUIN

Titre original :
REUNITED WITH HER SECRET PRINCE

Ce roman a déjà été publié en 2021.

Prologue

Assise sur le bord de son lit, le corps penché vers l'avant, Libby McDonald inspira lentement pour tenter de maîtriser les émotions qui la submergeaient.

C'était une belle matinée d'été, le 12 juin. Un jour qu'elle n'oublierait probablement jamais, car il marquait un tournant radical dans son existence. Sa vie lui semblait soudain échapper à tout contrôle.

Une réaction à l'exact opposé de son caractère. Elle se montrait toujours d'un grand calme, même dans les moments les plus stressants. Mais là, elle n'était pas en cardiologie ni aux urgences, et il ne s'agissait pas de gérer des patients. Elle essayait de dominer sa peur, et elle y échouait lamentablement.

Son regard ne cessait de se fixer sur la bandelette réactive qui gisait sur le sol puis de s'en détourner, avant d'y revenir pour s'en détourner à nouveau, comme si le fait de ne pas la regarder lui déniait toute réalité. Mais elle était bel et bien réelle. Les résultats du test étaient sans ambiguïté : elle allait avoir un bébé d'un homme qui avait disparu de sa vie aussi rapidement qu'il y était entré. Et la vue de cette bandelette lui rappelait à quel point elle avait manqué de jugement en tombant amoureuse de quelqu'un qu'elle connaissait à peine.

Elle s'était toujours imaginé rencontrer l'homme de sa vie, se marier avec lui et connaître le bonheur dans une petite maison près de l'océan, où ils verraient grandir leurs enfants. La réalité était tout autre : elle attendait bien un bébé, mais elle vivait dans un appartement de location, elle était encore en train de rembourser son prêt étudiant tout en économisant pour remplacer le vieux tacot garé dans l'allée et, surtout, elle était seule.

Seule.

Deux mois plus tôt, elle avait cru que s'offrait à elle la vie idéale, celle dont rêve toute femme. L'élu de son cœur était un beau médecin, brun, grand et charismatique. Ils travaillaient ensemble depuis presque un mois lorsqu'elle l'avait invité chez elle un soir, faisant de lui son amant.

Ce n'était pas dans ses habitudes de se comporter ainsi lors d'un premier rendez-vous, mais ce soir-là cela lui avait paru naturel. Jusqu'alors, ils avaient passé des heures à s'affairer côte à côte aux urgences, à déjeuner ensemble aussi souvent que possible et à avoir de longues conversations sur la médecine devant un café, tard le soir à la cafétéria, quand le calme relatif du service leur permettait de faire une pause. Lorsqu'elle lui avait parlé de son attirance pour la cardiologie, il lui avait conseillé de se spécialiser dans cette branche et lui avait même trouvé un stage de formation.

Libby avait essayé de réprimer les sentiments qu'elle éprouvait pour lui, mais ceux-ci n'avaient cessé de croître. Elle admirait sa gentillesse, l'attention qu'il portait aux patients, et sa grande compétence qui lui permettait de sauver bien des vies. Le respect qu'elle avait pour le professionnel s'était mué en quelque chose de plus fort.

Elle avait remarqué qu'il avait parfois l'air sombre et distant, mais son humeur semblait s'améliorer lorsqu'il la voyait, et elle-même avait l'impression d'être sur un petit nuage dès qu'il se trouvait dans les parages.

Avant lui, elle n'avait eu que deux liaisons. La première, juste après le lycée, avait duré un an et avait pris fin quand son partenaire et elle avaient compris que leur relation était fondée plutôt sur l'amitié. Elle était ensuite sortie pendant six mois avec un étudiant en médecine et, lorsqu'ils s'étaient séparés, ni l'un ni l'autre n'avaient eu le cœur brisé. Ces deux histoires n'avaient rien eu de passionné, et Libby avait décidé de se concentrer désormais sur ses études et sa carrière.

Mais cette nuit fatale où elle avait finalement cédé à son attirance pour cet homme, celui-ci s'était comporté comme si elle avait été pour lui l'unique femme au monde. La façon dont il l'avait tenue dans ses bras et lui avait fait l'amour l'avait naïvement amenée à croire qu'il l'aimerait sa vie durant. Elle s'était imaginé avoir trouvé son âme sœur.

Mais, lorsqu'elle s'était réveillée le lendemain, il n'était plus là, et elle n'avait pas tardé à apprendre qu'il avait quitté la ville. Il avait envoyé le matin même un courriel à l'hôpital pour informer la direction de son départ et n'était jamais revenu.

Elle devait s'incliner devant la triste réalité : elle n'avait pas rencontré l'homme de ses rêves. Huit semaines plus tard, elle se trouvait face à une autre réalité : à vingt-neuf ans, elle attendait un enfant, et sa vie serait désormais celle d'une mère célibataire. Elle n'aurait personne auprès d'elle pour l'aider. Pas de partenaire avec qui partager ses joies et ses peines.

Se laissant tomber en arrière sur le lit, elle regarda fixement le ventilateur qui tournait lentement au plafond, brassant l'air chaud.

Elle était bien décidée à ne plus jamais laisser ses émotions obscurcir son jugement. Ni les élans de son cœur dominer la voix de la raison.

À vrai dire, le résultat du test de grossesse qu'elle avait acheté cet après-midi à la pharmacie n'était pas une surprise. Il ne faisait que confirmer ce qu'elle ressentait au fond d'elle-même. Depuis près de six semaines, elle avait des nausées et dévorait plus d'olives, de poisson et de pain qu'elle n'en avait jamais mangé de toute sa vie. C'était d'autant plus étrange qu'elle avait toujours détesté les olives et l'odeur du poisson frais.

Ses fringales concernaient des produits méditerranéens. Le père de son bébé, l'homme qui lui avait brisé le cœur et avait anéanti sa confiance en elle, était originaire de cette région.

Elle fut soudain arrachée à ses sombres pensées par des coups frappés à la porte de son appartement.

— Coucou ! Y a-t-il une créature de rêve par ici ? cria quelqu'un. Je veux dire : à part moi, bien sûr !

Elle reconnut la voix chantante de Bradley, son meilleur ami. Ils se connaissaient depuis l'époque où elle faisait ses études d'infirmière. Elle s'était demandé comment il réagirait quand il apprendrait qu'elle était enceinte, d'autant plus qu'elle ne lui avait pas parlé de son aventure d'un soir, elle qui ne lui cachait jamais rien d'habitude.

Elle s'assit au bord du lit puis se leva lentement, les jambes flageolantes et les idées confuses.

— C'est ouvert, Bradley, et je suis dans ma chambre... J'ai quelque chose à te dire.

Une demi-heure plus tard, ils se tenaient tous deux autour de la table, silencieux, contemplant le fond de leur verre de thé glacé vide.

Bradley l'avait entraînée dans la cuisine, où il l'avait poussée à prendre une boisson fraîche et à manger quelque chose. Il avait rapporté de la pâtisserie du coin de la rue deux petits gâteaux dont il ne restait que quelques miettes dans les assiettes.

Elle soupçonnait qu'il avait autant besoin qu'elle de retrouver son calme. Apprendre sa grossesse avait été pour lui un vrai choc.

— Quel sale type, dit-il en soupirant.

— Je me sens tellement stupide. En fait, je ne le connaissais pas du tout en dehors du travail. Mais nous nous entendions si bien ! Nous pouvions parler pendant des heures, et j'ai cru... J'ai cru que c'était sérieux. Mais je me suis trompée. J'avoue que j'ai peu d'expérience dans ce domaine. Je suis une idiote, voilà tout.

Bradley lui tapota la main.

— Tu n'es pas une idiote, Libby. L'amour nous fait faire des choses bizarres. Dieu sait combien de fois je suis tombé amoureux de types qui n'en valaient pas la peine.

Elle hocha la tête, lasse de parler de l'homme qui lui avait brisé le cœur.

Elle ne voulait plus pleurer à cause de lui. À présent, elle avait besoin de se focaliser sur elle et sur son bébé.

— Nous surmonterons tout cela ensemble, dit Bradley en lui relevant le menton. Je suis là, tu le sais.

— C'est si gentil à toi, Bradley ! Mais je suis responsable de tout ce gâchis. Il n'y a aucune raison que tu te sacrifies pour moi et pour mon enfant, dit-elle en baissant les yeux sur son ventre.

— Quel ami abandonnerait sa meilleure amie et son bébé ? Certainement pas moi !

Il se leva pour aller mettre les verres vides dans le lave-vaisselle. Puis, pivotant sur ses talons, il la regarda, l'air décidé.

— Tu vas être la plus merveilleuse des mamans, et moi le plus élégant des tontons. Ah ! je me demande si cet enfant va avoir tes magnifiques cheveux roux. Je l'espère. J'imagine déjà les tons de sa garde-robe : du vert, du cuivre, du jaune. Seigneur, nous allons avoir tellement de choix !

— Que ferais-je sans toi ? dit Libby en souriant malgré elle.

— Tu ne le sauras jamais, pour la bonne raison que je serai toujours là. Ce bébé va être aimé et choyé, et il aura tout ce qu'il veut dans la vie.

Tout, sauf un père, songea-t-elle, le cœur gros.

— Nous lui organiserons les plus belles fêtes d'anniversaire qui soient, poursuivait Bradley, tout excité. Des mini-fêtes foraines, avec un manège, de la barbe à papa…

Elle ne put s'empêcher de rire.

— Tu penses déjà à gâter outrageusement cet enfant alors que nous avons encore sept mois à attendre avant de faire sa connaissance.

— C'est normal. En tant qu'oncle Bradley, je me sens responsable. Désormais, je ferai partie de sa vie.

Elle ressentit comme un coup de poignard en plein cœur.

Elle aurait tant voulu que le père du bébé fasse lui aussi partie de son existence ! Mais cela n'arriverait pas. Elle n'avait aucune idée de l'endroit où il se trouvait aujourd'hui. Elle ne pouvait pas avoir son adresse par le biais de l'hôpital, et il n'avait parlé à personne de son départ, avant de soudain présenter sa démission dans un courriel des plus brefs.

De toute évidence, elle ne comptait pas pour lui. Le temps qu'ils avaient passé ensemble n'était pas aussi génial qu'elle l'avait cru. Tout cela avait été le fruit de son imagination. Elle ne saurait jamais quelle réaction il aurait eue en apprenant qu'ils avaient conçu un enfant, car elle n'avait aucun moyen de lui annoncer la nouvelle.

Le regard fixé sur la mer d'un bleu éblouissant, Daniel Dimosa songeait à Libby, la ravissante infirmière rousse qui, quelques mois auparavant, lui avait fait oublier durant quelques semaines à quel point son avenir était incertain.

Elle était douce, gentille, et il aurait voulu la garder avec lui pour toujours. Jamais il n'avait vu une infirmière montrer une telle compétence professionnelle et une telle empathie naturelle. Elle n'hésitait pas à prolonger sa journée de travail pour calmer les peurs d'un patient, ni à faire des kilomètres pour transmettre son savoir-faire à des étudiants inexpérimentés. Elle réussissait aussi à insuffler à l'équipe médicale un sentiment de cohésion ainsi que celui de jouer un rôle important…

Il avait lutté contre l'attirance qu'il éprouvait pour elle en travaillant à son côté aux urgences. Il s'était efforcé de conserver à leur relation un caractère strictement professionnel, mais il avait échoué. Malgré tout ce qu'il s'était promis, il n'avait pu ignorer ses sentiments pour elle. Il cherchait des prétextes pour passer du temps avec elle, allant jusqu'à boire un dernier café en sa compagnie au petit matin, à la cafétéria de l'hôpital. Mais il avait réussi à garder à leurs conversations un tour léger. Jamais ils n'avaient évoqué leur passé, ou de l'avenir.

Il ne pouvait pas se permettre de faire des promesses qu'il ne pourrait pas tenir. Il savait qu'il devrait bientôt partir.

L'impossibilité pour lui de s'engager sérieusement avec une femme l'avait conduit à ne connaître jusque-là que de brèves aventures avec des partenaires qui n'en attendaient pas davantage.

C'était pour cette raison qu'il était parti cette nuit-là sans lui fournir d'explication. Il avait fui sans la réveiller, et chaque pas qui l'éloignait d'elle le faisait souffrir, sachant que jamais plus il ne la reverrait ni ne lui ferait l'amour.

Il était conscient d'avoir commis une erreur en passant du statut de collègue à celui d'amant, mais ils s'étaient laissé emporter tous les deux par la passion. Il n'avait pu résister au besoin de la serrer dans ses bras, même une seule nuit. Puis il était parti, sachant qu'il n'avait pas d'autre choix.

En refermant la porte derrière lui, il avait su qu'il n'oublierait jamais Libby. Il faisait cela pour la protéger… Et pourtant, il devait tout faire pour l'oublier, et il espérait qu'elle ferait de même de son côté.

1

— Je t'aime, Billy, dit Libby.

— Ze t'aime, maman.

— Il faut que tu sois gentil avec mamie pendant mon absence, ajouta-t-elle en caressant l'épaisse chevelure noire de son fils. Je ne pars que quelques jours, et tu vas beaucoup me manquer.

— Ze serai gentil, maman, c'est promis, répondit Billy en lui passant ses bras autour du cou.

— Papy m'attend dans la voiture pour m'emmener à l'aéroport. Je dois partir, maintenant, mais je serai bientôt de retour.

— Mamie a dit dans sept dodos.

— C'est bien ça. Je t'aime jusqu'à la lune aller et retour.

— Ze t'aime encore plus, répondit le petit garçon en s'accrochant à son cou.

Elle se redressa, passa affectueusement la main dans les cheveux de son fils puis se tourna vers sa mère.

— Si tu as besoin, maman, n'hésite pas à m'appeler, de jour comme de nuit. Mon portable restera toujours allumé. Je te téléphonerai tous les soirs, mais si Billy attrape un petit rhume ou s'il a mal au ventre ou s'il a simplement envie de me parler, appelle-moi, à n'importe quel moment.

— Je le ferai, c'est promis, dit sa mère. Billy sera bien avec nous. Maintenant, file, ou tu vas rater ton avion.

Libby se dirigea vers la voiture garée dans l'allée. Son père était au volant et les bagages déjà rangés dans le coffre.

Une fois installée, elle jeta un dernier regard à son fils, qui tenait la main de sa grand-mère.

Il lui manquait déjà.

— Ne t'inquiète pas, ma chérie, lui dit son père alors qu'ils roulaient vers l'aéroport. Nous prendrons bien soin de notre petit-fils.

— Je le sais, papa, mais je ne me suis encore jamais séparée de Billy, et c'est... c'est...

— C'est dur, je le sais. Mais, crois-moi, ça l'est plus pour toi que pour lui. En tant que parent, on se fait nécessairement du souci pour son enfant et on éprouve toujours un manque quand il n'est pas avec nous. Mais nous nous occuperons bien de lui. Ta mère a déjà prévu toute une liste d'activités pour le distraire. Demain, nous l'emmènerons au zoo, et après-demain nous irons au parc de loisirs. Jeudi, Bradley doit l'emmener manger une glace et faire une promenade sur la plage. Vendredi, il ira au cinéma avec sa grand-mère voir un dessin animé, et samedi, il est invité à aller jouer avec les petits-enfants de nos voisins. Tu vois, le programme est chargé. Cette semaine, je suis sûr que nous allons tous bien dormir, car nous serons morts de fatigue !

Libby hocha la tête, silencieuse.

Si elle appréciait tout ce que ses parents avaient planifié pour Billy, elle n'en éprouvait pas moins un véritable déchirement à se séparer de son fils durant toute une semaine. À trente-trois ans, elle était la maman d'un adorable bambin de trois ans qu'elle élevait seule et aimait plus que tout au monde. Être loin de lui représentait une vraie souffrance.

— Tu vas sûrement passer de bons moments dans les Caraïbes, poursuivit son père. Ce n'est pas tous les jours qu'on t'offre l'occasion de passer une semaine sur un yacht luxueux pour prendre soin d'un richissime patient. Comment s'appelle-t-il, déjà ?

— Sir Walter Lansbury.

— Ah oui, c'est vrai. C'est un philanthrope et un bienfaiteur du Northern Bay General Hospital. Il y a même une aile de l'hôpital qui porte son nom, m'a dit ta mère.

— Oui, il est très généreux. C'est pourquoi la direction de l'hôpital a cédé à sa requête lorsqu'il a demandé que je l'accompagne pour veiller sur lui durant cette croisière dans les Caraïbes. Je trouve cela vraiment ridicule. À soixante-dix-neuf ans, il ferait mieux de rester chez lui pour se remettre tranquillement de son opération, au lieu de naviguer sur son yacht cinq semaines après avoir subi un triple pontage coronarien !

— Il m'a l'air d'avoir le goût de l'aventure.

— C'est surtout un casse-cou qui se met bêtement en danger.

— Sans aucun doute, c'est un casse-cou, mais s'il était bête, il n'aurait pas amassé une telle fortune.

Libby ne répondit pas.

Elle détestait les prises de risque et trouvait stupide que Sir Walter se montre aussi imprudent avec sa santé. Elle-même avait pris de gros risques en tombant amoureuse, et elle avait décidé de fuir les situations hasardeuses. Désormais, son existence très organisée lui semblait parfaite, sauf les nuits où elle se mettait à penser au père de Billy. Mais ça lui arrivait de plus en plus rarement, et elle espérait que, avec le temps, elle finirait par oublier cet homme.

— Nous ne savons jamais ce que l'avenir nous réserve, reprit son père. Cette expérience changera peut-être le cours de ta vie. En tout cas, je suis sûr d'une chose, c'est que Sir Walter a engagé la meilleure infirmière en cardiologie de tout le pays pour veiller sur lui.

Libby lui sourit, sans pour autant valider ces propos.

Selon elle, bon nombre d'infirmières auraient pu remplir cette mission, mais la direction de l'hôpital avait insisté pour la lui confier, et quand une décision était prise en haut lieu, il était hors de question de la contester. En moins de huit jours, l'affaire avait été réglée, et elle était maintenant en route pour s'occuper de la santé du généreux bienfaiteur dont elle avait pris soin après son opération du cœur.

Comme elle regrettait, à présent, d'avoir fait partie de l'équipe de cardiologie plutôt que de travailler aux urgences !

À l'aéroport de Miami, Libby prit un taxi qui l'emmena au *Four Seasons*, où l'assistante de Sir Walter lui avait réservé une chambre. Le soleil était déjà couché. Après avoir téléphoné à Billy et lui avoir souhaité bonne nuit, elle se fit servir un dîner dans sa chambre, puis elle prit un bain chaud. Ayant peu dormi la nuit précédente, elle était proche de l'épuisement lorsqu'elle se glissa enfin entre les draps pour sombrer aussitôt dans un sommeil profond.

Le lendemain matin, elle fit une courte promenade avant de revenir prendre son petit déjeuner dans sa chambre, puis elle se rendit en taxi à la marina, où elle était attendue pour 11 heures.

À mesure qu'elle approchait du port, elle se sentait de plus en plus nerveuse.

Comment avait-elle pu accepter de partir toute une semaine en mer ? Billy allait terriblement lui manquer. Il était sa raison de vivre, le moteur qui la poussait à tenir.

— Nous voilà arrivés à destination, mademoiselle, dit le chauffeur du taxi.

— Merci, répondit-elle en le gratifiant d'un sourire.

Rajustant ses lunettes de soleil sur son nez, elle contempla, fascinée, le superbe yacht amarré devant elle.

Il paraissait gigantesque et d'un luxe incroyable. Jamais elle n'avait vu un bateau aussi impressionnant. À vrai dire, son expérience en la matière se limitait aux reportages télévisés, mais jamais elle n'aurait imaginé voir de ses yeux un yacht si grand et si… *majestueux*.

Le magnifique bâtiment portait le nom de *Coral Contessa*, qui s'étalait en caractères géants sur son flanc. Elle avait entendu dire que Sir Walter Lansbury avait nommé ainsi le bateau en hommage à son épouse bien-aimée aujourd'hui disparue, Lady Contessa.

Et dire que ce yacht serait pendant huit jours à la fois son espace de travail et son lieu de vie !

Elle sentit son estomac se nouer.

Cela faisait près de sept ans qu'elle exerçait comme infirmière aux urgences et en cardiologie, mais elle ne connaissait rien à la façon de pratiquer son métier sur un bateau. Cela la préoccupait. Quelques jours avant son départ, elle avait eu un entretien avec le cardiologue : leur patient avait une tension artérielle élevée et une surcharge pondérale. Il devait perdre au moins dix kilos. Au grand désespoir de son médecin, Sir Walter adorait manger, fumer des cigares et boire des alcools forts. Il attachait moins d'importance à sa santé qu'au marché financier.

Libby se focaliserait sur son patient et aurait peut-être à traiter de manière occasionnelle les autres passagers. Elle avait demandé combien il y aurait de personnes à bord et si elle était censée prendre tout le monde en charge. On lui avait répondu qu'il y aurait douze à quatorze participants, auxquels il fallait ajouter onze membres d'équipage, dont deux soignants. La plupart d'entre eux arriveraient très certainement en bonne santé et le resteraient, mis à part d'éventuelles nausées, insolations, abus d'alcool, claquages musculaires ou chevilles foulées. Il existait toujours un risque qu'un cas plus grave apparaisse, mais la croisière se déroulerait probablement sans incident, surtout si son patient principal se montrait raisonnable.

Tout le monde s'accordait à dire que Sir Walter aurait mieux fait de ne pas prendre la mer cinq semaines seulement après son opération du cœur, mais le vieil homme était trop têtu pour écouter ces sages avis. Elle espérait juste que le médecin qui serait à bord se montrerait aussi têtu que Sir Walter et que, à eux deux, ils parviendraient à le gérer…

Ce qui l'avait poussée à accepter cette mission, c'était l'enthousiasme contagieux manifesté par Bradley, ainsi que les conseils bienveillants de ses parents qui voyaient dans cette croisière l'occasion pour Libby de sortir de sa routine et de vivre d'autres expériences. Elle était encore jeune, ne cessaient-ils de lui répéter, et Billy devait grandir en sachant qu'elle était non seulement la meilleure maman du monde, mais aussi une femme solide et indépendante, qui avait une carrière et une vie à elle.

Le simple fait de penser à son fils la poussa à toucher, à son cou, le médaillon qui renfermait la photographie de son beau petit garçon aux yeux bleus et aux cheveux noirs, comme son père.

Ce père qu'il ne connaîtrait jamais, se dit-elle, luttant contre les larmes. Arriverait-elle à supporter cette séparation ? Certes, elle ne s'éloignait que pour une semaine, mais ils ne s'étaient encore jamais quittés plus d'une journée depuis sa naissance.

Ils avaient fêté l'anniversaire de Billy deux jours avant qu'elle ne s'envole pour Miami. Comme chaque année, Bradley s'était chargé de tout organiser. Il avait invité famille et amis, et tous avaient couvert Billy de cadeaux. Cela avait été une débauche de gâteaux, de bonbons, de ballons. Tout le monde avait passé une excellente journée – sauf elle, qui s'angoissait à la pensée de quitter son enfant pour cette croisière dont tout son entourage se réjouissait pour elle.

Ce soir-là, Bradley avait insisté pour l'aider à faire ses bagages. Il y avait ajouté un maillot de bain, un combishort en jean et une ravissante robe vert émeraude tombant aux chevilles, son cadeau pour le départ de Libby.

Après avoir ouvert la boîte, celle-ci avait regardé Bradley en fronçant les sourcils.

Avec son décolleté plongeant, cette tenue ne ressemblait en rien aux vêtements qu'elle portait d'habitude !

— Lance-toi, pour une fois ! lui avait-il dit. Tu as le corps idéal pour porter ce genre de robe, alors montre-le. Elle est parfaite pour toi. À quoi cela te sert-il d'avoir comme meilleur ami un styliste si tu n'écoutes pas ses conseils ? Et puis, cette robe est de la couleur de tes yeux, alors il *faut* que tu la prennes !

Libby avait ri et l'avait serré dans ses bras.

Elle n'était pas sûre de porter cette robe car, même si elle était assez courageuse pour la revêtir, il n'était pas dit qu'elle en ait l'occasion. Mais Bradley avait insisté et s'était mis à fouiller dans ses placards pour trouver les chaussures ad hoc.

— Regardons les choses en face, avait-il déclaré en soupirant. Presque toutes les jolies choses que tu possèdes sont des cadeaux que je t'ai faits.

Il avait alors sorti de l'armoire une paire d'escarpins dorés qu'elle n'avait jamais mis, puis il avait choisi une autre robe, un sarong et un chapeau de paille à large bord, et rangé le tout dans la valise.

— Laisse donc ici tes tenues trop classiques. Je refuse que ma meilleure amie devienne une maman poule qui renonce à toute coquetterie. Tu es trop jeune pour cela.

Elle sourit au souvenir de cette réflexion de Bradley.

Il n'avait pas tout à fait tort. Elle savait qu'elle ne porterait sans doute jamais la plupart des vêtements qu'il avait sélectionnés pour elle, mais elle l'avait laissé faire, puis elle avait choisi à son tour quelques shorts, des T-shirts, des vestes légères et une robe d'été plus conformes à son style habituel.

Bradley n'avait guère montré d'enthousiasme devant ces différentes tenues mais il n'avait pas fait d'objection, dans la mesure où elle conservait celles qu'il lui avait choisies.

Il était très excité par cette croisière. Beaucoup plus que Libby ne l'était elle-même. Il s'était renseigné et lui avait parlé des plages de sable fin, des eaux translucides et des îles de rêve qu'elle allait découvrir. Il avait appris que le yacht disposait d'une piscine, d'une salle de cinéma et même d'un mur d'escalade. Et il n'avait eu de cesse de lui rappeler que, puisque Billy serait dorloté par ses grands-parents et par le fabuleux oncle Bradley si attentionné, elle devait profiter au maximum de cette semaine en mer.

— C'est un bateau magnifique, dit le chauffeur de taxi en sortant ses bagages du coffre.

— Oui, c'est vrai.

— Désolé si je suis un peu maladroit avec vos valises, mes doigts sont déformés. Je pense que c'est de l'arthrite.

— Me permettez-vous de voir cela ?

— Oui, pourquoi pas... Vous êtes médecin ?

— Non, infirmière.

L'homme lui montra ses mains et les garda immobiles pendant qu'elle les examinait.

Les deux annulaires et les deux auriculaires étaient presque complètement repliés vers la paume.

— Depuis quand avez-vous ces problèmes ?

— Cela fait déjà plusieurs années, mais depuis quelque temps j'ai l'impression que ça s'aggrave. J'ai peur de ne plus pouvoir tenir un volant, ce qui serait une catastrophe pour ma famille. J'ai cinquante-deux ans, et j'aimerais pouvoir conduire encore une dizaine d'années. Ma fille doit se marier l'an prochain, et elle veut faire une grande fête avec tout le tralala, alors je ne peux pas me permettre d'arrêter de travailler.

— Je ne suis pas une spécialiste, mais je pense que vous souffrez de ce qu'on appelle la maladie de Dupuytren.

— Et ça se soigne ?

— S'il s'agit bien de ce que je crois, oui, il existe des traitements. Cela vaudrait vraiment la peine que vous voyiez un médecin. Vous devriez consulter un spécialiste. Mon père a souffert de cette maladie, c'est pour cela que je peux en reconnaître les symptômes.

— Ma mère m'a dit que c'était de l'arthrite et qu'il n'y avait aucun remède pour cela. Elle m'a expliqué que c'était génétique. Mon père a eu la même chose, mais c'est le diabète qui a causé sa mort, il y a presque vingt ans maintenant.

— Je vous le répète, je ne suis pas une spécialiste, mais si vous prenez rendez-vous avec votre généraliste...

— Cela fait plus de dix ans que je n'ai pas vu de médecin, la coupa l'homme. Je n'en avais pas besoin, car j'ai une santé de fer.

Elle savait qu'il existait une prédisposition génétique à la maladie de Dupuytren, mais celle-ci pouvait être aggravée par une cirrhose ou par la présence d'autres pathologies comme le diabète. Une visite chez le médecin s'imposait. Cela permettrait peut-être de découvrir une maladie restée ignorée jusqu'alors. Les mains de cet homme pouvaient être le signe qu'il souffrait de quelque chose de plus sérieux.

— À votre place, je demanderais qu'on me fasse un check-up complet et une analyse de sang. Nous devrions tous faire cela chaque année. Je suis sûre que vous avez envie d'être en pleine forme pour pouvoir danser au mariage de votre fille.

— Oui, bien sûr. Je prendrai le temps d'aller chez le médecin la semaine prochaine. Promis, je le ferai.

Elle lui sourit et paya sa course en y ajoutant un bon pourboire, puis elle empoigna ses bagages.

— Merci d'avoir bien voulu me parler, ajouta l'homme. Peu de gens le font, de nos jours. Tout le monde est pressé. C'était vraiment très gentil à vous. Vous êtes une princesse, et je pense que vous devez être une excellente infirmière.

— Prenez bien soin de vous, répondit-elle en lui adressant encore un sourire.

— Et vous, faites un beau voyage. J'espère que vous allez rencontrer un prince sur ce yacht.

Cette remarque la déstabilisa.

Elle n'avait aucune envie de rencontrer un prince, ni aucun homme d'ailleurs. Tout ce qu'elle voulait, c'était que cette semaine se termine au plus vite pour retrouver son fils, le seul homme qui comptait pour elle.

Respirant un grand coup, elle saisit sa valise et, armée de son sac en bandoulière et de la mallette de son ordinateur portable accrochée à l'épaule, elle se dirigea vers la passerelle menant au yacht. Le soleil brillait dans un ciel sans nuages, et elle en sentait la chaleur à travers son T-shirt. Une fois à bord, elle parcourut des yeux le pont rutilant, luxueusement aménagé avec ses sièges en osier couverts de coussins de couleurs vives.

En d'autres circonstances, un tel spectacle l'aurait réjouie, mais elle était ici pour travailler. Ensuite, elle rentrerait chez elle. Elle n'avait nullement l'intention de se distraire. Durant ce séjour, elle ne ferait rien d'autre que veiller sur la santé de Sir Walter.

Tout en recoiffant quelques mèches échappées de sa queue-de-cheval, elle formula le vœu que cette semaine passe le plus rapidement possible.

Daniel Dimosa se tenait debout à la proue du *Coral Contessa*, le regard braqué sur la mer bleu azur parfaitement calme, remuant des idées sombres.

C'était aujourd'hui le début de son ultime mission en mer. Après cela, il retournerait auprès de sa famille. Le moment était venu de remplir ses obligations.

Il sortit son téléphone de sa poche et relut le dernier message de sa mère.

Mon cher fils,

L'état de santé de ton père s'est encore détérioré depuis que nous nous sommes parlé. La semaine dernière, il n'a pas pu faire d'apparition en public. Certains jours, il a du mal à se souvenir du nom de ses conseillers, et il devra très bientôt abdiquer. Par bonheur, il sait encore qui je suis, et je prie le ciel que l'amour qui nous lie soit assez fort pour nous aider à supporter les temps difficiles qui nous attendent.

La population de Chezlovinka sera enchantée de te voir endosser ton rôle de prince régnant à la suite de ton père et de ton grand-père. Sans toi, je sais qu'il y aurait ici des troubles et de l'instabilité, et j'ai peur de ce que pourrait devenir notre pays et de ce qu'il adviendrait de ces gens qui comptent sur nous. Merci infiniment d'avoir accepté de revenir.

Ta mère qui t'aime.

Daniel était conscient de n'avoir pas d'autre choix que de cesser de fuir son passé et de s'imaginer une autre destinée. Beaucoup de questions se posaient encore quant à l'avenir, mais il réglerait cela plus tard, le moment venu. Au fond de lui, il savait qu'il était destiné à suivre les traces de son père, et peut-être pas seulement en ce qui concernait la gouvernance du pays. La démence précoce était une maladie génétique, et il n'était pas certain de pouvoir y échapper.

Il était conscient aussi de tout ce dont il allait être privé : les embruns sur son visage, la sérénité procurée par l'infini de l'horizon. Mais ce qui lui manquerait le plus, c'était la liberté d'exercer la médecine. Pour son plus grand malheur, son histoire d'amour avec la mer et celle qu'il vivait avec la médecine allaient prendre fin en même temps.

C'en était fini de ce mode de vie-là, et il n'y pouvait rien changer. Il était réaliste : dès le jour de sa naissance, son destin était tout tracé, et à présent il n'avait plus d'autre choix que de regagner sa patrie. Il lui restait sept jours à vivre en tant que *docteur* Daniel Dimosa. Après quoi, il redeviendrait le prince héritier Daniel Edwardo Dimosa.

La brise s'était levée, et il frissonna.

Il avait grandi en s'habituant à mener une existence sans attaches, mais cela ne l'empêchait pas de désirer autre chose. Il avait envie d'éprouver de nouveau ce qu'il avait ressenti à San Francisco. Mais pour rien au monde il ne voulait faire subir à la femme qu'il aimait l'épreuve que vivait sa mère depuis que le diagnostic concernant l'état de santé de son mari était tombé, cinq ans plus tôt. Depuis lors, la douleur de savoir que cet homme avec lequel elle avait passé toute sa vie la regarderait un jour comme une étrangère ne la quittait plus.

Au cours des quatre dernières années, Daniel avait connu de brèves aventures avec des femmes qui ne cherchaient qu'à profiter d'un bon moment en sa compagnie, mais c'était juste dans l'espoir d'oublier la jolie rousse dont il était tombé amoureux malgré lui. Il n'avait passé qu'une seule nuit avec elle... Pourtant, depuis, il ne cessait de le regretter. En vérité, il aurait mieux fait de résister à la tentation. Il aurait tant voulu pouvoir tout lui expliquer !

Mais il avait juré de garder le secret, et il était un homme de parole.

Il avait adoré voyager. Il regrettait d'avoir à renoncer à cette vie-là, cependant le devoir l'obligeait à rentrer chez lui. Pendant des années, son père avait porté sur ses épaules tout le poids des responsabilités royales. Il n'avait que soixante ans, mais sa santé s'était déjà profondément dégradée. Il s'enfermait peu à peu dans une démence dont il ne guérirait jamais.

Daniel ne voulait pas trahir la confiance de cet homme qu'il aimait et admirait. En montant sur le trône, il lui permettrait de conserver sa dignité et de vivre ses derniers jours à l'abri des regards. Et il était d'une importance capitale de garder le secret sur cette maladie afin de préserver la sécurité économique et politique de la principauté.

Le jeune homme chargé de la conciergerie vint interrompre le cours de ses pensées.

— Docteur Dimosa ? Je vous signale que l'infirmière affectée au navire vient de monter à bord. Vous m'aviez demandé de vous avertir.

— Merci, dit Daniel en détournant le regard de l'horizon.

La question ne se posait même pas : il se devait d'être là pour son père et pour la petite principauté de Chezlovinka. Sa vie serait désormais consacrée à remplir ses devoirs envers le pays qu'il était destiné à gouverner. Ce serait une vie privée de liberté.

Et sans amour.

2

Libby s'arrêta devant la porte de sa cabine et sortit la carte magnétique que lui avait donnée l'un des trois stewards.

Tous trois lui avaient proposé de porter ses bagages, mais elle avait décliné leur offre, préférant faire connaissance seule avec son nouvel environnement et retrouver un peu de calme.

L'angoisse ne la quittait pas. Que faisait-elle ici ? Pourquoi ne s'était-elle pas opposée à la décision prise par la direction de l'hôpital ? Et pourquoi avait-elle laissé Bradley entasser autant de vêtements dans sa valise ? Il avait fait ses bagages comme si elle partait en vacances un mois !

Elle devrait être auprès de son petit garçon au lieu de se trouver à l'autre extrémité du pays, sur un yacht qui allait l'emmener encore plus loin. Elle avait l'impression de partir au bout du monde alors que, son monde à elle, c'était son fils. Elle ne voulait aller nulle part sans lui.

— Bonjour !

Elle se retourna et vit une jeune femme blonde qui venait vers elle en affichant un grand sourire.

Arrivée à sa hauteur, l'inconnue s'arrêta brusquement.

— Oh ! mon Dieu, ce n'est pas possible ! Libby McDonald ? C'est bien toi ?

— Georgie ! Georgie Longbottom ! s'exclama Libby. Je n'arrive pas à croire que ce soit toi.

Toutes deux s'étaient rencontrées au collège et avaient été des amies très proches.

Elles se jetèrent dans les bras l'une de l'autre, enchantées de ces retrouvailles.

— Cela fait combien de temps qu'on ne s'est pas vues ? demanda Libby. Presque douze ans, non ?

— En fait, treize. Je m'en souviens parce que je suis retournée à Londres à la fin de ma deuxième année. Celle que nous avons passée à Seaview High a été pour moi la plus belle de toute ma scolarité... Et peut-être même de toute ma vie, ajouta Georgie avec un sourire mélancolique. Nous étions libres comme l'air et n'avions aucune idée de la dureté du monde réel.

Libby hocha la tête.

Pour elle aussi, cette époque d'insouciance avait été l'une des meilleures de son existence. Mais cela appartenait au passé. Maintenant, elles n'étaient plus des adolescentes de dix-sept ans avides d'aventures. Celle qu'elle s'apprêtait à vivre dans les Caraïbes ne provoquait en elle aucune excitation.

La vie qu'elle menait aujourd'hui était bien différente de celle qu'elle avait imaginée à cette époque. Et Georgie aussi semblait avoir perdu beaucoup de ses illusions.

Mais Libby n'avait pas l'intention de se plaindre, ni de poser de questions à cette amie qu'elle avait perdue de vue depuis tant d'années. Pour l'instant, elle voulait juste profiter du plaisir qu'elle éprouvait à la retrouver.

— Nous avons vécu une merveilleuse année, pas vrai ?

— Absolument ! Mais que fais-tu à bord de ce yacht ?

— Je suis l'infirmière de Sir Walter. Et toi ?

— Walter m'a engagée à nouveau comme chef cuisinier. C'est un homme adorable, j'aime travailler pour lui. J'ai déjà fait plusieurs fois cette croisière dans les Caraïbes, et il m'arrive aussi de m'occuper du buffet pour les grandes réceptions qu'il organise chez lui en Angleterre. Il a une résidence à Miami, une autre à San Francisco et une autre encore à Londres, où j'ai moi-même un restaurant proche de chez lui. Il me dit souvent pour flatter mon ego que mon restaurant est l'un de ceux qu'il préfère au monde. Là, il m'a invitée à le suivre dans les Caraïbes avec pour mission de superviser l'équipe en cuisine et de préparer quelques fabuleux desserts. Je ne pouvais pas refuser.

— C'est merveilleux ! Je ne savais pas que tu voulais devenir chef. J'ignorais même que tu cuisinais.

— Oh ! c'est une longue histoire ! Je me suis découvert cette passion après avoir quitté l'école. Mais assez parlé de moi. Je veux tout savoir de ta vie ! Comme ta cabine est voisine de la mienne, nous allons avoir des occasions de tout nous raconter. Si je t'aidais à défaire tes bagages ?

— Je crois que j'ai apporté trop d'affaires, avoua Libby.

Georgie sourit.

— Alors, tu as bien changé ! D'après mes souvenirs, autrefois c'était toujours moi qui me chargeais trop quand nous partions assister à un festival de musique. Toi, tu prenais juste le strict nécessaire, et cela tenait dans un sac à dos.

— Mon ami Bradley m'a fait emporter...

— *Bradley* ? coupa Georgie en la regardant avec un grand sourire. Serait-ce ta moitié d'orange ?

— Non ! La moitié d'orange de Bradley s'appelle Tom. C'est un garçon adorable. Je te raconterai tout sur lui quand nous serons dans ma cabine, si toutefois je parviens à y faire entrer mes bagages.

— On y arrivera. La cabine est toute petite, mais nous pourrons mettre ta valise sous la couchette du bas.

— La couchette du bas ?

— Oui, ce sont des lits superposés, mais comme il n'y a pas trop de personnel à bord, tu auras la cabine pour toi toute seule, et tu pourras choisir la couchette que tu préfères. Ce n'est pas aussi luxueux que les cabines des invités, mais c'est assez mignon, tu vas voir.

Libby sourit, essayant de se rappeler la dernière fois où elle avait dormi dans des lits superposés.

— C'est comme au camp de Big Bear ?

— Oui, sauf que, là, tu as un hublot. Voir le mouvement des vagues donne un peu le tournis, mais on finit par s'y habituer, ajouta Georgie avec un petit sourire tandis qu'elles entraient dans la cabine.

Le fait d'avoir retrouvé Georgie sur le yacht permettait à Libby de mieux accepter la situation. Cela lui rappelait une époque où tout paraissait simple et facile. Une époque où elle pouvait faire confiance aux gens. Comme elle aurait voulu avoir encore cette innocence et cette naïveté !

— Cette semaine va me paraître beaucoup plus agréable avec toi à bord. As-tu été souvent sur d'autres navires que celui-ci ?

Tout en parlant, elle examinait la cabine, qui disposait d'une salle d'eau équipée de toilettes, d'un lavabo et d'une douche.

— Non, répondit Georgie. Je ne connais que le yacht de Walter. Mon restaurant m'accapare beaucoup, et je n'ai guère le temps de travailler pour d'autres personnes.

— Comme tu as accepté de refaire cette croisière, j'imagine que tu y as pris plaisir la première fois.

— Oui, en effet. Parfois, c'est assez stressant, mais aussi très amusant. Et l'on finit par se lier d'amitié avec les autres membres de l'équipage. Et même plus, quelquefois.

— Une amourette en pleine mer, quelle banalité ! se récria Libby avec dédain.

— Ça m'est déjà arrivé. Et le médecin qui a embarqué avec nous est absolument magnifique – un grand brun, célibataire… Mais trop distant à mon goût. Tout l'équipage dit que c'est un type génial, mais ce n'est pas vraiment le genre d'homme que j'apprécie. Peut-être que toi…

— C'est hors de question, coupa Libby. Je n'ai aucune envie de me lancer dans une histoire sentimentale.

— Il ne faut jamais dire jamais.

— Moi, si. Crois-moi, la seule chose qui m'intéresse, c'est de veiller sur mon patient, de voir quelques beaux paysages et de rentrer chez moi pour retrouver…

Elle se tut brusquement.

Elle avait failli parler de Billy, mais mieux valait garder cette conversation pour plus tard. Elle était déjà assez tendue comme cela. Si elle mentionnait le nom de son fils, elle risquait de fondre en larmes.

— Qui donc ? s'enquit Georgie.

— Ma famille. C'est la première fois que je pars aussi longtemps.

— Parfois, sortir de sa zone de confort fait du bien.

— Eh bien, l'avenir le dira.

Daniel n'aurait su dire pourquoi, mais il se sentait anxieux. Peut-être parce qu'il savait que c'était là son dernier voyage en mer ?

La réunion avec le capitaine commençait dans une demi-heure, et la plupart des membres d'équipage étaient déjà sur le pont, mais il n'avait toujours pas rencontré l'infirmière qui venait d'arriver.

Soucieux de la santé de Sir Walter, il avait demandé qu'une cabine voisine de la suite du vieux milliardaire soit aménagée en chambre médicalisée. Elle était équipée de tout ce dont l'infirmière et lui pourraient avoir besoin en cas de complications postopératoires. Cela faisait seulement cinq semaines que Sir Walter avait été opéré du cœur, et Daniel aurait préféré voir le départ de cette croisière repoussé d'autant.

Il se passa les doigts dans les cheveux et se mit à arpenter le pont, mélancolique à l'idée de devoir bientôt renoncer à ces missions en mer. À quarante et un ans, il avait passé une décennie à travailler dans divers hôpitaux à travers le monde, et presque quatre ans à s'occuper des passagers voyageant sur des yachts privés ou des navires de croisière.

Il poussa un soupir en repensant aux bons et moins bons moments de ces années. Il avait connu des hauts et des bas, mais jamais il n'avait regretté sa décision de quitter Chezlovinka et de goûter à la liberté. Il éprouvait envers sa mère une profonde reconnaissance pour l'avoir toujours encouragé à réaliser son rêve de devenir médecin.

Il releva le menton avec défi.

Maintenant, le moment était venu de l'en récompenser en retournant prendre les rênes du pays, et de permettre ainsi à son père d'abdiquer.

— Nous ferions mieux d'y aller, dit Georgie en consultant sa montre. Nous ne devons pas arriver en retard.

— En retard à quoi ? demanda Libby.

— À la réunion avec les autres membres de l'équipage, y compris notre beau et mystérieux médecin. Je t'en ai parlé tout à l'heure.

Libby secoua la tête et épousseta nerveusement son jean pour se donner le temps de se ressaisir.

— Mais oui, bien sûr. Excuse-moi, j'étais distraite.

Faire la connaissance de son futur collègue n'était pas sa principale préoccupation. Son souci, c'était de savoir comment Billy s'en sortirait sans elle. Et comment elle s'en sortirait sans lui. Mais elle ne voulait surtout pas paraître non professionnelle devant le reste de l'équipage.

— Tout va bien se passer, tu verras, dit Georgie. Dès que nous naviguerons, tu te rendras compte que ce voyage est un vrai cadeau.

— Je l'espère, répondit-elle en sortant un peigne de son sac pour refaire sa queue-de-cheval.

— Si le Dr Dimosa se détend un peu et abandonne son air maussade, tu vas beaucoup apprécier la croisière.

Libby se figea, l'estomac noué.

— Le Dr Dimosa est le médecin engagé à bord du yacht ?

— Oui, Daniel Dimosa. Tu le connais ?

Daniel Dimosa ! *Son* Daniel ! L'homme qui lui avait brisé le cœur et l'avait quittée sans un mot.

Le père de Billy.

Libby se sentit devenir livide. Prise d'un vertige, elle s'agrippa au coin de la table pour ne pas tomber mais, vaincue par le flot d'émotions, elle glissa sur le sol.

3

Sa trousse médicale à la main, Daniel marchait d'un pas rapide vers la cabine que Georgie lui avait désignée.

— Que s'est-il passé exactement avant qu'elle perde connaissance ? lui demanda-t-il. A-t-elle montré les signes avant-coureurs d'un malaise ? Y a-t-il eu un incident particulier ?

— Non, aucun. Je lui ai juste dit que nous devions aller sur le pont pour assister à la réunion avec vous et le capitaine.

— Comment va-t-elle, à présent ?

— Elle est consciente, mais toujours allongée par terre.

Georgie ouvrit la porte de la cabine mais fit une pause avant d'entrer.

— Je lui ai mis un oreiller sous la tête, puis je vous ai appelé. Je lui ai demandé de ne pas bouger en attendant que vous arriviez. Elle est tombée d'un coup, apparemment sans raison… À moins qu'elle n'ait un problème de santé, mais elle ne m'en a rien dit.

Daniel passa devant elle, et s'arrêta net, le regard fixé sur la jeune femme qui gisait sur le sol.

En une fraction de seconde, tout son univers bascula, et il resta silencieux, l'esprit agité de pensées contradictoires.

Depuis qu'il avait quitté Libby, il lui était souvent arrivé, en voyant dans la foule une chevelure rousse ou en entendant un rire qui la lui rappelait, de penser à elle et de se demander ce qu'il se serait passé entre eux si sa vie avait été différente.

Mais rien n'avait changé dans son existence, et aujourd'hui moins que jamais.

Il se ressaisit et s'agenouilla à côté de Libby.

Elle respirait difficilement, mais elle était consciente et regardait fixement le plafond. Ses yeux ouverts étaient d'un vert éclatant, identique au souvenir qu'il en avait gardé. Ses pupilles n'étaient pas dilatées.

— Est-ce que ça va aller ? demanda Georgie d'un ton angoissé.

Plaçant les doigts sur le cou de Libby, il lui tâta le pouls et le trouva rapide, mais puissant.

— Libby, c'est moi. Daniel.

La jolie rousse ferma les yeux et tourna la tête de l'autre côté.

Il ne l'avait sans doute pas volé.

— Je ne savais pas que ce serait toi, l'infirmière que je trouverais à bord de ce yacht. Quand je pense à toi, ce n'est jamais sous le nom d'Elizabeth.

Elle ne réagit pas.

— Pour moi, tu as toujours été Libby.

Elle lui lança un regard glacial, la bouche crispée.

— Ça m'est parfaitement égal, la façon dont tu penses à moi. Va-t'en, Daniel. Je n'ai pas besoin de toi ici.

De nouveau, elle détourna les yeux tout en chassant une larme du revers de la main.

— Je n'irai nulle part. S'il vous plaît, laissez-nous seuls, ajouta-t-il en s'adressant à Georgie. Je m'occupe d'elle.

L'air perplexe, cette dernière obéit et sortit de la cabine.

S'appuyant sur ses coudes, Libby tenta de se redresser.

— Je t'en prie, ne bouge pas, dit-il en lui saisissant le poignet.

— Ne… Ne me touche pas, protesta-t-elle en même temps qu'elle libérait son bras. Je dois partir, maintenant.

— Pas avant que je n'aie vérifié tes constantes vitales.

— Eh bien fais-le, si c'est indispensable, lança-t-elle sèchement. Rédige-moi un certificat médical, et ensuite je quitterai ce navire. Il est hors de question que je travaille avec toi.

— Nous parlerons de cela plus tard. Pour l'instant, reste tranquille pendant que je prends ta tension.

Il annonça bientôt le résultat.

— Ta tension est assez basse : 9,8.

— Chez moi, c'est normal. Elle est toujours basse.

Il la regarda, songeur.

Il avait tant de choses à lui dire, mais il ne pouvait pas. Il lui fallait rester concentré et ignorer ce que déclenchait en lui la présence de cette femme, si proche qu'il pouvait sentir son parfum.

Ce qu'ils avaient partagé appartenait au passé et devait y rester. S'il l'avait quittée au petit matin après leur unique nuit d'amour, c'était qu'il avait eu des raisons impérieuses de le faire. Rien n'avait changé. Dans sept jours, en quittant le yacht, il se préparerait à gouverner la principauté. Il devait maintenir la distance qu'il avait établie quatre ans plus tôt entre Libby et lui, lorsqu'il l'avait abandonnée. Cette histoire ne concernait que leurs deux personnes, il devait penser à son père et à la population de Chezlovinka.

— Je comprends que tu réagisses ainsi, commença-t-il d'une voix calme. C'est parfaitement justifié, et je le mérite. Mais cela s'est passé il y a bien longtemps.

— Vraiment, tu crois comprendre ? Je ne pense pas que ce soit possible, répondit-elle en le fusillant du regard.

— Je comprends beaucoup mieux que tu ne le penses.

— J'en doute parce que, si c'était vrai, tu n'aurais pas quitté San Francisco sans avoir au moins la décence de me fournir une explication. Cela date d'il y a quatre ans, Daniel. Tu as eu largement le temps de me contacter.

Il s'écarta, mettant une certaine distance entre elle et lui. C'était visiblement ce qu'elle souhaitait, et lui-même en avait besoin.

— Je ne pouvais pas, Libby. C'est compliqué.

— Compliqué ? C'est tout ce que tu trouves à répondre après tant d'années ? C'est vraiment pathétique !

— Je ne sais que dire d'autre, avoua-t-il.

Il était conscient qu'elle méritait beaucoup mieux, mais il lui était interdit de lui révéler la vérité.

— Ne te fatigue pas, Daniel. Tout ce que tu pourrais me dire maintenant serait inutile. Autrefois, ç'aurait peut-être été différent, mais aujourd'hui ça ne sert à rien.

— Je te l'ai dit, j'avais mes raisons...

Libby détourna les yeux, le regard dans le vide.

— Nous faisons tous des choix dans la vie, Daniel. Mais toi, tu refuses de m'expliquer ce qui t'a poussé à faire les tiens.

Il préféra garder le silence, car les mots lui manquaient. Il lui était impossible de reconnaître qu'il n'avait pas eu l'intention de pousser leur relation aussi loin, cette nuit-là, car tout engagement sérieux lui était interdit. Il ne pouvait pas lui parler de sa famille, de ses origines qui le destinaient à régner sur son pays. Ni du secret qu'il était obligé de garder pour maintenir la stabilité de la petite principauté. Il avait les mains liées.

— Franchement, je m'en moque, ajouta froidement Libby. Le mieux que tu puisses faire à présent, c'est sortir de mon chemin et me laisser quitter le navire. Trouve-toi une autre infirmière et présente mes excuses à Sir Walter.

Il secoua la tête.

— J'aimerais que les choses soient aussi simples, mais ce n'est pas le cas. Malheureusement, tu ne peux pas quitter le yacht, Libby.

— C'est ce qu'on verra.

— Même si tu es très en colère contre moi, tu ne peux pas t'en aller, répondit-il en se passant la main dans les cheveux. J'ai besoin d'une infirmière spécialisée en cardiologie pour veiller avec moi sur la santé de Sir Walter.

— Tu es sérieux ? le coupa-t-elle, en colère. Pourquoi devrais-je me soucier de ce dont tu as besoin ? Tu n'as qu'à faire appel à une agence d'intérim, tu trouveras sûrement une remplaçante qui fera l'affaire aussi bien que moi.

— Il s'agit des besoins de Sir Walter, Libby. Il lui faut une infirmière expérimentée. Il a été opéré il y a seulement cinq semaines. Il est hors de question d'engager n'importe qui. Je suis désolé, c'est tout simplement impossible. Je dois être secondé par une infirmière compétente, ayant ton expérience et tes qualifications.

Libby le regarda fixement pendant un moment puis leva les yeux vers le plafond.

Il avait les idées de plus en plus confuses.

Certes, elle avait tous les droits d'être en colère contre lui, mais Daniel sentait qu'il y avait autre chose au-delà de cette colère. Quelque chose qu'elle ne lui disait pas.

— Je suis sûre qu'il existe beaucoup d'infirmières correspondant à ce que tu recherches, dit-elle d'un ton neutre.

— Nous partons dans moins de deux heures. La procédure ne peut pas être aussi rapide.

— Appelle quelqu'un, débrouille-toi pour accélérer les choses ! Sir Walter n'a qu'à faire intervenir ses relations.

— Même lui, il ne peut pas accomplir de miracles. Il existe des procédures impossibles à contourner quand on navigue dans les eaux internationales. Et le plus important, c'est que nous avons un patient avec des besoins spécifiques. L'état de Walter reste précaire. Il lui faut une infirmière particulièrement compétente, et tu as accepté de l'accompagner dans cette croisière. Tu as le devoir de le soigner, tu as signé un contrat.

— C'est la direction du Northern Bay General Hospital qui l'a signé…

— Ils l'ont fait en ton nom, et leur réputation est en jeu. Walter possède une fortune énorme. J'imagine qu'il est aussi un généreux bienfaiteur de l'hôpital. Et il lui faut des soins spécialisés de très grande qualité. Pour toutes ces raisons, tu dois rester à bord. Je suis désolé, Libby, tu n'as pas le choix. Le yacht ne peut pas prendre le large sans toi, et je ne crois pas que tu voudrais voir Walter et la direction de l'hôpital te poursuivre en justice pour rupture de contrat.

Libby se redressa lentement. Ignorant la main qu'il lui tendait, elle préféra prendre appui sur la couchette.

— Dans ce cas, fais-moi un certificat médical m'autorisant à quitter le yacht, ainsi ils ne pourront pas me créer d'ennuis.

Dis que j'ai un problème de santé qu'on ne soupçonnait pas jusqu'alors.

— Mais c'est faux ! Tu n'as rien du tout, je ne peux pas mentir.

— Tu m'as pourtant menti…

— Non, Libby. Je suis parti sans te donner d'explication, c'est différent. Je n'ai jamais menti.

— Eh bien, si tu trouves ton attitude normale, pourquoi ne ferais-je pas la même chose ? Je vais simplement partir sans donner la moindre explication, voilà tout.

Elle parlait d'un ton clairement hostile, mais calme.

— J'ai le droit de m'en aller tout comme tu l'as fait toi-même, poursuivit-elle. La seule différence, c'est que *toi* tu sais pourquoi je pars. Libre à toi de le leur dire ou pas.

Il hocha la tête.

— Tu as raison. Je mériterais que tu le fasses.

— Oh oui, tu le mérites, et moi je mérite que tu m'aides à quitter ce yacht sur-le-champ.

Il aurait voulu pouvoir l'aider, mais c'était impossible.

— Je le ferais si je pouvais, mais…

— Rédige ce certificat médical, et je partirai. Ce n'est pas grave si Walter retarde d'une journée le départ du bateau. Tout le monde peut passer la nuit à bord, et vous quitterez le port au petit matin avec une nouvelle infirmière.

— Malheureusement, aucun retard n'est envisageable, car cela empêcherait Walter d'assister à la fête de fiançailles de sa nièce Sophia.

— Une fête de fiançailles ? Quelle fête ? dit-elle en se laissant tomber sur la couchette du bas. Je croyais qu'il s'agissait simplement de partir une semaine en croisière.

— C'est bien cela, mais il y aura une réception à Sainte-Lucie. Walter a amené de Londres sa cheffe préférée afin qu'elle s'occupe du buffet. Des invités vont venir des quatre coins du monde pour y assister.

— Ah, c'est donc cela ! On me met devant le fait accompli. Je suis forcée de rester.

— Je suis désolé, Libby.

Le visage de celle-ci prit une expression où se mêlaient colère et désespoir.

— Alors, me voilà piégée sur ce bateau et contrainte de travailler avec toi ? C'est tellement injuste ! Et tu le sais.

— C'est injuste, mais je trouverai un compromis. Je ferai en sorte qu'on ait à travailler ensemble le moins possible. Nous pouvons nous occuper de Walter séparément, et faire de même s'il arrive quelque chose aux autres passagers. Sauf en cas d'urgence, bien sûr...

Il s'interrompit, car il venait de recevoir un message sur son téléphone. Il le lut et se dirigea aussitôt vers la porte.

Avant de sortir, il se tourna vers Libby.

— Si tu es d'accord, nous pourrons fonctionner de cette façon durant toute la semaine.

Tandis que Daniel refermait la porte derrière lui, Libby se mordilla nerveusement l'intérieur de la joue, le cœur battant à tout rompre.

Devoir passer du temps avec lui n'était pas son principal souci. Elle pensait à Billy. Daniel ne pouvait pas se douter qu'elle avait eu un enfant de lui. Comment réagirait-il quand il l'apprendrait ? Croirait-il seulement que c'était bien son fils à lui ? Et même s'il pensait en être le père, s'en soucierait-il pour autant ? Jamais elle n'aurait pensé se trouver face à un tel dilemme.

Respirant profondément, elle tenta de retrouver son calme.

Elle n'avait pas le choix. Elle devait accepter les termes du marché qu'il lui proposait. Risquer des poursuites pour rupture de contrat était impensable. Lorsque Daniel l'avait quittée, elle avait eu le cœur brisé et avait même failli perdre la tête. Elle n'allait pas s'exposer aujourd'hui au risque de se retrouver à la rue et de ruiner son avenir. Si elle se mettait en danger en restant à bord, ce serait pire encore si elle partait.

Depuis presque quatre ans, elle s'était résignée à ne jamais revoir cet homme, à ne pas pouvoir lui apprendre qu'il avait un fils. Un petit garçon qui était son portrait craché, avec des yeux bleus, des cheveux noirs et une peau dorée de Méditerranéen...

Avait-elle le droit de cacher à Daniel qu'il avait un fils ? Le fait qu'il soit parti autrefois sans donner d'explication ni laisser d'adresse le privait-il du droit de connaître la vérité ?

Lorsqu'il avait disparu, elle n'avait eu ni les moyens financiers ni l'envie d'engager quelqu'un pour le rechercher et l'informer qu'il était devenu père. Mais maintenant, c'était peut-être le moment de le lui dire ?

S'il accueillait la nouvelle avec une totale indifférence, cela lui briserait le cœur une fois encore... Mais si elle le mettait au courant et qu'il décidait de prendre une place dans la vie de son fils, ne risquait-il pas de disparaître un jour sans crier gare, brisant cette fois le cœur de Billy ?

Elle avait besoin de temps pour réfléchir à ce qu'elle devait faire. À ce qu'il y avait de mieux pour Billy. C'était un petit être innocent dont l'intérêt l'emportait sur tout le reste. Une telle décision, susceptible de bouleverser sa vie, ne devait pas être prise à la légère.

Peut-être fallait-il interpréter la situation comme un signe du destin ? En passant une semaine sur le yacht, peut-être parviendrait-elle à mieux connaître Daniel, à voir quel homme il était réellement ? Elle avait devant elle une semaine pour tenter d'en apprendre plus sur lui. Cela lui permettrait de déterminer quelle était la meilleure solution pour Billy et de faire son choix en toute objectivité, sans se laisser dominer par des réactions émotionnelles...

La porte de la cabine se rouvrit lentement.

— Alors, que décides-tu ? demanda Daniel.

Il ignorait qu'elle avait deux décisions à prendre.

— En fait, dit-elle, le regard fixé sur le sol, je n'ai pas vraiment le choix. Pour moi, les dés sont jetés. Je dois rester.

— Merci, Libby. C'est mieux pour tout le monde.

— Nous verrons.

— Encore une chose : je suis désolé, mais tu vas devoir assister à la réunion d'information qui a lieu dans quelques minutes sur le pont arrière. C'est une procédure imposée par le règlement. Ensuite, je ferai en sorte qu'il y ait le moins de contacts possible entre nous.

Elle hocha la tête.

— Très bien. J'y tiens beaucoup, en effet. Débrouille-toi comme tu veux, mais arrange-toi pour qu'on n'ait pas à se voir souvent. Sinon, je quitterai le bateau à la première escale, et tu auras à expliquer pourquoi à Sir Walter.

[illegible] volontiers.

— Encore une chose : je suis désolée, mais tu vas devoir assister à la réunion d'information qui [illegible] questions [illegible] C'est une procédure imposée par le règlement. Ensuite, [illegible] plus aucun contact possible entre nous.

Elle hocha la tête.

— [illegible] beaucoup [illegible] comme tu veux, [illegible] pourquoi [illegible]

[illegible] rien [illegible] cacher.

[illegible]

[illegible] bien.

4

— Est-ce que tout va bien, Libby ? demanda Georgie en pénétrant dans la cabine. J'ai eu si peur en te voyant t'évanouir !

— Je crois que ça va, marmonna-t-elle, gênée. Peut-être n'ai-je pas bu assez, ce qui a pu me provoquer une chute de tension.

Le visage de son amie changea d'expression. Celle-ci referma la porte avec soin et se retourna vers elle comme si elles allaient partager un secret d'État.

— Libby, autrefois on se racontait tout, sans rien nous cacher. Nous étions comme des sœurs. Y a-t-il quelque chose que tu voudrais me dire ? À la façon dont le Dr Dimosa t'a regardée et dont il t'a parlé, il est clair qu'il se passe quelque chose entre vous. Et si c'est de l'histoire ancienne, la flamme s'est de toute évidence rallumée dans cette cabine.

— Mais non, il n'y a rien du tout, répondit Libby en se raidissant.

Elle sentait son pouls s'accélérer, mais cela n'avait rien à voir avec la renaissance d'une quelconque flamme. C'était dû simplement au choc d'avoir revu Daniel et de devoir prendre des décisions capitales.

— Ah, vraiment ? Rien du tout ? Pour commencer, il t'a appelée Libby, et ensuite il a dit : « C'est moi, Daniel. » Et comme si ça ne suffisait pas, il m'a demandé de sortir. Pourquoi l'aurait-il fait si ce n'était pour te parler en privé ? Il y a visiblement une histoire entre vous. Tu peux m'envoyer promener, mais je le sais très bien.

Libby soupira.

Elle avait trop d'estime pour Georgie pour persister dans son déni. Autant lui dire la vérité – enfin, en partie.

— Il y a quelques années, nous avons eu une aventure… Très brève. Mais c'est du passé.

— Je le savais ! s'exclama Georgie en venant s'asseoir près d'elle sur la couchette. Une aventure brève, peut-être, mais passionnée, c'est évident.

Libby ferma les yeux, dépassée par la situation.

Les questions de Georgie, même si elles partaient d'une bonne intention, la confrontaient à une réalité qu'elle avait du mal à gérer.

— C'est compliqué.

— Je suis désolée, Libby. Je ne voulais pas me montrer indiscrète. Tu n'es pas obligée de me répondre. J'ai oublié mes bonnes manières, et je te prie de bien vouloir m'excuser. À voir dans quel état tu es et ce qu'exprimait le visage de Daniel Dimosa, je comprends qu'il vaut mieux pour l'instant ne pas évoquer ce qui a pu se passer entre vous.

— Désolée, Georgie. Je ne suis pas prête à en parler. Plus tard, peut-être.

— Absolument, dit Georgie en la serrant dans ses bras. Tu me raconteras ça quand ce sera le moment pour toi.

— Merci.

L'affection que lui témoignait son amie était pour elle comme un rayon de soleil dans la tempête qui venait de la bouleverser.

— Ah, les hommes ! Apparemment, on ne peut ni vivre avec eux ni se passer d'eux, commenta Georgie.

Libby hocha la tête.

Elle savait qu'elle devait surmonter ses émotions et trouver la force de vivre cette croisière afin de prendre la décision la plus importante de toute son existence. Elle devait aussi faire le point sur ses sentiments envers Daniel. Étaient-ils bien morts et enterrés ?

— Puisqu'il faut assister à cette réunion d'information, mieux vaut ne plus penser à tout cela, dit-elle en se levant.

Le cœur battant, elle se dirigea vers la porte de la cabine, suivie par Georgie.

Quelques instants plus tard, elles arrivèrent sur le pont où le reste de l'équipage se trouvait réuni.

Le commandant de bord les accueillit avec un sourire.

— Bonjour, je suis le capitaine Mortimer, mais appelez-moi Eric.

Proche de la soixantaine, celui-ci n'était pas très grand. Il avait un air jovial, des cheveux coupés très court et les tempes grisonnantes. Il était vêtu d'un uniforme blanc avec des épaulettes et coiffé d'une casquette de capitaine, le tout marqué de l'insigne du *Coral Contessa.*

Visiblement, Sir Walter aimait le décorum. L'homme qui se tenait à côté du capitaine Mortimer – un gaillard blond plus jeune et légèrement plus grand – portait le même uniforme que son supérieur. Rien ni personne n'avait un air négligé sur ce yacht.

Le commandant de bord prit la parole.

— J'aurai le plaisir de diriger ce magnifique navire durant les huit prochains jours. Avec un peu de chance, nous aurons un temps superbe tout au long de la semaine. Nous prenons la mer cet après-midi, et pendant les trois journées à venir, nous traverserons la mer des Caraïbes. Au quatrième jour, nous ferons escale en Martinique. Vous verrez entre vous qui souhaiterait descendre à terre ce jour-là. Nous resterons à quai environ six heures pour permettre aux invités de faire le tour de l'île. À 17 heures, nous repartirons, dans le but d'arriver le lendemain à Sainte-Lucie vers 11 heures. Nous y resterons toute la journée et la nuit suivante. Ceux qui n'auront pu descendre à terre à la Martinique pourront se rattraper à Sainte-Lucie. Le sixième jour, nous lèverons l'ancre à 6 heures du matin, pour regagner Miami. Y a-t-il des questions ?

Libby écoutait le capitaine d'une oreille distraite, tant

elle était perturbée par la présence de Daniel qui se tenait à quelques pas d'elle.

Elle avait l'impression de vivre un cauchemar et battait nerveusement des paupières dans l'espoir d'échapper à cette situation pourtant bien réelle. En même temps, elle ne pouvait s'empêcher de regarder dans sa direction. Elle était attirée par cet homme comme un papillon de nuit peut l'être par la flamme d'une bougie, au risque de se brûler les ailes.

Vêtu lui aussi d'un uniforme blanc qui contrastait avec sa peau bronzée, il se tenait près de la rambarde, le regard tourné vers la mer. Il restait un peu à l'écart, mais sans afficher ni froideur ni arrogance. Il avait plutôt l'air malheureux.

Elle aurait dû se réjouir de le voir si triste, mais il n'en était rien. L'homme qu'elle avait devant elle semblait en proie à une lutte intérieure, et cela la rendait perplexe.

Daniel, silencieux, regardait l'océan.

Jamais il n'aurait imaginé que sa dernière mission le confronterait à une telle situation, et pour la première fois depuis bien longtemps, il ne savait pas comment gérer ses propres sentiments. Il avait hâte de voir s'achever la semaine à venir, car il savait qu'elle allait être pénible à vivre pour lui comme pour Libby. Celle-ci avait tous les droits d'être en colère contre lui. Il s'était comporté avec elle de manière scandaleuse en ne lui fournissant pas la moindre explication.

Pour rien au monde il ne voulait laisser deviner aux autres que Libby et lui avaient été autrefois aussi proches l'un de l'autre qu'il est possible de l'être, ainsi limiterait-il au maximum ses contacts avec elle. Leur brève aventure n'aurait jamais dû avoir lieu. Pourtant, aujourd'hui encore, il regrettait de tout son cœur qu'elle ait dû prendre fin.

— À présent, dit le capitaine Mortimer, chacun de nous va se présenter. Puisque nous allons travailler et vivre ensemble pendant toute cette semaine, faisons en sorte de mieux nous connaître en racontant à tour de rôle une anecdote ou un détail intéressant nous concernant. Bon, vous savez qui je suis, alors pour commencer je vais laisser la parole à Steve, mon second.

— Merci, Eric. Je serai bref, car je ne veux pas vous lasser en vous parlant de mon enfance heureuse, de mes prouesses sportives au collège ou de mes nouveaux chiens, des goldens retrievers. Je m'appelle Steve Waterford. Je suis second depuis cinq ans, et c'est ma deuxième mission sur le *Coral Contessa.* J'ai grandi à Boston, et quand je ne suis pas en mer, j'y habite avec mes deux chiens : Boris, six mois, et Molly, trois mois, qui se nichent partout, y compris dans les tiroirs où je range mes caleçons.

Steve sourit et regarda son voisin de gauche.

L'homme leva les yeux au ciel, mais en affichant lui aussi un grand sourire. Il était barbu, avait le crâne rasé et portait de grosses lunettes de soleil.

— Peut-être avons-nous là un peu trop d'informations, Steve. Je m'appelle Laurence Mitchell, je suis ingénieur en chef, et je travaille depuis un peu plus de six ans sur des yachts et des bateaux de croisière. J'ai fait trois missions avec Eric et Steve. Je suis né à New York, où je vis quand je ne navigue pas.

Une grande femme blonde, elle aussi en uniforme, se présenta à son tour.

— Je suis Stacey Langridge, la commissaire de bord du *Coral Contessa.* C'est ma seconde croisière avec Eric, et j'ai souvent travaillé avec Steve, mais c'est la première fois que je me trouve sur ce bateau. J'ai grandi en Californie du Sud, près de Venice Beach, et à présent je vis à Miami. Je m'y suis installée il y a un an avec mon mari... Et il n'y a aucun chien dans ma vie, acheva-t-elle en riant, avant de se tourner vers Daniel.

Il prit à son tour la parole.

— Je m'appelle Daniel Dimosa, je constitue la moitié de l'équipe médicale.

N'ayant aucunement l'intention de confier des détails sur sa vie privée, il pivota vers Georgie pour qu'elle prenne le relais.

— Georgie Longbottom, se présenta-t-elle. Je viens de Grande-Bretagne, comme vous l'avez deviné à mon accent. Je tiens un restaurant à Londres et, à la demande de Walter, je serai pour la seconde fois cheffe de cuisine sur ce yacht. Un bienheureux hasard m'a fait retrouver ici ma meilleure amie de collège à San Francisco. Nous ne nous étions pas revues depuis des années, et cette semaine va nous permettre de rattraper tout ce temps passé loin l'une de l'autre.

Tout le monde se tourna vers Libby, y compris lui.

Il ne put s'empêcher de remarquer qu'elle semblait nerveuse et qu'elle évitait soigneusement de croiser son regard. Il la trouvait toujours aussi belle, avec sa chevelure flamboyante nouée en queue-de-cheval...

Daniel serra les poings, essayant de ne plus songer au passé.

Il ne pouvait pas revenir en arrière ni faire amende honorable. Libby était encore en colère et blessée, et elle avait toutes les raisons de l'être, même s'il avait cru qu'elle serait passée à autre chose après tout ce temps. Il était surpris de la réaction qu'elle avait eue en le voyant. Il aurait compris qu'elle se montre froide et distante, mais elle avait réagi d'une façon bien différente. Pourtant, comme il n'avait jamais repris contact avec elle, ni écrit ni téléphoné, il ne lui avait donné aucune raison de penser à lui.

— Mon nom est Elizabeth McDonald, mais je préfère qu'on m'appelle Libby. Je suis d'Oakland, à vingt minutes de San Francisco. Je suis infirmière, spécialisée à la fois dans les urgences et en cardiologie. Récemment, je me suis occupée de Sir Walter avant et après son opération du cœur, et c'est la première fois que je travaille à bord d'un bateau.

Tout le monde lui sourit, sauf lui. Tout le reste du tour de parole, il la regarda fixement, le cœur meurtri en songeant au passé, tout en sachant qu'il devait dominer ses sentiments.

— Bien, dit Eric, je crois que nous en savons maintenant un peu plus sur chacun d'entre nous, et beaucoup trop sur Boris et... Quel est le nom de l'autre chien, déjà ?

— Molly, intervint Steve. Et dire que j'avais l'intention de vous donner l'un de leurs chiots...

— Non merci, ce n'est pas nécessaire, répondit Eric en secouant la tête. En fait, ma femme n'apprécierait pas vraiment. Bien, revenons à l'objet de cette réunion d'information. Vous connaissez déjà la plupart des éléments que je vais vous donner, mais le règlement veut que je vous rappelle tout cela, d'autant plus que certains parmi vous embarquent pour la première fois sur ce bateau. Les précédents voyages sur le *Coral Contessa* se sont déroulés sans incident, et j'espère qu'il en sera de même pour celui-ci. Nous nous trouvons à bord d'un bâtiment américain naviguant dans les eaux internationales. Tout l'équipage doit être disponible vingt-quatre heures sur vingt-quatre. Vous serez en service huit heures d'affilée, mais vous aurez en permanence avec vous un téléphone permettant de vous contacter à tout moment si c'est nécessaire. Steve et moi, nous ne vous appellerons qu'en cas d'urgence, si nous avons besoin de vous pour faire face à une situation donnée, par exemple pour aider à débarquer un passager malade ou blessé. J'ai besoin de savoir que je peux toujours vous joindre. Georgie parle le français et l'italien, Stacey l'espagnol, et moi-même je parle un peu le grec. Nous pourrons donc communiquer avec les invités de Sir Walter qui, d'après ce que je sais, sont de différentes nationalités. Ah, j'oubliais : Steve s'y connaît parfaitement en golden retriever. Mais sur ce voyage, nous aurons peu à faire appel à cette compétence particulière.

Tout l'équipage se mit à rire, à l'exception de Libby. Elle restait là, le regard dans le vide, incapable de réagir.

Daniel savait pourquoi : elle se sentait piégée. Même si ce n'était pas sa faute à lui, il en éprouvait un sentiment de culpabilité. De toute évidence, elle détestait devoir rester dans le même espace que lui, ce qui était compréhensible.

Il vit Georgie se pencher vers son amie et la prendre un instant dans ses bras.

Il existait, semblait-il, entre les deux jeunes femmes un lien profond qui n'avait pas faibli malgré des années de séparation. Il n'en était pas surpris. Libby n'était pas quelqu'un qu'on oublie facilement. Elle était simple, naturelle, compatissante, et dotée de bien d'autres qualités dont il ne souhaitait pas vraiment se souvenir, mais qui toutes lui revenaient en mémoire à la vitesse de la lumière.

5

— Sir Walter et ses derniers invités vont arriver d'un moment à l'autre, annonça le capitaine. Son petit-fils et certains parmi les passagers ont déjà embarqué et sont dans leurs cabines. Nous partirons à 15 heures. D'ici là, profitez-en pour découvrir ce qui sera votre lieu de travail et votre foyer pendant quelques jours, et préparez votre voyage en parlant avec les membres de l'équipage qui connaissent déjà un peu le yacht.

Daniel, lui, en était encore à s'efforcer d'accepter la situation. Revoir Libby était pour lui un vrai choc. Il devait se rappeler que, une fois cette croisière terminée, ils ne se recroiseraient plus jamais. En fait, ils n'avaient rien en commun, tout les séparait. Il ne devait pas laisser les sentiments éprouvés autrefois revenir s'insinuer dans le présent. La situation restait la même : il ne pouvait pas vraiment faire amende honorable pour sa façon d'agir d'alors, et il ne voulait pas mentir à Libby ni lui faire encore du mal. Elle lui avait clairement fait comprendre qu'elle avait hâte de voir la semaine se terminer. Elle n'était là que parce qu'elle n'avait pas le choix.

Il aurait tant voulu que les choses soient différentes ! Mais le destin en avait décidé autrement.

L'équipage s'était dispersé, mais il avait besoin de parler avec Libby de la santé de Walter, et aussi du rôle qu'elle aurait à tenir sur le yacht. Ensuite, il ferait en sorte de tenir sa promesse et d'avoir avec elle un minimum de contacts, strictement limités au domaine professionnel.

— Libby, peux-tu rester un instant ? J'aimerais préciser quelques points avec toi, puisque c'est la première fois que tu travailles comme infirmière sur un bateau.

Elle se retourna, et il vit à l'expression de son visage à quel point l'idée lui déplaisait.

— Veux-tu que je reste, moi aussi ? proposa Georgie à voix basse.

— Non, ça ira, je te remercie. Je suis sûre qu'il n'y en aura pas pour longtemps. Je retournerai ensuite dans ma cabine.

— Cela ne prendra pas plus de cinq minutes, dit Daniel, montrant ainsi qu'il avait tout entendu.

Georgie s'en alla, les laissant une fois de plus en tête à tête.

Libby, les bras croisés, le regarda fixement.

— Libby, commença-t-il, je serai bref, mais je dois t'expliquer ce que nous avons à faire sur le yacht en ce qui concerne les soins à apporter à Walter et aux autres passagers.

— Je serai ravie de découvrir tout cela par moi-même, rétorqua-t-elle en marchant de long en large sur le pont.

— Bien sûr, mais il me paraît plus efficace que je te donne rapidement une vue d'ensemble, car nous ignorons comment l'état de santé de Walter va évoluer au cours des prochains jours. Ce que nous savons, c'est que nous devons nous occuper d'un homme approchant les quatre-vingts ans, qui vient de subir un triple pontage coronarien et qui se comporte comme s'il n'avait jamais mis les pieds dans un bloc opératoire. Nous avons toi et moi connaissance du fait qu'il ne s'est pas encore complètement remis de son opération, mais aussi qu'il est têtu comme une mule et qu'il est convaincu de mieux savoir que tout le monde ce qui est bon pour lui…

Il s'interrompit en voyant un jeune homme en uniforme s'approcher de lui.

— Je suis Stan, l'un des stewards. Je viens vous chercher parce qu'il y a sur le pont supérieur une jeune femme qui s'est fait une entaille à la tête. Une hôtesse est auprès d'elle. La blessure saigne beaucoup.

— Allons-y, dit Daniel en suivant le jeune steward.

— Je vous accompagne, déclara Libby.

Tous trois prirent l'escalier qui menait au pont supérieur.

La blessée, vêtue d'un short et d'un haut de bikini, était allongée sur une chaise longue. Elle était couverte d'écorchures et de coupures sur les épaules, les bras et le visage. Une hôtesse se tenait près d'elle et pressait sur son front une serviette de toilette déjà rouge de sang.

— Savez-vous ce qu'il s'est passé, Rose ? demanda Daniel en lisant le nom de l'hôtesse sur le badge épinglé à son uniforme.

— Cette jeune fille s'appelle Natalie, c'est l'une des invitées de Sir Walter, et elle a fait une chute, répondit Rose. C'est l'un des mécaniciens qui l'a découverte. Il semblerait qu'elle soit tombée du mur d'escalade. Il n'y avait encore personne sur place. Visiblement, elle l'a grimpé sans s'équiper d'un harnais de sécurité. Je lui ai dit de ne pas bouger, car je pensais qu'elle s'était peut-être blessée à la nuque, et je lui ai donné les premiers soins. Je savais qu'elle devait rester tranquille en attendant que vous arriviez, car elle pourrait avoir besoin de porter une minerve, mais elle ne m'a pas écoutée. Elle s'est levée, puis elle s'est évanouie et est retombée sur cette chaise longue.

— Savez-vous si elle était consciente quand on l'a trouvée ?

— Non, elle avait perdu connaissance. Le mécanicien qui l'a découverte inanimée a cru qu'elle s'était fracassé le crâne et que la chute l'avait tuée. Pauvre homme ! Il est sous le choc.

Daniel prit une paire de gants jetables dans la trousse de premiers secours et les enfila. Libby l'imita avant de s'approcher de Rose.

— Je vais vous relayer, lui dit-elle en s'emparant de la serviette maculée de sang pour la presser contre le front de la blessée.

— Natalie, dit-il, je suis médecin, je m'appelle Daniel, et voici Libby, l'infirmière du bateau. Nous devons examiner vos blessures.

— Je n'ai rien de grave, marmonna la jeune femme. J'ai juste besoin de me nettoyer et de prendre un antidouleur pour ma tête... Tout ira bien, je vous assure.

— Je crois qu'il vous faut plus que cela, Natalie, dit Daniel d'un ton ferme.

Il se tourna vers l'hôtesse.

— Merci, Rose. Libby et moi prenons les choses en main.

En entendant cette phrase, Libby se sentit troublée.

Daniel l'avait si souvent prononcée lorsqu'ils travaillaient ensemble aux urgences. Ils formaient alors une bonne équipe. Tout le monde reconnaissait qu'ils faisaient de l'excellent travail. Si seulement ils avaient pu s'entendre aussi bien dans la vie privée...

— Nous n'avons même pas encore levé l'ancre, alors ça n'augure rien de bon pour la suite du voyage, dit Rose avant de s'en aller.

La blessée parvenait à rester assise, mais paraissait ressentir une gêne, elle se balançait légèrement sur la chaise longue. En l'examinant de plus près, Libby vit qu'elle avait de sérieuses écorchures aux coudes et aux genoux, et sa jambe gauche saignait. Son mocassin droit manquait. Elle jeta un coup d'œil alentour mais ne vit aucune trace de la chaussure.

— Je vais ôter la serviette que je presse contre votre front afin de pouvoir regarder la blessure, dit-elle à Natalie.

Celle-ci resta immobile tandis que Libby opérait.

La plaie, située au-dessus de l'œil gauche, était profonde et nécessitait des points de suture. Quelques mèches blondes s'étaient collées contre la coupure à mesure que le sang s'était coagulé. Apparemment, plus de temps qu'on ne l'avait d'abord cru s'était écoulé entre le moment de la chute et celui où l'on avait découvert la jeune femme gisant sur le sol.

— Le saignement semble s'être arrêté, dit Daniel, penché sur Natalie pour inspecter de près sa blessure.

En sentant le parfum musqué de son eau de Cologne, Libby eut aussitôt envie de s'éloigner de lui, mais cela lui était impossible. Elle soutenait la jeune femme et devait donc rester à son poste.

Elle inspira profondément pour tenter de retrouver son calme. Ce n'était pas la colère qui faisait soudain battre son cœur plus vite, mais quelque chose dont elle avait oublié l'existence depuis longtemps.

— Elle a besoin de points de suture, déclara-t-elle d'un ton neutre qui ne révélait en rien son trouble intérieur.

— Je suis d'accord, répondit Daniel. Cependant, Natalie, comme cette blessure se trouve à un endroit bien visible sur votre visage, je vous conseillerais de faire appel à un spécialiste en chirurgie esthétique.

La jeune femme hocha la tête.

— Je vais juste prendre votre pouls, dit Libby.

— Pendant que l'infirmière McDonald s'occupe de vous, reprit Daniel, je vais vous poser quelques questions. Pouvez-vous me dire votre nom et votre date de naissance ?

— Natalie. Natalie... Martin.

Elle paraissait chercher ses mots.

— Quel âge avez-vous ? demanda Daniel en observant attentivement les réactions de la jeune femme.

— Dix-huit ans. Non... Dix-neuf ans.

Comme elle essayait de se toucher le front de ses doigts tachés de sang, il l'en empêcha avec douceur mais fermeté.

— Vos mains ne sont pas propres. Évitez de toucher votre blessure tant qu'on ne vous aura pas posé de pansement. Pouvez-vous nous dire quel jour nous sommes, et la date ?

— On est le lundi 10 juin.

Libby regarda Daniel.

La bonne réponse était le dimanche 11 juin. La patiente était lucide, mais encore un peu désorientée.

Daniel prit son stéthoscope.

— Natalie, avez-vous mal ailleurs qu'au front et sur les écorchures que vous avez sur les jambes ?

— J'ai mal un peu partout mais, si vous me nettoyez tout ce sang et que vous me donnez un antidouleur, cela ira très bien.

— Le pouls est à 70, annonça Libby.

— C'est bon ou pas bon ? demanda la jeune fille.

— C'est bon, répondit Daniel, mais il ne suffit pas d'avoir un bon pouls et de prendre un antidouleur, Natalie. Ce n'est pas aussi simple. J'ai besoin de savoir plus en détail comment vous vous sentez, car une chute pareille peut créer des problèmes qu'on ne voit pas immédiatement. Dites-moi si vous avez une douleur particulière, ou des contusions ?

Il continua de lui poser des questions. Visiblement, il ne croyait pas que la blessure au front était le seul dommage provoqué par la chute. Natalie ayant perdu conscience, il voulait approfondir son examen, et il y consacrait tout le temps nécessaire. Il avait toujours agi ainsi.

— Le plus douloureux, c'est ma nuque, répondit Natalie en bougeant la tête, lui imprimant un mouvement circulaire. Mais avec un petit verre ou deux ce soir, ça va passer.

— Vous feriez mieux de ne pas remuer la tête de cette façon, prévint Daniel. Et je vous rappelle que vous n'avez que dix-neuf ans, on ne vous servira aucun alcool sur ce bateau. Je vous en prie, essayez de rester tranquille et laissez-moi vous examiner.

Elle cessa de s'agiter tandis qu'il regardait de près l'arrière de son crâne.

— Comme je le soupçonnais, dit-il, je constate une légère dépression dans une petite zone de votre crâne. Pour savoir exactement ce qu'il en est, nous devons vous faire passer une radio. Vous allez devoir aller à l'hôpital, où vous serez mise en observation.

— Pendant combien de temps ?

— Au moins cette nuit. J'ignore de quelle hauteur vous êtes tombée et la durée de votre évanouissement. Ces deux points me causent du souci.

Libby commença à nettoyer la plaie puis posa une compresse.

— Je vais lui bander le front car je préfère ne pas lui mettre un pansement adhésif sur la peau, annonça-t-elle.

— Bien vu, approuva Daniel.

Sa main frôla la sienne alors qu'il maintenait le pansement en place le temps qu'elle prenne un bandage dans la trousse.

Malgré les gants qu'ils portaient tous les deux, elle avait senti la chaleur de cette main, et elle s'étonna de la forte réaction que ce bref contact déclenchait chez elle.

Leur patiente se montrait agitée, mais elle réussit malgré tout à lui poser la bande qui protégerait le pansement.

— Le chirurgien plasticien va-t-il venir à bord pour me voir ? demanda Natalie.

— Non, dit Daniel. En fait, je vais appeler une ambulance qui vous emmènera à l'hôpital. S'ils ont un chirurgien plasticien dans leur personnel, il vous prendra en charge. Sinon, ils vous enverront dans un autre établissement. Je ne connais pas les ressources de l'hôpital local.

— Je ne veux pas quitter le yacht, déclara Natalie d'une voix sourde. Je vais assister à la fête de fiançailles avec mon petit ami, Ernest. Vous savez, le petit-neveu de Walter, le propriétaire de ce bateau. Vous ne pouvez pas me forcer à partir.

— Je regrette, mais c'est exactement ce que je vais faire, et je vous garantis que Sir Walter sera d'accord avec moi. Vous ne pouvez pas rester à bord avec les blessures que vous avez. Vous devez être hospitalisée le plus rapidement possible pour subir un examen complet. Les blessures à la tête ne doivent pas être prises à la légère. Il y a un risque d'hémorragie interne. On vous fera passer un scanner et, selon les résultats, vous serez admise ou non dans un service de soins intensifs. Même si vous ne vous sentez pas trop mal en ce moment, cette blessure est à prendre au sérieux.

— Mais Ernest peut veiller sur moi et vous avertir si jamais il y avait un problème !

Daniel saisit son téléphone.

— Les complications peuvent très bien apparaître quand nous serons en pleine mer, dit-il. Et alors, il sera trop tard.

— Le yacht dispose d'un héliport. On peut m'évacuer sur le continent à n'importe quel moment.

— Il y a un héliport, mais pas d'hélicoptère. Si vous tombez brusquement dans le coma, il sera peut-être trop tard alors pour alerter les secours. Je ne veux pas vous faire courir un tel risque.

— Tomber dans le coma ? Vous êtes sérieux ?

— Oui, très sérieux. En cas de choc à la tête, il existe toujours un risque, même léger, de ce que l'on appelle un hématome sous-dural sur l'artère méningée moyenne ou sur l'une de ses branches, ce qui provoque une hémorragie interne. Tout cela n'est sans doute pour vous que du jargon médical mais, croyez-moi, cela peut devenir très grave. Ma priorité, Natalie, c'est votre santé et non votre vie mondaine. Vous ferez d'autres voyages avec Ernest. Mais, la prochaine fois, abstenez-vous de grimper sur un mur d'escalade non surveillé !

Dix minutes plus tard, Libby vit arriver les secours. Pendant qu'ils préparaient Natalie pour l'évacuer en toute sécurité vers le Western Miami General Hospital, Daniel leur fit un résumé de la situation et leur donna une copie des notes que Libby avait prises lors de l'examen médical de la blessée.

Ernest était venu dire au revoir à Natalie, mais il avait fait le choix de rester à bord. Libby vit à quel point la jeune femme était déçue, anxieuse et triste de devoir partir à l'hôpital sans lui. Son petit ami préférait rester avec sa famille plutôt que de l'accompagner. C'était dur à accepter, surtout à dix-neuf ans.

— Je vais conseiller un contrôle plus rigoureux de l'utilisation du mur d'escalade, poursuivit Daniel. Je suggérerai qu'on l'interdise tant qu'il n'y a pas une personne expérimentée pour le surveiller. J'interrogerai le chef des stewards pour évaluer le nombre de jeunes passagers qui pourraient être tentés de pratiquer l'escalade. Je ne crois pas qu'il y en ait beaucoup, mais je préfère vérifier.

— Tu as raison.

Elle admirait ses qualités de médecin et craignait que cela n'influence ce qu'elle ressentait pour lui en tant qu'homme.

Cela avait déjà été le cas autrefois lorsque Daniel était arrivé aux urgences du Northern Bay General Hospital où elle travaillait. L'histoire risquait de se répéter.

C'était un médecin talentueux et compétent. Elle adorait travailler avec lui, car elle apprenait beaucoup et progressait dans son métier d'infirmière. Il prenait le temps de lui expliquer ses méthodes et ce qui l'amenait à établir des diagnostics, des pronostics et des traitements qui, parfois, pouvaient sembler peu conventionnels. Il était consciencieux et méthodique, ne laissant aucune place au hasard. Il était aussi beau et charismatique... Et depuis, rien n'avait changé.

S'il savait être à l'écoute des patients, il s'était montré en ce cas précis très ferme avec Natalie, ce qui était parfaitement compréhensible. Il voulait choisir la meilleure solution pour la jeune femme, sans se laisser apitoyer par ses protestations. Il lui importait peu de passer pour le « méchant » aux yeux de celle-ci, si cela devait lui sauver la vie – ou tout au moins empêcher qu'une vilaine cicatrice ne la défigure.

Toutes ces qualités professionnelles ne devaient pas lui faire oublier le comportement qu'il avait eu envers elle, comportement dont les conséquences avaient modifié radicalement le cours de sa vie. Elle sentait qu'il lui fallait se tenir à distance et s'échapper le plus rapidement possible, car elle ne pouvait se permettre de se laisser emporter par ses sentiments. Elle savait maintenant qu'elle devait plus que jamais garder ses distances avec lui.

Elle croisa les bras sur sa poitrine, exprimant par ce geste qu'elle estimait que sa tâche était terminée.

— Merci de ton aide, Libby, dit Daniel.

Elle hocha la tête et s'en alla sans lui adresser un mot de plus.

Lorsque Libby regagna sa cabine, elle trouva Georgie devant sa porte. Elle la fit entrer et, tout en se lavant les mains dans le minuscule lavabo, lui raconta brièvement l'accident de la jeune passagère.

— Je me demandais ce qui te retenait si longtemps sur le pont, lui dit son amie, appuyée au chambranle de la salle de bains. J'ai pensé que tu avais peut-être un tendre tête-à-tête avec Daniel.

— Hors de question ! Ce temps-là est bien fini. Il a eu des années pour essayer de me joindre et de m'expliquer ce qu'il s'était passé. Il ne l'a pas fait, et à présent je n'ai plus envie de savoir.

— C'est bien. Un de perdu, dix de retrouvés, dit le dicton. Et maintenant, si nous allions explorer un peu le yacht ? J'ai tout préparé en cuisine pour le dîner de ce soir, qui consistera en un buffet présentant des poissons et des produits de la mer. J'ai passé le relais aux deux autres cuisiniers pour qu'ils prennent les choses en main pendant que je m'accorde une heure de liberté. J'y retournerai pour mettre la dernière touche au buffet et préparer le dessert. En attendant, si nous allions nous asseoir dans un coin et profiter du soleil ? Walter ne m'en voudra pas. S'il est bien nourri – et il le sera –, c'est tout ce qui compte pour lui.

— Ça ne me tente pas trop, mais vas-y, toi. Je ne veux pas t'empêcher de te distraire.

Libby n'avait aucune envie de voir du monde. Elle se sentait comme prisonnière sur un luxueux pénitencier flottant et se demandait si elle allait pouvoir garder la tête froide au cours des jours qui allaient suivre. Malgré ce qu'elle avait dit à Georgie, elle n'avait pas cessé d'aimer Daniel Dimosa. Elle pensait à lui, à tout ce qu'ils avaient partagé... et au fils qu'ils avaient eu ensemble.

Le court moment où elle s'était occupée de Natalie avec lui avait ravivé ce qu'elle s'efforçait d'oublier depuis des années : les merveilleux souvenirs qu'il lui avait laissés, et la douleur et l'incompréhension qu'il avait provoquées chez elle en disparaissant brusquement sans explication.

Elle toucha machinalement son pendentif.

Sa seule raison de vivre, c'était son fils, et elle ne se sentait pas encore prête à livrer ce secret à Daniel. Il avait su lui faire perdre la tête, lui donner l'impression qu'elle lui était très précieuse, avant de s'évanouir dans la nature du jour au lendemain. Certes, Daniel était un médecin brillant, mais Billy méritait mieux que cela. Il méritait de connaître la stabilité et d'avoir un père aimant qui ne disparaisse pas sur un coup de tête.

Un autre problème se posait. Si Daniel apprenait qu'il avait un fils, peut-être voudrait-il en partager la garde. Or, elle ignorait où il habitait. Et elle ne se sentait pas la force de livrer bataille.

Elle avait besoin de temps pour décider s'il était préférable ou non pour Billy que Daniel fasse partie de sa vie, et si oui à quel moment elle devait annoncer à celui-ci qu'il était père.

Disposer d'une semaine pour prendre une telle décision paraissait bien peu. Daniel avait tant de choses à lui expliquer et à lui prouver ! Elle était convaincue que, s'ils ne s'étaient pas retrouvés par hasard sur ce yacht, jamais il n'aurait eu une pensée pour elle.

Comme elle aurait aimé éprouver la même indifférence à son égard !

— Tu ne peux pas vivre en ermite à cause de Daniel, dit Georgie d'un ton ferme. Nous nous connaissons depuis l'âge de seize ans, et tu n'as pas changé. Tu es une fille adorable, et je ne veux pas te voir t'enfermer à cause de lui.

— Ce n'est pas pour cela...

— Libby, nous savons toutes les deux que tu racontes des histoires. Tu te cherches des excuses pour ne pas sortir de ta cabine, mais je suis certaine que c'est lié à ce qu'il s'est passé entre Daniel et toi. Mais te cloîtrer ici ne sert à rien. Cela te fera juste passer à côté d'une expérience intéressante, celle de ton premier voyage sur un yacht.

— Je me cherche peut-être des excuses, mais c'est compliqué, Georgie... Pour être honnête, je crois que je suis encore sous le choc. Je n'avais pas imaginé le revoir un jour.

— Ton évanouissement prouve que le simple fait d'entendre son nom a été pour toi une énorme surprise, et une surprise désagréable. C'est toujours compliqué, les histoires avec les hommes. La plupart du temps, ils se débrouillent pour nous chambouler la vie.

— Tu ne crois pas si bien dire.

— J'avais deviné que ça ne s'était pas très bien terminé entre vous. Je te le redis, je ne veux pas me montrer indiscrète. Tu es libre de te confier à moi ou pas, mais moi je vais te raconter ce que je sais sur lui.

— Tu sais des choses ? Lesquelles ?

— Daniel est un très bel homme, et il pourrait avoir toutes les femmes qu'il voudrait, mais j'ai su par des membres de l'équipage qu'il est célibataire et qu'on ne lui connaît aucune aventure en mer, alors que les occasions ne lui manquent pas. Qu'il s'agisse des employées ou des passagères, la plupart d'entre elles se jettent littéralement dans ses bras, mais lui garde toujours ses distances.

— Comment le sais-tu ?

— Les médecins qui travaillent en mer ne sont pas très nombreux. Stacey et l'un des cuisiniers se sont déjà trouvés avec lui sur des bateaux de croisière. C'est un petit milieu où tout le monde se connaît, et quelqu'un d'aussi beau que Daniel Dimosa, qui est aussi un bon parti, est la cible de bien des commérages. Sauf que les gens ne trouvent rien à dire sur lui. Il a sûrement de brèves aventures quand il se trouve à terre, mais cela se passe discrètement et sans drame. Il ne s'est jamais marié, et il ne parle pas de sa vie privée ni de sa famille, s'il en a une. Mais il est un excellent médecin et un bon collègue apprécié de tous. Voilà.

— Eh bien, cela constitue un bon stock d'informations, déclara Libby.

Elle était surprise et contrariée de voir la rapidité avec laquelle l'équipage du *Coral Contessa* avait fourni à Georgie tous ces renseignements sur Daniel. C'était une raison de plus pour qu'elle ne livre à personne son secret. À n'en pas douter, tout le monde serait vite au courant, et elle n'avait pas besoin de cela.

— Il est irréprochable. Cela le rend encore plus sexy… et fait presque de lui une célébrité, ajouta Georgie. On rencontre beaucoup de séducteurs en mer, mais lui n'est pas comme les autres.

Soudain, Libby sentit son anxiété revenir.

— Excuse-moi, Georgie, mais je ne veux pas en entendre davantage. Je n'ai pas envie de t'écouter énumérer toutes les qualités exceptionnelles de mon ex.

Celle-ci s'assit sur la couchette et s'appuya contre les oreillers.

— Je ne sais pas comment t'aider, Libby. Je t'ai dit ce que je savais afin que tu te sentes mieux. Comme je crois comprendre que tu aimes encore cet homme, j'ai voulu que tu saches que, malgré tout ce qui a pu se passer entre vous, c'est quelqu'un de bien, et que ton instinct ne t'a pas trompée lorsque tu es tombée amoureuse de lui.

Libby ferma les yeux, rêvant que, lorsqu'elle les rouvrirait, elle se retrouverait chez elle et non sur un yacht en partance pour les Caraïbes. Cette mission s'avérait un désastre. Elle aurait vraiment dû la refuser.

— Je sais que tu es animée des meilleures intentions du monde, et j'apprécie, mais je ne fais plus confiance à mon instinct.

— Alors, fie-toi au mien ! Allez, enfile ton maillot de bain et viens bronzer sur le pont. Il nous reste encore quelques heures avant qu'il ne soit accaparé par les invités de Sir Walter.

— Comme je te l'ai dit, tu peux y aller. Pour ma part, je préfère rester ici et appeler chez moi.

— Téléphone pendant que je mets mon maillot, et après, nous irons au moins faire un tour. Rester confinée dans ta cabine ne changera rien à la situation. Le soleil te fera du bien. Il t'aidera à te sentir de meilleure humeur et te changera les idées. Cela vaut le coup d'essayer. Nous allons nous détendre en buvant un cocktail de fruits – sans alcool, bien sûr, puisque nous sommes en service. Mais peut-être que, ce soir, nous pourrons nous offrir une coupe de champagne. Ce n'est pas si souvent que tu auras l'occasion de te retrouver en mer en compagnie de ta meilleure amie que tu n'as pas vue depuis plus de dix ans.

6

— Le soleil n'est-il pas resplendissant ? lança Georgie. La vue est superbe, et nous n'avons même pas encore levé l'ancre ! Je crois que nous allons faire un délicieux voyage.

— Hum, répondit Libby d'un ton dubitatif tout en flânant sur le pont avec son amie, l'esprit ailleurs.

Elle avait parlé au téléphone avec Billy, puis avec sa mère. Tout se passait bien. Le petit garçon était sur le point de déjeuner, et ensuite il aiderait son grand-père à construire un lit en forme de voiture de course rouge vif. Il était si excité à l'idée d'y dormir qu'il ne s'était pas attardé au téléphone.

Voir que Billy était heureux et qu'elle ne lui manquait pas trop était un vrai soulagement.

Elle avait enfilé un short blanc et un T-shirt rayé bleu et blanc. Georgie avait choisi un maillot de bain à fleurs rose et vert, mais Libby n'avait pas l'intention de se dénuder autant. Savoir que Daniel était sur le bateau la mettait mal à l'aise, et par ailleurs le maillot que Bradley avait glissé dans sa valise était un bikini minuscule.

L'équipage s'affairait pour préparer l'arrivée des derniers invités et répondre aux exigences des passagers déjà à bord. Sir Walter se faisait encore attendre.

Elle ne l'avait pas revu depuis qu'il était sorti de l'hôpital, huit jours après son opération, et elle était impatiente de le retrouver. Si seulement cela avait pu se faire dans d'autres circonstances... Elle était incapable d'oublier ne serait-ce qu'un instant la présence de Daniel sur le yacht, et cela déclenchait en elle une réaction physique et affective qui la mettait vraiment mal à l'aise. Depuis quatre ans, jamais elle n'avait ressenti un tel chaos intérieur.

Georgie lui adressa un demi-sourire.

— Je vais me contenter de ton « hum » pour l'instant, mais j'espère te voir manifester plus d'enthousiasme demain.

— Désolée de te décevoir, Georgie, mais j'ai mes limites.

Cependant, Libby se sentit un peu coupable. Elle n'était guère aimable avec son amie, qui lui avait montré combien elle était heureuse de la revoir après toutes ces années. Elle était consciente qu'elle devait faire un effort et prendre sur elle. Après tout, même si c'était sous la contrainte, elle avait accepté de rester à bord durant les sept prochains jours... Ou plutôt six et demi, puisque la première journée était déjà bien entamée.

— Excuse-moi, Georgie. Cherchons un endroit où nous asseoir. Tu as raison, ce sera très agréable.

Après une heure passée à profiter du soleil et à bavarder à bâtons rompus en savourant chacune un délicieux jus d'ananas, elles se quittèrent. Georgie retourna en cuisine tandis que Libby regagnait sa cabine pour revêtir son uniforme.

Un steward l'arrêta au passage.

— Sir Walter vient d'embarquer, il veut vous voir.

— Je ne pensais pas qu'il arriverait si tôt. Je croyais avoir encore une heure devant moi, et je n'ai pas encore mis mon uniforme.

— Cela lui sera égal, j'en suis sûr.

Il la conduisit jusqu'à Sir Walter, qui était confortablement allongé sur une chaise longue, sur le pont à la proue du bateau. Quelques personnes l'entouraient, mais Daniel n'en était pas.

— Ah ! Bonjour, Elizabeth. Quel plaisir de vous revoir, ma chère ! J'espère que vous ne m'en voulez pas de vous avoir kidnappée pour quelques jours ?

— Bonjour, Sir Walter. J'en suis ravie.

Elle mentait, mais ce n'était pas la faute du vieil homme si elle aurait préféré être n'importe où ailleurs que sur ce yacht. Elle voulait lui être agréable, et surtout ne pas lui gâcher le plaisir qu'il avait à entreprendre ce voyage en mer et à fêter les fiançailles de sa nièce.

— Je veillerai à ce que vous fassiez en sorte de vous rétablir complètement durant cette croisière, ajouta-t-elle.

Cette fois, ce n'était pas un mensonge. La santé de Sir Walter était sa première préoccupation, avant même le fait d'éviter Daniel.

— Nous verrons, répondit-il en riant. Vous savez, j'ai bien l'intention de profiter de la vie et d'oublier mes petits soucis de santé. Si j'ai envie d'un bon plat en sauce, eh bien, je le dégusterai avec grand plaisir. Et je déteste faire de l'exercice !

Elle savait qu'elle aurait du mal à le contrôler. De toute évidence, il y avait à bord du *Coral Contessa* deux hommes qui lui donneraient du fil à retordre. Elle devrait puiser dans ses réserves pour relever ce double défi.

— Maintenant que nous nous sommes revus, dit Sir Walter, pourquoi n'iriez-vous pas faire un tour pour explorer mon petit yacht ? Pendant ce temps, je vais rester ici avec mes amis. Je me sens fort comme un taureau, je n'ai pas besoin de vous.

— Vous êtes sûr ?

— Tout à fait sûr. Je sais que vous avez un téléphone sur vous. Si jamais mon cœur se mettait à flancher, quelqu'un vous appellerait, vous ou le médecin.

Elle laissa donc Walter en compagnie de ses amis et partit découvrir le navire.

Un ascenseur vitré desservait les quatre ponts, tous plus magnifiques les uns que les autres. La décoration faisait penser à celle d'un palace italien, comme ceux qu'on voyait dans les magazines. Le marbre blanc dominait, les meubles s'ornaient de dorures, et le plafond de la salle à manger d'honneur rappelait celui de la chapelle Sixtine.

Alors qu'elle passait à côté de l'une des deux énormes colonnes qui se dressaient près du bar, un steward appuya sur un petit panneau et, à sa grande surprise, la colonne s'ouvrit, laissant apparaître des étagères garnies de verres et de carafes en cristal.

Devant un tel décorum, un seul mot venait à l'esprit : « opulence ». Elle n'avait aucune idée du prix que pouvait valoir un yacht aussi luxueux, mais elle savait qu'elle possédait un bien beaucoup plus précieux. Un bien qui n'avait pas de prix. Son fils.

Après cela, elle se dit qu'elle en avait assez vu, et elle décida de regagner sa cabine pour prendre une douche et enfiler l'un des uniformes qui se trouvaient dans la penderie. Après avoir noué ses cheveux en un chignon bas, elle jeta un coup d'œil à son reflet dans le miroir fixé sur la porte de sa cabine.

Elle voulait donner d'elle une image professionnelle et montrer à tous qu'elle était là pour faire son job. Et le message s'adressait notamment à Daniel Dimosa.

Lorsque Libby rejoignit Walter, il tenait d'une main un cigare allumé et de l'autre un verre de whisky.

Elle ne put cacher sa déception et sa colère en le voyant boire et fumer, quand il lui avait été fortement recommandé à l'hôpital de se montrer très prudent tant qu'il ne se serait pas complètement remis de son opération.

— Sir Walter..., commença-t-elle d'un ton mécontent.

— Walter. Rappelez-vous que je vous ai demandé de m'appeler Walter, dit-il en riant.

— Très bien, je vous appelle Walter et, en échange, je vous demande de poser ce cigare et ce verre. Vous ne pouvez pas vous permettre de fumer ou de boire de l'alcool alors que vous venez d'être opéré du cœur.

Walter la regarda sans rien dire.

Elle se moquait bien d'être renvoyée. En fait, cela lui apparaîtrait comme une véritable bénédiction, mais ce n'était pas ce qui l'avait poussée à faire des remontrances à son patient. Tout ce qu'elle voulait, c'était le maintenir en vie et l'aider à recouvrer la santé.

— Je vais être directe avec vous, dit-elle en le regardant droit dans les yeux. Ce que vous faites est d'une grande imprudence, et vous le savez. Il y a à peine cinq semaines, vous avez subi une opération très lourde qui vous a sauvé la vie, et maintenant vous naviguez sur la mer des Caraïbes en fumant, en buvant de l'alcool et en vous conduisant comme un adolescent. Vous m'avez engagée pour être votre infirmière à bord de ce yacht, et ce que je vois, c'est que... vous vous comportez de façon stupide. Je ne vais pas rester là sans rien dire, comme si tout allait bien. Si vos artères se sont bouchées, c'est parce que vous consommiez trop de graisses animales, de sucre, d'alcool et de tabac, et que vous ne faisiez aucun exercice physique. Et voilà que vous recommencez !

Walter prit son temps avant de répondre.

— Je ne suis ni stupide ni imprudent en choisissant de passer en mer le temps qu'il me reste à vivre, jeune dame. Ce yacht et la mer des Caraïbes sont ce qui me rapproche le plus de Contessa, ma femme chérie aujourd'hui disparue. Elle était l'amour de ma vie, et si je dois partir durant cette croisière, elle sera avec moi, tout près. Je lui ai tenu la main quand elle est morte, et je sais qu'elle tiendra la mienne si je meurs sur ce bateau.

Il y avait tant d'émotion dans la voix du vieil homme qu'elle se sentit déconcertée. Des larmes brillaient dans les yeux de Sir Walter.

Elle décida de prendre un ton plus doux pour lui parler, tout en lui répétant avec fermeté ses conseils de prudence.

— Je comprends parfaitement ce que vous ressentez, Walter, mais rien ne vous oblige à mourir prématurément. Vous pouvez naviguer et vous sentir proche de votre chère épouse pendant encore de très nombreuses années, mais pour cela vous devez renoncer au tabac et à l'alcool.

— Eh bien, peut-être n'ai-je pas envie de vivre encore de nombreuses années, répondit-il en détournant le regard. Peut-être que je me sens seul et fatigué, et que je préfère profiter pleinement du temps qui me reste, même si cela doit hâter ma fin.

— Pardonnez-moi de vous dire cela, mais je trouve que c'est très irrespectueux.

— Irrespectueux ? Envers qui ? lança-t-il d'un ton irrité.

— Envers les médecins et les infirmières qui vous ont sauvé la vie.

— Ils sont payés pour cela. C'est leur job, tout comme c'est le vôtre de prendre soin de moi cette semaine afin que je puisse fêter les fiançailles de ma nièce. Non pas que j'apprécie vraiment l'homme à qui elle a choisi de se fiancer, cependant je souhaite que, le médecin et vous, vous me gardiez en vie pour que je participe à cette journée.

Libby s'assit près de lui, sur un siège qui venait d'être libéré, l'un des membres de l'entourage de Sir Walter ayant préféré s'éclipser discrètement lorsque la discussion avait pris un tour plus vif.

— Et après ? demanda-t-elle. Que diriez-vous de vivre assez longtemps pour connaître leurs enfants, vos futurs petits-neveux et petites-nièces ? De les faire sauter sur vos genoux et de contempler leur adorable petite frimousse ? Cela ne vous tente pas ?

— Utiliser des enfants pour arriver à vos fins, j'appelle cela un coup bas, dit-il en posant son cigare dans un cendrier.

— Walter, je ne reculerai devant rien pour vous faire entendre raison. Vous avez survécu à une opération très lourde. Maintenant, il ne dépend que de vous de retrouver votre forme. Si vous suivez nos recommandations, rien ne vous empêche de devenir centenaire. Et comme vous êtes britannique, vous recevrez une lettre de la reine pour vous féliciter de votre longévité. Cela vous ferait plaisir, n'est-ce pas ? Vous pourriez faire encadrer cette lettre et l'exposer dans votre suite, ou bien peut-être derrière le bar pour que tout le monde puisse la voir.

— Voilà que vous utilisez Sa Majesté, à présent ! Jusqu'où irez-vous ? Vous n'avez pas honte, Libby ?

— Pas du tout. Dès lors qu'il s'agit de vous garder en bonne santé, je suis prête à tout.

— Eh bien, cette histoire de centenaire qui me vaudrait les félicitations de la reine ne tient pas la route. Si je dois fêter mon centième anniversaire, ce ne sera que dans vingt et un ans, et la reine ne sera plus là pour m'écrire cette fameuse lettre.

— Ce sera son successeur, alors. Peu importe qui signera le courrier venant du palais de Buckingham, pas vrai ? L'essentiel, c'est de faire en sorte que vous viviez assez longtemps pour connaître cela.

— C'est très gentil à vous d'y penser, mais j'ai bien conscience que, à partir d'un certain âge, le temps vous est compté. Ce serait déjà très beau si j'arrivais à mes quatre-vingt-dix ans. Alors, mes cent ans... En tout cas, j'ai décidé de profiter à fond des années qu'il me reste à vivre, et laissons faire le destin. Je ne vais sûrement pas demeurer assis dans un fauteuil et passer mes journées à regarder par la fenêtre, une couverture sur les genoux et une tasse de thé à la main.

— Malgré tout le respect que je vous dois, Walter, il y a un gouffre entre la vie dans une maison de retraite et le fait de fumer des cigares et de boire du whisky sur ce luxueux bar flottant.

De nouveau, Walter la dévisagea sans dire un mot. Il avait les lèvres pincées. Il ne semblait pas fâché, mais elle avait du mal à déchiffrer l'expression de son visage.

Soudain, elle sentit son estomac se nouer.

Était-elle allée trop loin ?

Elle avait vraiment de l'affection pour Walter. Il lui était impossible de rester là à le regarder ruiner bêtement sa santé, mais elle devait aussi se montrer professionnelle et ne pas dépasser les bornes avec lui. Sous ses airs bougons, le vieil homme était foncièrement gentil et généreux, et elle avait fini par s'attacher profondément à lui lors de son séjour à l'hôpital. Elle avait envie de le voir vivre le plus longtemps possible.

Sir Walter finit par esquisser un sourire.

— Je vous aime bien, jeune dame, dit-il en posant son verre sur la table. Vous avez du cran. Certains diraient que vous êtes têtue, mais sachez que, moi aussi, je le suis. C'est grâce à cela que j'ai bâti mon empire. N'allez pas croire que je vais changer mes habitudes aussi facilement.

Elle avait craint d'être allée trop loin avec lui, mais le ton qu'il avait pris et le fait qu'il déclare qu'il l'aimait bien la rassuraient.

Elle se leva.

— Je relève le défi, Walter.

— De quel défi s'agit-il ? dit une voix derrière elle.

Libby se retourna.

Daniel était là, beaucoup trop près d'elle à son goût.

Sa présence déclencha aussitôt en elle ces réactions qu'elle détestait. Dès qu'elle le savait dans les parages, son cœur s'emballait, ses sens étaient en émoi, elle perdait la tête et se laissait emporter par ses émotions. Cela la terrifiait. Heureusement, elle parvenait à peu près à ne rien laisser paraître de ses pensées ni de ses sentiments.

— Il semblerait que Libby s'imagine pouvoir réformer mes habitudes qu'elle juge imprudentes. Elle veut me faire atteindre mes cent ans pour que je reçoive une lettre du palais de Buckingham, précisa Walter en lui adressant un clin d'œil. Mais j'essaye de lui faire comprendre que vouloir changer un homme est une entreprise vouée à l'échec. Une fois que nous avons quitté nos langes, aucune femme ne peut nous changer. C'est tout à fait inutile d'essayer. N'est-ce pas aussi votre avis ?

Libby ferma les yeux.

Les paroles de Walter l'atteignaient en plein cœur. Elle soupçonnait Daniel de ne pas être homme à vouloir changer. Il était satisfait de sa manière de vivre. En aimant les femmes pour ensuite les abandonner sans se soucier du mal qu'il faisait, ni des cœurs qu'il brisait.

— Je crois, Walter, que, en certaines circonstances et si l'enjeu en vaut la peine, un homme est capable de changer.

Cette réponse la déconcerta. « Si l'enjeu en vaut la peine » ? Que devait-elle comprendre ? Qu'elle-même n'avait pas valu la peine qu'il renonce à ses habitudes de coureur de jupons ? Et qu'entendait-il exactement par « certaines circonstances » ? Elle avait les idées confuses et sentait la colère l'envahir. Bizarrement, elle s'en réjouit. La colère l'aiderait à contrôler la situation.

— Foutaises ! mugit Walter. Voilà bien les ravages commis par le politiquement correct ! Je n'ai aucunement l'intention de changer de comportement, aussi charmante et ravissante que soit celle qui me bombarde de conseils.

— La question n'est pas là, lança-t-elle, impatiente de redonner au débat un ton plus professionnel. Ce qui est en jeu ici, c'est votre santé, et donc la responsabilité de votre équipe médicale.

— Voyons si j'ai bien compris. Je vous paye tous les deux très correctement – sans parler de la confortable donation faite à l'hôpital de San Francisco – pour m'accompagner dans cette croisière, dans le seul but que vous m'empêchiez de m'amuser et que vous me fassiez des reproches chaque fois que vous en avez l'occasion ?

— Mais non, répondit Daniel en s'approchant. Walter, Libby et moi sommes ici pour que vous ayez toutes les chances de vous rétablir complètement. Vous devez comprendre que l'opération que vous avez subie ne vous guérit pas de votre maladie coronarienne. Elle vous offre une seconde chance, à condition de modifier votre façon de vivre. Si vous ne le faites pas, vous vous retrouverez très rapidement à la case départ et, cela, nous ne le voulons pas.

— Oh ! mon Dieu, je n'ai vraiment pas de chance ! Vous me servez tous les deux le même refrain, dit Walter, l'air dépité. C'est entendu, je vais faire un effort durant toute cette semaine mais, dès que vous serez partis, je reprendrai mes bonnes vieilles habitudes. Je ferai ce que vous me demanderez tous ces jours-ci, uniquement pour ne pas être harcelé à longueur de journée en stéréo.

Il se leva et s'étira.

— Maintenant, je vais aller prendre une douche et m'habiller pour le dîner. Georgie est en train de préparer l'un de mes desserts préférés, et j'ai bien l'intention d'en profiter. J'accepte de renoncer aux cigares et au whisky, mais pas à un plat qui me ferait envie. Et si jamais l'un de vous deux essayait de m'en empêcher, je n'hésiterais pas à le jeter par-dessus bord !

Daniel eut un sourire en coin en regardant Sir Walter s'éloigner, suivi de sa petite cour.

Restée seule avec Daniel qui s'était mis à contempler la mer, Libby décida de partir à son tour. Il lui paraissait dangereux de prolonger ce tête-à-tête. Le soleil était sur le point de se coucher, créant un cadre bien trop romantique à son goût. Elle savait que, en dépit de toutes les questions demeurées sans réponse et de la colère qui bouillonnait en elle, elle risquait de se montrer vulnérable. Pas question de refaire les mêmes erreurs qu'autrefois. Il y avait trop de choses en jeu, aujourd'hui.

— Je t'en prie, Libby, ne t'en va pas. Je sais que je t'ai promis de trouver un moyen pour que nous ne passions pas trop de temps ensemble, mais peut-être pourrions-nous quelquefois nous asseoir et parler ? Je garde un merveilleux souvenir de l'époque où nous le faisions.

— Pas assez merveilleux pour te pousser à reprendre contact avec moi durant ces quatre dernières années, riposta-t-elle d'un ton glacial, avant de tourner les talons.

7

— Veuillez entrer, je vous prie, monsieur Hudson, dit Libby.

Elle s'effaça pour laisser passer l'homme qu'elle avait invité à la suivre jusqu'à l'infirmerie installée sur le yacht.

— Avec plaisir, répondit-il. Mais vous pouvez m'appeler Maxwell.

Elle retint son souffle.

En lui parlant, Maxwell Hudson lui avait jeté un regard bizarre, fixant non pas ses yeux, mais sa bouche.

Peut-être était-il dur d'oreille et lisait-il sur les lèvres ? Certains patients âgés dont elle avait eu à s'occuper procédaient de cette façon. Mais l'homme semblait ne pas avoir plus de cinquante ans. Il n'était pas très grand, plutôt trapu, et montrait un début de calvitie. En fait, il était assez difficile de lui donner un âge.

— Asseyez-vous, je vous en prie, dit-elle en lui indiquant la chaise qui se trouvait à côté du bureau.

Elle passa dans la petite salle de bains dont disposait la cabine faisant office d'infirmerie.

— Le médecin n'est pas disponible pour le moment, reprit-elle en se lavant les mains, mais je peux prendre quelques notes et voir quel est le problème. S'il s'agit d'une urgence, j'appellerai le Dr Dimosa. Il n'est pas très loin.

— Oh ! c'est sûr ! Il ne peut pas aller bien loin – nous sommes sur un bateau. À moins qu'il ne saute par-dessus bord, et dans ce cas, il n'y aurait plus que vous et moi.

Elle trouva ses propos étranges et se sentit mal à l'aise. Sa gêne s'accrut encore devant le regard qu'il lui lança quand elle réapparut dans la cabine.

— Je plaisantais, dit-il en ricanant, un sourcil levé. Je suis sûr qu'il ne se jetterait jamais à la mer, du moins pas tant que vous-même serez à bord du yacht.

Bien décidée à ne pas se laisser impressionner et à rester professionnelle, elle fit semblant de ne pas comprendre les sous-entendus déplacés de son patient.

— Quel est votre problème ? demanda-t-elle d'un ton neutre.

Maxwell la regardait fixement, sans rien dire, le sourcil toujours levé.

— Est-ce que tout va bien, monsieur Hudson ?

— Appelez-moi Maxwell. C'est moins cérémonieux.

— Eh bien, Maxwell, asseyez-vous et dites-moi quel est votre problème.

Il s'assit sans la quitter les yeux.

— C'est mon dos. Je me suis endormi au soleil, et maintenant ma peau me brûle.

— Je vois. Veuillez ôter votre chemise pour que je puisse vous examiner.

Maxwell commença à déboutonner sa chemise imprimée de palmiers et de flamants roses. Les yeux braqués sur Libby, il fit mine de se dévêtir en singeant les gestes d'un chippendale, défaisant lentement chaque bouton.

Le malaise de Libby ne fit que s'accroître.

— Je ne vous vois aucune alliance au doigt, jolie dame.

La tournure que prenait la conversation était très claire, mais le meilleur moyen de refroidir les ardeurs de Maxwell Hudson était de les ignorer.

— Il fait si beau que je suis sûre que vous avez hâte de rejoindre vos amis, alors regardons ce coup de soleil, dit-elle en enfilant des gants en latex.

Elle avait pris un ton courtois et professionnel pour bien montrer qu'elle n'entendait pas répondre à ces questions indiscrètes sur sa vie privée.

— Je préfère rester dans cette cabine avec vous, déclara l'homme.

Il sentait le whisky et l'huile solaire. L'odeur qui émanait de lui était aussi déplaisante que sa personne.

Elle prit une profonde inspiration.

— J'ai beaucoup à faire, alors finissons-en.

— Ce doit être triste de ne pas pouvoir faire la fête avec les autres ?

— Je suis ici pour travailler. C'est la seule raison de ma présence à bord, et veiller sur la santé de Sir Walter suffit amplement à m'occuper.

— Lorsque vous aurez fini votre journée de travail, venez donc sur le pont pour profiter un peu du soleil avec moi.

— Je suis de service vingt-quatre heures sur vingt-quatre. Maintenant, s'il vous plaît, tournez-vous pour que je puisse examiner votre coup de soleil.

— En fait, ce n'est rien de grave. Je suis venu ici pour vous voir.

Sa bouche se tordit en un sourire malsain qui alerta Libby. Elle avait redouté le pire, et le pire était en train de se produire.

— Alors, restons-en là, dit-elle.

— Pas si vite.

L'homme se leva et, s'approchant tout près d'elle, lui saisit le poignet.

— Je vous ai vue hier près de la piscine. Vous étiez assise avec votre amie, vêtue de votre petit short moulant, et je me suis renseigné sur vous. Il semblerait que vous soyez célibataire… et disponible.

Elle tenta de se libérer, mais l'homme se rapprocha encore. Elle sentait son souffle chaud dans son cou. Il empestait l'alcool.

— Laissez-moi tranquille, maintenant, dit-elle froidement.

Elle réussit à se dégager et alla aussitôt à l'autre bout de la pièce. La panique commençait à la gagner. Elle se trouvait seule dans la cabine avec un homme ivre et lubrique.

— Allons, ne jouez pas les effarouchées ! Le médecin n'est

pas là, il n'y a que vous et moi. Tous les autres sont sur le pont, très loin de nous. Alors, montrez-vous gentille.

La situation était devenue dangereuse. Elle sentit les battements d son cœur s'accélérer, se demandant si elle devait se battre ou s'enfuir.

— Allez-vous-en, cria-t-elle, tâchant de dominer sa peur.

— Oh ! Nous savons tous les deux que vous avez accepté ce job dans l'idée de prendre du bon temps. Sinon, vous seriez restée sur la terre ferme, ajouta-t-il en commençant à déboutonner son short. Et moi, je peux vous faire passer un bon moment, là, maintenant. J'ai tout mon temps pour conclure l'affaire.

Alors qu'il s'approchait, la porte s'ouvrit. Il parut n'y prêter aucune attention, continuant d'essayer maladroitement de se débarrasser de son short.

Daniel se tenait sur le seuil. En deux enjambées, il rejoignit l'homme, l'attrapa par les épaules et le secoua dans tous les sens.

Jamais elle ne l'avait vu dans une telle rage. Cela l'effraya, et en même temps la rassura.

— Ne parlez plus jamais de cette façon à une femme, gronda-t-il.

Maxwell Hudson se redressa et le toisa avec arrogance.

— Du calme, mon gars. Retournez donc faire votre travail de steward. Tout va bien. Cette jeune personne est ravie de bavarder avec moi.

— L'infirmière McDonald n'en a que faire de vous. Elle vous l'a clairement exprimé. Maintenant, allez-vous-en.

— Du calme ! Tout va bien.

— Partez ! Immédiatement.

— Essayez donc de me mettre dehors ! lança Hudson.

Il commença à se balancer d'un pied sur l'autre, l'air furieux, faisant mine de vouloir boxer.

Comme Daniel le poussait vers la porte, l'homme tenta de lui donner un coup de poing dans les côtes.

— Daniel, attention ! prévint Libby d'une voix angoissée.

Daniel esquiva le coup.

— Ne soyez pas stupide, dit-il. Allez-vous-en avant d'être blessé.

— Par qui ? Par vous ? dit l'autre en ricanant.

De nouveau, il tenta de boxer Daniel, et cette fois il le toucha à l'estomac.

Contraint de passer à l'action, Daniel attrapa le bras de son agresseur et le lui tordit dans le dos jusqu'à le faire tomber par terre, puis il l'immobilisa en lui appuyant solidement son genou sur le dos.

— S'il te plaît, Libby, compose le 9 et demande au capitaine d'envoyer son second et un steward pour s'occuper de ce type. Je réclamerai qu'on l'expulse du yacht dès que nous arriverons au port demain matin.

Elle téléphona aussitôt et expliqua la situation au capitaine. En se retournant, elle vit que Maxwell Hudson, toujours cloué au sol par Daniel et incapable de faire un geste, avait le visage congestionné et marmonnait des propos inaudibles, le regard meurtrier.

Peut-être regrettait-il son comportement ?

Peu importe. C'était un prédateur, et elle était soulagée de savoir que Daniel comptait lui faire quitter le bateau. Alcoolisé ou non, cet homme représentait un danger potentiel qu'il convenait d'écarter.

— Vous ne pouvez pas m'expulser !

— Non seulement je peux, mais je vais le faire, répliqua Daniel. Je vais en parler tout de suite à Walter.

— Mais je fais partie de la famille. Il ne me fera pas descendre à terre. C'est vous deux qui vous ferez renvoyer pour m'avoir traité de cette façon.

— Je ne crois pas, mon gars. Vous êtes une vraie menace pour toutes les femmes qui se trouvent à bord, et il n'est pas question que vous poursuiviez cette croisière.

Le second et deux stewards arrivèrent quelques instants plus tard.

— Il y en a toujours un qui boit trop et qui dépasse les

bornes, dit le second. Nous nous chargeons de lui, à présent. Je suppose que vous allez parler de cela au capitaine ou à Sir Walter. Mais ce type fait probablement partie de la famille, et il sera difficile de se débarrasser de lui. S'il reste à bord à la prochaine escale, nous n'aurons qu'à le suivre à la trace chaque fois qu'il sortira de sa cabine.

— Je me moque de savoir qui il est, il va quitter ce bateau. Il n'y a pas de « si » ni de « mais » qui tiennent, il s'en ira.

Contrecarré dans ses projets de la séduire et humilié d'avoir été si facilement jeté à terre, Hudson avait cessé de protester. Il gisait sur le sol, recroquevillé sur lui-même, tandis que Daniel contrôlait clairement la situation. Mais Libby était consciente que, sans ce dernier, les choses auraient pu mal tourner.

Dire qu'elle se sentait rassurée et protégée par l'homme qu'elle avait voulu détester !

Quand la porte se fut refermée sur le solide trio qui la débarrassait de l'indésirable Maxwell Hudson, Libby risqua un regard vers Daniel.

Ses yeux bleus la fixaient avec une telle intensité qu'elle eut l'impression qu'il lisait en elle, devinant tous ses secrets. C'était à la fois stressant et rassurant.

— Est-ce que tout va bien, Libby ? demanda-t-il d'une voix teintée de tendresse.

Il semblait sincèrement inquiet.

Il avait toujours le même regard qu'autrefois. Ses yeux étaient comme deux morceaux de cristal d'un bleu éclatant, mais il émanait d'eux un tel feu qu'elle se sentit fondre. Et ils ressemblaient tellement à ceux de son précieux petit garçon qu'elle en eut le souffle coupé.

— Je... Je vais bien, réussit-elle à dire.

— Je n'en suis pas si sûr, répliqua-t-il, avant de s'approcher et de la prendre dans ses bras.

Elle aurait voulu lutter, le repousser, mais elle s'en révéla incapable. Au contraire, elle se blottit contre sa poitrine, heureuse de sentir sa chaleur et la force de ses bras qui l'enlaçaient.

C'était tout ce dont elle avait besoin en cet instant précis. Le passé n'existait plus, et elle ne pensait pas à l'avenir. Elle voulait juste rester dans les bras de Daniel le plus longtemps possible.

C'est alors que quelqu'un frappa à la porte restée ouverte.

Ils se retournèrent tous les deux et virent Sir Walter qui se tenait sur le seuil de la cabine en compagnie du chef des stewards. Daniel et elle reculèrent aussitôt d'un pas pour créer une distance entre eux.

— On m'a raconté ce qu'il s'est passé, Libby, dit le vieil homme. Je suis vraiment désolé, ma chère. Est-ce que ça va ?

— Je... Oui, je vais bien, merci, répondit-elle d'une voix tremblante.

Elle était sous le choc de ce qui avait failli se passer avec Hudson, et tout autant troublée par son étreinte avec Daniel.

— Il semblerait que ce soit grâce à notre médecin.

— Oui.

Elle jeta un bref coup d'œil à Daniel, qui la couvait toujours d'un regard inquiet.

Elle en eut le cœur déchiré. Il lui était venu en aide malgré la façon dont elle lui avait parlé la veille et dont elle l'avait repoussé.

— Vous êtes forte, Libby, poursuivit Sir Walter. Je le savais déjà, mais ce que vous venez d'affronter n'est pas quelque chose d'anodin. Maxwell quittera le bateau demain matin. Le capitaine a appelé les gardes-côtes, qui viendront chercher ce gredin à la première heure, et ce qu'ils feront de lui, franchement, je m'en moque. Si cela ne tenait qu'à moi, je le jetterais volontiers par-dessus bord ! Je ne l'ai jamais aimé, mais son mariage l'a fait entrer dans notre famille il y a des années déjà, et nous n'avons jamais pu nous débarrasser de lui. Eh bien, maintenant, c'est fait. Et pour de bon.

— Merci, Walter.

— Ne me remerciez pas, Libby. Remerciez plutôt Daniel, votre preux chevalier, qui a volé à votre secours. À présent, vous devez vous reposer. Vous n'aurez pas à vous occuper de moi durant le reste de la journée. J'ai dit au steward de boucler Maxwell dans sa cabine. S'il essaye de s'en échapper, la consigne est de l'enfermer dans un placard à balais... ou ailleurs, peu importe. Ils peuvent bien l'attacher sur un jet-ski si ça leur chante, pour ma part, je n'y verrai aucun inconvénient. Nous allons le laisser décuver jusqu'à ce qu'il quitte le yacht, demain matin. Je serai ravi de le savoir parti. Il s'est très mal conduit pendant des années, mais là il a dépassé les bornes. Je regrette simplement qu'il soit resté assez longtemps pour vous importuner, Libby.

— Ce n'est pas votre faute, personne ne pouvait savoir.

— Peut-être mais, pour autant, je vais essayer d'effacer ce mauvais souvenir en faisant transporter vos bagages dans l'une des suites restées libres sur ce pont.

— Ce n'est pas la peine, vraiment.

— Si, bien au contraire. Un homme a essayé de vous agresser, et il serait parvenu à ses fins si Daniel n'avait pas été là pour vous sauver. La suite que vous allez occuper est voisine de celle de Daniel, je pense que cela vous rassurera de le savoir près de vous.

Sur ces mots, Walter et le chef des stewards quittèrent la cabine.

Libby se mordilla la lèvre, les yeux fixés sur la porte refermée. Sa suite serait proche de celle de Daniel ? Elle n'était pas sûre que ce soit là une bonne idée. Pour personne.

— Je suis vraiment désolé de ce qu'il s'est passé, commença Daniel.

— Tu n'as à t'excuser de rien, le coupa-t-elle. Je... Je ne sais pas ce que j'aurais fait si tu n'étais pas arrivé.

— N'y pense plus, Libby. C'est terminé, il n'est plus là. Tu vas pouvoir te détendre durant le reste du voyage.

— Mais comment as-tu pu arriver aussi rapidement ?

— J'étais juste devant la cabine.

— Depuis quand ?

— Une minute ou deux après que vous y êtes entrés tous les deux...

Il se passa la main dans les cheveux.

— Je sais que tu préfères que je me tienne à l'écart, et je ne t'en fais pas le reproche. Je le comprends très bien. Mais j'avais déjà vu ce type manquer de respect aux femmes de l'équipage. Je connais bien ce genre de bonhomme. Je savais qu'il pouvait créer des problèmes. Je voulais en parler ce soir à Walter mais, quand j'ai appris qu'il demandait à te voir pour un problème médical, je suis resté à proximité. Non que je mette en doute ta capacité à gérer une situation difficile, car je t'ai déjà vue faire face à des cas épineux aux urgences, mais là c'était différent. Tu étais seule avec lui, et cela pouvait tourner mal. Lorsque tu as élevé la voix, j'ai compris que je n'avais d'autre choix que d'entrer dans la cabine malgré tes consignes.

Elle lui lança un regard penaud.

Il n'était plus l'homme qui lui avait brisé le cœur, mais son beau protecteur. Son désir de se retrouver dans ses bras s'intensifia encore.

— Je suis heureuse que tu l'aies fait, dit-elle doucement.

Daniel la regarda sans rien répondre, et elle sentit son cœur s'emballer.

Tous les sentiments qu'elle avait enfouis refaisaient surface, et elle ne savait pas comment empêcher cela. Ni même si elle avait envie d'essayer. Le désir ardent de se blottir contre lui la submergeait. Soudain, elle ne voyait plus Daniel comme l'homme dont elle était tombée amoureuse bien des années auparavant, mais comme celui qui s'était emparé de son cœur. Et la façon dont il la regardait en cet instant l'amenait à penser qu'il n'avait peut-être pas oublié tout ce qu'ils avaient partagé.

Il y avait beaucoup de questions qui demandaient des réponses... Mais avait-elle envie de connaître ces réponses maintenant ? Ils avaient une semaine devant eux pour revenir sur le passé.

C'était sans doute une idée stupide, mais elle avait envie de se laisser guider par son cœur, non par sa raison.

Elle avait l'esprit si confus, en ce moment ! L'adrénaline était encore là, mais il s'y ajoutait autre chose. L'impression d'être enveloppée d'une douce chaleur. D'être en sécurité. Le sentiment de vivre quelque chose qu'elle ne parvenait pas à définir, mais qui lui avait manqué.

Daniel Dimosa lui avait manqué.

Daniel ne quittait pas Libby des yeux. Il pouvait sentir le doux parfum de sa peau. Il l'aurait reconnu entre mille. C'était l'odeur de la femme qu'il aimait. Il ne l'avait jamais oubliée. Il la désirait de tout son être. Il brûlait d'envie de la prendre dans ses bras et de la porter jusqu'à son lit. Il voulait faire l'amour avec elle...

Mais il ne pouvait pas, pour bien des raisons. Elle était vulnérable, et il savait qu'ils ne pourraient être ensemble que quelques jours. Libby méritait mieux que cela. Elle méritait d'avoir un homme qui fasse partie de sa vie de façon durable. Et lui ne pouvait pas être cet homme-là. Il devait faire marche arrière, car bientôt il s'en irait de nouveau...

Il s'écarta, luttant contre un violent désir de s'emparer de ses lèvres.

— Puisque tout va bien, dit-il, la voix rauque, je ferais mieux de partir.

Non, ils ne pourraient jamais plus être proches l'un de l'autre. C'était impossible. Agir autrement, ce serait profiter de la situation. Du besoin qu'avait Libby d'être réconfortée après ce qu'elle venait de vivre. Et cette fois, s'il faisait l'amour avec elle, il n'aurait aucune excuse pour l'abandonner ensuite. Ce serait impardonnable.

Il devait accepter son destin, et il aimait trop Libby pour l'entraîner dans la vie qui l'attendait. Elle méritait de connaître autre chose.

Avant de franchir la porte, il se retourna.

— Je suis désolé de ce qui s'est passé aujourd'hui, Libby. Fais-moi confiance, ce type s'en ira demain matin. Tu n'auras plus jamais affaire à lui.

Libby se laissa tomber sur un siège, désemparée.

Daniel s'en allait. C'était exactement ce qu'elle lui avait demandé de faire, mais c'était avant qu'elle ne se retrouve de nouveau dans ses bras. Avant qu'elle ne découvre à quel point elle s'y sentait bien.

Et qu'elle désirait davantage.

Son beau chevalier, son sauveur, l'avait quittée une fois de plus. Elle se sentait idiote d'avoir nourri de vains espoirs et d'avoir été tentée, ne serait-ce qu'un bref instant, d'emprunter de nouveau le chemin qui lui avait broyé le cœur durant des années.

En refermant la porte de la cabine, Daniel avait refermé aussi la porte sur ses rêves. Rien ne serait jamais possible entre eux.

Elle soupira.

Jamais plus elle ne se montrerait aussi sotte. De toute évidence, elle ne représentait rien pour lui. Sinon, il ne serait pas parti en la laissant là comme si elle avait été une étrangère à qui il aurait porté secours. Comme si elle n'était pour lui qu'une collègue. Et non une amoureuse avec qui il avait fait l'amour, même si cela remontait à très, très longtemps.

Mais alors, pourquoi le destin les avait-il fait se croiser de nouveau pour quelques malheureux jours ? Était-ce pour qu'elle prenne enfin conscience qu'il n'était pas l'homme qu'il lui fallait ? Pour qu'elle n'oublie pas ce qu'il lui avait fait et qu'il était parfaitement capable de refaire aujourd'hui ?

Elle leva le menton.

C'était surtout pour lui rappeler qu'elle était une femme forte, une mère et une infirmière, et qu'elle n'avait pas besoin d'être autre chose. Elle n'avait pas besoin de Daniel Dimosa, et elle avait cinq jours pour se le prouver.

Cinq jours aussi pour découvrir quel homme il était vraiment et s'il méritait d'avoir une place dans la vie de son fils.

En proie à des idées sombres, Daniel regagna sa cabine et ferma la porte derrière lui.

Il n'avait d'autre choix que de se tenir à distance de Libby. À vrai dire, il se sentait sur le point de craquer et de tout lui dire. De lui expliquer que, s'il l'avait pu, jamais il ne l'aurait quittée. De lui raconter ce qui l'avait forcé à partir alors qu'il aurait tout donné pour rester avec elle.

Mais c'était impensable. Il devait continuer à se taire. Sa seule défense était de demeurer aussi loin que possible de Libby et de verrouiller son cœur.

Il alla dans la salle de bains se passer de l'eau sur le visage et, en voyant son reflet dans la glace, il se rendit compte à quel point il était troublé.

Libby McDonald était toujours dans son cœur, et à présent elle se trouvait tout près de lui. Elle serait encore plus proche cette nuit, puisque leurs cabines seraient voisines. Seule une mince cloison les séparerait.

S'éloignant du miroir, il se rendit sur son petit balcon.

Le regard fixé sur le bleu de la mer, tout ce qu'il voyait, c'était le ravissant visage de Libby.

Pourquoi fallait-il que le destin les ait fait se retrouver, si c'était pour leur interdire tout rapprochement ?

Plus tard, allongé dans son lit mais incapable de trouver le sommeil, il se remémora la première fois où il avait posé les yeux sur Libby McDonald au Northern Bay General Hospital de San Francisco.

Occupant à titre temporaire le poste de médecin chef aux

urgences, il avait été immédiatement fasciné par la beauté de la jeune infirmière rousse, qui montrait une efficacité remarquable pour tout gérer autour d'elle. Tandis qu'elle courait d'un box à l'autre, il avait été frappé par la douceur de son visage et la gentillesse de son regard. L'attention et la bienveillance dont elle faisait preuve avec les patients et leurs proches étaient vraiment exceptionnelles.

À mesure que les jours s'écoulaient et qu'il passait de plus en plus de temps à travailler avec elle, il avait pu apprécier aussi ses extraordinaires qualités professionnelles. Elle dirigeait les nouvelles infirmières du service comme si elle faisait cela depuis des dizaines d'années, alors qu'elle devait avoir tout au plus trente ans. Elle montrait un tel désir de partager ses connaissances avec ses jeunes collègues et les étudiants en médecine que, bien souvent, une fois sa garde terminée, elle restait à l'hôpital pour leur prodiguer des conseils et leur faire partager sa passion pour les soins infirmiers.

Libby était née pour exercer ce métier, c'était évident. Elle savait d'instinct quelle était la conduite à tenir. Travaillant aux urgences, ils avaient souvent eu à gérer des cas difficiles, dont certains avaient eu une issue heureuse alors que d'autres s'étaient terminés en tragédie. Mais chaque fois Libby s'était montrée d'une aide précieuse, et une source de réconfort, quelle que soit la situation.

Il se retourna dans son lit et fixa des yeux le plafond, songeant à la nuit où ils avaient franchi la ligne. La nuit où ils étaient devenus amants.

Ils avaient assisté à une merveilleuse soirée, un gala organisé pour collecter des fonds au profit de l'hôpital et qui, cette année-là, avait pour thème la fête de Pâques. Chacune des cent cinquante tables dressées pour les convives était décorée de gros œufs couverts de paillettes disposés dans des compositions florales tandis que, à l'entrée, des lapins en peluche de taille humaine arborant gilet et haut-de-forme accueillaient les invités. Lui-même avait revêtu un smoking, car il s'agissait d'une réception habillée. Les hommes étaient tous en costume sombre quand les femmes portaient leurs plus beaux bijoux sur d'élégantes robes de soirée.

Mais dès que Libby était arrivée, il n'avait eu d'yeux que pour elle. Le souffle coupé, il l'avait regardée faire son entrée dans la salle, resplendissante dans sa longue robe blanche pailletée qui lui laissait le dos nu, comme il l'avait découvert lorsqu'elle s'était tournée pour saluer l'un des invités. Elle avait ramené sur le côté sa chevelure rousse, et quand leurs regards s'étaient croisés, elle lui avait adressé un sourire éclatant. Il avait alors su qu'elle était non seulement la plus belle femme au monde et sans aucun doute la plus fantastique des infirmières, mais aussi tout près de devenir l'amour de sa vie.

Ayant été placés à la même table mais à l'opposé l'un de l'autre, il lui avait poliment demandé s'il pouvait s'installer près d'elle. Comme elle avait donné son accord, il avait échangé sa place avec celle de son voisin de droite, qui avait accepté de bonne grâce cette modification du plan de table.

Libby et lui avaient bavardé toute la soirée, parlant de tout et de rien, puis il l'avait invitée à danser. Lorsqu'il l'avait prise dans ses bras, elle s'était collée contre lui, et il s'était laissé envahir par le parfum de ses cheveux. Quand elle avait ri en posant légèrement la tête sur son épaule, il s'était surpris à souhaiter que cette nuit ne prenne jamais fin.

Juste après minuit, l'orchestre avait cessé de jouer. Il avait alors proposé à Libby de la raccompagner chez elle, et le sourire avec lequel elle avait accepté avait illuminé la salle et son cœur. Au moment de la quitter devant sa porte, il s'était penché vers elle pour l'embrasser sur la joue, mais ses lèvres avaient glissé jusqu'à sa bouche. Ils avaient échangé un baiser passionné… Et elle l'avait invité à rester.

Ils avaient passé ensemble la plus merveilleuse des nuits. Il ne pourrait jamais l'oublier, et en même temps cela représenterait toujours pour lui un remords.

Il n'aurait jamais dû franchir la ligne.

Le corps recouvert d'un simple drap, il se retourna dans le lit et regarda la mer.

Les rideaux n'étant pas tirés, il voyait le clair de lune danser sur les vagues, les baignant d'une teinte argentée.

Il avait contemplé ce tableau bien des fois mais, cette nuit, c'était différent. Cette nuit, il savait que Libby pouvait admirer le même spectacle que lui depuis la fenêtre de la suite qu'elle occupait à côté de la sienne.

Le lendemain matin, Daniel se réveilla avec la ferme résolution de tenir la promesse faite à lui-même et à sa famille, si difficile que ce soit pour lui. Il regagnerait la principauté de Chezlovinka dans quatre jours. Il ne devait pas rendre les choses encore plus compliquées, ni refaire du mal à Libby. Cette fois-ci, il n'était plus question de se laisser emporter par ses sentiments. Il y avait entre eux une barrière qu'il n'essaierait plus de franchir.

Ayant reçu un appel du chef des stewards l'informant que l'une des employées ne se sentait pas bien, il partit à la recherche de Libby. Celle-ci finissait de prendre son petit déjeuner lorsqu'il arriva sur le pont.

— Bonjour, Libby.

Elle se tourna vers lui et lui adressa un demi-sourire.

— Bonjour, Daniel.

Il eut envie de lui demander si elle avait bien dormi mais décida d'éviter tout ce qui pouvait paraître trop personnel dans leurs échanges. Tout devait rester sur un plan strictement professionnel.

— J'espère que tu as oublié ce qu'il s'est passé hier, dit-il. Les gardes-côtes ont emmené Maxwell Hudson à la première heure ce matin.

— Voilà une bonne nouvelle, dit-elle d'un ton calme, dépourvu de toute émotion.

Il se demanda ce qu'elle ressentait vraiment mais s'abstint de lui poser la question. Il savait qu'il n'en avait pas le droit.

— Si tu es d'accord, nous allons nous rendre dans une cabine pour examiner un membre de l'équipage.

— Pourquoi as-tu besoin de moi ? demanda-t-elle en posant son plateau sur la pile de ceux déjà débarrassés par d'autres passagers.

— Il s'agit d'une jeune femme. Elle semble assez mal et se plaint de douleurs gastriques. J'espère qu'il ne s'agit pas d'une gastro-entérite, car chacun sait que c'est très contagieux. J'espère que ce n'est pas non plus une appendicite. J'aurais pu m'occuper d'elle seul, mais elle a réclamé une femme médecin. Quand nous lui avons expliqué que ce n'était pas possible, elle a demandé que tu sois présente.

Libby hocha la tête.

— Très bien, allons-y, dit-elle simplement.

Il se doutait bien qu'elle n'était pas ravie de la situation, mais elle se comportait en vraie professionnelle, et il apprécia son attitude.

— Merci, Libby. J'ai dans ma trousse plusieurs paires de gants, des masques et deux blouses jetables, au cas où il s'agirait d'une gastro-entérite, indiqua-t-il en se dirigeant vers l'ascenseur.

Libby lui emboîta le pas.

— Si c'est le cas, que comptes-tu faire pour éviter la contagion à bord ?

— Si je pense qu'il existe un risque de contamination, j'isolerai cette femme dans sa cabine. Et si elle la partage avec une collègue, cette dernière sera mise elle aussi en quarantaine dans une autre cabine. Je n'aime pas beaucoup cette procédure, mais ce serait indispensable. Nous avons encore quatre jours de croisière devant nous. Nous ne pouvons pas exposer les autres passagers, et surtout pas Walter.

Ils sortirent de l'ascenseur et se dirigèrent vers la cabine. Daniel s'arrêta devant la porte.

— Cette jeune femme s'appelle Alexandra. Elle a dit que cela faisait deux jours qu'elle souffrait de vomissements.

Après s'être équipé comme Libby d'une blouse, d'un masque et d'une paire de gants, il frappa à la porte.

— Entrez, répondit une voix blanche.

Daniel ouvrit en se servant du passe qui lui permettait de pénétrer dans n'importe quelle cabine en cas d'urgence.

Celle-ci était sans fenêtre. Elle se trouvait sur le pont inférieur, non loin de la cabine que Libby avait occupée précédemment. Alexandra, vêtue d'un pyjama rose, était assise sur une chaise, la tête dans les mains, livide.

— Bonjour, je suis le Dr Dimosa, et voici l'infirmière McDonald. Mais, je vous en prie, appelez-nous Daniel et Libby.

— Moi, c'est Alex, dit la jeune femme d'un ton las. Je vous ai déjà vus tous les deux à bord, mais j'ignorais qui vous étiez. Moi, je m'occupe de l'entretien. De temps en temps, je travaille à la cuisine, mais je fais surtout le ménage dans les suites.

— S'il vous plaît, dites-nous ce qu'il vous arrive et comment vous vous sentez à présent, demanda Daniel.

— Cela fait deux jours que je vomis. Je ne sais pas si c'est à cause de quelque chose que j'aurais mangé, ou bien si c'est le mal de mer, mais je me sens très mal.

— Quand cela a-t-il commencé ? Et quels ont été les premiers symptômes ?

Il se retourna.

Libby lui tendait déjà le thermomètre qu'il voulait utiliser, et il ne put s'empêcher de sourire intérieurement.

Bien sûr, elle avait anticipé ce dont il aurait besoin. Elle avait toujours travaillé de cette manière.

— Il y a deux jours, au réveil, j'avais mal au cœur, expliqua la patiente. J'ai pensé que c'était sans doute quelque chose que j'avais mangé la veille.

Il lui plaça doucement le thermomètre dans l'oreille.

— 36,5 °C, annonça-t-il à Lizzy, qui prenait des notes. Vous n'avez pas de fièvre, Alex.

— Ah bon ? Dans mon cas, qu'est-ce que ça veut dire ?

— Cela veut dire que votre organisme n'est pas en train de

livrer bataille contre une bactérie ou un virus. Il y a donc une autre raison qui explique vos nausées.

Libby, toujours aussi efficace, lui prit le thermomètre des mains. Elle en ôta la partie jetable puis le désinfecta soigneusement avant de le ranger dans la trousse médicale.

— Mais que pouvez-vous me donner pour que cela s'arrête ? demanda Alexandra. Je vomis depuis des heures, et j'ai mal à l'estomac. Je voudrais pouvoir reprendre le travail.

— Avant de vous donner quoi que ce soit, il faut que je sache à quoi nous avons affaire.

— Je ne me sens pas bien du tout, mais...

Elle marqua une pause et alla s'allonger sur le lit puis remonta les couvertures jusque sous son menton.

— Ces deux derniers jours, cela allait beaucoup mieux après le déjeuner.

— Les nausées ont cessé après le repas de midi ?

— Oui, j'ai mangé quelques toasts et, le soir, j'allais bien, mais tout a recommencé le lendemain matin. Hier soir, de nouveau je me suis sentie mieux, j'ai bien dîné, et j'ai pu retourner travailler, mais aujourd'hui ça recommence. Tous ces vomissements m'épuisent, ajouta-t-elle en fermant les yeux un bref instant. Est-ce que ce serait le mal de mer ? C'est la première fois que je travaille sur un bateau.

— Non, Alex, je ne crois pas.

— Alors, qu'est-ce que c'est ? murmura-t-elle.

— L'absence de fièvre et le caractère transitoire des vomissements me conduisent à croire qu'il s'agit peut-être de nausées matinales.

— Des nausées matinales ? s'écria la jeune femme en se redressant brusquement dans son lit. Êtes-vous en train de me dire que je suis enceinte ?

Libby approuva en silence le diagnostic de Daniel.

Elle-même n'avait pas souffert de ce symptôme pendant sa grossesse, mais elle savait qu'il se produisait souvent au cours du premier trimestre. Pour sa part, elle n'avait connu que des envies irrésistibles pour des aliments que, d'habitude, son estomac ne supportait pas et qu'elle n'avait plus eu envie de manger une fois que son bébé était né.

— Je considère que c'est une possibilité, dit Daniel avec calme. Nous pouvons le vérifier en faisant un test de grossesse puis une analyse de sang.

— Je ne suis pas enceinte, ce n'est pas possible, affirma Alexandra en se laissant retomber sur ses oreillers.

— Vous n'avez pas eu de relation sexuelle le mois dernier ?

La jeune femme baissa les yeux sur ses mains qui tremblaient légèrement.

— Ou ces derniers mois, ajouta Daniel. Si vous êtes enceinte, la grossesse remonte peut-être à un peu plus longtemps.

— C'est une catastrophe, gémit Alexandra, les yeux baignés de larmes. Je n'ai pas eu mes règles pendant huit semaines, mais j'ai pensé que c'était dû au stress de la séparation. J'ai quitté mon mari il y a six semaines.

— Je suis désolé, dit Daniel.

Libby quant à elle se pencha vers la jeune femme et, dans un geste spontané, l'enlaça pour la réconforter.

— On nous avait affirmé que nous ne pourrions pas avoir d'enfant de façon naturelle, continua Alexandra.

— Je vous l'ai dit, intervint Daniel, je ne suis pas sûr que vous soyez enceinte mais, compte tenu de vos symptômes, nous devons vérifier cette hypothèse.

Alexandra secoua la tête.

— Je n'arrive pas à le croire ! Si c'est vrai, cela ne pouvait pas plus mal tomber. Je viens juste de décrocher ce job avec Sir Walter, et j'ai vraiment besoin de le garder. Il m'a engagée pour faire le ménage sur le yacht quand il part en croisière, et le reste du temps je travaille dans sa maison de Miami. C'est un bon patron, et j'ai besoin d'argent pour payer mon loyer, maintenant que je ne vis plus avec mon mari.

Daniel hocha la tête.

— Walter est un homme bien, Alex. Si vous êtes vraiment

enceinte, je pourrais lui parler et voir avec lui quel genre d'arrangement serait envisageable pour vous deux en ce qui concerne le congé de maternité. Avez-vous quelqu'un pour vous aider chez vous ?

— Non, mes parents sont morts dans un accident de voiture il y a trois ans. Je n'avais que mon mari, et maintenant... Je suis toute seule.

Libby était en train de fouiller à l'intérieur de la trousse médicale dans l'espoir d'y trouver un test de grossesse. En général, il n'y en avait pas dans une trousse classique mais, sur un bateau de croisière, c'était possible.

En effet, elle trouva ce qu'elle cherchait. Elle vérifia la date afin de s'assurer que le test n'était pas périmé, puis elle le tendit à Daniel, qui approuva d'un signe de tête.

— C'est un test de grossesse, dit-elle en s'adressant à Alexandra. Voulez-vous aller dans la salle de bains et l'utiliser pour savoir ce qu'il en est exactement ? Comme vous l'a dit Daniel, vous devrez faire une analyse de sang quand vous serez de retour à terre, mais ce genre de test est plutôt fiable. Il détecte la présence d'une hormone, la gonadotrophine chorionique. Lorsqu'un ovule est fécondé et se fixe sur la paroi utérine, le placenta commence à se former et produit cette hormone, qui apparaît alors dans le sang et dans l'urine. À mesure que la grossesse avance, le taux de cette hormone s'élève rapidement, doublant tous les deux jours. C'est pourquoi, si le test se révèle positif, vous devrez voir votre médecin pour qu'il établisse depuis combien de temps vous êtes enceinte.

La jeune femme s'empara du test sans rien dire et se leva lentement. Elle semblait si faible que Libby lui prit le bras et l'accompagna jusqu'à la salle de bains.

— Vous savez comment faire ? demanda-t-elle. C'est un test à deux fenêtres. S'il apparaît deux barres, cela signifie que le résultat est positif. S'il n'y a qu'une barre, c'est négatif. Mais rappelez-vous une chose : alors que le résultat positif s'avère généralement exact, il n'en est pas de même avec le résultat négatif. Si les symptômes persistent, vous devrez aller voir votre médecin généraliste pour faire une analyse de sang.

— Je suis déjà passée trop souvent par là, et c'était chaque fois négatif, répondit la jeune femme en entrant dans la minuscule salle de bains.

— Nous sommes juste à côté si vous avez besoin de nous, dit Libby en refermant la porte.

L'anxiété qu'éprouvait leur patiente était visible. Elle-même ne connaissait que trop cet état. Elle avait vécu cela, elle aussi. Peut-être qu'Alex tiendrait bientôt dans ses bras un enfant qu'elle chérirait...

Elle regarda Daniel et ressentit une certaine culpabilité.

Il ignorait tout ce qu'elle avait eu à vivre depuis qu'il était parti. Si elle était encore en colère contre lui, elle regrettait aussi qu'il n'ait pas pu partager sa joie d'accueillir ce petit garçon, leur enfant à tous les deux. Elle en était triste pour lui.

S'il avait été au courant, peut-être cela n'aurait-il rien changé. Ou peut-être serait-il revenu, non pas pour elle mais pour son fils...

Daniel brisa le silence.

— Si Alexandra est enceinte, peut-être que ses nausées vont s'arrêter et qu'elle n'aura plus alors que les envies que montrent souvent les futures mamans. C'était le cas de ma mère quand elle m'attendait. Pendant des mois, elle n'a voulu manger que des olives, du poisson grillé et du pain fait maison.

Libby ouvrit de grands yeux.

Elle avait du mal à le croire : Daniel venait de décrire le régime qui avait été le sien quand elle attendait Billy !

La porte de la salle de bains s'ouvrit. Alex était en larmes. Tremblant de tout son corps, elle tenait le test dans sa main.

— Il y a deux barres. Je suis enceinte. Je vais être maman... Je suis à la fois si heureuse et si triste ! Je ne sais plus où j'en suis. J'ai toujours voulu avoir un bébé, et maintenant, je ne suis pas sûre de pouvoir faire face. Pas toute seule.

Libby la prit par le bras et l'accompagna jusqu'à la chaise.

— Asseyez-vous et respirez à fond. C'est une grande nouvelle qu'il faut prendre le temps d'intégrer. Surtout quand c'est vraiment inattendu.

— Je... Je suis heureuse, très heureuse même. Mais je ne sais pas quoi faire. J'ai encore du mal à croire que c'est vrai. Nous avons fait trois tentatives de FIV, et toutes ont échoué. Mon mari m'a dit qu'il ne pouvait plus continuer. Ce n'était pas seulement une question d'argent. Après l'échec de la troisième tentative, je suis devenue presque folle. Je voulais absolument avoir un bébé, et mon mari ne voulait plus entendre parler de FIV. Il m'a dit que les hormones que j'avais prises me rendaient trop malade, il refusait de me voir encore dans cet état. Il m'aimait trop pour supporter de me voir souffrir. Mais sa décision a brisé notre couple. Je voulais faire encore une tentative, persuadée qu'il serait le plus merveilleux des pères et que nous serions très heureux. N'ayant plus mes parents, je rêvais d'avoir une famille à moi. Mais il a refusé, disant que cela n'avait aucun sens.

— Votre mari semble être un homme attentionné, il a pris cette décision parce qu'il s'inquiétait pour vous, dit Libby.

— Je sais. Je l'aime encore, et je l'aimerai toujours, mais... Nous ne cessions de nous disputer, et je me renfermais dans ma coquille, dévorée par mon désir d'enfant.

— Et maintenant, c'est une réalité, répliqua Daniel. Même si c'est inattendu, je dirais que c'est une excellente nouvelle.

— Mais comment l'annoncer à mon mari ? Et si je perds le bébé, qu'arrivera-t-il ? Je deviendrai complètement folle, et je ne peux pas lui faire subir cela !

Elle se jeta sur le lit, où elle se roula en boule.

— Je ne peux pas lui faire ça, je ne peux pas !

— Écoutez, intervint Daniel, je pense que vous devriez le mettre au courant. Rien n'indique que vous risquez une fausse couche, et si vous ne dites rien à votre mari, il sera privé de la joie de vous savoir enceinte et de découvrir qu'il va bientôt être père. Ce devrait être un moment très précieux pour lui. Ne l'en privez pas. Si vous voulez mon avis, à la fois comme médecin et comme homme, parlez-lui.

— Mais si un problème se pose durant ma grossesse ?

Daniel regarda Alexandra dans les yeux.

— Vous êtes en train d'échafauder le pire des scénarios. Je vous l'ai dit, sauf si l'obstétricien découvrait un problème et qu'il vous avertisse que vous risquez de perdre l'enfant, vous n'avez pas à vous inquiéter. Vous êtes jeune et apparemment en bonne santé, alors voyez votre médecin généraliste et un obstétricien, et commencez le suivi prénatal. Annoncez à votre mari qu'il sera bientôt papa. Je ne suis pas conseiller conjugal, mais si vous l'aimez encore, donnez-lui une chance de vous dire que lui aussi vous aime, vous et le bébé.

Libby écoutait Daniel, la gorge serrée. La culpabilité qu'elle avait ressentie quelques instants auparavant menaçait de se transformer en un tsunami de regrets. La tête en feu, l'estomac noué, jamais elle ne s'était sentie aussi mal.

Comme Alex, elle avait une décision capitale à prendre. Mais elle n'avait que cinq jours devant elle pour le faire. Après, ce serait trop tard.

8

Les jours suivants, Libby consacra tout son temps à veiller sur Walter. Elle contrôlait sa tension et inspectait sa cicatrice trois fois par jour : le matin après qu'il avait pris son petit déjeuner sur le pont, après déjeuner, et le soir, juste avant qu'il ne se retire pour la nuit dans sa suite luxueuse.

En dépit de ses écarts de régime, son état de santé était satisfaisant. La cicatrisation se faisait bien, et la tension artérielle était redevenue normale. L'air de la mer semblait réussir au vieil homme.

Quand elle n'était pas avec Walter, elle regagnait sa cabine et appelait chez elle pour parler avec Billy et ses parents. Pour elle, l'essentiel, c'était d'éviter Daniel.

Après l'avoir entendu conseiller vivement à Alex de prévenir son mari qu'elle était enceinte, elle avait pris sa décision : elle allait lui révéler qu'il était père. Sa première réaction avait été de protéger Billy, mais elle avait fini par comprendre que, quelles qu'en soient les conséquences, elle devait le mettre au courant. Elle ne pouvait pas priver Billy d'une chance de connaître son père. Ensuite, ce serait à Daniel de décider s'il voulait ou non endosser ce rôle, et il choisirait alors la place qu'il voulait avoir dans l'existence de Billy.

Le temps qu'elle passait au calme, seule dans sa cabine, lui permettait de réfléchir à toutes ces questions.

Elle n'avait pas la certitude que Daniel ne sortirait pas de la vie de leur fils comme il l'avait fait avec elle quatre ans auparavant en disparaissant du jour au lendemain sans explication mais, ce risque, elle devait le prendre. Il fallait juste qu'elle trouve le bon moment pour lui parler. S'il réagissait mal et qu'ils devaient encore passer plusieurs journées en mer, cela pouvait créer une tension et rendre la situation désagréable pour Walter et les autres passagers. Le mieux était d'attendre la veille de leur retour. Elle lui parlerait le soir, afin d'avoir le temps de tout lui raconter et de répondre à ses questions. Ensuite, il pourrait réfléchir tranquillement à ce qu'il comptait faire.

Elle n'avait aucune raison de voir beaucoup de monde. Georgie était très occupée en cuisine par la confection des repas quotidiens et par les préparatifs de la fête de fiançailles. Elles se voyaient le soir, une petite demi-heure, avant de se coucher de bonne heure. Libby en profitait pour téléphoner chez elle, tenant compte du décalage horaire.

Billy, Bradley, ses parents, tous lui manquaient. Elle n'avait pas l'intention de dire à son ami, pas plus qu'à son père et sa mère, que Daniel se trouvait sur le bateau, car elle ne voulait pas se laisser influencer par eux. Ils chercheraient naturellement à la protéger, et aucun d'eux ne connaissait Daniel. Du moins, ils ne voyaient en lui que le mufle qui lui avait brisé le cœur.

Le matin où le yacht accosta à la Martinique, elle alla voir Walter. Elle voulait savoir s'il avait l'intention de descendre à terre, car dans ce cas elle l'accompagnerait. Sinon, elle resterait dans sa cabine jusqu'au prochain contrôle médical de son patient.

— Irez-vous sur l'île aujourd'hui, Walter ?

— Je l'ai déjà visitée à plusieurs reprises et, entre nous soit dit, je ne suis pas mécontent de rester quelques heures au calme pendant que mes invités iront découvrir les beautés du paysage.

Elle lui sourit, heureuse de pouvoir rester à bord et se détendre.

Après avoir sorti de sa trousse son tensiomètre et son stéthoscope, elle s'assit près de Sir Walter et prit sa tension.

— Comment va mon cœur ? demanda-t-il. Est-ce que le fait d'avoir sacrifié mon whisky et mes cigares s'avère payant ?

— Absolument. Votre tension est parfaite, et vous cicatrisez si bien qu'on n'y verra presque plus rien quand vous prendrez un bain de soleil lors de votre prochaine croisière.

— Ma prochaine croisière se fera sans tous ces guignols, dit Walter d'un ton acide en regardant ses invités descendre du yacht. Ceux qui appartiennent à la famille de Contessa sont les pires. Ils sont bruyants, odieux, ingrats… Sans parler de leur façon de s'habiller. Ils n'ont aucun goût ! J'adorais ma femme. Elle était belle, raffinée, mais sa famille ne lui ressemble en rien. Je me suis toujours demandé comment elle pouvait avoir un quelconque lien de parenté avec tous ces gens. Heureusement que je l'ai rencontrée en premier ! Si je les avais connus avant de faire connaissance avec elle, j'aurais pris mes jambes à mon cou !

Libby se mordit l'intérieur de la joue pour ne pas rire en regardant descendre à terre la douzaine de passagers qui servaient de cible aux moqueries de Walter.

Elle était d'accord avec lui sur le mauvais goût de leurs tenues vestimentaires. La plupart portaient des chemises hawaïennes aux couleurs criardes.

— J'adore ma propre famille, bien sûr, poursuivit Walter. Mon frère et ma belle-sœur sont décédés, mais ils avaient la plus délicieuse des filles, Sophia. Elle ressemble beaucoup à sa mère, et comme Contessa et moi n'avons pas connu le bonheur d'avoir des enfants, nous avons adopté de façon informelle notre nièce quand elle a eu dix-sept ans. Elle est venue vivre chez nous quelque temps avant d'aller au collège. Elle est vraiment charmante, et j'adore la gâter. C'est pourquoi je donne cette fête pour ses fiançailles. C'est une adulte, à présent. Elle a vingt-neuf ans et travaille dans le secteur bancaire. Elle pourrait être mannequin, mais elle a un cœur d'or et l'esprit aigu. Je pense que c'est pour cela que nous nous entendons si bien, elle et moi.

— Vous avez été mannequin ? demanda Libby avec un sourire malicieux.

— Je vous aime bien, Libby. Vous êtes drôle. Ma famille vous aimera aussi, ils arriveront tous demain par avion à Sainte-Lucie. Le temps promet d'être magnifique, et je suis excité à l'idée de revoir Sophia. Elle était passée me rendre visite à l'hôpital, mais en coup de vent. Elle devait se rendre en France pour faire connaissance avec les parents de son fiancé.

— Je suis sûre qu'elle aussi est impatiente de vous revoir.

— Vous êtes très gentille, Libby. Parlez-moi de votre famille. Avez-vous dans votre entourage quelques individus aussi pénibles que ceux qui viennent de quitter le yacht pour aller semer la panique chez les autochtones ?

Elle éclata de rire.

— Ma famille est un peu plus calme. Je les adore, et je suis fille unique...

Sans y penser, elle toucha son médaillon et le garda dans sa main.

— Mes parents vivent tout près de chez moi, dans une banlieue de San Francisco.

— Cela doit vous faire plaisir. Ce n'est pas très fréquent de nos jours. Tout le monde déménage et parcourt la planète. Personne ne reste longtemps au même endroit.

— Mes parents sont tous les deux à la retraite, et ils voyagent rarement. Et comme je suis une maman qui travaille, je trouve merveilleux de les avoir à proximité pour...

Elle s'arrêta net.

La confidence lui avait échappé. Alors que, depuis cinq jours, elle faisait bien attention à ne pas parler de Billy, elle venait de tout dire à Walter. Enfin, presque tout.

— Ah bon, vous êtes maman ?

Maintenant, elle n'avait d'autre choix que de dire la vérité.

— Oui, j'ai un fils.

— Un fils ? Quel âge a-t-il ? Comment s'appelle-t-il ?

— Billy. Il vient d'avoir trois ans.

— Ah ! Et quand était son anniversaire ?

— La semaine dernière, le 10 janvier.

— Trois jours après le mien ! Ce doit être un adorable petit gamin.

Il se mit à rire et se pencha vers elle.

— Vous savez, murmura-t-il, ma mère me disait que j'avais été une surprise apportée par le lapin de Pâques. Bien sûr, en grandissant, j'ai compris ce qu'elle voulait dire. J'avais été conçu en avril lors d'une folle nuit d'amour, sans doute après que ma mère avait trop forcé sur les chocolats et le champagne, et que mon père avait bu un peu plus qu'une ou deux Guinness.

Libby sentit ses joues s'enflammer.

Impossible de partager l'hilarité de Sir Walter. Elle se rappelait ce soir d'avril où Daniel l'avait raccompagnée chez elle. Il n'y avait eu ni chocolats ni Guinness, mais bien des lapins en peluche et une folle nuit d'amour. Elle avait essayé de chasser ce souvenir de sa mémoire, mais en cet instant il lui revenait à l'esprit avec une extrême acuité.

— Je suis content d'en savoir un peu plus sur vous, Libby. Mais je vais mettre fin à notre conversation parce que vous êtes bien trop jeune pour rester à bord avec un vieil homme qui, vous venez de le vérifier vous-même, est solide comme un roc. Allez donc visiter l'île. Georgie m'a dit que vous n'aviez pas beaucoup voyagé, alors ne perdez pas votre temps à rester assise avec moi au lieu de profiter des plaisirs qu'offrent les Caraïbes.

Elle secoua la tête, essayant de retrouver son calme.

Elle n'avait pas eu l'intention de parler autant de sa vie personnelle à Sir Walter. Pourvu que cela ne complique pas son plan d'attendre le dernier jour pour mettre Daniel au courant de l'existence de Billy !

— Merci, Walter, mais je suis ravie de pouvoir rester à bord.

— Sottises ! J'ai prévu pour vous un peu de compagnie pour passer la journée, alors ne discutez pas !

— Vous avez demandé à Georgie de m'accompagner ?

— Non, ma chère. Elle est occupée à préparer le gâteau de fiançailles pour la fête de demain soir, alors j'ai demandé à Daniel Dimosa de vous servir de guide.

Libby sentit son cœur s'emballer.

Et elle qui avait espéré éviter Daniel jusqu'à ce qu'elle soit prête à tout lui confesser !

— Mais vous devenez toute rouge, ma chère ! s'écria Sir Walter. Je vais vous donner un verre d'eau.

Il s'empara de la carafe d'eau glacée et remplit un verre.

— Tenez, buvez cela.

Elle obéit et avala le liquide d'un trait.

— Merci. Je crois que je ne me suis pas suffisamment hydratée aujourd'hui.

Elle mentait, mais elle n'avait pas le choix. Comment lui expliquer à quel point l'idée de passer la journée avec le beau médecin la perturbait ?

— Prenez une bouteille d'eau avec vous pour votre excursion, recommanda le vieil homme. Je ne peux pas me permettre de voir mon infirmière tomber malade sur l'île. Daniel serait obligé de vous porter pour vous ramener à bord, ajouta-t-il avec un petit rire.

À ce moment, elle entendit des pas sur le pont et se retourna. L'intéressé arrivait vers eux. Il portait un T-shirt blanc, un short beige, des espadrilles noires et une casquette de base-ball. Il était magnifique… Tout comme Billy le serait un jour.

Décidément, il lui fallait un moment pour se ressaisir.

Elle se leva rapidement.

— Je cours me changer, Walter. S'il vous plaît, dites à Daniel que je n'en ai pas pour longtemps.

Pour éviter de croiser ce dernier, elle se dirigea vers l'ascenseur, au lieu d'emprunter l'escalier pour descendre comme elle le faisait d'habitude.

Alors qu'elle attendait que les portes de la cabine s'ouvrent, elle entendit Sir Walter accueillir son médecin d'un ton chaleureux.

— Bonjour, Daniel. Je vois que vous êtes déjà prêt pour votre rendez-vous sur l'île avec Libby !

Elle appuya de nouveau sur le bouton d'appel, la main tremblante.

Un « rendez-vous » ? Était-ce aussi de cette façon que Daniel voyait leur sortie ? Oh ! pourquoi avait-elle accepté cette mission sur le yacht de Sir Walter ? Si elle avait refusé, elle ne l'aurait jamais revu, et sa vie n'aurait pas été de nouveau bouleversée. Elle avait l'impression d'être tombée dans un piège dont elle ne pouvait s'échapper.

Les portes de l'ascenseur s'ouvrirent. Au moment de pénétrer dans la cabine, et elle jeta un coup d'œil derrière elle et sentit aussitôt son pouls s'accélérer.

Daniel regardait dans sa direction.

Elle se savait en danger : elle risquait de laisser cet homme lui briser de nouveau le cœur. Il lui fallait absolument contrôler ses sentiments, se concentrer sur l'essentiel : trouver la bonne méthode et le bon moment pour annoncer à Daniel qu'il était père, et établir avec lui une relation qui lui permettrait de tenir une place dans la vie de Billy si c'était ce qu'il souhaitait. Point final. Rien de plus. Aucun romantisme. Surtout, ne pas mettre son cœur en danger. Pas question.

Forte de cette bonne résolution, elle regagna sa cabine et choisit une tenue adaptée à une journée d'excursion. Elle opta pour une robe d'été à fleurs et des sandales blanches. Équipée d'un chapeau de paille qu'elle tenait à la main et d'un sac porté en bandoulière, elle ressortit aussi vite, consciente que la journée allait être pour elle un vrai défi : l'occasion d'en apprendre davantage sur Daniel, sinon de lui parler de leur fils.

Son estomac était noué à l'idée de l'entendre évoquer le passé. Peut-être la vérité la ferait-elle souffrir. Mais peut-être aussi garderait-il tout pour lui, avançant pour seule et unique explication celle qu'il lui avait déjà donnée : que c'était compliqué.

Leur nuit passionnée n'avait-elle été pour lui qu'une aventure d'un soir à laquelle elle-même avait attaché trop d'importance ? Avait-il déjà prévu de quitter l'hôpital et la croyait-il au courant ? Il y avait tant de questions qui restaient sans réponse…

Mais elle n'avait pas l'intention d'aller sur ce terrain-là. Cette journée devait servir d'abord les intérêts de Billy. Elle avait besoin d'en savoir assez sur Daniel Dimosa pour décider si elle pouvait ou non parler de son fils à l'homme qui lui avait brisé le cœur. Il lui fallait s'assurer, dans la mesure du possible, qu'il ne brise pas aussi celui de Billy.

— Ah, vous voilà ! s'écria Walter en accueillant Libby avec un grand sourire. Vous êtes plus rapide pour vous changer que ne l'était ma femme. Ce doit être votre côté infirmière. Toujours efficace et, je dois dire, absolument ravissante.

— Merci, Walter.

— Je suis d'accord avec vous, Walter, renchérit Daniel.

Il trouvait Libby mieux que ravissante. Elle était sublime. Comme toujours.

— Allez, partez, vous deux ! ordonna Walter. Profitez bien de cette belle journée, et ne vous inquiétez pas pour moi. Vous avez votre téléphone, et j'ai pour veiller sur moi le capitaine, le chef des stewards et la moitié de l'équipage. Cerise sur le gâteau, je vais être au calme maintenant que je suis débarrassé de tous ces invités bruyants qui me poussent à boire.

Daniel hocha la tête tandis que Libby esquissait un petit sourire, puis ils se dirigèrent vers la passerelle.

— Que veux-tu faire ? demanda-t-il quand ils furent sur le quai. Du shopping, flâner dans la ville, aller déjeuner ?

Libby consulta sa montre.

— Nous pourrions déjeuner, dit-elle.

Ce n'était pas la première fois qu'il venait en Martinique, et il connaissait un petit marché qu'il avait envie de montrer à Libby.

— Allons par là.

Ils se mirent en route, passant devant des vendeurs de rue qui proposaient du poisson frais et des produits locaux.

Libby ouvrait de grands yeux, ravie du spectacle coloré et des senteurs qu'elle découvrait.

Daniel mourait d'envie de lui tenir la main, comme l'auraient fait deux amoureux visitant l'île ensemble. Mais il ne pouvait pas laisser son cœur lui dicter sa conduite. La raison devait l'emporter. Il allait juste passer du temps avec Libby, en espérant réparer le mal qu'il lui avait fait, si toutefois c'était possible.

Ils arrivèrent bientôt au marché.

— La Martinique est une île française, expliqua-t-il. La nourriture qu'on trouve ici est un mélange de cuisines française et caraïbe.

— Qu'est-ce que ça veut dire exactement ? demanda Libby. Je n'ai pas souvent goûté à la cuisine française, et j'ignore tout de la cuisine des Caraïbes.

— Eh bien, les deux plats les plus populaires sont le boudin blanc et le boudin antillais. Je pense que tu devrais aimer le boudin blanc. Le boudin antillais se fait avec du porc, du sang de cochon, de l'oignon et d'autres ingrédients encore…

Il s'interrompit en voyant Libby froncer le nez.

— C'est bien ce que je pensais. On va prendre du boudin blanc.

— Qu'y a-t-il dedans ? s'enquit-elle, l'air méfiant.

— Du porc, des crevettes, du crabe, des coquillages ou du poisson.

— Cela m'a l'air plus appétissant.

Daniel alla commander deux portions de boudin blanc, en s'exprimant en français, puis il retourna vers Libby.

— J'ignorais que tu parlais français, dit-elle.

— Je n'ai pas eu l'occasion de le faire à l'époque où…

Il se tut. Il avait été tenté de dire : « à l'époque où je suis tombé amoureux de toi », mais il s'était arrêté à temps, conscient qu'il valait mieux ne pas s'engager sur ce terrain.

— À l'époque où nous travaillions ensemble, compléta Libby. En effet, ce n'était pas nécessaire. San Francisco compte peu de Français dans sa population.

La femme qui se tenait derrière le comptoir les appela. Il alla chercher les deux assiettes, et ils s'installèrent à une petite table décolorée par le soleil.

Les chaises étaient dépareillées, mais Libby ne semblait pas surprise par la rusticité des lieux.

— Ça sent délicieusement bon ! dit-elle en se penchant vers son assiette, bien garnie.

— Et ça l'est, crois-moi. Je vais nous chercher quelque chose à boire. Que veux-tu ?

— De l'eau, si on peut en boire sur l'île.

— Je prendrai de l'eau minérale.

Il en acheta deux bouteilles puis rejoignit Libby, qu'il dévora des yeux : le soleil dansait dans ses boucles rousses, caressait ses épaules nues.

Il adorait être avec elle, mais il souffrait de devoir garder ses distances, alors qu'il rêvait de la serrer contre lui.

Après le déjeuner, il lui proposa une promenade le long du rivage.

— Excellente idée, approuva Libby.

Ils descendirent vers la plage en bavardant d'un ton léger, la conversation portant essentiellement sur les caractéristiques de l'île.

— Tu sembles bien connaître la Martinique, dit Libby en contemplant le sable blanc et la mer d'un bleu azur. C'est si beau et si serein.

— Oui, en grande partie, l'île est très belle.

— En grande partie ? Que veux-tu dire ? demanda-t-elle en s'arrêtant pour ôter ses sandales et marcher pieds nus sur le sable.

— Comme à peu près partout dans le monde de nos jours, il y a des coins et des moments où l'on peut se trouver en danger. Par exemple, il est déconseillé de se promener à la nuit tombée dans les petites rues désertes de Fort-de-France.

Libby hocha la tête, continuant de regarder tout autour d'elle.

— J'aime beaucoup les noms des lieux et des spécialités locales, dit-elle alors qu'ils poursuivaient leur promenade. Combien de fois es-tu venu sur cette île ?

— Oh ! je ne sais pas, j'ai cessé de compter ! Franchement, j'adore cet endroit. J'ai travaillé toutes ces dernières années sur des bateaux de croisière qui faisaient escale à la Martinique.

— Je suis sûre que tu as vu beaucoup de pays exotiques.

— Oui, j'ai voyagé un peu partout dans le monde. J'ai été engagé comme médecin à bord de navires qui m'ont fait découvrir non seulement les Caraïbes, mais aussi les Bahamas, l'Alaska, et même l'Australie et la Nouvelle-Zélande.

Il remarqua alors que Libby était devenue subitement silencieuse. Elle semblait perdue dans ses pensées, fixant du regard l'horizon.

— Cela a dû être pour toi un vrai choc de passer du service des urgences d'un grand hôpital urbain à la vie qu'on mène sur les yachts et les bateaux de croisière, dit-elle en s'asseyant sur le sable à l'ombre d'un énorme palmier.

Il se doutait que ce commentaire faisait allusion à son départ précipité : un jour dans son lit et le lendemain à l'autre bout du pays.

Il s'assit à côté d'elle.

— Libby, ce qui est arrivé entre nous à San Francisco n'était pas prévu. Tu dois me croire. Je n'avais rien planifié. Et j'aurais voulu pouvoir tout t'expliquer mais, je te l'ai dit, ma vie est compliquée.

— Nous ferions mieux de ne plus parler de cela, Daniel. Mais je veux que tu saches que jamais je n'aurais passé la nuit avec toi si j'avais su qu'il s'agissait d'une aventure d'un soir et que, à l'aube, tu aurais disparu. Je ne suis pas comme ça.

— Il ne s'agissait pas d'une aventure d'un soir ! Cela signifiait beaucoup plus pour moi.

— Laisse tomber. Je n'ai vraiment pas envie de parler du passé toute la journée. Mieux vaut oublier cette histoire.

— Libby, crois-moi quand je te dis que je regrette vraiment de t'avoir fait de la peine. Je te jure que, si je pouvais revenir en arrière, je ne referais pas la même chose.

— Laquelle ? Passer la nuit avec moi ou bien t'enfuir avant l'aube ?

— M'enfuir. Jamais je ne regretterai d'avoir fait l'amour avec toi.

Le lendemain matin, lorsque Libby se réveilla, les mots de Daniel lui revinrent aussitôt à l'esprit.

« Jamais je ne regretterai d'avoir fait l'amour avec toi. »

Ah ! Pourquoi lui avait-il dit cela ? Devait-elle le croire ?

Elle n'y comprenait rien, et cela lui embrouillait encore davantage les idées. Car, de toute évidence, rien n'avait changé. La vie de Daniel était toujours aussi « compliquée ».

Mais la vie était compliquée pour beaucoup de gens, y compris pour elle. Daniel n'en avait pas le monopole. Et il ne se doutait pas à quel point la sienne était devenue particulièrement compliquée à cause de lui.

Ils avaient regagné le yacht sans se confier davantage l'un à l'autre. Elle devait trouver le moment propice pour lui parler de Billy, et en même temps s'assurer qu'elle pouvait le faire sans mettre son fils en danger. Billy méritait cela. Elle lui souhaitait d'avoir un papa qui soit là chaque soir pour lui souhaiter une bonne nuit, et chaque matin pour lui dire bonjour. Daniel Dimosa pouvait difficilement être cet homme-là, mais elle espérait qu'il trouverait un moyen pour faire partie de la vie de Billy, et ne pas être un père qui se manifeste seulement de façon épisodique.

Quelqu'un frappa à sa porte.

Libby sauta du lit, passa un peignoir et alla ouvrir.

C'était Georgie, l'air paniqué.

— Désolée de te déranger de si bonne heure, mais Alexandra est reprise de vomissements, et je ne peux pas l'avoir à la cuisine. Surtout pas à proximité du gâteau de fiançailles !

— Entre, je t'en prie. Ah, bien sûr, la fête a lieu ce soir ! Je vais t'aider de mon mieux. Il faut juste que j'aille voir Walter...

— Daniel s'occupe déjà de lui, annonça Georgie en refermant la porte. Il a dit qu'il veillerait sur lui, l'aiderait à s'habiller et le conduirait à la réception. Les invités s'y rendront par leurs propres moyens. Quant aux fiancés, ils sont arrivés hier soir par avion. Ils sont déjà à l'hôtel avec le reste des convives anglais qui ont eux aussi débarqué hier, tard dans la soirée. Le cocktail se déroule sur la plage à côté de l'hôtel. L'organisateur de l'événement est là-bas depuis deux jours. Il dispose d'une équipe locale qui aura tout mis en place avant même notre arrivée à quai.

— Tout semble parfaitement organisé, en effet, un peu comme à l'armée... Dis-moi ce que je peux faire pour te donner un coup de main, je suis à ta disposition.

— Je savais que je pouvais compter sur toi, déclara Georgie en la serrant dans ses bras avec fougue.

— Toujours.

— Bon, nous serons à Sainte-Lucie dans quelques heures, alors tu pourrais peut-être prendre une douche, te préparer et prévoir une robe pour la réception ?

— Je n'y assisterai pas. Je vais me contenter de t'aider, alors je peux rester en short et en T-shirt, car personne ne me verra.

— En réalité, j'ai juste besoin que tu me prêtes main-forte pour préparer les desserts en cuisine, car je suis une affreuse perfectionniste, et il me faut quelqu'un de confiance pour effectuer le « contrôle qualité ». D'habitude, c'est Alexandra qui joue ce rôle, mais comme elle est malade aujourd'hui, c'est toi qui vas la remplacer. Je voudrais aussi que tu m'aides à reconstituer le gâteau de fiançailles quand nous serons sur la plage. Il est prêt, la décoration est faite, mais il faudra l'assembler sur place.

— Ne peut-on pas le faire sur le yacht ?

Georgie pouffa de rire.

— Tu nous vois transporter un gâteau composé de cinq étages en marchant sur le sable ?

— Cinq étages ? Mais il y aura combien d'invités ?

— Pas loin de cent cinquante, je crois. Certains arrivent par bateau, d'autres par avion. C'est un grand événement mondain. J'ai même entendu dire qu'il y aurait un célèbre couple de stars de Hollywood.

— Ah. Raison de plus pour que je reste dans l'ombre et que je m'occupe pour toi des petits détails de dernière minute.

Georgie parut ignorer cette dernière remarque. Elle ouvrit la penderie et considéra les uniformes qui s'y trouvaient.

— Où sont tes autres vêtements ?

— Dans ma valise.

— Mais pourquoi n'utilises-tu pas cette penderie ? Elle est pourtant assez grande !

— La plupart du temps, je suis en uniforme.

— N'as-tu pas apporté quelque chose de chic dans tes bagages ?

— Quelque chose de chic ? Mais c'est une fête sur la plage ! Un short ou une robe d'été, cela suffirait, non ?

— Certainement pas ! Tout le monde va rivaliser d'élégance, il est hors de question que tu fasses figure de Cendrillon. Toi aussi, ma chérie, tu dois en mettre plein la vue. Où est ta valise ?

Se faisant la réflexion que Georgie se montrait finalement aussi directive que Bradley, Libby pointa du doigt l'autre placard.

— Là-dedans.

Georgie passa aussitôt à l'action. Elle prit la valise, l'ouvrit, fouilla dedans et sortit presque aussitôt la robe en soie vert émeraude.

— Celle-ci sera parfaite ! s'écria-t-elle, triomphante. Absolument parfaite. As-tu des chaussures qui iraient avec cette merveille ?

— Il y a quelque part des sandales dorées. Mais franchement, Georgie, laisse-moi simplement t'aider à la cuisine. La fête, c'est pour les invités. De toute façon, je ne connais personne là-bas.

Ignorant ses protestations, son amie continuait d'explorer le contenu de la valise. Elle finit par trouver le sac en plastique contenant les sandales dorées, l'ouvrit et brandit les chaussures avec enthousiasme.

— Elles sont superbes ! Les talons ne sont pas trop hauts, tu pourras facilement marcher sur les passerelles qui ont été installées sur le sable pour aller jusqu'au ponton flottant.

— Un ponton flottant ?

— Oui, avec un orchestre des Caraïbes. J'ai l'impression que tu ne mesures pas tout à fait que Sir Walter est l'un des hommes les plus riches du Royaume-Uni et peut-être même du monde, et qu'il ne fait jamais rien à moitié. J'ai entendu dire que sa nièce Sophia est comme lui. C'est pourquoi son gâteau de fiançailles doit être absolument parfait, et je compte sur toi pour veiller à ce que personne ne s'en approche avant que les fiancés ne le coupent. Je ne veux pas que quelqu'un soit tenté d'y toucher. C'est pourquoi tu dois te mettre sur ton trente et un, et te fondre dans la foule des invités, ce qui te permettra de remplir ta mission de gardienne du gâteau.

Libby comprenait les inquiétudes de son amie.

— Bon, d'accord, j'emporterai cette robe et ces chaussures. Je ne sais pas dans quoi je les mettrai, mais je trouverai bien quelque chose. Pour l'instant, je vais me doucher, m'habiller, et je te rejoins à la cuisine pour t'aider.

— Tu es géniale, la meilleure amie qui soit ! clama Georgie en se dirigeant vers la porte. Inutile de te presser, on n'accoste que dans quelques heures. Nous avons tout le temps de préparer les desserts.

Ses compétences en cuisine étaient très limitées, songea Libby en ouvrant le robinet de la douche. Elle se savait capable d'exécuter des tâches simples et de surveiller le gâteau, mais son savoir-faire s'arrêtait là. Pourvu que Georgie ne fonde pas trop d'espoir sur ses talents de cuisinière !

Quand on frappa de nouveau à la porte de la cabine, elle était occupée à se sécher les cheveux, enroulée dans un drap de bain. Elle se précipita pour ouvrir.

— Je n'en ai plus pour longtemps, Georgie..., commença-t-elle.

Elle constata alors que la personne qui se tenait devant elle n'était pas son amie mais Daniel, tenant à la main une housse à vêtement.

— Désolé, tous les stewards sont occupés. Georgie m'a demandé de t'apporter cela pour ta robe.

Elle n'allait pas lui claquer la porte au nez, ce serait grossier. Après tout, il avait pris la peine de lui apporter cette housse.

Sachant que si elle tendait la main pour la prendre elle

risquait de faire tomber le drap de bain qui l'enveloppait, Libby n'eut d'autre choix que de l'inviter à entrer.

— Heu, je... S'il te plaît, entre. Tu peux poser la housse sur cette chaise. Je finis de me préparer, alors je te laisse.

Le cœur battant, elle alla dans la salle de bains enfiler le peignoir en éponge mis à sa disposition puis revint dans la pièce principale, décidée à renvoyer Daniel à ses occupations. Elle devait faire preuve de fermeté et fixer des limites – dans son propre intérêt, car elle avait peur de ses réactions face à lui.

— C'est très gentil à toi de m'avoir apporté cette housse, mais je ne veux pas te retenir plus longtemps. Georgie m'a dit que tu te chargeais de veiller sur Walter aujourd'hui pendant que je donne un coup de main en cuisine, alors il me semble que nous sommes tous les deux bien occupés.

— Oui, c'est vrai. Mais ce n'est pas seulement la housse qui m'amène ici. Nous devons parler, toi et moi.

— Nous l'avons déjà fait hier, et rien n'a vraiment changé. Le déjeuner était très agréable, j'ai apprécié ta compagnie, mais tu as une vie compliquée. Moi aussi, Daniel. Alors, laissons cela de côté. Il y a quelque chose dont je veux te parler, mais ce n'est pas le moment.

— D'accord. La journée d'hier m'a prouvé que nous devions discuter de ce qu'il s'est passé autrefois afin de tourner la page.

— Très bien. Maintenant, s'il te plaît, va-t'en. Nous aurons cette conversation un autre jour. Je dois aider Georgie à préparer la fête, et je suis en retard.

Restée seule, Libby toucha le médaillon qui pendait à son cou, le cœur battant à tout rompre.

Tous ses espoirs s'étaient envolés en un instant. Daniel voulait tourner la page ! Certes, elle n'aurait pas dû en être surprise puisqu'il n'avait jamais cherché à reprendre contact avec elle après son départ précipité, mais là il venait de mettre un point final à leur histoire.

Les mains crispées sur son pendentif, elle souhaita de tout son cœur prendre la bonne décision en révélant à Daniel qu'il était père. Peut-être que son désir de tourner la page le pousserait à se désintéresser complètement d'un fils qu'il n'avait jamais rencontré. En ce cas, mieux valait qu'elle le sache maintenant.

Déçu de n'avoir pas pu discuter avec Libby, Daniel se rendit sur le pont pour savoir à quelle heure ils arriveraient. Walter devait être prêt à temps pour participer à la fête, et il s'était proposé pour l'aider à s'habiller.

Il n'avait pas fermé l'œil de la nuit, ne cessant de penser à Libby, si proche et pourtant inaccessible. Il aurait tant aimé pouvoir remonter le temps, et agir autrement cette fois ! Mais c'était impossible. Il s'était autorisé à craquer pour elle alors qu'il ne l'aurait pas dû : il n'avait pas le droit de lui laisser croire qu'il était libre.

Se trouver si près d'elle cette nuit avait été une vraie torture. La savoir endormie dans la suite voisine de la sienne, respirant doucement dans son sommeil, l'avait mis à dure épreuve. Il aurait voulu la serrer dans ses bras, lui dire à quel point elle comptait pour lui, et que ses sentiments pour elle ne changeraient jamais, même si la vie les obligeait à vivre séparés. Mais lui faire ces aveux serait déloyal. Elle avait besoin de se sentir libre pour aller de l'avant.

Il s'était tourné et retourné sur sa couchette, songeant à leur sortie sur l'île. Comme ç'aurait été naturel de la tenir par la main tandis qu'ils se promenaient dans les petites rues ! Comme ç'aurait été facile de l'embrasser ! Comme il aurait voulu la prendre dans ses bras alors qu'ils marchaient pieds nus sur le sable ! Libby était tout ce qu'il désirait et qu'il ne pouvait avoir.

Vers 3 heures du matin, la mer s'était levée et avait secoué le yacht, comme souvent dans les Caraïbes. Cela ne l'avait pas dérangé, il était habitué aux grosses vagues et aux vents violents. Mais alors que le mauvais temps ne l'avait jamais empêché de dormir, le sommeil le fuyait depuis cinq jours en dépit d'une météo clémente. Ses ruminations sur le mal qu'il avait fait et qu'il continuait de faire à Libby en lui cachant la vérité le tenaient éveillé.

Au petit matin, il s'était dit que ça ne pouvait pas continuer. Il ne supportait plus de voir dans les yeux de Libby cette tristesse et cette confusion dont il était la cause. S'il lui était impossible d'effacer cette souffrance, au moins se trouvait-il en mesure de l'atténuer. Il lui parlerait. Il lui expliquerait son rôle au sein de la principauté de Chezlovinka et l'obligation qu'il avait de succéder à son père. Il en dirait assez pour qu'elle comprenne qu'il avait pour elle de véritables sentiments et qu'il ne l'avait quittée que contraint et forcé.

Les quelques jours qui venaient de s'écouler l'avaient convaincu qu'il pouvait lui faire confiance. Il était certain qu'elle garderait le secret sur la maladie de son père. Au moins, elle saurait qu'il tenait à elle et que ce qu'ils avaient partagé à San Francisco était bien réel. Malheureusement, sa vie à elle était là-bas, quand la sienne était au service de son peuple sur un autre continent… Mais il garderait au cœur le souvenir de ce qu'ils avaient vécu ensemble.

Libby méritait de savoir. Il devait trouver le moment de lui parler avant qu'il ne soit trop tard.

9

Libby enfila rapidement un short et un T-shirt, puis elle accrocha derrière la porte de sa cabine la housse contenant sa robe du soir, ses sandales dorées, une petite pochette couleur or et les longues boucles d'oreilles fantaisie imitant l'émeraude que Bradley avait glissées dans sa valise.

Tout en s'activant, elle ne cessait de penser à Daniel.

Il lui restait encore quelques jours avant de tout devoir lui révéler... Et que lui-même lui confie ce qu'il avait à lui dire. Après, ils pourraient tous les deux tourner la page, avait-il déclaré. Mais elle n'en était pas si sûre.

Lorsqu'elle arriva dans la cuisine, Libby était déjà en train de préparer les desserts.

— Combien de fonds de tartelettes as-tu déjà cuits ? demanda-t-elle, étonnée de voir les pâtisseries qui s'empilaient dans la pièce presque jusqu'au plafond.

— Deux cents.

— Pour cent cinquante invités ?

— On ne sait jamais, certaines personnes peuvent en vouloir deux, et Walter exige qu'aucun de ses invités ne soit privé de ce qui est son gâteau préféré – une tartelette aux fruits garnie de mangue, de papaye et de goyave.

— Cela semble très exotique, et tout à fait délicieux ! Que puis-je faire pour t'aider ?

— Ce serait génial si tu pouvais couper les fruits en te basant sur le modèle que voici, répondit Georgie en lui désignant une mangue posée sur la planche à découper.

Le fruit était merveilleusement présenté.

Libby attrapa un tablier et commença à couper les autres mangues en s'efforçant de suivre au plus près ce modèle.

— Et les plats salés ? Est-ce toi aussi qui t'en occupes ?

— Non, heureusement ! répondit Georgie en riant. Ce sont les cuisiniers de l'hôtel qui s'en chargent.

— Ah, tant mieux.

Durant les heures qui suivirent, aidées par quelques membres de l'équipe de cuisine du yacht, elles finirent de préparer les fruits et la crème anglaise, qu'elles stockèrent dans la chambre froide. Libby y avait aperçu les éléments du gâteau de fiançailles, qui promettait d'être magnifique.

Le chef des stewards vint les prévenir qu'on accosterait dans un quart d'heure.

C'était le moment de tout conditionner pour le transport jusqu'aux chambres froides de l'hôtel. Les fruits coupés furent mis dans des boîtes alimentaires tandis que les litres de crème anglaise préparés par Georgie étaient versés dans trois énormes récipients.

— Quand auras-tu le temps d'effectuer l'assemblage des deux cents tartelettes ? demanda Libby.

— Quand nous arriverons à Sainte-Lucie, je suivrai l'équipe jusqu'à l'hôtel, et une fois que les plats salés auront été servis, je commencerai la préparation finale. Je n'aime pas réfrigérer les fonds de tarte, je préfère les garnir à la dernière minute. C'est tellement plus agréable de mordre dans une tartelette dont le fond est à la température ambiante alors que les fruits qui la garnissent sont très frais. C'est ce qui fait le petit « plus » d'un bon dessert, et Sir Walter apprécie beaucoup.

— Tu es une vraie perfectionniste, comme Walter. Il adore que tout l'équipage soit en uniforme, et je dois dire que cela a de l'allure.

— Ce sont les détails qui font la différence ! déclara Georgie, d'un ton qui montrait qu'elle était prête pour la bataille.

La pièce montée devait elle aussi être transportée jusqu'aux cuisines de l'hôtel, et Libby voyait bien que cela préoccupait son amie. Cette réception constituait un événement mondain d'importance, et tout le monde jugerait Georgie sur son travail.

— Jamais Sainte-Lucie n'aura vu une fête de fiançailles aussi belle, dit-elle avec conviction. J'ai l'impression que cette soirée restera gravée dans les mémoires !

Georgie lui adressa un clin d'œil complice.

Daniel aidait Walter à s'habiller pour la réception. Le vieil homme avait opté pour le smoking et le nœud papillon, et il lui avait demandé d'en faire autant.

— Le carton d'invitation précise qu'il faut être en tenue de soirée, c'est pour cette raison que j'accepte de me déguiser en pingouin. Et puis, c'est ce que Contessa aurait voulu que je fasse.

Voyant que Walter lui tournait brusquement le dos, Daniel soupçonna que c'était pour cacher une larme ou deux.

— Ce sera une magnifique soirée, Walter. Tout le monde va passer un excellent moment, et vous êtes très élégant. Sophia sera fière de vous, et Contessa veillera sans aucun doute sur toutes ces festivités à vos côtés.

— Hum, vous croyez ?

— Absolument.

— Très bien, assez d'attendrissement comme cela, déclara Sir Walter d'un ton bougon en se dirigeant vers la porte. Allons donner le coup d'envoi de cette fête. Je crois que ce sera une soirée mémorable.

La réception avait commencé. Goûtant la douceur de la nuit, Libby regardait autour d'elle, émerveillée par la beauté du spectacle qui s'offrait à elle.

Quatre pontons géants équipés de guirlandes lumineuses étaient installés à quelques mètres du rivage, soutenus par de gros piliers enfoncés dans le sable. Sur deux de ces pontons étaient disposées les tables et les chaises, un autre était destiné à la piste de danse, et le dernier était réservé à l'orchestre. Ils étaient reliés entre eux par des ponts japonais eux aussi festonnés de guirlandes lumineuses et décorés de plantes exotiques où dominaient des hibiscus géants couleur corail.

Elle montait la garde devant le plus stupéfiant gâteau de fiançailles qu'il lui ait été donné de voir, une véritable œuvre d'art. Jamais elle n'aurait imaginé qu'il soit possible d'en créer un si beau. Celui-ci était orné de délicates fleurs rose pastel qui cascadaient le long des cinq étages de la pièce montée, jusqu'à une feuille d'or posée sur une tarte au chocolat noir.

Walter avait longuement contemplé cette merveille, avec un petit sourire qui montrait à quel point il était fier du travail de Georgie.

Libby avait pu constater que son amie avait eu raison de craindre que les invités ne soient tentés de toucher au gâteau. Elle avait dû rappeler à l'ordre certains membres de la famille de Contessa tout prêts à poser les doigts sur la pièce montée.

Sophia et son fiancé arrivèrent enfin, et bientôt la fête battit son plein. La jeune femme portait une incroyable robe couleur corail qui dévoilait ses épaules et tombait jusqu'à ses pieds. Ses longs cheveux blonds étaient noués en une haute queue-de-cheval piquée d'une fleur d'hibiscus en soie incrustée de diamants.

Frappée par la beauté de Sophia, Libby fit part de son admiration à Sir Walter alors qu'il passait près d'elle.

— Merci, je vous avais dit qu'elle était le portrait craché de sa mère, dit-il en souriant. Mais vous aussi, je vous trouve très belle, ce soir.

— Merci, Walter.

Il se pencha vers elle.

— Pour parler franchement, je ne suis pas vraiment convaincu par le fiancé qu'elle a choisi, lui glissa-t-il à l'oreille.

Apparemment, c'est un acteur. Mais de toute façon, je n'ai pas mon mot à dire.

— Il a l'air gentil, et la façon dont il la regarde montre qu'il est amoureux. Cela devrait vous rassurer.

Le vieil homme hocha la tête.

— Après tout, trouver le véritable amour, c'est tout ce qui compte dans la vie, dit-il.

— Oui, c'est vrai.

D'un geste paternel, il lui prit les mains.

— Dites-moi, ma chère, êtes-vous mariée ? Je sais que vous avez un petit garçon, mais vous ne m'avez jamais parlé d'un mari, et vous ne portez pas d'alliance.

— Je suis célibataire.

— Vous n'avez donc pas encore rencontré l'âme sœur ?

— Je croyais l'avoir fait, mais l'homme en question avait d'autres idées en tête. C'est compliqué.

— Toutes les affaires de cœur sont compliquées mais, entre nous, si vous cherchez un petit ami potentiel, je pense que le Dr Dimosa serait plus qu'intéressé. Je vois la façon dont il vous dévore des yeux quand il croit que personne ne le regarde. Tout cela est un peu rapide puisque vous venez juste de faire connaissance, mais c'est visiblement un coup de foudre. J'ai connu cela avec Contessa dès que nos regards se sont croisés. Aussi, je ne porterai jamais de jugement sur la vitesse à laquelle Cupidon lance ses flèches, conclut-il avec un clin d'œil.

Il marqua une courte pause.

— Bon, reprit-il, je ne sais pas quels sont vos sentiments à son égard, mais son visage s'illumine dès que quelqu'un prononce votre nom. Je n'ai pas abordé la question avec lui, car ça ne me regarde pas, et il ne se livre pas facilement. J'ai voulu tester ma théorie hier. C'est pour cela que je lui ai demandé de vous accompagner sur l'île. Comme je le pensais, il a accepté avec empressement. Mon intuition est assez bonne lorsqu'il s'agit de comprendre les gens. Vous savez, Libby, il est plutôt beau garçon, et vous partagez le même intérêt pour la médecine.

Vous pourriez trouver pire… Si toutefois vous cherchez un mari, bien sûr.

— Ce n'est pas le cas, lança-t-elle aussitôt.

— Eh bien, peut-être pas pour le moment, mais gardez cela en tête pour l'avenir. Qui sait ? Peut-être Daniel vous intéressera-t-il un jour ? Moi-même, cela m'a pris du temps pour conquérir ma merveilleuse femme… Bon, je vais cesser de jouer les marieuses et aller me mêler aux autres invités. Au fait, Georgie m'a dit que vous teniez le rôle de gardienne du gâteau. Vous êtes très efficace dans votre délicate mission de le protéger contre les tentatives d'approche. Excellent travail, continuez !

Les propos de Walter avaient bouleversé Libby. Elle avait besoin d'être seule pour se remettre de ses émotions. C'est avec soulagement qu'elle le regarda s'éloigner.

Mais alors qu'elle croyait leur conversation terminée, il revint vers elle.

— Au fait, il est installé au bar et ne cesse de vous regarder. Vous avez dû l'hypnotiser… Et un homme hypnotisé est un homme amoureux.

Malgré elle, Libby se retourna et vit Daniel qui se tenait debout devant le bar, un verre à la main. Il lui fit un grand sourire qu'elle ne put s'empêcher de lui rendre.

Il était si beau en smoking ! Mais il fallait reconnaître qu'il était tout aussi séduisant dans n'importe quelle tenue… Et plus encore quand il ne portait rien du tout.

Soudain, elle s'en voulut de nourrir de telles pensées. Elle devait cesser de songer à lui. Daniel ne se livrait pas facilement, Walter lui-même le reconnaissait. Et tout ce que ce dernier venait de lui dire était très perturbant.

Libby reporta toute son attention sur la pièce montée.

Sa mission, ce soir, était de monter la garde jusqu'au moment où Sophia et son fiancé couperaient le gâteau. Ensuite, elle pourrait regagner le yacht et se réfugier dans sa cabine en oubliant le reste du monde.

Les plats salés étant terminés, les tartelettes aux fruits

arrivèrent et remportèrent un franc succès. Beaucoup d'invités en réclamèrent une seconde, à commencer par Walter. Puis vint le moment où les fiancés s'approchèrent de la pièce montée pour la couper. Comme le couple posait pour les photographes professionnels et pour les invités qui voulaient immortaliser cet instant, Libby recula de quelques pas, frôlant le bord du ponton. Lorsqu'elle s'en aperçut, il était trop tard : son talon gauche ne reposait plus sur le plancher. Elle perdit l'équilibre et, agitant les bras de façon inélégante, tomba à la renverse dans le vide au-dessus des vagues.

Des cris de stupeur jaillirent de la foule des convives, et Sir Walter fit signe à l'orchestre d'arrêter de jouer.

Quittant précipitamment le bar où il avait passé presque toute la soirée, Daniel plongea dans l'eau.

Elle n'était ni très profonde ni très froide, mais si noire que, lorsqu'il noua ses bras autour de Libby, celle-ci en fut intensément soulagée.

— Est-ce que ça va ? demanda-t-il en même temps qu'il lui dégageait le visage en repoussant en arrière ses boucles trempées.

— Oui, ça va, merci. Je suis humiliée, mais saine et sauve... Je n'arrive pas à croire que tu aies fait cela ! Ton smoking est fichu, et nous avons l'air de deux idiots. Tu aurais dû me laisser avoir l'air d'une idiote toute seule !

Il sourit.

— Tu n'as pas du tout l'air d'une idiote, tu es superbe. Je voulais te dire combien je te trouvais belle ce soir. À présent, tu es trempée *et* très belle.

Libby le regarda sans rien dire, un lent sourire illuminant son adorable visage.

— Est-ce que tout va bien ? demanda Sir Walter.

Celui-ci se tenait au bord du ponton, entouré d'un groupe d'invités visiblement inquiets, dont Sophia et son fiancé.

— Tout va bien, répondit Daniel, c'est une sorte de bain de minuit. Nous allons retourner sur le yacht pour... mettre des vêtements secs.

Et il prit Libby par la main pour gagner le rivage avec elle.

Cette dernière effectua le retour à la marina et sur le yacht dans un état second.

En sentant la main de Daniel tenir la sienne, elle avait l'impression d'être chez elle, alors même qu'elle se trouvait à des milliers de kilomètres de San Francisco. Elle mesurait à présent pourquoi elle était tombée amoureuse de lui, et pourquoi il lui avait été impossible de l'oublier.

Elle savait qu'elle aurait dû libérer sa main, mais elle en était incapable. Elle était lasse de tout faire toute seule. C'était merveilleux de se sentir protégée. Peut-être commettait-elle de nouveau une erreur mais, à cet instant précis, elle avait le sentiment de faire ce qui était juste. Jamais elle ne s'était sentie aussi heureuse.

Lorsqu'ils arrivèrent sur le *Coral Contessa*, l'un des stewards, qui avait dû les voir approcher, les accueillit avec deux grandes serviettes-éponges blanches.

— Vous vous êtes offert un bain de minuit ?

— Quelque chose dans ce genre, répondit Daniel en posant sur les épaules de Libby l'une des serviettes.

Le steward s'en alla, les laissant seuls.

— Tu dois cesser de me sauver la vie, dit doucement Libby. Cela devient chez toi une habitude. Tu as commencé par me sauver de Maxwell Hudson, et maintenant des requins des Caraïbes !

Il sourit. Il aurait volontiers passé sa vie à voler au secours de Libby, mais ce n'était pas possible. Le moment était venu de tout lui dévoiler. Il voulait qu'elle connaisse la vérité. Cela ne changerait rien à leur destin, mais elle méritait de savoir.

— Je voudrais te parler, Libby. Il y a quelque chose que je voulais te confier depuis très longtemps, et que j'ai essayé de te dire ce matin.

— Quoi donc ? Que tu tiens encore à moi et que c'est pour cette raison que tu t'es jeté à l'eau pour venir à mon secours ?

— Oui, ça... Et autre chose aussi.

— Si tu tiens encore à moi, le reste pourra attendre jusqu'à demain, dit-elle en le regardant droit dans les yeux. Ne parlons plus. Profitons juste de cette nuit sans plus nous soucier de rien, et nous reprendrons cette conversation demain.

Il était surpris, mais il n'avait pas envie de discuter. Il était dans le même état d'esprit que Libby. Il la désirait comme un fou. Il ne lui avait rien promis, et il ne lui promettrait jamais rien. Elle le savait, et pourtant elle voulait passer la nuit avec lui. Ce qu'il avait à lui dire pouvait attendre jusqu'à demain.

Il l'enlaça et se pencha sur elle.

— Tu es sûre ? demanda-t-il d'une voix rauque.

Elle hocha la tête et, se dressant sur la pointe des pieds, elle lui offrit ses lèvres.

Incapable d'attendre davantage, il s'empara de sa bouche et l'embrassa avec passion.

Collée à lui, elle lui rendit son baiser avec la même fièvre.

Au bout d'un moment, il la souleva dans ses bras et l'emporta, blottie contre lui, jusqu'à son lit qui serait le leur cette nuit.

Le lendemain, quand Daniel se réveilla en tenant dans ses bras une Libby complètement nue, il souhaita de toute son âme se réveiller ainsi chaque matin.

Elle bougea doucement et, se tournant vers lui, lui décocha le sourire le plus angélique qu'il ait jamais vu.

— Bonjour, dit-il en l'embrassant tendrement.

— Bonjour, fit-elle en lui rendant son baiser.

Il se mit sur le dos tandis qu'elle se blottissait contre lui.

— Veux-tu prendre un petit déjeuner ? demanda-t-il.

— Non, murmura-t-elle. Je suis si bien, ici. Je n'ai pas envie de me lever. Nous devons faire face à la réalité, et je n'y suis pas encore prête.

Il partageait son sentiment, mais il devait lui dire la vérité.

— Moi non plus, répondit-il d'un ton mélancolique. Rien n'aurait pu être plus parfait, mais il y a quelque chose que je dois te dire. J'ai essayé, hier soir…

— Je sais. Désolée de t'en avoir empêché.

— Je suis heureux que tu l'aies fait, répliqua-t-il en l'embrassant doucement. Mais maintenant, nous devons vraiment avoir cette conversation. C'est important que tu saches tout.

— Moi aussi, j'ai quelque chose à te dire, Daniel.

Il esquissa un sourire doux-amer.

Il aurait adoré passer sa vie à écouter Libby se confier à lui, mais il devait lui révéler les dures réalités de son existence afin qu'ils puissent tous les deux tourner vraiment la page.

— Pour comprendre la raison qui m'a poussé à agir comme je l'ai fait il y a quatre ans, commença-t-il, tu dois connaître mes origines, savoir d'où je viens…

— Je ne vais pas te juger en fonction de l'endroit où tu as grandi, l'interrompit Libby en lui caressant le bras. Je crois que ça n'a aucune importance. Ce qui compte, c'est ce qu'on fait de sa vie, et non d'où l'on vient.

Il ne put s'empêcher de sourire.

De toute évidence, Libby pensait qu'il venait d'un milieu social défavorisé, et elle essayait de le rassurer. Elle avait un grand cœur et se montrait généreuse et tolérante. Il ne l'en aimait que davantage.

— Tu sais, Libby, je n'ai pas eu une enfance difficile, bien au contraire. J'ai grandi dans un milieu privilégié.

— Je vois. Quel genre de privilèges ? Tu es allé dans une école privée pour enfants de milliardaires ? Tu as eu une gouvernante ?

— Oui… Et d'autres privilèges encore.

— Lesquels ?

— Ma famille est sur le trône d'une petite principauté en Europe.

— Tu appartiens à une famille princière ? interrogea Libby, incrédule. Une famille qui règne actuellement ?

— Oui, dans un tout petit pays. Tu n'en as sans doute jamais entendu parler. Mon père est le prince régnant de Chezlovinka.

— Chezlovinka ? Cette principauté voisine de la Grèce ?

— Tu connais ?

— Oui, on l'a étudiée en classe pendant ma dernière année de collège.

— Vous avez étudié Chezlovinka !

— Mais oui. Je sais que c'est un pays magnifique situé dans le bassin méditerranéen. Mais je n'ai jamais vu aucune photo de toi, ajouta-t-elle, l'air dubitatif.

— Ma mère a tenu à me protéger de la curiosité des médias pour que je puisse avoir une enfance et une jeunesse relativement normales. C'est elle aussi qui m'a encouragé à faire médecine. J'ai étudié à Londres.

Libby resta silencieuse un moment.

— Oh ! mon Dieu ! Cela veut dire que tu es un prince.

— Oui. Le prince Daniel Dimosa.

— Alors, c'était donc cela… Tout s'explique, à présent.

Elle s'enroula dans les couvertures et le regarda, les sourcils froncés.

— Tu es un prince, et moi une roturière. Je vois. Il te faut une princesse, et je suis loin d'en être une !

— Non, Libby, c'est faux. Tu es gentille, intelligente, empathique, tout ce qu'une princesse devrait être. Mais cette histoire a son côté sombre, comme toujours dans les contes de fées. Ma vie, loin d'être une vie de château pleine de joie et de plaisirs, sera faite de devoirs et de sacrifices. Je ne veux pas que tu subisses cela. Je veux que tu aies tout ce que tu désires, mais… je ne peux pas te le donner.

— Je comprends, dit-elle en fermant les yeux. Tu me laisses tomber, et tu le fais avec beaucoup de tact.

— Non ! protesta-t-il en la serrant contre lui. Ce n'est pas ça du tout, Libby. La vérité, c'est que tu mérites beaucoup mieux que l'existence que je pourrais t'offrir.

— C'est gentil de prétendre ça, mais ce n'est pas vrai. Tu vas mener une vie de rêve chez toi.

— Mais je te dis la vérité ! Il faut me croire, Libby.

— N'ajoute plus rien. Je n'ai pas ma place dans ton monde, et tu n'as pas ta place dans le mien. Je suis une simple infirmière de San Francisco…

— Ne dis pas cela, coupa-t-il d'un ton ferme. Tu es la femme la plus extraordinaire que je connaisse, et je serais prêt à te suivre à l'autre bout du monde. Mais vivre avec moi ne serait un cadeau pour personne, encore moins pour toi.

— Tu es un homme merveilleux, Daniel. Je comprends que tu veuilles me protéger et m'épargner les écueils d'une vie à laquelle tu es toi-même habitué, mais très éloignée de ce que je connais.

Elle s'écarta légèrement, le regard braqué sur le ventilateur qui tournait lentement au-dessus de leurs têtes.

— Il te faut une épouse appartenant au même milieu social que toi, reprit-elle. Non pas une femme assez maladroite pour tomber d'un ponton, et qui serait pour toi un handicap.

— Libby ! Jamais tu ne pourrais être un handicap pour moi. Je suis prêt à plonger de mille pontons pour toi. Le problème, ce n'est pas toi, mais ma famille.

Libby ramassa la serviette qui traînait par terre et, quittant le lit, se dirigea vers la salle de bains. Elle en ressortit quelques instants plus tard, vêtue d'un peignoir.

— Ta famille ? Que veux-tu dire ? demanda-t-elle en commençant à rassembler ses vêtements éparpillés sur le sol.

— Mon père en particulier. Il n'est pas bien, et je dois rentrer chez moi pour m'occuper du pays. Je savais que cela arriverait un jour, et c'est pour cette raison que je ne voulais pas m'engager avec toi. Je regrette profondément de n'avoir pas écouté la voix de la raison, il y a quatre ans. J'aurais dû garder mes distances. Mais j'ai été égoïste. Je brûlais d'envie de passer la nuit avec toi. Je n'en avais pas le droit, mais quelque chose en moi refusait de l'admettre.

— Je comprends. C'est ce que j'ai fait hier soir... Je voulais être avec toi cette nuit, quelles qu'en soient les conséquences.

— Et, crois-moi, je suis heureux que tu l'aies fait. Mais il ne peut s'agir que d'une nuit sans lendemain, rien de plus. Je suis désolé.

— Je savais que ce serait sans lendemain. Tu m'avais dit que tu voulais tourner la page, et je suis une grande fille. J'ai pris ma décision en toute connaissance de cause. Tu n'as pas à être désolé, répondit Libby.

Mais sa voix n'était plus qu'un murmure et trahissait une profonde tristesse.

— Avant-hier, quand nous étions sur l'île, je t'ai dit que je n'étais pas libre de mes choix. Beaucoup sont dictés par le fait que j'appartiens à la famille princière, et certains par le fait que je suis le fils de mon père.

— N'est-ce pas la même chose ?

— Pas exactement. Mais je dois rentrer chez moi. L'état de santé de mon père ne s'améliorera jamais. Il n'existe aucun médicament ni traitement capable de le guérir.

— Ton père est-il dans la phase terminale de sa maladie ? demanda-t-elle en s'asseyant au bord du lit, loin de lui.

Il soupira.

— Oui, mais nous ignorons combien de temps il lui reste à vivre. Il a été atteint de façon précoce par la maladie d'Alzheimer, qui frappe durement ma famille d'une génération à l'autre.

Il éprouvait soudain un énorme soulagement d'avoir pu se confier à Libby. Jamais il n'avait parlé de cela à quiconque. Maintenant, il avait l'impression d'être débarrassé d'une grosse partie du poids qui pesait sur ses épaules. La situation dans laquelle il se trouvait n'avait pas changé, et elle ne changerait jamais, mais il se sentait apaisé comme jamais il n'aurait pensé pouvoir l'être.

— Oh ! Daniel, comme c'est triste ! J'imagine à quel point ce doit être difficile pour toi, pour ta mère et pour tout ton entourage.

— Oui, cela a été dur. Jusqu'à présent, mon père a pu remplir son rôle. Chez lui, la maladie est apparue très tôt mais s'est développée lentement. C'est le mois dernier que les symptômes se sont aggravés. Ma mère m'a alors appelé à l'aide. Je retourne là-bas la semaine prochaine. Je ne peux pas retarder davantage mon départ.

— Les habitants de Chezlovinka, eux aussi, doivent être tristes de savoir ton père malade.

— C'est toute la question. Il ne faut pas qu'ils soient au courant. Je dois prendre les affaires en main afin que mon père puisse abdiquer en conservant sa dignité. Sinon, la population pourrait s'inquiéter, se poser des questions sur lui, sur moi et sur l'avenir du pays. Il y a tant d'incertitudes dans le monde de nos jours qu'il vaut mieux ne pas ajouter encore toute cette angoisse.

— Je comprends que tu ne veuilles pas qu'ils s'inquiètent pour ton père, mais pourquoi s'inquiéteraient-ils pour toi ? C'est ton père qui est malade, pas toi.

— Le problème est là, Libby. Je risque de souffrir un jour de la même maladie que lui. Elle est due à la mutation d'un gène, et il suffit qu'un des deux parents soit porteur du gène mutant pour qu'un enfant risque d'être atteint par cette maladie. Il est possible que j'aie ce gène mutant et que, dans quelques années, la maladie se déclare.

— Mais tu n'en es pas certain.

— Non, mais je n'ai aucune garantie non plus que cela ne m'arrivera pas. Les citoyens de Chezlovinka ne sont pas naïfs. S'ils apprennent de quelle maladie souffre mon père, ils arriveront rapidement à la conclusion que c'est génétique et que je peux moi aussi tomber malade un jour. Ils ont besoin de stabilité. C'est pourquoi je dois rentrer dans mon pays et commencer à préparer mon successeur afin que le trône ne reste pas vacant au cas où je me retrouverais dans l'incapacité de gouverner. J'ai pensé à modifier la Constitution pour permettre à mon cousin Edouard, qui étudie actuellement le droit à Cambridge, de régner sur la principauté. Comme il a été adopté à sa naissance par mon oncle paternel, il ne risque pas de développer cette maladie génétique, tout en portant le nom de Dimosa.

— Et tu dois garder tout cela secret.

— Pas complètement. L'état de mon père s'est tellement détérioré qu'il a dû être pris en charge par une équipe soignante qui est d'une grande loyauté. Tous ont accepté de l'aider et de ne parler à personne de sa maladie.

— Mais, et toi ? Tu sais ce que je ressens pour toi. Je peux te soutenir, être là à tes côtés, si tu m'y autorises.

— Tu es la plus merveilleuse des femmes, Libby, et tu sais toi aussi ce que je ressens pour toi. Mais je ne peux pas te demander cela. Je ne peux pas te demander de renoncer à l'existence que tu mènes aujourd'hui et de prendre le risque d'avoir à me soigner un jour. Je refuse de te condamner à cette vie-là. Je ne veux pas que tu aies à veiller sur moi comme ma mère veille sur mon père et continue de prendre soin de lui alors que, bientôt, il ne la reconnaîtra même plus.

— Mais peut-être que tu échapperas à cette maladie ! Et même si tu l'avais un jour, cela ne changerait rien à mes sentiments pour toi.

— Seulement, pour moi, cela changerait tout. Je refuse que tu te retrouves prise au piège avec un homme lui aussi pris au piège, enfermé à l'intérieur de lui-même...

Il avait envie d'ajouter : « Et qui ne veut pas avoir d'enfants. » Car il ne voulait pas courir le risque d'avoir un enfant qui soit peut-être porteur du gène mutant. Il avait décidé de ne pas se faire tester tant qu'il ne montrerait aucun symptôme. Convaincu de connaître un jour le même destin que son père, il ne voulait pas que la mère de cet enfant souffre à l'idée de lui voir subir le même sort que son mari.

Libby essuya les larmes qui lui inondaient les joues.

— Si tu tiens vraiment à moi, pourquoi ne me laisserais-tu pas prendre moi-même cette décision ?

— Je t'offre la chance de trouver un homme avec lequel tu

pourras mener une longue vie heureuse. Je ne veux pas faire de toi une garde-malade. Tu dois pouvoir être toute ton existence la femme et l'amante d'un homme qui ne t'expose pas aux risques que, moi, je te ferais courir.

— Quels que soient les résultats du test, mes sentiments pour toi ne changeraient pas, Daniel. Mais si c'est si pénible pour toi de m'écarter de ta vie, pourquoi ne ferais-tu pas ce fameux test ? Tu saurais ce que l'avenir te réserve, et tu pourrais alors prendre une décision rationnelle, fondée sur des faits réels.

Avant de répondre, il prit une profonde inspiration.

— Je le ferai un jour, mais pas maintenant. Il faut que je sois fort pour ma famille et mon pays. Je dois me concentrer sur eux, et non sur moi. S'il se confirmait maintenant que je suis porteur de ce gène, cela m'obséderait, et je serais incapable de cacher la vérité à ma mère. Je ne veux pas ajouter à ses soucis et la voir se tourmenter pour les deux hommes de sa vie.

— Je comprends, mais tu ne penses pas que le fait de ne pas savoir est aussi une torture pour elle ?

— Peut-être est-ce de l'égoïsme de ma part, Libby, mais si je connais la vérité et que, comme je le crois, je suis porteur du gène, je n'aurai plus un seul instant de paix. Je passerai ma vie à redouter ce qui m'attend.

— Mais c'est exactement ce que tu fais aujourd'hui, Daniel : tu vis dans la peur.

Il la regarda, silencieux, se demandant si elle n'avait pas raison.

Libby toucha son médaillon sans quitter des yeux Daniel, qui s'était levé du lit sans rien dire et, vêtu d'un peignoir, se tenait maintenant devant la baie vitrée de la suite, contemplant les nuages sombres qui s'amoncelaient dans le ciel.

— J'ai quelque chose à te dire, commença-t-elle en le rejoignant près de la fenêtre. Quelque chose qui peut changer ta façon de voir les choses. À propos de ton avenir, et peut-être aussi concernant ton choix de te faire tester ou non.

Daniel se tourna vers elle et l'attrapa par la taille, la tenant étroitement serrée contre lui.

— Il n'existe rien qui puisse changer mon avenir, hélas ! Et je ne me ferai tester que si cela s'avère absolument nécessaire. Je dois penser à ma mère et à mon pays, en ce moment, et non à moi. Je suis désolé, Libby, mais rien de ce que tu pourrais me dire ne modifiera ce qui m'attend.

— Je ne suis pas d'accord. Je sais que cela pourrait tout changer.

Elle fit un pas en arrière et s'apprêta à ouvrir le médaillon renfermant le portrait de leur fils, qui était le sosie de son père.

Soudain, une grosse vague secoua le yacht avec une telle force qu'elle se trouva projetée dans les bras de Daniel.

— Est-ce que ça va ?

— Je... je crois, balbutia-t-elle. Je n'ai jamais connu cela. Sommes-nous en sécurité ? C'était une vague énorme !

— Nous sommes sur l'océan Atlantique, et je pense que nous allons avoir du mauvais temps. S'il te plaît, assieds-toi, et reste dans la cabine.

Il sortit d'un placard un pantalon et une chemise qu'il enfila rapidement.

— Je vais demander au capitaine ce qu'il se passe, et aller voir Walter. Je n'en ai pas pour longtemps.

— Je t'en prie, n'oublie pas que j'ai quelque chose d'important à te dire !

— C'est promis, nous parlerons dès que je serai de retour.

[illegible]

[illegible]

[illegible]

[illegible]

[illegible]

[illegible]

[illegible]

[illegible]

[illegible]

[illegible]

[illegible]

[illegible]

10

Daniel referma la porte de sa cabine, où il avait laissé Libby, et consulta sa montre.

Il était 7 heures, l'heure à laquelle il procédait chaque matin au premier des contrôles médicaux de Sir Walter.

Il se dirigea vers la suite de ce dernier, située au bout du couloir. Il avançait prudemment, essayant de garder son équilibre malgré les secousses infligées au yacht par une mer déchaînée.

Il frappa à la porte et, n'obtenant aucune réponse, utilisa son passe.

Walter dormait paisiblement dans son lit. Visiblement, les turbulences provoquées par les vagues qui malmenaient le *Coral Contessa* ne troublaient en rien son sommeil.

Il décida de le laisser se reposer. Sans doute le vieil homme avait-il regagné le yacht au petit matin, avec les autres passagers qui avaient largement profité de la fête. Il les avait entendus rentrer à l'aube, et la plupart d'entre eux étaient probablement encore au lit.

La veille, le capitaine avait annoncé que le yacht reprendrait la mer à 6 heures du matin pour rejoindre Miami dans deux jours. Cela laisserait largement le temps à tout le monde de se remettre de cette nuit blanche. Mais il craignait que, vu le mauvais temps, beaucoup d'invités n'aient le mal de mer.

Arrivé sur le pont, il alla trouver le capitaine qui le mit au courant de la situation météorologique.

— Nous sommes presque sortis de l'orage. À moins qu'il ne

se produise un brusque changement, la mer va se calmer et les vents s'atténuer. Comme le yacht est solide et pèse des milliers de tonnes, nous ne risquons rien.

— Il ne faut donc pas s'inquiéter des vagues qui déferlent sur le pont ?

Après tout, Libby avait perdu l'équilibre dans sa cabine tant le yacht était secoué.

— La mer restera encore agitée durant les deux heures à venir, mais le plus dur est passé. Ensuite, ce devrait être assez calme jusqu'à Miami. Cependant, j'ai demandé aux stewards d'avertir les passagers de ne pas aller sur leur balcon tant que je ne leur aurai pas donné le feu vert.

— Vous croyez qu'ils seraient vraiment tentés de le faire avec un temps pareil ?

Eric leva les yeux au ciel.

— Vous pourriez être surpris par leurs réactions !

Au même moment, un steward apparut et les informa qu'un passager était tombé de son lit à cause du tangage du yacht et s'était blessé à la tête dans sa chute. Il saignait beaucoup. Par ailleurs, une passagère était tombée elle aussi en se rendant à la salle de bains, et elle s'était foulé la cheville.

Craignant que, dans les deux heures à venir, la grosse mer et sans doute aussi l'abus d'alcool de la veille ne fassent d'autres victimes, Daniel se dit qu'il avait besoin que Libby vienne l'aider. Il lui envoya un message lui demandant de se rendre à l'infirmerie aussitôt qu'elle le pourrait. Après quoi, il alla chercher sa trousse médicale et se dirigea vers la cabine du passager blessé à la tête.

Lorsqu'il frappa à la porte, une femme vint lui ouvrir, l'air angoissé.

— Il saigne énormément, dit-elle en buvant une gorgée du verre de whisky qu'elle tenait à la main. Je pense qu'il faudrait le recoudre.

Assis dans son lit, le blessé, âgé d'une soixantaine d'années, semblait avachi. Il pressait sur son œil gauche une serviette blanche. Peu de sang tachait ce pansement improvisé.

Daniel ouvrit sa trousse médicale, enfila une paire de gants et s'approcha de l'homme avec quelques compresses stériles à la main.

— Je m'appelle Daniel, je suis le médecin en poste sur ce bateau. Vous avez dû déjà me voir à bord. Comment vous appelez-vous ?

— Stan. Non, je ne vous avais pas remarqué sur le yacht, mais je vous ai vu plonger dans l'eau hier soir. C'était bizarre de faire cela au cours d'une réception.

— Très bizarre, en effet, renchérit la femme.

Il choisit d'ignorer leurs commentaires.

— Voyons cette blessure, Stan. Si vous ôtez votre main, je pourrai examiner la plaie.

L'homme baissa lentement le bras.

Daniel s'attendait à découvrir sur son front une coupure profonde, mais il ne s'agissait en fait que d'une égratignure qui saignait à peine. Il la nettoya avec une compresse.

— Voulez-vous que je pose un pansement ? demanda-t-il.

— Vous n'allez pas recoudre la blessure ? demanda la femme, son verre toujours à la main. Je pense qu'il faudrait le faire, sinon il pourrait recommencer à saigner et mettre plein de sang dans la cabine.

— Oui, approuva Stan, vous pourriez me recoudre, et on n'en parlerait plus.

— Ce n'est vraiment pas utile.

— Vous êtes sûr ? insista la femme en vacillant.

Visiblement, si elle avait du mal à garder son équilibre et si Stan était tombé du lit, ce n'était pas dû seulement aux mouvements du yacht. Il avait aperçu sur la commode un nombre impressionnant de bouteilles vides provenant du minibar. De toute évidence, le couple avait continué à faire la fête toute la nuit.

Après avoir assuré à Stan que sa blessure était bien moins

grave qu'il ne l'avait cru, Daniel lui mit un pansement adhésif et s'en alla. Il prit ensuite la précaution de recommander aux stewards d'éviter de regarnir le minibar dans la journée.

Lorsqu'il arriva à l'infirmerie, il vit que Libby était en train de s'occuper d'un passager.

— Quand les nausées ont-elles commencé ? demandait-elle à l'homme.

— Lorsque l'énorme vague a secoué le yacht, nous nous sommes mis tous les deux à vomir.

— Vous venez de dire « nous », observa Daniel. Quelqu'un d'autre a-t-il des nausées ?

— Oui, ma femme. Mais elle n'a pas voulu descendre à l'infirmerie. Elle a préféré se mettre sur le balcon pour prendre l'air, pensant que cela lui ferait du bien.

Daniel sursauta.

— Elle est sortie sur le balcon ? Avec ce temps ?

Il était urgent de vérifier qu'il n'était rien arrivé de fâcheux à cette femme. Avec une mer aussi houleuse, il ne voulait voir personne sur les balcons des cabines. Et ce d'autant plus que bon nombre d'invités avaient passé la nuit à boire.

— Dans quelle cabine êtes-vous ?

— Sur le pont 1, dans la cabine n° 9.

Il téléphona aussitôt pour demander qu'un steward aille immédiatement sur place, et il s'y rendit lui-même, laissant Libby soigner les nausées de son patient.

Alors qu'il s'approchait de la cabine n° 9, il constata qu'un steward était déjà là, en train de frapper à la porte sans obtenir de réponse. Utilisant son passe, il pénétra à l'intérieur et, comme il le craignait, il vit la femme sur le balcon. Penchée au-dessus de la balustrade, elle vomissait dans la mer.

Il se précipita vers elle et la tira à l'intérieur au moment même où une grosse vague venait frapper le yacht, puis il échangea un regard avec le steward.

Qui sait ce qu'il se serait passé s'ils n'étaient pas arrivés à temps ?

— Pouvez-vous passer dans chaque cabine pour rappeler à tout le monde de ne pas aller sur les balcons, compte tenu de l'état de la mer ? demanda-t-il au steward. Ah ! et n'approvisionnez plus les minibars jusqu'à notre arrivée à Miami.

Il décida ensuite d'aller voir la patiente qui s'était blessée à la cheville.

Il la trouva allongée, le pied surélevé. Jetant un coup d'œil autour de lui, il ne vit aucune bouteille vide et en fut soulagé.

Stella, la patiente, avait une quarantaine d'années. Elle voyageait avec sa mère, qui était sortie lui chercher un petit déjeuner. Il se souvint les avoir vues danser la veille pendant la fête.

En examinant de près la cheville de Stella, il constata qu'elle s'était vraiment fait mal en tombant. Le plus léger mouvement déclenchait chez elle une vive douleur.

— Vous avez une entorse, Stella. Je vous conseille de vous reposer et d'éviter de bouger. Je vais demander qu'on vous apporte de la glace. Vous la garderez sur votre cheville pendant vingt minutes, et vous répéterez cette opération toutes les deux ou trois heures durant la journée.

— Heureusement que cela ne m'est pas arrivé hier ! Je n'aurais pas pu danser de toute la soirée… Et je ne vous aurais pas vu plonger en smoking dans la mer pour sauver votre femme.

Il ne répondit rien.

Libby n'était pas sa femme, et elle ne le serait jamais.

L'idée qu'il allait devoir lui dire adieu pour toujours lui était insupportable, mais il leur restait encore deux jours à passer ensemble, et il avait bien l'intention d'en profiter au maximum.

— Devrai-je aller voir mon médecin lorsque je rentrerai à New York ? demanda Stella.

— Si la douleur persiste dans un jour ou deux, prenez rendez-vous avec votre médecin généraliste. Il vous fera passer une radio ou un scanner. Il pourrait aussi s'agir d'une fracture, mais pour l'instant je pense que c'est juste une entorse. De toute façon, je vais revenir plus tard voir comment vous allez, et je vous poserai un bandage élastique autour de la cheville afin d'éviter qu'elle ne gonfle.

Après avoir donné l'ordre à un steward d'apporter une poche de glace à Stella, il se rendit chez Walter.

Il se réjouit de voir que la tension artérielle du vieil homme restait normale et que la plaie cicatrisait bien. Ce voyage dans les Caraïbes semblait vraiment lui réussir.

— Comment cela s'est-il passé pour Libby et vous après votre bain de minuit ? demanda Walter alors que Daniel refermait sa trousse médicale et ôtait ses gants en latex. C'était héroïque de votre part de plonger ainsi dans l'eau.

— Elle était peu profonde.

— Peu importe. Les femmes adorent qu'on vole à leur secours, et je suis sûr que Libby a apprécié votre côté chevaleresque, dit Walter en souriant. J'ai vu que vous n'étiez pas revenus à la fête. J'imagine que vous avez pris le temps de faire un peu mieux connaissance, tous les deux ?

— Nous avons décidé de rester sur le yacht pour discuter tranquillement.

— J'espère que vous avez fait avancer les choses et que vous avez fini par l'embrasser.

— Je n'ai pas dit que…

— Rencontrer une femme aussi délicieuse que Libby McDonald est une chance qui ne se produit qu'une fois dans la vie d'un homme, coupa Walter. Et vous êtes sûrement d'accord avec moi, elle serait parfaite pour vous. J'ai bien vu que vous avez craqué pour elle dès que vous avez croisé son regard. Cela avait tout l'air d'un coup de foudre !

— En fait, Walter, Libby et moi nous connaissions déjà avant cette croisière.

— Vraiment ? Libby ne m'en a jamais rien dit. Je croyais tout savoir d'elle.

— Ah bon ? Vous avez dû parler avec elle plus longtemps que je ne l'ai fait.

— Eh bien, je sais qu'elle vit non loin de ses parents.

— Oui, à San Francisco. C'est là que nous nous sommes rencontrés.

— Je sais aussi qu'elle n'a pas beaucoup voyagé avant de faire cette croisière.

— Je la crois plutôt casanière, dit-il avec un sourire.

— Ce qui est un peu normal, sachant qu'elle est la mère d'un petit garçon de trois ans.

Daniel s'apprêtait à quitter la suite. Il s'arrêta net et se tourna vers Walter, le cœur battant à tout rompre.

— Libby a un fils ?

— Oui. Il s'appelle Billy, et son anniversaire tombe juste quelques jours après le mien.

— Ah bon, et à quelle date exactement ?

— Le 10 janvier. Il a fêté son anniversaire quelques jours avant que nous n'embarquions. J'ai dit à Libby qu'il était comme moi un cadeau du lapin de Pâques, puisqu'il a été conçu au printemps.

Daniel se sentit devenir livide.

— Quel âge avez-vous dit qu'il avait ?

— Trois ans.

Il réfléchissait à toute vitesse.

Ce n'était pas possible. Sûrement pas. Ils avaient dormi ensemble la nuit du gala de printemps, quatre ans auparavant.

— Mais ne vous inquiétez pas, poursuivit Walter, il n'y a pas de mari. Libby m'a dit qu'elle était célibataire. Lorsque je lui ai posé des questions sur le père de son enfant, elle m'a répondu que cela n'avait pas marché entre eux. Elle a ajouté que c'était « compliqué ».

Compliqué ?

Daniel se rua hors de la suite sans dire un mot.

Il devait trouver Libby. Savoir si elle lui avait dissimulé quelque chose. Il lui avait tout raconté sur sa vie et, elle, elle ne lui avait pas parlé de son fils. Pourquoi lui avait-elle caché qu'elle avait un enfant ? Parce qu'il était le père de ce petit garçon ?

Pensant qu'elle devait être retournée dans sa cabine, il s'y rendit. Il frappa à la porte comme un homme en manque d'oxygène.

Lorsque Libby ouvrit, elle vit Daniel se ruer dans la pièce et claquer la porte derrière lui.

— J'ai appris que tu as un fils. J'ai besoin de savoir : est-ce mon enfant ?

Elle le regarda, sidérée par sa question et par la colère qu'elle lisait dans ses yeux. Elle avait prévu de tout lui dire elle-même, et non qu'il soit mis au courant par une tierce personne.

Le menton tremblant, les larmes aux yeux, elle hocha la tête.

— C'est Walter qui te l'a dit, n'est-ce pas ?

— Peu importe qui me l'a appris. Je veux juste savoir : est-ce mon fils ?

— Oui, Daniel. Tu as un fils.

Soudain, les raisons pour lesquelles elle avait continué de se taire tous ces jours-ci lui parurent dérisoires. Elle ne voyait pas comment justifier ce choix. Durant la semaine qui venait de s'écouler, elle avait eu maintes fois l'occasion de parler à Daniel, mais elle avait gardé le silence. Elle s'était dit qu'elle voulait attendre le bon moment pour lui annoncer qu'il était père, mais n'était-ce pas juste un prétexte qui cachait autre chose ?

— Tu as voulu me punir ? demanda-t-il d'une voix où se mêlaient colère et tristesse.

— Non, absolument pas !

— Ce n'est pas ce que je crois, Libby. Je pense vraiment que tu as voulu me punir pour t'avoir quittée comme je l'ai fait, juste après avoir passé la nuit avec toi.

— J'étais enceinte de huit semaines quand j'ai découvert que j'attendais un enfant.

— Pourquoi n'as-tu pas pris contact avec moi à ce moment-là ?

Elle le regarda fixement, sa culpabilité muée soudain en ressentiment.

— Tu étais parti depuis longtemps déjà et, nous le savons

tous les deux, tu avais disparu avant l'aube après avoir couché avec moi, sans un mot et sans laisser d'adresse.

— Tu aurais pu me trouver si tu l'avais voulu.

— Comment oses-tu ? J'ai essayé de m'informer auprès de l'hôpital pour savoir comment te joindre, mais je n'ai rien pu obtenir de leur part. J'imagine qu'un prince peut avoir tout ce qu'il veut, mais une fille du peuple comme moi doit se plier aux règles.

Elle était furieuse. Il avait disparu du jour au lendemain, et c'était lui qui la mettait en accusation !

— Je sais que, vu la façon dont je t'avais quittée, tu avais parfaitement le droit d'être en colère, dit Daniel.

Il avait légèrement baissé le ton mais restait froid et distant.

— Toutefois, reprit-il, en me laissant ignorer durant toutes ces années l'existence de cet enfant, tu ne m'as pas seulement puni moi. Tu as aussi puni *notre* fils, Libby.

En entendant ces mots, elle sentit son cœur se serrer.

Daniel avait raison. Elle avait également puni Billy, même si ce n'avait pas été son intention. Mais la façon dont Daniel avait dit « notre fils » lui faisait venir les larmes aux yeux. Maintenant qu'elle savait pourquoi celui-ci avait disparu autrefois sans un mot d'explication, il était clair qu'il n'était pas l'homme froid et insensible qu'elle s'était imaginé. Mais elle ne pouvait pas modifier le passé, et lui non plus. Tous deux avaient tu des secrets qui pouvaient les séparer à jamais.

Elle savait qu'elle aurait dû lui parler la veille, après avoir quitté la fête. Avant qu'ils ne fassent l'amour. Ou ce matin. Il y avait eu tant d'occasions où elle aurait dû tout lui dire !

— Billy ne méritait pas d'ignorer que j'étais son père, ni moi d'ignorer que j'avais un fils, poursuivit-il en arpentant la pièce de long en large.

— J'ai essayé de te parler, ce matin…

— Tu m'aurais donc appris la vérité parce que nous avions passé la nuit ensemble ? Et si ce n'était pas arrivé, tu aurais quitté le yacht sans rien me dire ? Pourquoi ne m'as-tu pas parlé dès le premier jour, quand tu m'as vu sur le bateau ? Ou à la Martinique, ou bien l'une des nombreuses fois où nous étions seuls ? Voulais-tu te rapprocher de moi, raviver ce qu'il y avait eu entre nous avant de me parler de Billy ?

— Non, je ne voulais rien raviver du tout.

— Je crois que si. C'est bien de cela qu'il s'agit. Avant de me dire quoi que ce soit, tu voulais savoir si nous nous sentirions bien ensemble, comme autrefois. Je me souviens que tu as dit : « Vivons cette nuit sans nous soucier du lendemain. » Si cela n'avait pas marché entre nous, tu ne m'aurais jamais appris que j'avais un fils.

Elle ne supportait pas de l'entendre porter contre elle de telles accusations.

— Je n'ai jamais dit « sans nous soucier du lendemain » !

— Peut-être pas sous cette forme, mais c'était bien le sens de ta phrase quand tu m'as dit : « Vivons cette nuit. »

— Comment peux-tu déformer à ce point mes propos ? demanda-t-elle en fondant en larmes.

— Je ne déforme rien du tout, Libby. Je te dis comment je vois les choses.

— Je n'étais pas sûre que tu accorderais la moindre importance à...

— Tu n'avais pas le droit de penser cela de moi ! Tu ne me connais pas.

— C'est vrai, Daniel. Je ne te connaissais pas, parce que tu ne m'avais rien révélé de ta vraie vie. Tu l'as gardée secrète. Et peut-être as-tu encore d'autres secrets que j'ignore.

Il la regarda droit dans les yeux.

— Je t'ai tout dit ce matin, Libby. Tout. Tu sais tout de moi, à présent. Je ne t'ai rien caché, car j'avais confiance en toi. Et toi, tu ne m'as même pas informé que j'avais un fils de trois ans. Je vois maintenant que j'avais mal placé ma confiance.

— J'ai essayé de te parler de Billy, ce matin.

Daniel secoua la tête.

— J'ai le sentiment que tu n'y as pas mis beaucoup d'énergie, pas vrai ?

Daniel était dans sa cabine, plongé dans ses pensées.

La mer s'était calmée, et le capitaine avait autorisé les passagers à sortir de nouveau sur les balcons. Par prudence, Daniel était convenu avec lui qu'il valait mieux ne pas regarnir les minibars des cabines afin d'éviter tout incident jusqu'à l'arrivée à Miami.

Il ne cessait de penser à Libby et à son fils. Leur fils. Il voulait en savoir plus sur le petit garçon. Savoir ce qu'il aimait, à quoi il ressemblait. Quels étaient sa couleur préférée, son plat préféré. Il voulait tout savoir. Mais surtout, il voulait savoir si l'enfant risquait ou non d'être atteint par cette terrible maladie qui se transmettait d'une génération à l'autre dans la famille Dimosa.

Ni Libby ni personne d'autre ne pouvait répondre à cette question. Cela relevait de sa responsabilité à lui.

Il savait ce qu'il lui restait à faire.

Libby avait choisi de demeurer confinée dans sa cabine. Georgie l'avait appelée, mais elle lui avait répondu qu'elle était fatiguée et préférait se reposer. Elles se reverraient le lendemain matin. Allongée sur son lit, elle songeait à l'angoisse peinte sur le visage de Daniel lorsqu'il était venu la trouver après avoir appris la vérité.

Elle s'en voulait tellement de ne pas lui avoir parlé de Billy avant qu'il ne découvre son existence de la bouche de quelqu'un d'autre !

Elle ne cessait de penser à tout ce qui s'était passé depuis le jour où ils s'étaient retrouvés jusqu'à ce matin. Elle ne pouvait retenir ses larmes en y songeant mais, ce qui la frappait le plus, c'était que Daniel n'avait pas un instant réclamé de preuve qu'il était le père de Billy. Bien que blessé et très en colère, il n'avait pas douté d'elle comme elle avait douté de lui.

Libby savait au fond d'elle que, s'il avait fait autrefois le mauvais choix, c'était pour de bonnes raisons. Pour la protéger, lui épargner une vie difficile loin de chez elle et qui l'amènerait peut-être à jouer un jour les gardes-malades. Et elle l'avait remercié de ce comportement chevaleresque en lui cachant l'existence de son fils et en persévérant dans son silence même lorsqu'elle avait eu l'occasion de tout lui dire.

Sans doute ne voudrait-il plus jamais la voir, mais elle était sûre d'une chose : ils trouveraient un moyen pour qu'il rencontre son fils. Elle savait maintenant que Daniel était un homme bien, et il fallait que Billy le sache aussi.

Il y avait encore autre chose qu'elle voulait faire. Daniel méritait de connaître la vie de son enfant depuis sa naissance jusqu'à aujourd'hui.

Elle ouvrit son ordinateur et commença à rassembler tous les documents et les photos racontant ce qu'avait été la vie de Billy depuis la première échographie jusqu'à ses trois ans. Il y avait là le témoignage de chaque précieux moment : les premiers pas, les premiers mots, tout ce qui aiderait Daniel à mieux connaître son fils.

Cette tâche lui prit toute la nuit, mais à 7 heures du matin le travail était terminé. Elle l'enregistra sur une clé USB qu'elle mit dans une enveloppe en y joignant son numéro de téléphone à San Francisco, au cas où Daniel souhaiterait rencontrer son fils. Puis elle alla déposer l'enveloppe devant la porte de la cabine qu'il occupait à côté de la sienne.

Le soir précédant l'arrivée à Miami, Libby était en train de boucler sa valise, lorsqu'on frappa à sa porte.

C'était sans doute Georgie, à qui elle avait promis d'aller boire un verre avec elle sur le pont, bien qu'elle n'en ait guère envie. Mais elle savait qu'elle lui devait cela.

— Un instant, cria-t-elle.

— J'attendrai aussi longtemps qu'il le faudra, répondit une voix grave.

Elle frémit. C'était la voix de Daniel.

Essayant de garder son sang-froid, elle alla ouvrir.

— Je ne m'attendais pas à te voir.

— Je ne pensais pas venir, dit-il en la regardant droit dans les yeux. Mais j'ai trouvé ton numéro de téléphone dans l'enveloppe.

— Je me suis dit que, si tu passais dans la région, tu aurais peut-être envie de voir Billy.

— Je veux beaucoup plus que cela. Nous devons parler. Puis-je entrer ?

Elle hocha la tête et s'écarta pour le laisser passer, le cœur serré.

Son pire cauchemar était en train de se réaliser. Si Daniel voulait lui réclamer la garde, elle savait qu'il en avait le droit.

— Tous les enfants sont en droit de savoir qu'ils ont deux parents qui les aiment, même s'il n'y a plus de lien entre le père et la mère, commença Daniel en se dirigeant vers les portes du balcon, ouvertes pour laisser entrer la fraîcheur de la brise nocturne.

Puis il se retourna lentement, lui faisant face.

— Je veux que notre fils sache que je l'aimerai jusqu'à mon dernier souffle.

— Je suis tellement désolée, Daniel. Je sais que j'aurais dû t'en parler. Mais, stupidement, j'ai pensé protéger Billy. Il est tout pour moi.

— Le protéger ? De moi ? Comment as-tu pu penser que je lui ferais du mal ?

Elle se laissa tomber sur le lit sans chercher à retenir ses larmes.

— Parce que tu m'as fait du mal. Je ne voulais pas qu'il s'attache à toi et que tu le laisses tomber, comme ça m'est arrivé. J'ai pensé qu'il valait mieux pour Billy ne jamais te connaître plutôt que t'aimer et te perdre un jour, car c'est une douleur insupportable.

Daniel la regarda sans rien dire.

— Je suis désolée, Daniel. Tellement désolée.

— Tu as dit que tu m'aimais ? Est-ce encore vrai ? Est-ce que tu m'aimes, Libby ?

Il la fixait d'un regard intense, comme s'il cherchait la réponse au fond de son âme.

Elle hocha la tête, essuyant les larmes qui lui inondaient le visage.

Sans un mot, Daniel la rejoignit et la serra dans ses bras.

— Alors, c'est à moi de m'excuser, Libby. Je te demande pardon de t'avoir quittée cette nuit-là, d'avoir disparu et de t'avoir laissée tomber. Rien ne justifie ce que je t'ai fait endurer. Aujourd'hui, j'ai passé quelques appels et demandé à faire le test génétique. J'ai pris cette décision pour Billy et toi. Et je te jure de ne plus jamais disparaître si tu me donnes une seconde chance.

Elle leva son visage vers lui.

— Tu veux que je te donne une seconde chance ?

— Plus que jamais. Je t'aime, Libby. Je t'aime depuis le premier jour, et jamais je ne cesserai de t'aimer.

Épilogue

Libby contemplait par la fenêtre les jardins du palais.

Les roses en pleine floraison créaient une harmonie de tons pastel. Des haies d'un vert profond, taillées avec soin, encadraient les parterres fleuris, et les allées au tracé sinueux brillaient sous les rayons du soleil. En ce début de matinée, le ciel était bleu azur, sans le moindre nuage. Le spectacle était vraiment féerique, plus beau que tout ce qu'elle aurait pu espérer pour cette journée de printemps qui allait voir la célébration de son mariage.

Les résultats du test génétique que Daniel avait passé étaient arrivés la veille, et ils étaient négatifs ! Son père ne lui avait pas transmis le gène mutant, ce qui signifiait que Billy aussi échappait à la menace d'être atteint un jour de la terrible maladie qui avait frappé les Dimosa.

Mais elle avait accepté d'épouser Daniel avant même de connaître les résultats. Elle avait insisté pour préparer le mariage sans attendre de savoir ce que donnerait le test, car cela ne changerait en rien sa décision. Elle l'aimait pour le meilleur et pour le pire.

Le lien s'était créé entre Billy et son père dès leur première rencontre. Ils se ressemblaient comme deux gouttes d'eau, et pas seulement physiquement. Elle était sûre que rien ne pourrait les séparer désormais.

— Encore quelques petits boutons, et j'aurai terminé, déclara sa mère.

Elle pencha la tête de côté pour jeter un coup d'œil à l'antique psyché de forme ovale qui reflétait l'image de sa fille.

— Tu as vraiment l'air d'une princesse, ma chérie. Tu es tout simplement magnifique. Prépare-toi à voir ton père verser une larme lorsqu'il te découvrira dans ta robe de mariée.

— Je ne crois pas, ce n'est pas son genre ! Je ne l'ai jamais vu pleurer.

— Ce sont des larmes intérieures, il ne les montre pas. Mais aujourd'hui, ce sont des larmes de bonheur qui risquent de déborder, conclut sa mère en achevant de boutonner le dos de la robe.

C'était une magnifique robe de mariée en soie réalisée par une équipe de couturières locales. Il avait fallu trois semaines pour la confectionner. Couleur ivoire, elle s'ornait de dentelles venant de la robe de mariée qu'avait portée la mère de Daniel. Les manches, faites de la même dentelle, se prolongeaient en pointe sur les mains. Le corsage était resserré à la taille, d'où partait une traîne longue de trois mètres.

Soudain, la porte s'ouvrit.

— Oh ! mon Dieu ! Tu as vraiment l'air d'une princesse ! s'exclama Bradley.

Il était vêtu d'un costume en soie rayé vert émeraude et noir à revers brodés. Cette tenue évoquait davantage le style de Broadway que celui de la principauté de Chezlovinka, mais cela correspondait parfaitement à la personnalité de celui qui était et resterait toujours son meilleur ami.

Elle lui sourit tandis qu'il venait vers elle, bras tendus.

— C'est ce que je lui ai dit, déclara sa mère. Mais je vous défends de vous prendre dans les bras, tous les deux ! Vous allez froisser la robe.

Bradley s'arrêta net.

— Oui, bien sûr. Je ne voudrais surtout pas abîmer une création aussi divine !

Libby se mit à rire.

— On peut quand même se faire un petit câlin ?

Ils s'étreignirent un bref instant en prenant mille précautions, puis Bradley recula de quelques pas et la contempla, l'œil admiratif.

— Franchement, Libby, tu ressembles à une poupée de porcelaine. Tu es absolument magnifique !

— C'est très gentil, Bradley.

— Mais c'est la vérité, ma belle, et j'espère que Daniel sait quelle chance il a...

— Il le sait, coupa une petite voix.

Billy se tenait dans l'encadrement de la porte.

— Quand papa m'a fait mon nœud papillon, il m'a dit qu'il était l'homme le plus heureux du monde parce qu'il aurait toujours maman et moi avec lui.

Libby sentit ses yeux s'humecter.

— Ah non, tu ne vas pas pleurer ! s'écria Bradley. Tu ruinerais ton maquillage. Je ne veux pas voir une mariée le visage tout barbouillé !

Prenant sa pochette immaculée, il la lui passa délicatement sur les yeux.

— Ah ! Que ferais-je sans toi ? dit-elle en riant.

— Je n'en ai pas la moindre idée, mais le problème ne se posera pas car, Tom et moi, nous viendrons souvent te voir. Et toi, il faudra que tu viennes nous rendre visite au moins deux fois par an. Nous ne voulons pas que Billy perde son accent.

La porte s'ouvrit de nouveau, et une femme très élégante équipée d'une oreillette fit son entrée.

— Bradley, je te présente Simone, l'organisatrice du mariage.

Il salua la nouvelle venue.

— Ravi de vous rencontrer. J'imagine que le grand moment est arrivé ?

— Le fiancé et les invités sont déjà sur place, ainsi que les autres membres de la famille princière, précisa Simone. La calèche ne met que cinq minutes pour arriver à l'église, mais il faut partir maintenant.

Bradley se tourna vers Libby.

— Alors, c'est la dernière fois que je peux t'appeler Libby McDonald. Quand nous nous reverrons, je devrai dire Votre Altesse.

— Pour toi, je serai toujours Libby.

Après un court trajet, Libby descendit de la calèche ouverte qui l'avait amenée jusqu'à la vieille église, et elle foula le tapis rouge en souriant à la foule qui l'acclamait avec des cris de joie. Les demoiselles d'honneur s'affairaient autour d'elle, défroissant sa robe et déployant son voile et sa traîne.

— Tu es fantastique, Libby, une vraie princesse, murmura Georgie avant de reprendre sa place de première demoiselle d'honneur dans le cortège.

Malgré l'organisation exemplaire que Simone avait mise en place, le protocole fut bousculé par Billy. Venu en calèche avec sa mère et son grand-père, à peine arrivé il se précipita vers l'église et y entra tout seul. Il avait été prévu qu'un des garçons d'honneur le conduise vers Daniel, qui attendait au pied de l'autel, mais le petit garçon était trop impatient de retrouver son père.

En revanche, Georgie et les autres demoiselles d'honneur suivirent à la lettre les consignes données par Simone. Elles se mirent en marche au moment précis où l'orgue commença à jouer.

— Il me semble qu'une foule de gens très importants sont venus de loin pour te voir, déclara le père de Libby en lui tapotant la main. Mieux vaut ne pas les faire attendre.

Elle lui prit le bras et ils pénétrèrent dans l'église, que l'orgue faisait vibrer de sa musique solennelle. Les invités debout entre les rangées de bancs décorés de roses blanches et de muguet rivalisaient d'élégance, mais elle n'eut d'yeux que pour l'homme le plus beau du monde qui la regardait s'avancer vers lui. Sa moitié d'orange l'attendait au pied de l'autel, l'amour de sa vie, le père de Billy et de leurs futurs enfants qui viendraient agrandir la famille. Sanglé dans un uniforme militaire d'un rouge flamboyant, il affichait un sourire qui lui allait droit au cœur.

Tandis qu'elle traversait la nef pour le rejoindre, elle lut sur ses lèvres le message silencieux qu'il lui adressait : « Je t'aime, Libby. »

Elle se sentit prête à exploser de bonheur.

Le prince Daniel Dimosa était l'homme de ses rêves, et elle allait devenir sa femme.